Und leise rieselt der Schnee am 21. November

Elisabeth von Sydow

Impressum

c/o skriptspektor e. U.
Robert-Preußler-Straße 13 / TOP 1
5020 Salzburg
AT - Österreich
Elisabeth.vonsydow@gmx.de

Umschlag, Illustration: Germancreative unter Verwendung eines Fotos von livefocus, An-ton_Medvedev und Armina-Udovenko

ISBN
Paperback 9798648376953

Für alle, die auf ein Spenderorgan warten.

Für alle Hoffenden und Liebenden.

21. November – Der erste Schnee des Jahres fällt vom kalten Himmel. Leise und friedlich segeln die vereisten Flocken zu Boden. Die Luft ist eisig, riecht nach dieser unverkennbaren Frische, die Schnee mit sich bringt. Es ist ein seltsam ruhiger Tag – hier am Meer. Das Grau des Himmels spiegelt sich in der Wasseroberfläche, die hin und wieder von kleinen schäumenden Wellen durchbrochen wird. Möwen ziehen kreischend ihre Runden über die offene See. Es ist ein friedlicher Tag. Doch es wird der Tag sein, an dem das Schicksal die Fäden zweier Leben zieht und sie auf unvorhergesehene Weise für immer verändert.

KAPITEL 1

Frühjahr 2019

Die Intensität mit der er sein Gegenüber betrachtete, war mit beinahe greifbarer Aggressivität getränkt. Er konnte nicht anders, als die zierliche Person vor sich mit einer geballten Ladung Ablehnung und Strenge anzustarren. Die Situation hatte etwas Groteskes. Da stand im strömenden Regen eine junge Frau vor ihm und bat ihn um etwas, das einfach nur lächerlich war.

Mit abwertendem Blick scannten seine grauen Augen ihre Gestalt. Gekleidet in einer schneeweißen Bluse und einem langen grauen Rock, dessen weich fallender Stoff sündhaft teuer aussah, stand sie vor ihm. Ihre dunkelblonden Haare hatte sie in seinen Augen wahllos zusammengesteckt – in ihren Augen würde man es wahrscheinlich Modegespür nennen. Ihren Kopf hatte sie leicht in den Nacken gelegt, um ihn ansehen zu können. Ihre grünen Augen blickten ihm ruhig und angespannt entgegen. Beinahe anmutig hielt sie in ihrer einen Hand einen schwarzen Schirm, der sie vor dem unablässig niederprasselnden Regen schützte, während sie die andere Hand entspannt hängen ließ.

„Haben Sie mich verstanden?“, fragte sie etwas pikiert. Er atmete tief durch.

„Das ist lächerlich.“ Kurz glitt sein Blick in das weite Nichts der Landschaft, die lediglich von dem tosenden Meer am Horizont durchbrochen wurde.

Sie verzog ihren rot geschminkten Mund argwöhnisch. „Ich verstehe nicht ganz, was daran lächerlich sein soll, wenn ich Sie darum bitte, mich reinzulassen.“

Er schnaubte. Diese Person hatte doch keine Ahnung. Seit Jahren hatte keine Frau seine vier Wände betreten und das wollte er an diesem verregneten Tag nicht ändern.

„Ich habe kein Interesse“, erwiderte er.

Eine steile Falte bildete sich zwischen ihren Augenbrauen als Zeichen von Unverständnis. „Sie wissen doch überhaupt nicht, worum es geht, Herr Mattes.“

Sie sah ihn beinahe herausfordernd an. Er blickte zurück. Sagte aber nichts.

„Sie sind doch Ref Mattes“, hakte die junge Frau

nach und zog dabei ihre linke Augenbraue argwöhnisch nach oben. Eine Geste, die ihm auf unerklärliche Weise wütend machte.

„Der bin ich“, erwiderte er mit schneidender Stimme. „Das ändert aber nichts an der Tatsache, dass ich im Moment weder Zeit noch Muße für Ihr Anliegen habe – wie auch immer das aussehen mag.“

„Schön, passt es Ihnen dann morgen besser?“

Ihre Hartnäckigkeit ließ nun ihn eine Augenbraue heben. Er spürte, wie ein Lächeln auf seine Lippen schlich. Es war kein sanftes Lächeln. Eher ein Boshaftes. „Wie ich bereits sagte, ich habe kein Interesse.“ Mit diesen Worten wandte er sich um. Er war einen Schritt zurück in sein Haus getreten und kurz davor, die Tür ins Schloss fallen zulassen, als ihn erneut ihre Worte erreichten.

„Vielleicht kann ich Ihr Interesse wecken, wenn ich mich Ihnen vorstelle.“

Ref schnaubte genervt und packte das raue Holz der Tür, um sie der jungen Frau vor der Nase zuzuschlagen.

„Mein Name ist Ebha Wals.“

Er erstarrte in der Bewegung. Automatisch krallten sich seine Finger um die Tür, sodass das alte Holz leicht unter dem Druck seiner Hand nachgab. Sekundenlang starrte er in seinen dunklen Flur hinein, ohne zu denken. Da war plötzlich eine Leere in seinem Kopf, die jeglichen Gedanken in ihm gelöscht hatte. Doch schnell wurde diese Leere gefüllt. Mit Wut. Ungläubiger, schmerzender Wut. Jeder Muskel seines Körpers war angespannt, als er sich mit einem Ruck zu der jungen Frau umdrehte.

Mit zornesfunkelndem Blick sah er sie an, diese zierliche, gut gekleidete Person, die ihm scheinbar völlig ruhig und ohne jeglichen Ausdruck in den großen Augen gegenüber stand. Für einen kurzen Augenblick kam ihm der wahnwitzige Gedanke, dass er mit dieser Person nun alles hätte machen können – hier, mitten im friesischen Nirgendwo – gut fünf Kilometer vom Örtchen Hooksiel entfernt, wo es nichts gab außer Wiesen, Dünen und Meer.

Er verwarf diesen Gedanken schnell und konzentrierte sich auf seine Wut, die noch immer bedrohlich in seinen Adern pulsierte. Die Frau vor ihm hatte ihn erschüttert. Zutiefst. Allein mit ihrem Namen, mit ihrer Identität. Ebha Wals.

Dieser Name hatte ihn in den letzten zwei Jahren so viel Schmerz bereitet. Diese Person hatte in seinen Vorstellungen nur als schattenhafte Gestalt ohne Gesicht existiert. Jetzt in eben jenes Gesicht zu sehen, das für das größte Leid in seinem Leben verantwortlich war, war fast zu viel. Und er spürte, wie er anfing zu zittern, als seinem Verstand vollends bewusst wurde, dass er vor der Person stand, die für den Tod seiner Frau verantwortlich war.

Er trat einen schnellen Schritt auf Ebha Wals zu, beugte sich zu ihr herunter und richtete seinen eisigen Blick in den ihren. „Verschwinden Sie von meinem Grundstück und wagen Sie es nie wieder, auch nur einen Fuß hierauf zu setzen.“ Dann wandte er sich abrupt ab, ging in sein Haus zurück und knallte die Tür heftiger zu, als es nötig gewesen wäre.

Seine Schritte führten ihn in die kleine Küche. Mit harschen Bewegungen schnappte er sich eine Tasse, die neben der Spüle stand, und goss sich den Kaffee ein, den er sich aufgebrüht hatte, bevor diese Person ihn gestört hatte. Er nahm einen kräftigen Schluck, doch die Wut in ihm ließ einfach nicht nach. Sein Körper reagierte impulsartig, als er mit einer ausholenden Bewegung die Tasse gegen die Fliesen schmiss. Laut scheppernd landete ein kleines Scherbenmeer im Spülbecken.

Er atmete tief durch, versuchte seine Fassung zurückzuerlangen. Er strich sich über die müden Augen und merkte, wie seine Gedanken drohten, ihn zu überrollen. Er wollte das nicht. Seit zwei Jahren schaffte er es mehr oder weniger erfolgreich, nicht zu sehr über seine Situation nachzudenken. Über ihren viel zu frühen Tod. Brianas Tod. Er schloss seine Augen und sog die vom Kaffeeduft geschwängerte Luft ein.

Er hörte, wie Ebha Wals gegen seine Tür hämmerte. Und wie sie seinen Namen rief. Es war unerträglich. Er presste seine Kiefer fest aufeinander, schnappte sich Besen und Kehrblech und beseitigte die Scherben vor seinen Füßen. Dann atmete er noch einmal tief durch und horchte angespannt. Nichts. Diese Frau vor seiner Tür schien endlich aufgegeben zu haben.

Angespannt ließ er seinen Blick durch die Küche schweifen. Die Küchenzeile aus dunklem Holz schlängelte sich in einer L-Form durch den kleinen Raum. An der langen Seite hatten eine Spüle und ein Herd Platz gefunden, während an der kurzen ein Geschirrspüler eingebaut worden war. Etwas, worauf Briana damals bestanden hatte, als sie die Küche gekauft hatten. Gegenüber der Spüle stand ein rustikaler Esstisch aus hellem Holz.

Er bekam jetzt noch Herzrasen, wenn er daran dachte, was sie allein für Tisch, Bank und zwei Stühle mit rot-weiß karierten Stoffbezügen bezahlt hatten. Im Gegensatz zur Küchenzeile, die sie günstig aus zweiter Hand erworben hatten, war der Rest aus einem kleinen Laden in Hooksiel. Der Besitzer und sein Sohn hatten stets betont, dass alles Handarbeit wäre. Dementsprechend hatten sie sich das auch bezahlen lassen. Ref hätte nie so viel Geld für Möbel ausgegeben. Doch Briana war da anders gewesen. Emotionaler. Eine Frau halt. Und wie alle Frauen hatte sie sich durchgesetzt.

Bevor die wehmütigen Gedanken ihn vollends überrollen konnten, setzte sich Ref in Bewegung. Er ließ die Küche hinter sich und machte sich auf den Weg in eine alte Scheune, die direkt an sein Haus grenzte. Als er die aus Beton und Holz gefertigte Scheune betrat, umhüllte ihn der vertraute feuchte Geruch nach leicht vermodertem Salzwasser. Kurz huschte sein Blick nach oben. Das spitz zulaufende Dach schien durch die schweren Regentropfen, die auf das Wellblech niederprasselten, zu beben. Gleichzeitig drang ein beständiges Rauschen von draußen zu ihm vor. Ob es das Rauschen des Regens oder des naheliegenden Meeres war, wusste er nicht. Wahrscheinlich war es ein Mix aus beidem.

Er trat an das alte Boot heran, das hier seit Monaten unberührt lag und ein trostloses Dasein fristete. Erst am Tag zuvor hatte er die dicke dunkelgrüne Plane entfernt, die das Schiff abgedeckt hatte. Es hatte ihn Überwindung und Kraft gekostet. Im Nachhinein bereute er fast, dass er sich dazu hatte verleiten lassen.

Das Gefühl, das ihn überkam, wenn er das alte Fischerboot betrachtete, war ein gefährliches Gemisch aus Wut, Verzweiflung und Trauer. Tiefe, alles zerfressende Trauer. Denn das Schiff führte ihm ein Leben vor Augen, das er nun nicht mehr haben würde. Völlig unerwartet war er aus seinem alten und zufriedenen Leben in ein Dasein gerissen worden, das in seinen Augen trostlos und erbärmlich war.

Brianas Tod vor zwei Jahren hatte ihm den Boden unter den Füßen weggezogen. Erst hatte sie ihn dazu gebracht, sich in sie zu verlieben, sie zu heiraten und ihr ewige Treue zu schwören, bevor sie ihn zum Witwer gemacht hatte. Er wusste, dass es ihr gegenüber nicht fair war, aber er war wütend auf sie. So wütend, dass es schon beinahe lähmend war. Sie hatte ihn alleine gelassen. Und das nur, weil sie ihrer kleinen, undankbaren Schwester hatte helfen wollen.

Er spürte, wie die mittlerweile altbekannte Wut heiß durch seine Adern schoss. Schnell kappte er den Gedanken an Briana und wandte sich von dem alten Boot ab. Stattdessen verschwand er in eine angrenzende kleine Halle, die mit einem schneeweißen Segelboot bestückt war. Der Geruch der hellen Farbe, die er gestern frisch aufgetragen hatte, lag noch immer schwer in der Luft.

Er ging um das Boot herum, begutachtete die Lackierung nochmals genau. Als er den Rumpf einmal umrundet hatte, blieb er stehen. Sein Blick ruhte auf dem Schiff. Er war zufrieden mit seiner Arbeit. Und er war sich sicher, dass es sein Kunde ebenso sein würde. Es war immerhin nicht das erste Schiff, das er von Grund auf restaurierte. Seit fast 20 Jahren ging er nun seinem Beruf nach und er hatte bisher jedes noch so heruntergekommene Schiff wieder seetauglich gemacht. Jedes, bis auf eins. Und das war die MS Briana – jener alte Fischkutter, den er vor gut drei Jahren mit seiner Frau zusammen erworben hatte, um sich mit ihr ein kleines Stückchen Freiheit zu schaffen.

KAPITEL 2

Es sind die unvorhergesehenen Dinge, die uns ängstigen. Vor allem wenn es eine Person trifft, die wir lieben. Genau das ist meiner Familie passiert.

Ich habe so etwas bisher noch nicht gemacht. In ein Tagebuch geschrieben. Es fühlt sich seltsam an, mit sich selbst zu reden – oder besser gesagt zu schreiben. Doch ich weiß im Moment einfach nicht, wohin mit meinen Gefühlen – und Ängsten.

Vielleicht sollte ich mich erst einmal vorstellen. Mein Name ist Briana Wals. Ich bin 27 Jahre alt und wir schreiben den 24. März 2014. Mein Leben verlief bisher ohne große Komplikationen. Ich bin in einem wohlhabenden Elternhaus aufgewachsen. Meine Eltern haben mit Wals & Boulders eines der bedeutendsten Unternehmen der Region aufgebaut. Ich habe einen wunderbaren Mann an meiner Seite. Ich liebe meinen Beruf. Ich habe eine kleine Schwester, die ich sehr liebe. Und ich habe Angst. Angst, meine kleine Ebha zu verlieren.

Vielleicht reagiere ich gerade über. Ich weiß es nicht. Aber ich habe heute von Mama erfahren, dass bei Ebha eine Immunkrankheit festgestellt wurde. Autoimmunhepatitis – kurz AIH. Eine selten auftretende Leberkrankheit. Ebhas Immunsystem greift ihre gesunden Leberzellen an. Sie wird gerade auf ein Medikament eingestellt, das das verhindern soll. Doch wenn es nicht wirkt, kann ihre Krankheit zu einer Zirrhose führen.

Ich habe Angst, meine kleine Schwester leiden zu sehen. Ich habe Angst vor noch etwas viel Schlimmerem, woran ich nicht einmal denken möchte. Doch wirklich verrückt macht mich der Gedanke, dass ich nicht weiß, wie es Ebha mit der Diagnose geht. Ich habe sie bisher noch nicht gesehen. An ihr Handy geht sie auch nicht. Sie ist so weit weg in ihrem Internat am Bodensee.

Seit heute früh sitze ich hier an der stürmischen Nordseeküste, das Handy vor mir auf dem Tisch und mein Blick huscht unentwegt zwischen dem Bildschirm und dem Fenster hin und her, gegen dessen Scheibe der heftige Regen prasselt – so als wolle das Wetter meine derzeitige Gefühlslage widerspiegeln.

Wenn Ebha sich doch wenigstens endlich melden würde. Ich werde noch verrückt. Gott sei Dank kommt sie an diesem Wochenende nachhause. Nur noch vier endlos lange Tage. Dann kann ich sie endlich wieder in meine Arme schließen.

*****

Ebha Wals war es gewohnt, alles zu bekommen, was sie wollte. Sie war in einem wohlhabenden Elternhaus aufgewachsen, hatte eines der renommiertesten Internate in Deutschland besucht und einen Studienplatz für englischsprachige Literatur an der Universität Oxford bekommen. Sie hatte nie auf etwas verzichten müssen – außer vielleicht auf das perfekte Maß an Zuwendung und Aufmerksamkeit seitens ihrer Eltern. Dafür hatte sie mit sieben bereits ihr erstes eigenes Pferd bekommen. Mit 14 besaß sie zwei High-End-Smartphones, einen Laptop sowie ein komplettes Media-Center, das ihr 40 Quadratmeter großes Zimmer zur Gänze ausfüllte. Und zu ihrem 18. Geburtstag hatte ein nagelneuer dreier BMW in der Garage gestanden. Jetzt war sie 23 Jahre jung und ihr Leben wirkte perfekt. Es schien abgesichert. Sorgenfrei. Zumindest nach außen hin.

Ja, in den Augen anderer hatte Ebha Wals keinen Grund, sich zu beklagen. Und sie konnte diese Sichtweise sogar verstehen. Immerhin hatte Ebha selbst lange alles dafür getan, dass man sie so sah.

Perfekt. Lässig. Cool. Vielleicht war sie das sogar mal gewesen. Aber das war lange her. Jetzt gab es auch in ihrem Leben Probleme. Es gab Sorgen und Ängste. Unbequeme Dinge, die sich nicht lösen ließen. Und dazu gehörte ohne Zweifel die in Eisen gemeißelte Unnachgiebigkeit von Ref Mattes.

Ebha bog von der breiten Hauptstraße in eine kleine Seitenstraße ab. Ihr Blick huschte vorbei an den weiten Wiesen und Feldern, die sich links und rechts von ihr kilometerweit ausbreiteten. Sie war am Ortsrand des kleinen Erholungsorts Hooksiel angelangt. Für viele ein pittoreskes Stück Friesland mit einem niedlichen Hafen, rotbraunen Backsteinhäusern und der rauen Nordsee vor der Tür. Für Ebha war es ein verschlafenes Nest, in dem sie ihre Kindheit verbracht hat.

Als sie die kleine Seitenstraße langsam entlangfuhr, wanderten ihre Gedanken zurück zu Ref Mattes. Sein Ruf eilte ihm in der Gegend voraus. Als Restaurator und Handwerker war er weit über die Grenzen Hooksiels bekannt und angesehen. Von der menschlichen Seite aus betrachtet galt er jedoch als Einzelgänger.

Ebha konnte zumindest Letzteres bestätigen. Die Art, wie er sie vorhin abgefertigt hatte, war erbarmungslos gewesen. Andererseits hatte sie damit gerechnet, dass es nicht leicht werden würde. Auch wenn sie sich zuvor noch nie begegnet waren, hatte sie dennoch gewusst, dass sie der letzte Mensch war, dem Ref Mattes begegnen wollte.

Sie hatte seine Verachtung ihr gegenüber in seinem Blick gesehen, als sie sich ihm offenbart hatte. Verachtung gepaart mit einer Wut, die beängstigend gewesen war.

Ebhas Hände klammerten sich fester um das Lenkrad ihres 3er BMWs. Sie spürte diese Anspannung in sich. Sie bog in eine breite Auffahrt ab. Tief atmete sie ein, versuchte den Gedanken an Ref Mattes zu verdrängen.

Das Schlimme daran war, dass sie sich diesem Blick abermals aussetzen würde. Sie würde Ref Mattes erneut aufsuchen. Sie hatte keine Wahl. Nicht wirklich. Sie hatte sich etwas in den Kopf gesetzt, was wahnwitzig war. Vielleicht bescheuert. Aber sie musste es tun. Das war sie ihrer Schwester schuldig. Sie war es sich schuldig. Und vielleicht war sie es auch Ref Mattes schuldig. Sie würde ihn von ihrem Vorhaben überzeugen. Denn eines war klar: Sie war mindestens genauso hartnäckig wie er.

Ein seichtes Lächeln schlich sich auf ihre Lippen, als sie diesen Gedanken zu Ende gedacht hatte. Es fühlte sich beinahe fremd an auf ihrem Gesicht. Ebha hatte in den letzten Jahren nicht viel gelacht. Es hatte keinen Grund dazu geben.

Ebha stoppte den Wagen. Sie blickte in den Rückspiegel ihres schwarzen BMWs. Sie wollte nicht aussteigen. Eigentlich wollte sie einfach nur hier sitzen bleiben. Hier hatte sie wenigstens ihren Frieden. Sie strich sich über die feinen Härchen ihrer Augenbrauen und ließ die Oberlippe über die Unterlippe gleiten, um die übrig gebliebene Farbe ihres roten Lippenstiftes gleichmäßig zu verteilen.

Dann stieg sie aus dem Wagen und richtete den Blick auf das imposante Anwesen, das etwas außerhalb von Hooksiel lag: Ihr Elternhaus. Das Gelände war so weitläufig, dass der Garten nicht mehr als solcher bezeichnet werden konnte. Park wäre der passendere Begriff gewesen. Hochgewachsene Birken säumten die asphaltierte Straße, die zu der Villa führte. Hier hatte Ebha mit Briana früher oft Fangen gespielt.

Ein steinerner Springbrunnen bildete das Zentrum

des Rondells, das am Ende der Auffahrt den Besucher empfing und einen Blick auf das dreistöckige Gebäude erlaubte. Schneeweiß und mit bodentiefen Fenstern stand es inmitten des Grüns.

Ebha stieg die sechsstufige Treppe hinauf und verharrte vor dem von Säulen umrahmten Eingang. Manchmal wirkte der Eingangsbereich zu übertrieben auf Ebha. Dennoch gehörte diese grün lackierte Tür mit den weißen Säulen links und rechts ebenso zu dem Wals-Anwesen dazu wie der kleine Golfplatz hinter dem Haus.

Ebha verharrte noch einen Moment auf der obersten Treppenstufe. Auf jener Stufe, wo sie mit Briana gesessen hatte, kurz nachdem sie ihre Diagnose bekommen hatte. Ebha schüttelte kurz den Kopf, so als ob sie dadurch diesen schmerzhaften Gedanken loswerden könnte. Schließlich steckte sie den Schlüssel in das Schloss und drehte ihn. Das Schloss sprang leise auf, sodass sich die Tür öffnen ließ. Mit gerader Haltung betrat Ebha den großzügigen Eingangsbereich der Villa.

Hochwertige Materialien wohin das Auge sah. Teures Teak-Holz, feinster weißer italienischer

Marmor, vergoldete Ornamente und Verzierungen. Der Raum war offen, die Decke hoch, die Einrichtung des Eingangsbereiches geschmackvoll und modern.

Dennoch gab es etwas, das störte. Etwas, das Ebha erst in den letzten Jahren aufgefallen war. Etwas, das sie überkam, wenn sie durch die grünlackierte Eingangstür schritt und am Fuße des mächtigen Treppenhauses stand, das einen Blick in die oberen Etagen erlaubte. Es war Kälte. Eine tiefsitzende Kälte, die sie packte, wenn sie in ihr Elternhaus zurückkehrte.

Sie schluckte das unangenehme Gefühl hinunter und versuchte, sich zu entspannen. Es gelang ihr nur bedingt.

„Kannst du mir verraten, wo du jetzt herkommst?"

Ebha schloss kurz die Augen, als sie die Stimme ihrer Mutter vernahm, die nur wenige Augenblicke später am oberen Ende der Treppe auftauchte. Mit strenger Miene blickte die hochgewachsene schlanke Frau auf ihre Tochter hinab. Ihre Körperhaltung war akkurat. Theodora Wals bewahrte immer Haltung. Das gleiche galt auch für ihre Frisur. Ihre silberfarbenen Haare lagen perfekt und glänzten mit dem Licht der zahlreichen Lampen um die Wette.

Ebha blickte zu ihrer Mutter und einmal mehr fiel ihr auf, dass ihre weichen Gesichtszüge sie freundlicher und wärmer erscheinen ließen, als sie wirklich war.

„Ich war unterwegs", entgegnete Ebha resigniert. Sie wusste nicht, wie oft sie diese Art von Gespräch mit ihrer Mutter in den letzten Wochen geführt hatte. Es war langsam ermüdend.

„Unterwegs", wiederholte Theodora mechanisch und schritt dabei bedächtig die Treppe hinunter. Ihr Blick hatte den unteren Saum von Ebhas Rock fixiert, der von Regen und Schlamm vollkommen verdreckt war. „Und dabei konntest du nicht auf deine Sachen Acht geben?"

Ebha versuchte, ruhig zu bleiben. „Es regnet draußen in Strömen."

Theodora kräuselte die Lippen. „Nun gut", sprach sie und machte Ebha damit klar, dass das Thema damit für sie vom Tisch war. „Vielleicht solltest du hochgehen und dich umziehen. Dein Vater kommt gleich nachhause und dann wollen wir zusammen zu Abend essen."

Ebha presste die Lippen aufeinander, um den bissigen Kommentar hinunterzuschlucken, der unbedingt nach draußen dringen wollte. Sie sah ihre Mutter kühl an, die ihr ebenso distanziert entgegenblickte. Die Kälte, die Theodora Wals ausstrahlte, war allgegenwärtig. Ebha hatte das dringende Bedürfnis zu fliehen. Sie nickte kurz. Ohne ihre Mutter noch einmal anzusehen, schritt sie die Stufen hinauf, um sich für das Abendessen umzuziehen.

Die große Standuhr in der Ecke des Esszimmers schlug neunzehn Uhr, als Ebha mit ihren Eltern an dem dunklen Esstisch Platz nahm, um zu Abend zu essen. Sie blickte kurz zu ihrem Vater, der ihr gegenüber saß und seinen Blick geschäftig auf den Karpfen gerichtet hatte, der vor ihm in einer Weißweinsoße ertränkt auf dem edlen Service lag. Es war ihm deutlich das Unbehagen darüber anzusehen, dass seine Frau sich einmal mehr als Köchin versucht hatte. In der Regel bestellten sie etwas oder gingen in ein Restaurant. Doch in letzter Zeit häuften sich die Male, an denen er das Essen seiner Gattin aufgetischt bekam.

Ebha musste sich ein Lächeln verkneifen, als ihr Vater – der erfolgreiche und einflussreiche Geschäftsführer des Chemiekonzerns Wals & Boulders – vor dem Karpfen zu kapitulieren schien.

„Soll ich dir den Fisch filetieren, Gerrit?“, fragte Theodora an ihren Mann gewandt.

Dieser blickte abrupt auf, als ob er bei etwas Frevelhaftem erwischt worden wäre. Bemüht ruhig strich er sich durch sein dunkles, akkurat sitzendes Haar. „Nicht nötig, Liebling. Es ist schließlich nicht der erste Fisch, den ich esse.“ Er lächelte etwas schief, sodass sein gestutzter Bart seltsam verrutschte.

Theodora beugte sich leicht über den Tisch. „Möchtest du vielleicht noch ein paar Rosmarin-Kartoffeln? Oder etwas Brokkoli. Brokkoli ist noch genügend da.“

„Vielen Dank, Liebling. Es passt alles so, wie es ist“, erwiderte er ruhig, wobei er seiner Tochter einen kurzen verzweifelten Blick schenkte.

Ebha musste erneut ein Lächeln unterdrücken. Sie verstand ihren Vater nur zu gut. Ihre Mutter hatte sich sicherlich Mühe mit dem Essen gegeben. Aber mit Mühe allein kochte man noch lange kein genießbares Essen. Der Fisch war ganz okay. Zumindest war er durchgegart und nicht mehr roh. Doch das war es dann auch schon. Die Weißweinsoße war mehlig geworden, wohingegen das Gemüse vollständig zerkocht war, sodass man es eigentlich gar nicht mehr kauen musste.

„Ebha, wie hast du deinen heutigen Tag verbracht?“, wandte sich Gerrit an seine Tochter. Seine dunklen Augen sahen ihr interessiert, aber auch ein wenig erwartungsvoll entgegen.

Ebha schluckte den Bissen hinunter, auf dem sie gerade lustlos herumgekaut hatte, und legte das Besteck beiseite. „Ich hatte einige Dinge zu erledigen.“

Gerrit nickte verstehend, auch wenn Ebha genau wusste, dass er gerade dies nicht tat. Im Gegensatz zu ihrer Mutter zeigte er ihr das nicht so deutlich.

„Wichtige Dinge?“, hakte Theodora mit hochfrequentierter Stimme nach.

„Sicher.“ Ebha unterdrückte ein hartes Schlucken.

Wenn ihre Eltern wüssten, wo sie heute gewesen war, würde ihre Mutter einen hysterischen Anfall und ihr Papa wahrscheinlich einen Herzinfarkt bekommen.

„Ich nehme an, eine angemessene Beschäftigung zu finden, stand heute nicht auf deiner Agenda.“ Ohne ihre Tochter anzusehen, pikste Theodora eine Kartoffel auf ihre Gabel.

Ebha schloss um Ruhe bemüht die Augen.

„Nicht jetzt, Liebling“, mahnte Gerrit.

„Wann denn dann, Gerrit?“, fragte Theodora spitz. „Ich finde diesen Moment sehr passend, um mit Ebha zu besprechen, wie sie sich ihre Zukunft vorgestellt hat.“

„Du solltest dich beruhigen.“

„Ich bin ruhig, Gerrit.“ Theodora legte die Gabel auf den halbleeren Teller und tupfte sich mit einer Stoffserviette den Mund ab. „Ich darf ja wohl meine Tochter fragen, ob sie in den nächsten Monaten sinnlos in den Tag hineinleben möchte oder ob sie vorhat, irgendwann wieder zur Vernunft zu kommen.“

„Ich denke nicht, dass ich wieder zur Vernunft kommen muss, Mama", erwiderte Ebha, die ebenfalls ihr Besteck beiseitelegte. Appetit hatte sie nun wirklich keinen mehr. „Ich habe mich bewusst für diesen Weg entschieden."

Theodora lachte freudlos auf. „Wie kann man sich bewusst dazu entscheiden, sein Literatur-Studium an der Oxford University aus einer Laune heraus zu schmeißen?"

„Ich habe das Studium nicht aus einer Laune heraus abgebrochen", versuchte sich Ebha zu verteidigen. Doch sie wusste, dass es sinnlos war. Immerhin führten sie diese Diskussion seit Wochen. Seit sie wieder nach Friesland zurückgekehrt und bei ihren Eltern eingezogen war, hörte sie nichts anderes als diese Vorwürfe.

Während ihre Mutter Tag ein Tag aus predigte, dass sie ihr Leben wegwarf und dass sie es nicht unterstützen konnte, dass sie als Kassiererin oder Kellnerin irgendwo landete, versuchte ihr Vater zumindest seine Enttäuschung zu überspielen. Aber auch das gelang ihm nur bedingt. Oft konnte Ebha es in seinen Augen sehen. Das Unverständnis über die Entscheidung, die sie getroffen hatte, die Sorge darüber, wie es mit ihr nun weitergehen würde. Ebha machte sich nichts vor. Natürlich ging es ihren Eltern auch um ihren Ruf. Sie waren hoch angesehen, einer der größten Arbeitgeber in der Umgebung. Was machte das für einen Eindruck, wenn die eigene Tochter das Studium schmiss?

„Ich habe mich dazu entschlossen, diesen Weg zu gehen. Und ich wäre froh, wenn ihr das akzeptieren könntet."

Gerrit sah betreten auf seinen Teller, während Theodora ihre Lippen schürzte.

Ebha sog die schwere Luft ein, die sich wie Zement über ihre Haut legte. „Fällt es euch wirklich so schwer, zu verstehen, dass ich meinen eigenen Weg gehen möchte?"

„Darum geht es doch gar nicht", erwiderte Theodora, während sie sich erneut und völlig unnötigerweise mit ihrer Stoffserviette den Mund abtupfte.

Ebha schüttelte resigniert den Kopf. „Mir ist schon bewusst, worum es hier geht." Sie sah ihre Eltern direkt an, die stumm ihren Blicken begegneten. „Ich habe euch schon einmal große Probleme bereitet und dafür gesorgt, dass man über unsere

Familie spricht.“ Bitterkeit hatte sich in ihre Stimme mitgemischt. „Und jetzt verlangt ihr von mir, die Füße still zu halten und schön brav den Weg zu gehen, der am wenigsten auffällt.“

„Ebha ...“, begann Gerrit, doch er wurde von seiner Tochter unterbrochen.

„Ist schon gut, Papa. Mir ist durchaus bewusst, dass ich eine einzige Enttäuschung für euch bin. Das ist mir nicht neu.“ Ebha ballte ihre Hände zu festen Fäusten. Sie versuchte, dieses stechende Gefühl in ihrem Brustkorb zu ignorieren. Es machte sie wütend, dass ihre Eltern nicht den Anstand hatten, ihr direkt in die Augen zu blicken. Stattdessen hatte ihr Papa seine Hände ineinander gefaltet und bedeckte damit nachdenklich seinen Mund, während ihre Mutter bemüht konzentriert ihre Serviette zusammenfaltete. Abermals schüttelte Ebha ihren Kopf, bevor sie sich mit den Worten *Ich bin hier fertig* erhob und den Raum verließ.

KAPITEL 3

Es war früher Nachmittag. Ref schliff den Rumpf eines kleinen Holzbootes ab, um ihn später lackieren und versiegeln zu können. Trotz des noch immer anhaltenden Regens, der den ganzen Frühling beherrschte, war es warm und schwül in der kleinen Halle.

Refs T-Shirt klebte bereits unangenehm an seiner verschwitzten Haut. In gebückter Haltung stand seine große, schlanke Gestalt an dem Bug des Bootes, um die Unterseite bearbeiten zu können. Seine grauen Augen verfolgten akribisch die Schleifbewegungen seiner Hände. Sein schulterlanges schwarzes Haar fiel ihm strähnig ins Gesicht. Es störte ihn nicht.

Konzentriert arbeitete er weiter. Minute um Minute. Ohne sich ablenken zu lassen. Weder von dem prasselnden Regen, noch von dem Vogelgezwitscher und auch nicht von dem schnurrenden Motor eines Autos, das direkt vor der Halle stoppte. Er hörte, wie sich die schwere Hallentür quietschend öffnete und jemand mit klackernden Absätzen den Raum betrat. Noch immer war seine gesamte Aufmerksamkeit auf seine Arbeit gerichtet. Wenn er ehrlich war, wollte er gar nicht wissen, wer ihn gerade in seiner Arbeit störte.

„Guten Tag, Herr Mattes“, drang eine zarte Stimme an sein Ohr.

Eine Stimme, die ihn nun doch herumfahren ließ. Der ungläubige Blick seiner Augen wandelte sich schnell in Ärger. Nur wenige Meter von ihm entfernt stand sie. Ebha Wals.

„Ich dachte, ich habe mich letztens deutlich ausgedrückt“, grollte er. „Verschwinden Sie!“

„Das kann ich nicht“, sagte sie ruhig.

Er blickte für einen Moment sprachlos zu der jungen Frau, die auch an diesem Tag mit ihrer Erscheinung nicht hierher passen wollte. In einem beigefarbenen Pullover und einer schwarzen Hose stand sie vor ihm. Und auch wenn es nur ein Pullover und eine einfache Hose waren, so trug Ebha Wals diese Kleidung mit einer anmutenden Eleganz, die schon an Arroganz grenzte.

„Können Sie nicht oder wollen Sie nicht?“ Abwartend blickte er zu ihr, während er das Schleifpapier auf die kleine Werkbank neben sich legte. Er wusste, dass er nach außen hin kühl und distanziert wirkte. In Wirklichkeit fühlte er sich einfach nur verloren. Wenn er Ebha Wals anblickte, sah er auch Briana vor seinem inneren Auge. Der Schmerz, der dabei mit festem Druck nach seinem Herzen griff, nahm ihm den Atem. Es waren die Momente, die Ref verdeutlichten, dass er noch immer liebte. So echt und bedingungslos und schmerzhaft. Dass er seine verstorbene Frau vermisste. Dass er ohne sie eigentlich nichts und sein Leben nur noch ein einziger dunkler verregneter Tag war. Und genau damit konfrontierte Brianas kleine Schwester ihn jedes Mal aufs Neue, wenn sie vor ihm stand.

Souverän erwiderte sie seinen Blick, der gleichzeitig seltsam unberührt auf Ref gerichtet war. Es war ein Blick, der nicht wirklich zu einer so jungen Person passen wollte. Für einen Moment fragte sich Ref, ob diese Frau überhaupt irgendetwas fühlte.

Eine Hand hatte sie auf die schwarz-gold funkelnde Kette um ihren Hals gelegt, die mit Sicherheit kein Modeschmuck war und von der starken Präsenz ihrer Trägerin zu leben schien. Ref war sich sicher, dass das Schmuckstück in einer

Vitrine weniger spektakulär aussehen würde als am Hals der jungen Frau.

„Spielt das denn eine Rolle?“, stellte sie die Gegenfrage? Dabei verzogen sich ihre Lippen ein wenig, sodass der Ausdruck in Ebha Wals´ Gesicht etwas Verbissenes bekam.

Er straffte seine Haltung, die Hände ballten sich unwillkürlich zu Fäusten. „Sie und Ihre arrogante Familie haben es seit Brianas Tod nicht ein Mal geschafft, mir gegenüber zu treten. Ich habe weder eine Entschuldigung noch sonstige Bekundungen von Ihnen erhalten. Und jetzt – nach zwei Jahren – besitzen Sie die Frechheit, mich aufzusuchen und sich mir aufzudrängen, obwohl ich Ihnen unmissverständlich zu verstehen gegeben habe, dass ich auf Ihre Gegenwart verzichten kann.“

Sie blickte einen Moment zur Seite, sodass ihre dunkelblonden Haare, die sie an diesem Tag offen trug, in leichten Wellen bis kurz über die Schultern fielen.

„Mir ist durchaus bewusst, dass ich die letzte Person bin, mit der Sie sich abgeben wollen.“

„Das bezweifle ich." Er musterte sie mit einem stechenden Blick.

„Ich bin nicht wegen mir hier."

Ref hob aufgrund ihrer Worte eine Augenbraue. Er beobachtete, wie sie einen Schritt auf das kleine Fenster neben der Tür zuging und ihren Blick mit verschränkten Armen in die weite Ferne richtete.

„Ich bin hier, weil es Briana so gewollt hat." Sie wandte sich schwungvoll wieder zu ihm um und blickte ihn direkt an.

Ihre Worte waren für Ref der reinste Hohn.

„Es gab Dinge, die sich Briana für mich gewünscht hat", sprach Ebha weiter, bevor Ref eine Chance hatte, zu reagieren.

„Was für Dinge?"

Noch immer wirkte der Ausdruck in ihren grünen Augen geschäftig. „Als meine Krankheit so akut wurde, dass mir nur eine Teilleberspende helfen konnte, hat Briana mir eine Liste gegeben. Auf der Liste standen Dinge, die wir nach der überstandenen Transplantation gemeinsam unternehmen wollten. Es war quasi ein

Versprechen an sie, mich dieser Krankheit nicht einfach zu ergeben.“

Sie schloss für einen kurzen Moment ihre Augen. Die erste emotionale Regung, die Ref an dieser Person beobachten konnte.

„Ich verstehe noch immer nicht, was ich damit zu tun haben soll.“ Der Ton in seiner Stimme war ablehnend – so wie seine gesamte Körperhaltung. Doch das schien Ebha Wals nicht im Geringsten zu beeindrucken.

„Es ist ein Punkt auf dieser Liste.“

Ref verstand noch immer nicht ganz. Er schnappte sich das Handtuch, das auf dem Tisch lag und wischte sich die vom Schleifen mit einer feinen Staubschicht benetzten Hände ab.

„Briana wollte, dass wir uns kennenlernen.“

Seine Reaktion auf ihre letzten Worte bestand aus eisigem Schweigen. Er konnte sich nicht vorstellen, wie er die Kraft dazu aufbringen sollte, die Gegenwart von Brianas kleiner Schwester zu ertragen. Er konnte sich nicht vorstellen, die Person Ebha Wals kennen zu lernen. Allein der Gedanke war absurd.

„Glauben Sie mir, dass ich mir auch Schöneres vorstellen kann, als mich Ihrer offensichtlichen Abneigung auszusetzen“, sprach Ebha und strich sich dabei eine Strähne hinter ihr Ohr. „Aber es war Brianas Wunsch.“

Refs Augen zogen sich zusammen. „Warum jetzt? Brianas Wünsche haben Sie in den letzten Jahren auch nicht sonderlich interessiert.“

„Sie sollten nicht über mich urteilen. Sie kennen mich nicht.“

„Und dabei würde ich es auch gerne belassen“, gab er barsch zurück.

Sie betrachtete ihn still für einen Moment. Ref fühlte sich unwohl, seltsam in die Enge getrieben.

„Denken Sie darüber nach. Für Briana.“ Mit diesen Worten wandte sie sich von ihm ab und ging.

Ref blickte der jungen Frau nach. Abermals hatte sie ihn mit einer betäubenden Wut zurückgelassen. Ein Gefühl, das er eigentlich nie wieder hatte fühlen wollen.

*****

Ebha betrat ihr Elternhaus und stieg hastig die

Treppen zu ihrem Zimmer hoch. Als sie die Tür hinter sich geschlossen hatte, lehnte sie sich mit ihrem Rücken gegen das Holz. Sie schloss die Augen und versuchte, ihre innere Haltung zu wahren. Ja, es war nicht leicht, Ref Mattes gegenüberzutreten. Auch wenn sie sich das unter keinen Umständen anmerken lassen würde. Als sie ihre Augen wieder öffnete, wirkte der Blick in ihnen gewohnt kalkuliert und beherrscht. Sie hatte sich diese Haltung nach Brianas Tod antrainiert. Wenn man stark war, konnte man nicht schwach sein.

Sie sah sich kurz in dem geräumigen Zimmer um, das von beigefarbenen Wänden gesäumt wurde. Sie blickte aus dem großen Fenster, neben dem ein Bett aus dunklem Metall stand. Direkt daneben hatte ein kleiner Nachttisch aus weißem Holz seinen Platz gefunden. Ebha atmete rief ein und lehnte sich gegen das hüfthohe Regal aus hochwertigem Holz, das als eine Art Raumteiler fungierte. Sie fühlte sich geschafft, ausgelaugt. Träge ließ sie ihren müden Blick über den Teil des Raumes schweifen, der sich hinter dem Regal erstreckte – mit einem gemütlichen, grauen Sofa, einem kleinen weißen Holztisch und einer Kommode, auf der ein Fernseher und eine HiFi-

Anlage standen. Ein leises Lächeln stahl sich auf ihre Lippen. Sie musste an die zahlreichen Filmabende denken, die sie mit Briana hier verbracht hatte. Sie liebte diesen Platz. Er stand für Gemütlichkeit und Geborgenheit, für bessere Zeiten.

Ebha stieß sich leicht von dem Regal ab, gegen das sie lehnte, und ging zu den beiden bodentiefen Fenstern neben dem Sofa. Sie blickte in die weite Ferne der rauen friesischen Landschaft und spürte dieses nagende Gefühl des Verlustes in ihr.

Ebha schüttelte den Kopf. Ihre Grübeleien brachten Sie auch nicht weiter. Sie wandte sich um und schritt in den Raum hinein. Dabei zog sie sich den Pullover über den Kopf und hängte ihn ordentlich über das Ende ihres Metallbettes. Ohne innezuhalten ging sie in den angrenzenden Raum, der von oben bis unten mit unzähligen Kleidungsstücken bestückt war. Blusen, Hosen, Röcke und Kleider in allen erdenklichen Farben, Stoffen und Schnitten. Unzählige Paar Schuhe – mal aus gegerbtem Leder, mal aus feinem glänzenden Stoff, mal hoch, mal flach, mal derb mal elegant – waren fein säuberlich in einem Regal aufgereiht. Taschen und Tücher in unterschiedlichen Größen und Variationen hingen an Haken, ebenso wie Ketten und Armbänder, die im Licht golden und silbern funkelten.

Ebha hatte sich nie wirklich Gedanken darüber gemacht, wie viele tausende Euro allein der Inhalt ihres Schuh- und Taschen-Regals wert war. Es war für sie immer selbstverständlich gewesen. Ihre Eltern besaßen vielleicht nicht viel emotionale Wärme. Aber sie besaßen Geld. Eine Menge Geld. Und dies hatten sie sowohl ihr als auch Briana immer zur freien Verfügung gestellt – mit dem Unterschied, dass Ebha dieses Angebot nur zu gerne angenommen hatte, wohingegen sich Briana irgendwann ihren eigenen Lebensunterhalt verdienen wollte.

Ebha nahm sich einen schwarzen, weichen Pullover und eine bequeme Stoffhose aus dem Schrank. Mit den Sachen in der Hand verließ sie den begehbaren Kleiderschrank. Sie spürte den weichen hellgrauen Teppich unter ihren Füßen, als sie ihr Zimmer durchquerte. Am Ende des Raumes war eine weitere Tür, die in ein komfortables Bad führte. Eine Annehmlichkeit, über die jeder Schlafraum in diesem Haus verfügte.

Ebha legte die frischen Sachen auf ein

dreistöckiges Holzregal, in dem Handtücher in Grau- und Grüntönen sorgfältig zusammengefaltet lagen. Neben dem Regal stand ein aus Granit gefertigter Waschtisch mit einem rechteckigen Keramik-Waschbecken und einem großzügigen Spiegel. An der langen Wand rechts daneben stand eine große freistehende Badewanne vor einer grauen Steinmauer, die sich perfekt mit den braunen Fliesen am Boden und den elfenbeinfarbenen Wänden ergänzte. Direkt neben der Badewanne ließ ein schmales bodentiefes Fenster ein angenehmes Licht in den Raum hineinfließen.

Ebha ließ warmes Wasser in die Wanne laufen, während sie ihre Kleidung ablegte. Mit ihrem Zeh testete sie die Temperatur des Wassers. Sie war genau richtig. Nicht zu heiß und nicht zu kalt. Als Ebha gänzlich in das angenehme Nass glitt, schloss sie erlösend die Augen. Sie atmete den Duft nach Rosen und Mandeln ein, den die Bademilch verströmte. Sie versuchte, sich zu entspannen. Doch sie merkte, dass einige ihrer Muskeln ihre Verkrampfungen nicht lösten.

Ebha hatte nicht damit gerechnet, dass ihr das alles so an die Substanz gehen würde. Sie merkte langsam, wie vermessen es war, zu glauben, dass ihr Vorhaben gar nichts in ihr berühren würde. Doch jetzt musste sie da durch. Sie hatte es Briana im Stillen versprochen. Sie würde diese Liste erfüllen. Jeden einzelnen verdammten Punkt.

*****

Beinahe gewaltsam riss Ref die klapprige Tür des *Alten Kutters* am Stadtrand von Jever auf. Er betrat den stark verqualmten und muffigen Schankraum und ging zielgerichtet zur Bar. Er sah sich nicht um. Das musste er nicht. Er wusste, dass am ersten Tisch neben dem Fenster ein altes Ehepaar saß, das schweigend beieinander hockte und eine Zigarette nach der anderen paffte. Er wusste, dass sich im hinteren Bereich, dort wo der Billardtisch und ein blinkender Spielautomat standen, eine Gruppe von vier Männern aufhielt, die ihr mühsam erarbeitetes Geld für Glücksspiele verprassten.

Er konnte die Aufschriften der zahlreichen Blechschilder, die die Wände verzierten, im Schlaf aufsagen. Er kannte die zehn verschiedenen Biersorten und ihre Preise, die in der Karte standen, ebenso auswendig wie die siebzehn Schnapssorten.

Ref kannte diese Bar mit ihren immer gleichen Gästen in und auswendig. Er kam seit Jahren hierher. Einmal die Woche. Nie mehr. Das reichte ihm. Er trank ein zwei Bier und einen Whiskey. Dann ging er wieder.

Mit ernster Miene setzte sich Ref an die sperrige Bar aus dunklem Holz. „Du bist zu spät", wurde er von der Seite angesprochen.

Refs Mimik blieb unbeeindruckt. „Ich hatte noch zu tun."

Der Mann neben ihm schnalzte missbilligend mit der Zunge. „Was kann wichtiger sein als mit einem guten alten Freund ein Bierchen zu trinken?"

Ein kaum sichtbares Lächeln zierte Refs harte Züge. Hauke Peters war sein ältester und wenn er es recht betrachtete auch einziger Freund. Das reichte völlig aus. Ref war nicht der Typ, der sich mit einem unüberschaubaren Freundeskreis abgeben musste. Hauke war in Ordnung. Er war sehr direkt, aber im Großen und Ganzen trug er sein Herz an der richtigen Stelle.

„Also gut", meinte Hauke, als Ref nichts erwiderte. „Für die Zukunft merke dir, dass der einzige

Grund, warum du zu unserem festen Termin zu spät kommen darfst, eine Frau ist."

Ref hätte gerne laut gelacht, weil er den bizarren Umstand lustig fand, dass er an diesem Tag wirklich wegen einer Frau zu spät gekommen war. Doch er verkniff es sich. Stattdessen griff er nach dem Bier, das ihm der Wirt ohne Aufforderung hingestellt hatte, und nahm einen großen Schluck.

Ref spürte, wie Hauke ihn von der Seite etwas scheel betrachtete. „Ich glaub, ich spinne", hörte er seinen Kumpel sagen.

Ref stellte von Haukes Ausbruch unberührt sein Bier ab und ließ sich dazu verleiten, seinen Freund anzusehen. Für seine 40 Jahre sah Hauke im Moment äußerst jugendlich aus. Diesen Eindruck konnten auch die grau melierten Haare nicht wettmachen. Und das lag einzig und allein daran, dass Hauke ihn aus seinem rundlichen Gesicht mit solch unverhohlener Neugierde anstarrte, dass Ref abermals einen unerwünschten Anflug von Belustigung unterdrücken musste.

„Sag bloß, du hast 'ne Frau kennengelernt." Haukes dunkle Augen begannen zu leuchten wie bei einem kleinen Jungen, der vor einem riesigen

Weihnachtsbaum mit unzähligen Geschenken stand.

Ref schnaubte verächtlich und genehmigte sich noch einen Schluck des bitteren Biers. Ja, er hatte eine Frau kennengelernt. Aber er hätte auf dieses Kennenlernen gerne verzichtet. Seit Brianas Tod hatte er sich von dem weiblichen Geschlecht ferngehalten. Er hatte keinen Grund, sich einer Frau anzunähern. Da war nur Platz für Briana in seinem Kopf und in seinem Herzen. Er könnte sich nie auf eine andere Frau einlassen. Nie. Er hatte ihr doch die Treue versprochen. Loyalität und Liebe – auch über den Tod hinaus.

„Nun sag schon", drängelte Hauke. „Oder willst du mich dumm sterben lassen?"

„Ich will deinen Enthusiasmus ja nur ungern bremsen, aber nein: Ich habe keine Frau kennengelernt. Zumindest nicht wie du denkst."

Hauke blickte Ref verwirrt entgegen. „Könntest du mich bitte endlich aufklären oder muss ich dich erst mit genug Alkohol abfüllen, damit du redest?"

„Es gibt nicht viel zu sagen", erwiderte Ref knurrig.

„Nicht?", hakte Hauke nach.

„Nein."

„Ist sie hübsch?"

Refs Kopf ruckte zu Hauke. Diese Frage war so unangemessen wie Haukes breites Grinsen.

„Keine Ahnung."

„Was soll das heißen?"

„Genau das."

„Aha." Hauke hob seine buschigen Augenbrauen und sah Ref amüsiert an. „Du hast zwei Augen, mein Lieber. Da wird dir doch wohl aufgefallen sein, ob sie hübsch ist oder nicht."

Ref zuckte betont desinteressiert mit seinen Schultern. „Sie ist nicht mein Typ."

„Aha."

„Könntest du mit diesem ständigen Aha aufhören?", fragte Ref gereizt nach. „Und überhaupt: Es steht nicht zur Debatte, ob sie hübsch ist oder nicht."

„Was soll das denn schon wieder heißen?"

„Genau das."

Hauke schüttelte ungläubig den Kopf. „Du hast es echt mal wieder nötig."

Ref glaubte, sich verhört zu haben. „Wie war das?"

„Was ist dein Problem?", wollte Hauke mehr als belustigt wissen. „Du solltest nicht vergessen, dass du ein Mann bist und dass du trotz deiner Trauer um Briana Spaß haben darfst."

„Rätst du mir gerade dazu, irgendeine dahergelaufene Frau zu vernaschen?" Refs Stimme klang erbost. Hauke hatte gut reden. Immerhin war er seit gut 20 Jahren mit derselben Frau verheiratet und hatte zwei Kinder. Da war es leicht, so einen Unsinn zu schwafeln.

„Ich rate dir, wieder etwas mehr zu leben." Als Hauke den warnenden Blick von Ref sah, fuhr er hastig fort. „Du willst mir doch nicht weismachen, dass du dich mit deinen 37 Jahren dazu entschieden hast, völlig enthaltsam zu leben."

„Weißt du was, Hauke, du hast recht." Ref schlug zur Unterstützung seiner Worte mit einer Hand flach auf den Tresen. „Am besten ich schnappe mir gleich die Frau da hinten am Dreiertisch, mache sie zu meiner zweiten Frau und gründe mit ihr eine Familie. Und dann lebe ich glücklich und zufrieden bis an mein Lebensende."

Hauke blickte ihn für einen Moment mit großen Augen an. „Naja …", murmelte er etwas betreten und wurde sogleich von Ref unterbrochen.

„Im Ernst, Hauke, die Frauenwelt kann sicher auf mich verzichten. Und ich auf die Frauenwelt. Und überhaupt: Was interessiert es dich?" Ernst blickte Ref zu Hauke, der auf seinem Hocker hin und her rutschte.

„Ich bin dein Freund. Mich interessiert es halt, wie es dir geht", erwiderte Hauke mit einem leichten Schulterzucken. „Außerdem muss ich einmal die Woche deine Launen aushalten, wenn du mal wieder zu viel Druck verspürst."

Ref konnte seinen Kumpel neben sich leise glucksen hören. „Mit meinem Druck ist alles in bester Ordnung", zischte er.

„Das bezweifle ich."

Ref rollte genervt mit den Augen. Manchmal konnte Hauke eine richtige Nervensäge sein.

„Also, was ist jetzt mit dieser ominösen Frau?“

Er hätte wissen müssen, dass sein Kumpel nicht lockerlassen würde. Ref nahm einen großen Schluck Bier und versuchte damit, dieses Unwohlsein zu bekämpfen, wenn er an eben diese ominöse Frau dachte. „Nichts weiter. Sie wollte mich lediglich einmal persönlich treffen.“

„Einfach so?“

„Nein, nicht einfach so“, sagte Ref gereizt. „Sie hat diesen vermaledeiten und triftigen Grund, den ich kaum ignorieren kann.“ Er spürte Haukes fragenden Blick auf sich ruhen. „Briana wollte es so.“

„Briana wollte, dass du irgendeine fremde Frau triffst?“ Hauke starrte ihn mit großen Augen an.

„Sie ist nicht fremd.“

„Könntest du auf den Punkt kommen?“

„Es ist Brianas kleine Schwester.“

Schweigen. Mehrere Augenblicke.

„Oh.“

Ref nahm erneut einen Schluck Bier und versuchte, auch das zweite und dritte Oh von Hauke zu überhören.

„Wow, das ist …“

„… beschissen“, half Ref seinem Kumpel, den Satz zu vervollständigen.

„Ich hätte es jetzt eher als verzwickt bezeichnet. Aber wenn du es so nennen willst.“

Wieder kehrte Ruhe zwischen den beiden Männern ein.

„Was willst du jetzt machen?“

Ref schnaubte verärgert. „Wenn ich das wüsste.“ Fahrig strich er sich mit einer Hand über das Gesicht. „Am liebsten würde ich sie nie wieder sehen. Aber andererseits … Wenn es Brianas Wunsch gewesen ist, dass ich ihre kleine Schwester kennenlerne …“

„Vielleicht ist sie gar nicht so schlimm.“

Ref schenkte seinem Kumpel einen vernichtenden Blick. „Hörst du dir manchmal eigentlich selber zu?“

„Wieso? Sie ist immerhin ein Teil deiner Familie."

Ref hätte gerne angewidert sein Gesicht verzogen. Doch er unterdrückte diesen Drang. „Familie", spie er stattdessen nur mit einer nie gekannten Verachtung. „Diese *Familie* hat Briana im Stich gelassen, sie ausgestoßen. Das hat nichts mit Familie zu tun." Angespannt schob Ref sein Glas auf der Theke hin und her. „Könnten wir jetzt endlich das Thema wechseln?! Sonst gehe ich." Der Ton in seiner Stimme machte deutlich, dass er seine Worte ernst meinte.

Hauke hob beschwichtigend die Hände. „Schon gut, schon gut. Dann reden wir halt über deinen Job ... oder meinen Job ... oder meine Familie."

Ref starrte genervt in sein mittlerweile leeres Bierglas. Er war heute nicht in der Stimmung für Haukes Geplapper. Vielleicht sollte er nachhause gehen. Besser wäre es für alle Beteiligten.

KAPITEL 4

22. April 2014 – Einen Monat schon ... Die Zeit vergeht viel zu schnell. Seit einem Monat leben wir mit der Diagnose AIH. Ich fühle mich wie betäubt. Vielleicht mache ich mir zu viele Sorgen. Vielleicht. Aber ich bin nicht wie Ebha. Sie geht erstaunlich – und beängstigend – sorglos mit der Diagnose um. Sie lebt ihr Leben weiter, als wäre nichts geschehen. Sie geht auf Partys, trinkt weiter Alkohol – trotz des strengen Alkoholverbots vom Arzt. Ich frage mich oft, ob sie die Tragweite dieser Krankheit in ihrem Alter nicht verstehen kann oder ob sie die Augen vor der Realität verschließt.

Dabei weiß Ebha doch selbst am besten, dass etwas in ihr nicht richtig funktioniert. All die Schwächeanfälle und Schmerzen der vergangenen Monate, der Zusammenbruch, der Klinikaufenthalt. Kann man das einfach so vergessen?

Gestern haben wir uns fürchterlich gestritten. Sie ist erst spät nachhause gekommen. Sie wollte mir nicht sagen, wo sie war – oder was sie gemacht hat. Aber das musste sie auch gar nicht. Ich habe es gerochen. Den kalten Rauch, der sich in die

Fasern ihrer Kleidung festgesetzt hatte. Der Geruch nach Alkohol, der mir entgegenschlug, als sie mich beschimpft hat. Ich sei zu spießig und zu bemutternd. Sicher, ich bin nicht ihre Mutter. Aber dennoch habe ich das Recht, mir Sorgen um sie zu machen.

Ich verstehe ihre Worte. Und ihre Wut. Aber das ändert nichts an dem Schmerz. Sie ist doch meine kleine Schwester. Ich habe sie praktisch mit großgezogen. Bei neun Jahren Altersunterschied lässt sich das gar nicht vermeiden. Ich war immer für sie da. Nachts, wenn sie mal wieder einen Albtraum gehabt hat. Wenn sie eine schlechte Note mit nachhause gebracht hat. Wenn ein Kindermädchen gehen musste, das Ebha lieb gewonnen hatte. Wenn sie sich mit Mama oder Papa gestritten hat oder diese nicht zu Ebhas Schulaufführungen gekommen sind, weil der Job oberste Priorität hat. Ich war immer da. Und ich habe es gerne getan. Weil ich sie liebe. Und genau diese Liebe wirft sie mir jetzt vor.

*****

Ebha parkte ihren BMW vor der kleinen Halle auf Refs Grundstück. Ihr Gefühl sagte ihr, dass sie nicht hier sein, dass sie diesen Mann in Ruhe lassen sollte. Doch sie war ein rationaler Mensch. Und so hörte sie lieber auf ihren Verstand, der ihr sagte, dass sie ihr Vorhaben nur Durchziehen konnte, wenn sie hartnäckig blieb.

Sie betrat die kleine Veranda des Backsteinhauses und klopfte energisch an die Tür. Sie wartete. Doch sie erhielt keine Reaktion. Sie klopfte erneut. Wieder blieb die Tür verschlossen. Sie sah sich auf dem Grundstück um. Das massige Tor der Halle war ebenfalls verschlossen.

Ebha lief ein Stück über das Grundstück. Als sie die Halle zur Hälfte umrundet hatte, fiel ihr ein weiteres Gebäude auf. Es war kleiner und wirkte älter. Eine Art Scheune. Sie ging auf die grün lackierte Holztür zu, erfasste den Eisengriff und schob die Tür ein Stück beiseite. Vorsichtig spähte sie in den halbdunklen Raum hinein.

Das spitz zulaufende Wellblechdach schickte ein wenig Licht in den Raum. Es roch etwas stickig, nach altem, feuchtem Holz. Die Scheune wirkte aufgeräumt und irgendwie unbenutzt. In einer Ecke standen eine kleine Werkbank und ein Spint, während mitten im Raum der Rumpf eines heruntergekommenen Fischkutters aufgebockt war. Eine grüne Plane bedeckte das Boot zur

Hälfte.

Ebha konnte nicht sagen, warum. Aber auf unerklärliche Weise hatte der Fischkutter ihre Neugier geweckt. Mit langsamen Schritten näherte sie sich dem Schiffsrumpf. Als sie direkt davor stand, hielt sie inne. Still betrachtete sie das vom Salz zerfressene Holz. Ihr Blick glitt nach oben und sie erkannte, dass die Koje ebenfalls in keinem guten Zustand war. Eine dicke Staubschicht hatte sich über den kompletten Kutter gelegt.

Ebha ging langsam um den Schiffrumpf herum. Sie hatte ihn fast umrundet, als sie innehielt. Ein Schriftzug, alt, aber noch gut lesbar, war auf dem verwitterten Holz zu erkennen. Der Name des Schiffes war zur Hälfte mit der Plane bedeckt. Zögerlich erfasste Ebha den harten Kunststoff der Abdeckung. Einen Moment verharrte sie. Dann zog sie die grüne Plane so weit zurück, dass sie den Namen ganz lesen konnte.

Ebha sog scharf die Luft ein und wich einen Schritt zurück. Ein seltsam betäubendes Gefühl ergriff ihren zierlichen Körper, als sich die einzelnen roten Buchstaben zu einem Namen zusammenfügten. Briana.

Sie unterdrückte ein Schlucken, als sie ein paar Schritte auf den Kutter zuging. Erneut blieb sie dicht vor dem Rumpf stehen. Sie musste leicht den Kopf heben, um die Buchstaben fixieren zu können. Aus einem Impuls heraus hob sie die Hand. Sie wollte die sanft geschwungenen Buchstaben berühren. Darüber streichen und das raue Holz der Planken auf ihren Fingerkuppen spüren.

Ehe ihre Finger ihr Ziel erreicht hatten, schraubte sich etwas grob um Ebhas Handgelenk. Sie spürte, wie sich eine kräftige Hand um ihren Arm schlang. Mit einem heftigen Ruck wurde Ebha herumgerissen. Sie presste ihre Lippen fest aufeinander, als ein kurzer, stechender Schmerz durch ihr Handgelenk zuckte.

Sie wirbelte herum und blickte direkt in das bedrohliche Antlitz von Ref. Seine Augen bohrten sich hart in ihren Blick. Sie hatte das Gefühl, dass er bis in ihr Innerstes vordrang und darin herumwühlte wie ein wild gewordenes Tier. Doch noch verstörender als dieser alles einnehmende Blick war seine körperliche Präsenz. Die geballte Wucht seiner Körperlichkeit, seine Wärme und die Kraft, die von ihm auszugehen schien. Sie spürte diese bebende Wut und diese Überreiztheit. Und sie spürte seinen beschleunigten Puls. In einem galoppartigen Rhythmus pulsierten seine Fingerspitzen, die sich noch immer auf Ebhas Handgelenk pressten.

All das empfand sie, während sie ihm gebannt in die Augen sah. Sie konnte nicht anders. Selbst wenn sie gewollt hätte. Ihr Herzschlag glich einem wilden Trommelwirbel. Nur am Rande nahm sie wahr, dass ihre Atmung flacher und hektischer war als sonst. Etwas in ihr schlug Alarm, befahl ihr, sich aus Refs hartem Griff und seiner beinahe penetranten Präsenz zu befreien. Doch ein deutlich größerer Teil wurde von dieser seltsamen Spannung zwischen ihnen gefangen gehalten.

Bemüht ruhig erwiderte sie seinen Blick. Und ein Gefühl befreiender Gleichgültigkeit durchströmte sie plötzlich. Es war egal, dass sie hier nicht sein sollte. Es war egal, was Ref Mattes ihr entgegen brüllen würde. Alles schien in dem Moment egal, als er sich besann, Ebhas Handgelenk losließ und einen Schritt zurücktrat.

Ebha atmete geräuschvoll aus, als sie wieder genug Platz zum Atmen hatte. Unbewusst strich sie sich über ihr leicht lädiertes Handgelenk.

Deutlich waren die Abdrücke seiner Finger in ihre Haut gepresst. Ebha schloss für einen kurzen Moment die Augen. Als sie sie wieder öffnete und auf den Mann vor sich richtete, hatte sie ihre kurz ins Wanken geratene Gefühlswelt wieder vollständig unter Kontrolle.

„Was wollen Sie hier?“ Seine Stimme schnitt gewaltsam durch die mühsam aufrecht erhaltene Stille der letzten Minuten.

„Haben Sie sich entschieden?“, war alles, was sie erwiderte – so, als ob es diesen Moment eben nicht gegeben hätte.

Seine grauen Augen schienen eine Nuance dunkler zu werden. „Wie wollen Sie dieses Kennenlernen gestalten? Wollen Sie mit mir Kaffeetrinken gehen?“ Seine Stimme troff vor Sarkasmus.

„Vielleicht reicht es, wenn wir die Situation des jeweils anderen besser verstehen.“

Seine Augen verengten sich zu Schlitzen. „Was gibt es da zu verstehen? Sie tragen einen Teil von Brianas Leber in sich und hüpfen munter durchs Leben, während meine Frau in einem Grab vermodert.“

Seine Worte trafen Ebha unerwartet hart. Sie zuckte innerlich zusammen, doch nach außen hin ließ sie sich nichts anmerken. „Hören Sie auf damit.“

„Womit?“, wollte Ref knurrend wissen.

„So zu tun, als ob mich Brianas Tod nichts anginge.“

„Was soll ich anderes von Ihnen denken? Ich habe selten eine Person wie Sie getroffen. So affektiert und kontrolliert.“ Demonstrativ verschränkte er die Arme vor der Brust, während er sie weiterhin auf eine eindringliche Weise musterte.

Ebha hob ihr Kinn ein Stück nach oben. Sie wollte Ref zeigen, dass sie sich von seiner abwertenden Art nicht kleinmachen ließ. „Ich bin hier, um eine Liste abzuarbeiten und nicht, um mein Seelenleben vor Ihnen auszubreiten.“

„Sehen Sie, und genau das ist das Problem.“ Ref löste die Verschränkung seiner Arme und beugte sich ein wenig zu Ebha. „Sie arbeiten diese Punkte ab. Glauben Sie wirklich, dass das in Brianas Sinne war?“

Verärgert kräuselten sich Ebhas akkurat gezupften

Augenbrauen. „Was genau verlangen Sie eigentlich von mir? Sie widersprechen sich gerade selber."

„Ich will gar nichts von Ihnen. Sie wollen was von mir", stellte Ref mit harter Stimme klar.

„Wir drehen uns im Kreis."

„Dann führen Sie uns endlich aus diesem Teufelskreis und beenden diese Farce einfach. Wir haben uns getroffen. Punkt erfüllt."

Ein freudloses Lächeln zupfte an Ebhas Lippen. „Jetzt arbeiten Sie aber diesen Punkt emotionslos ab."

„Ich bin nicht emotionslos. Was ich fühle, ist unglaubliche Hilflosigkeit und Wut, wenn ich Sie ansehe."

Abermals durchbohrten seine ehrlichen und harten Worte sie wie Pfeile. Beharrlich schob sie jegliche Emotionen beiseite, verbarrikadierte sie hinter dicken Mauern. Ebha versuchte, Refs Blick Stand zu halten. Ihr rechtes Auge zuckte ein wenig. Es fiel ihr ungemein schwer. „Ich habe Briana nicht umgebracht."

Er erwiderte daraufhin nichts. Stattdessen blickte er mit angespannten Gesichtsmuskeln an Ebha vorbei zu dem Kutter hinter ihr.

Ebha erkannte, dass es keinen Zweck hatte. Sie wühlten gegenseitig nur in irgendwelchen Wunden herum. Das brachte doch alles nichts. Ihre Hand glitt in ihre Manteltasche und holte einen Umschlag hervor. „Vielleicht hilft Ihnen das, besser abzuschließen mit allem.“

„Was ist das?“ Ausdruckslos starrte Ref Mattes auf das Kuvert, das ihm entgegengehalten wurde.

„Lesen Sie es in einer ruhigen Minute“, war alles, was sie erwiderte. „Auf Wiedersehen, Herr Mattes.“ Sie drehte sich um und ging – mit einem festen und schmerzhaften Knoten in ihrem Magen.

Hastig schloss Ebha die Eingangstür zu ihrem Elternhaus auf. Mit erstarrter Miene betrat sie den schicken Eingangsbereich, für dessen leicht glänzende Seidentapete in hellen Creme-Tönen sie an diesem Tag keinen Blick hatte. Ohne sich umzusehen, schritt sie die mit hellem Teppich ausgelegte Marmortreppe hinauf. Unter ihren zittrigen Fingern fühlte sich das verzierte

Metallgelände eiskalt an.

„Ebha“, hörte sie die abgehackte Stimme ihrer Mutter von unten. Ebha reagierte nicht.

„Ebha, wo kommst du jetzt her?“, verlangte ihre Mutter zu wissen, die im selben Moment am Fuß der Treppe erschien.

„Nicht jetzt, Mama.“ Sie hielt nicht an. Sie konnte jetzt kein Gespräch mit ihrer Mutter führen. Stattdessen setzte sie unbeirrt ihren Weg fort. Sie wusste, dass ihre Mutter ihr zu gerne hinterhergegangen wäre. Sie wusste aber auch, dass Theodora es nicht tun würde. Das war nicht ihre Art. Stattdessen würde sie warten, bis sich die nächstbeste Gelegenheit bot, um Ebha erneut darauf anzusprechen. Da war Theodora Wals wie ein Raubtier, das geduldig im Dickicht wartete, um im passenden Moment zuzuschlagen.

Erst als Ebha ihr Zimmer erreicht und die Tür hinter sich geschlossen hatte, erlaubte sie sich für einen Moment, die Augen zu schließen. Sie atmete tief durch und versuchte, diese wahnsinnige Flutwelle unterschiedlicher Emotionen nicht über sich zusammenbrechen zu lassen.

Mit den Fingern tupfte sie an den Rändern ihrer Augen entlang, auch wenn es nichts weg zu tupfen gab. Ebha ging auf den Holzschreibtisch zu, der vor einem bodentiefen Fenster stand, und ließ sich in den sündhaft teuren Bürostuhl mit anpassendem Rückenteil und verstellbaren Armlehnen sinken. Für einen Moment verharrte Ebha. Doch schließlich öffnete sie die Schublade des Tisches und ließ ihre Hand hineingleiten. Sie erfasste ein Stück Papier, zog es heraus und breitete es auf der glatten Oberfläche des Schreibtisches aus.

Konzentriert verharrte ihr Blick auf den wenigen handschriftlich vermerkten Zeilen. Allein der Anblick dieser Schrift – Brianas Schrift – war kaum zu ertragen. Ebha kannte diese Liste in und auswendig. Sie konnte jeden einzelnen Punkt im Schlaf herunterbeten. Und dennoch hatte sie keine Ahnung, wie sie diese Punkte erfüllen sollte.

Ebha konnte sich noch zu gut an den Tag erinnern, als Briana ihr diese Liste übergeben hatte. Es war ein beschissener Tag gewesen. Voller Schmerzen und innerer Erschöpfung. Ebha hatte im Krankenhaus gelegen, die Ärzte hatten ihr wenige Stunden zuvor mitgeteilt gehabt, dass es nicht gut um sie stand. Sie hatte an Schläuchen gehangen, musste künstlich ernährt werden, weil sie nichts bei sich behalten konnte. Briana hatte die ganze Zeit bei ihr gesessen. Sie hatte ihre Hand gehalten und hin und wieder über ihr Haar gestrichen, während sie ihr beruhigend zugeflüstert hatte, dass alles wieder gut werden würde.

Ein trauriges Lächeln erschien auf Ebhas Lippen, als sie mit einem Finger über das raue Papier strich und erneut die geschriebenen Zeilen ihrer Schwester betrachtete.

Meine kleine Ebha,

ich weiß, dass du im Moment Schreckliches durchmachst. Aber ich möchte, dass du weißt, dass ich immer für dich da bin. Und auch wenn es sich im Moment nicht so anfühlt, so bin ich mir sicher, dass es dir irgendwann wieder besser gehen wird. Ich gebe die Hoffnung nicht auf und du solltest das auch nicht. Damit du nicht auf die Idee kommst, einfach aufzugeben, habe ich mir was überlegt. Du hältst gerade eine Liste in deinen Händen. Eine Liste mit Punkten, die wir zusammen abarbeiten werden, sobald du wieder fit genug bist. Jeder Punkt ist ein Wunsch für dich, manchmal vielleicht auch eine kleine Herausforderung. Aber in jedem Fall sollen sie dir

Spaß machen, dich berühren und dir das Leben wieder näher bringen.

Punkt 1: Ich wünsche mir, dass du Ref kennenlernst. Zugegeben: Das ist ein sehr egoistischer Wunsch von mir. Aber ihr seid die wichtigsten Menschen in meinem Leben und ich finde es schade, dass ihr euch bis heute nicht getroffen habt.

Punkt 2: Ich wünsche dir wieder mehr Spaß am Leben und dass du so unbeschwert und albern sein kannst wie früher. Vielleicht sollten wir einen irischen Tanzabend besuchen? Die Musik fandst du schon als Kind immer mehr als tanzbar.

Punkt 3: Mache etwas Verrücktes. Etwas wirklich Verrücktes. Gehe nackt im Meer baden oder tanze im Regen. Das Leben ist schließlich ernst – und kurz – genug.

Punkt 4: Vielleicht fühlst du dich besser, wenn du weißt, dass du mit deiner Krankheit nicht alleine bist. Warum trittst du nicht mit anderen Betroffenen in Kontakt?

Punkt 5: Erinnerst du dich an unsere Bananen-Eis-Orgien, als wir noch Kinder waren? Ich finde, das sollten wir wieder aufleben lassen.

Punkt 6: Ich weiß, dass du den Winter liebst und das Gefühl von kühlem Schnee auf der Haut. Im nächsten Winter werden wir in das Strandhaus unserer Eltern fahren und einen herrlichen Wintertag am Meer verbringen. Nachdem wir uns im Schnee gesuhlt haben wie die Schweine im Dreck genießen wir eine heiße Schokolade nach dem Rezept unserer Großmutter.

Punkt 7: Lass uns wieder das Friesische mystische Wunderland der Märchen- und Fabelwesen besuchen. Dort drehen wir unzählige Runden in dem alten Einhorn-Karussell – wie wir es getan haben, als du noch klein warst.

Punkt 8: All das wünsche ich dir. Aber vor allem wünsche ich dir, dass du endlich frei bist. Frei von Schmerzen, frei von den Komplikationen zuhause und frei von alldem, was dich tief in deinem Inneren daran hindert, dein Leben zu leben – egal wie schwer es ist.

Ich hoffe, dass dir diese Punkte ein wenig Kraft zurückgeben können.

Ich liebe dich, kleine Schwester.

Briana

P.S. Ich dulde keine Ausreden, was die Erfüllung dieser Liste betrifft.

Noch lange ruhten Ebhas Augen auf den geschriebenen Worten ihrer Schwester. Ein dicker Kloß hatte sich in ihrem Hals gebildet, den sie nicht einfach herunterschlucken konnte. Erneut las sie den letzten Vermerk auf dem Zettel. *Ich dulde keine Ausreden, was die Erfüllung dieser Liste betrifft.*

Ein trauriges Lächeln legte sich über Ebhas Lippen. Briana hatte sie gut gekannt. Viel zu gut. Ebha strich sich eine Strähne ihres Haares aus dem Gesicht. Bis heute hatte sie nicht die Kraft dafür aufbringen können, die einzelnen Punkte abzuarbeiten. Sie hatte gewusst, warum. Ohne Briana war es nicht dasselbe. Schon allein die Vorstellung, etwas Albernes zu tun, schien im Moment so unmöglich, so surreal. Wie sollte Ebha Spaß haben, wenn sie keine Freude mehr empfand?

Doch die größte Herausforderung stellte zweifelsfrei der erste Punkt dar. Es war für sie unerträglich, dem Mann gegenüberzutreten, der durch dieses Unglück, durch diese verdammte OP, alles verloren hatte. Seine Liebe. Sein altes Leben. Seine Zukunft. Von einer Minute auf die andere war dieses glückliche Leben zerstört worden. Einfach so. Weil das Schicksal anders entschieden hatte.

Nüchtern betrachtet hatte niemand Schuld an Brianas Tod. Sie hatte sich freiwillig dazu entschieden, Ebha einen Teil ihrer Leber zu spenden. Trotz des Risikos, dass etwas schief gehen könnte. Und tragischer Weise war etwas schief gegangen.

Während der Operation war es zu Komplikationen gekommen. Die Ärzte hatten versucht, Briana zu retten, doch ihr Körper hatte einfach aufgegeben. Und das, obwohl doch schon alles überstanden gewesen war. Der Teil ihrer Leber war bereits entfernt und in Ebha verpflanzt worden. Alles war gut verlaufen, bis zu dem Punkt, als Brianas Köperfunktionen einfach zusammengebrochen waren.

Die Ärzte hatten keine Erklärung für das Unglück gehabt. Das kommt in seltenen Fällen vor, hatte ein Arzt Ebha und ihren Eltern mitgeteilt. So kalt und nüchtern und doch so ehrlich und wahr.

Brianas Tod hatte alles verändert. Bereits vor dem Unglück hatte sich die Familie immer mehr voneinander entfernt. Ebhas Mutter hatte es nicht ertragen können, dass sich Briana für ein einfaches Leben mit Ref entschieden hatte. Ihr Vater hatte es schweigend hingenommen. Doch er hatte auch nichts gegen diese angespannte Situation getan. Und Ebha selbst? Nun, sie hatte es von ihrer älteren Schwester nicht anders erwartet gehabt. Briana hatte nie viel von diesem ganzen Luxus gehalten, in dem sie aufgewachsen war. Sie hatte sich nichts aus Geld gemacht. Für sie hatte das Menschliche gezählt. Freundschaft. Liebe.

Ebha schüttelte sachte den Kopf und blickte auf den Schreibtisch. Ein zartes lächeln schlich sich auf ihre Lippen.

Ja, Ebha hatte es von Briana nicht anders erwartet. Aber das hieß nicht, dass sie ihre ältere Schwester auch verstanden hatte. Sie waren seit ihrer Kindheit so unterschiedlich wie Tag und Nacht gewesen. Ein Umstand, der vielleicht auch an dem großen Altersunterschied von neun Jahren lag.

Briana war stets die Besonnenere und

Bodenständigere von ihnen gewesen, wohingegen Ebha das Leben in Wohlstand in vollen Zügen genossen hatte. Mode und Style waren ihr Leben gewesen. Ungeschminkt aus dem Haus gehen? Undenkbar. Kleidung vom Discounter tragen? Unter ihrer Würde.

Dass diese Einstellung sich nicht gut mit Brianas Ansichten vertragen hatte, wunderte da kaum. Jahrelang hatte Briana versucht, Ebha beizubringen, das Geld und Materielles nicht alles waren.

Mittlerweile war auch sie erwachsen geworden. Sie war 23 Jahre alt. Und sie hatte Entscheidungen getroffen. Wichtige Entscheidungen. Richtige Entscheidungen. Auch wenn der Abbruch eines Studiums an einer angesehenen Universität nicht gerade gut durchdacht wirkte, war diese Entscheidung die erwachsenste, die Ebha in ihrem Leben getroffen hatte – auch wenn ihre Eltern das noch nicht verstanden hatten.

Seit Brianas Tod strahlten ihre Eltern eine beängstigende emotionale Kälte aus. Jedes Mal, wenn Ebha in die Augen ihrer Mutter blickte, konnte sie darin die stummen Vorwürfe sehen, die sie ihr machte. Ihr Papa war rettungslos in seiner eigenen Resignation versunken. Und das war fast noch unerträglicher. Dieses stille Aufgeben der Familie. Das Aufgeben seiner noch lebenden Tochter.

Ebha versuchte, diese Bilder in ihrem Kopf abzuschütteln. Noch immer starrte sie auf die Liste, die vor ihr lag. Eine Liste, die so wichtig wie belastend war.

KAPITEL 5

Ref saß in seinem Monstrum von Ledersessel. Ein altes Erbstück. Und eigentlich eine Hässlichkeit. Dennoch stand das Möbelstück seit Jahren in seinem Wohnzimmer. Den Blick hatte Ref in den Raum hinein gerichtet. In der Hand hielt er ein gefülltes Whiskey-Glas und schwenkte es leicht hin und her. Eigentlich trank er unter der Woche nur, wenn er sich mit Hauke im Pub traf. Doch Ref fand die derzeitige Situation beschissen genug, um eine Ausnahme zu machen.

Er führte das Glas zum Mund und trank einen kleinen Schluck. Dann stellte er das Glas auf einem Beistelltisch ab. Dabei fiel sein Blick auf die Hand. Golden blitzte sein Ehering auf. Mit nachdenklichem Blick legte Ref Daumen und Zeigefinger auf den Ring und drehte ihn langsam hin und her. Auch zwei Jahre nach Brianas Tod trug er das Schmuckstück noch. Ref hatte sich nie dazu überwinden können, ihn abzulegen. Er hatte es ihr doch versprochen gehabt. Er hatte ihr so vieles versprochen …

Ref stand auf einer saftigen Wiese. Nur wenige Meter weiter ging diese in karge Dünen über, die im graublauen Meer endeten. Das beständige Rauschen der Wellen erfüllte die Luft, die den salzigen Geruch mit sich trug.

Eine heftige Windböe fegte über die Dünen hinweg. Refs schulterlanges Haar wurde nach hinten gewirbelt. Er versuchte erst gar nicht, es zu ordnen. Das wäre bei diesem Wind vergebene Mühe.

Neben ihm erschien ein Schatten. Er wusste, dass es Hauke war.

„Und? Wie fühlst du dich so in deinem Anzug?“, stichelte Hauke mit einem schelmische Grinsen im Gesicht.

„Es geht.“ Ref war es nicht gewohnt, solche Kleidung zu tragen. Hemd, Schlips und Jackett mied er eigentlich wie eine Katze das Wasser. An diesem Tag hatte er eine Ausnahme gemacht.

„Ja, ja, was tut man nicht alles für die Frauen“, seufzte Hauke neben ihm, während er einen kleinen Grashalm von seinem dunkellauen Jackett zupfte.

Ref zog seine Augen zusammen. „Hör auf so einen Stuss zu erzählen und halt dich lieber bereit“, presste er hervor. „Hast du die Ringe?"

„Natürlich, was soll die Frage?" Haukes Stimme war leicht verärgert.

„Bei dir weiß man nie", gab Ref zu bedenken. Er hörte nur ein leises Schnauben neben sich. Doch es kam kein weiterer Protest. Erneut ließ Ref seinen Blick über die atemberaubend schöne Landschaft schweifen. Sie standen mitten im Nirgendwo. Hier gab es weit und breit nichts außer Dünen, Wiesen und das Meer.

Etwas abseits von Ref und Hauke entfernt stand Marina, Haukes hochschwangere Frau, die sich gerade mit dem Pfarrer unterhielt. Leise Nervosität stieg in Ref auf, als ein altes, dunkelblaues Auto am Horizont erschien und direkt auf ihn zukam. Ruckelnd bewegte sich der Wagen über die Wiese, bis er schließlich neben dem Pfarrer zum Stehen kam.

Ref schluckte einen dicken Kloß in seinem Hals hinunter, als sich die Beifahrertür öffnete. Eine junge Frau mit langen blonden Haaren und einem rosafarbenen Kleid stieg aus dem Auto. Kati, Brianas beste Freundin und Trauzeugin. Auch sie hatte mit dem heftigen Wind zu kämpfen. Immer wieder fingen ihre Hände den Saum des Kleides auf, der durch den Wind nach oben gewirbelt wurde. Ihre langen Haare wickelten sich um ihr Gesicht. Von weitem mutete dieser Anblick sehr grotesk an. Doch schließlich hatte Kati alles soweit geordnet, dass sie zuerst den Pfarrer begrüßen und schließlich die hintere Tür des Wagens öffnen konnte.

Es stieg Briana aus dem Wagen, deren Anblick Ref für einen Moment das Atmen vergessen ließ. Sofort trafen sich ihre Blicke. Sie lächelte. Ein Lächeln, das ihm zeigte, wie glücklich sie war. Aber auch ein Lächeln, das ihn beruhigen sollte. Doch an diesem Tag verfehlte dieses bezaubernde Lächeln seine Wirkung. Ref fühlte diese kribbelnde Nervosität durch seinen Körper ziehen. Er war noch nie so aufgeregt gewesen. Einen Zustand, den er in seinem bisherigen Leben kaum kennengelernt hatte. Ref versuchte sich auf seine Braut zu konzentrieren, die bereits vom Pfarrer begrüßt wurde.

Auch Marina drückte Briana fest an sich und flüsterte ihr irgendetwas ins Ohr. Briana lächelte. Sie sah atemberaubend aus in ihrem mit Stickereien verzierten Kleid, das eher an ein

Sommer- als an ein Brautkleid erinnerte. Aber es passte zu ihr. Das war sie.

Ihre langen braunen Haare hatte sie zu einer Flechtfrisur zusammengesteckt. Ein Wärmeschauer durchwanderte Refs Körper, als er daran dachte, wie ihr nach Orangen duftendes Haar ihm beim Küssen im Gesicht kitzelte. Wie weich es sich anfühlte, wenn er es durch seine Finger gleiten ließ. An diesem Tag wirkte ihr Haar besonders glänzend und verführerisch auf ihn. Ein Blumenkranz mit gelben und weißen Blüten zierte Brianas Haupt. Dieselben Blumen fanden sich in dem kleinen Brautstrauß wieder, den sie in den Händen hielt. Brianas braune Augen leuchteten, als sie wieder zu ihm sah. Ihre ebenmäßigen Gesichtszüge mit den rosigen Wangen wirkten entspannt. Sie schien kein bisschen aufgeregt zu sein. Beinahe beneidete Ref die Gelassenheit seiner Frau.

Es kam ihm wie eine halbe Ewigkeit vor, bis sie ihn erreicht hatte, aber als sie schließlich vor ihm stand, konnte er nichts sagen. Er konnte einfach nur ihr Lächeln erwidern. Sie hielt ihm ihre Hand hin und er erfasste sie, ohne zu zögern. „Du siehst gut aus", meinte Briana anerkennend. „An den

Anblick könnte ich mich glatt gewöhnen."

Ref hob eine Augenbraue, was ihr ein leises Lachen entlockte. „Nun, ich kann dir versichern, dass du um einiges besser aussiehst als ich", gab er mit ruhiger Stimme zurück.

Wieder lächelte sie. Und einmal mehr wurde ihm bewusst, warum er diese Frau so sehr liebte. Es war die Wärme und Ruhe, die sie ausstrahlte. Sie war sein Ruhepol. Sie war seine Insel, auf die er sich zurückziehen konnte, wenn ihm alles zu viel wurde.

Noch immer waren ihre schönen Augen auf ihn gerichtet. Er konnte keine Traurigkeit, keine Resignation darin erkennen, obwohl sie diesen bedeutenden Tag ohne ihre Familie feiern musste. Ref fragte sich, ob dieser bittere Beigeschmack ihrer Hochzeit für immer anhaften würde.

Es hatte im Vorfeld unschöne Auseinandersetzungen mit Brianas Eltern gegeben, die letztendlich zu einem Bruch geführt hatten. Ref tat es für Briana leid. Er wusste, dass sie ihre Familie gerne bei sich gehabt hätte. Doch es war nun einmal so, wie es war. Und er würde alles tun, damit sie diesen Tag in glücklicher

Erinnerung behalten würde.

„Sind alle bereit?" Ein kleiner, dünner Mann mit grauen Haaren, der in seinem Gewand beinahe zu verschwinden schien, war an das Brautpaar herangetreten.

„Wir sind bereit, Pater", erwiderte Briana freundlich.

Ref sah kurz zu seiner Braut. Dann glitt sein Blick zu Kati, die neben Briana stand. Neben ihm hatten sich Hauke und Marina platziert. Sie waren eine kleine Runde. Doch für Ref war es genau das Richtige. Einfach und intim. So hatte er sich das vorgestellt.

„Ich freue mich, dass wir uns heute an diesem wunderschönen – wenn auch windigen – Ort eingefunden haben", begann der Pfarrer. Er faltete die Hände ineinander und legte seinen Blick auf Ref und Briana. „Liebes Brautpaar, liebe Trauzeugen und Freunde, wir haben uns heute hier versammelt, weil zwei liebende Menschen sich entschlossen haben, ihre beiden Leben miteinander zu verbinden und den Rest ihrer Tage gemeinsam zu verbringen."

Ref merkte, wie Briana sich kurz zu ihm wandte und zart seine Hand drückte.

„Ihr seid in dieser entscheidenden Stunde eures Lebens nicht allein. Ihr seid umgeben von Menschen, die euch nahestehen. Zugleich sollt ihr wissen: Gott ist bei euch. Er ist der Gott eures Lebens und eurer Liebe. Er heiligt eure Liebe und vereint euch zu einem untrennbaren Lebensbund. Doch zuvor bitte ich euch, öffentlich zu bekunden, dass ihr zu dieser christlichen Ehe entschlossen seid."

Der Pfarrer wandte sich zu Ref und blickte ihn freundlich und offen an. „Ref Niall Mattes, ich frage dich: Bist du hierhergekommen, um nach gutem Willen und aus freiem Entschluss mit deiner Braut Briana Wals den Bund der Ehe zu schließen?"

„Ja." Mit dem ausgesprochenen Bekenntnis zog sich ein angenehmes Kribbeln durch Refs Körper.

„Willst du deine Frau lieben und achten und ihr die Treue halten alle Tage ihres Lebens?"

„Ja."

Der Pfarrer nickte kaum merklich und wandte sich

zu Briana. „Nun frage ich dich, Briana Wals: Bist du hierhergekommen, um nach gutem Willen und aus freiem Entschluss mit deinem Bräutigam Ref Niall Mattes den Bund der Ehe zu schließen?“

Ref hielt die Luft an, doch Brianas Ja kam ohne zu zögern über ihre Lippen.

„Willst du deinen Mann lieben und achten und ihm die Treue halten alle Tage seines Lebens?“

„Ja, das will ich.“

Der Pfarrer blickte das Brautpaar zufrieden an. Ein seichtes Lächeln erschien auf seinen Lippen, als er erneut das Wort an Briana und Ref richtete. „Versichert euch einander eurer Liebe mit dem von euch ausgewählten Trauspruch.“

Ref drehte sich zu Briana. Er erfasste ihre zarten Hände und schloss sie fest in seine. Tief blickte er ihr in die Augen. Sein Herz hämmerte schnell gegen seinen Brustkorb, seine Hände waren schwitzig. Er fühlte diese unglaubliche Aufregung in sich. Aber auch die alles ausfüllende Liebe. Ref atmete einmal tief durch. Die salzige Luft stieg ihm in die Nase. Briana lächelte ihm zu. Sie hatte seine Nervosität bemerkt. Er lächelte leicht zurück. Dann begann er mit rauer Stimme, den Trauspruch zu sprechen. „Briana, vor Gottes Angesicht nehme ich dich an als meine Frau. Ich verspreche dir die Treue in guten und bösen Tagen, in Gesundheit und Krankheit, bis der Tod uns scheidet. Ich will dich lieben, achten und ehren alle Tage meines Lebens."

Briana lächelte ihn an, Tränen schwammen in ihren Augen. Ein Anblick, der ihn tief berührte.

„Ref", begann sie mit zarter Stimme, „vor Gottes Angesicht nehme ich dich an als meinen Mann. Ich verspreche dir die Treue in guten und bösen Tagen, in Gesundheit und Krankheit, bis der Tod uns scheidet. Ich will dich lieben, achten und ehren alle Tage meines Lebens ... und darüber hinaus." Die letzten Worte waren nur noch geflüstert, sodass lediglich Ref sie verstehen konnte.

Kurz verharrten beide, genossen still den friedlichen Moment. Dann löste Ref die Verbindung ihrer Hände. Er griff in das kleine blaue Kästchen, das ihm Hauke hinhielt, nahm einen filigranen goldenen Ring heraus und steckte ihn vorsichtig an Brianas Finger. „Trage diesen Ring als Zeichen unserer Liebe und Treue: Im Namen des Vaters und des Sohnes und des

Heiligen Geistes."

Briana tat es Ref gleich. Geschickt entnahm sie Refs Ring aus der Schatulle und streifte ihm diesen über den Ringfinger. Dann wiederholte sie seine Worte: „Trage diesen Ring als Zeichen unserer Liebe und Treue: Im Namen des Vaters und des Sohnes und des Heiligen Geistes."

Erneut umschlossen sich ihre Hände. Eine unglaubliche Wärme durchflutete Refs Körper und er spürte, wie eine enorme Anspannung von ihm abfiel. Der kitschige Gedanke, nun endlich mit Briana für immer verbunden zu sein, versetzte ihn in einen kribbelnden, schwerelosen Zustand. Er spürte diese tiefe Zufriedenheit in sich. Die Gewissheit, dass er sein Leben lang nicht mehr alleine sein würde. Weil Briana an seiner Seite war.

„Gott, der Herr, hat euch als Mann und Frau verbunden. Er ist treu. Er wird zu euch stehen und das Gute, das er begonnen hat, vollenden." Die Worte des Geistlichen klangen wie ein wunderbar monotoner Singsang, der sich sanft und beruhigend durch Refs Körper schlängelte. Der Pfarrer legte eine Stola um die ineinander verschlungenen Hände des Brautpaares. Dann

bettete er seine rechte Hand darauf und sprach endlich die Worte, auf die Ref gewartet hatte. „Kraft meines Amtes erkläre ich euch hiermit zu Mann und Frau."

Briana lächelte Ref an. Er konnte das Glück in ihren Augen sehen, die Lebensfreude und die Liebe, die sie für ihn empfand.

„Was Gott verbunden hat, das darf der Mensch nicht trennen."

Die vom Pfarrer gesprochenen Worte nahm Ref kaum noch wahr. Ref hatte das Gefühl, sein gesamter Körper wäre in weiße, flauschige Wattebällchen verpackt. Und es war ihm im Moment sogar egal, dass er solche abstrusen und kitschigen Gedanken hegte. Alles war egal. Es zählte nur dieser magische Moment. Und als er Brianas Gesicht in seine Hände nahm und sie auf eine Weise küsste, die beiden die Luft zum Atmen nahm, war alles vergessen. Die Kämpfe und Konflikte mit Brianas Familie, die geweinten Tränen und ungerechten Worte. Es gab nur sie und ihn und diesen Kuss, der eine Liebe besiegelte, die über allem stand.

*****

„Ich kann deine Eltern irgendwie verstehen. Ich wäre auch enttäuscht, wenn mein Kind das Studium abbricht ... glaube ich.“

Die kleine Frau mit den kurzen blonden Haaren und der frechen Brille auf der Nase musterte Ebha, die auf einem wild karierten Sofa lag. Ebha setzte sich auf und zuckte nur mit den Schultern. Zu dem Thema hatte sie nichts mehr zu sagen. Doch sie nahm es der jungen Frau auch nicht übel, dass sie zumindest ein gewisses Verständnis für Ebhas Eltern aufbringen konnte.

Greta Haan war eine ihrer ältesten und besten Freunde. Das hieß: Eigentlich war sie die einzige Freundin, die Ebha geblieben war. Bis vor einigen Jahren war Ebha bei jedem beliebt gewesen. Mit einer großen Clique war sie jedes Wochenende von Club zu Club gezogen. Ihre einzige Sorge war gewesen, ob das Outfit auch schick genug für den neuen angesagten Club der Stadt war.

Heute schien es Ebha wie ein fremdes Leben. Und heute war von ihren sogenannten Freunden keiner mehr übrig. Mit der Zeit hatten sich alle von ihr abgewandt. Die ersten, nachdem Ebha die

Diagnose AIH bekommen hatte, die nächsten nach Brianas Tod und die letzten Kontakte waren während ihrer Studienzeit in Oxford abgebrochen.

Einzig Greta war ihr geblieben. Etwas, wofür Ebha dankbar war. Aber auch etwas, das sie nicht verwunderte. Sie kannte Greta seit ihrer Kindheit. Wenn sie es recht bedachte, war Greta neben Briana die einzige wirkliche Konstante in ihrem Leben gewesen. Greta war ein Mensch, der das Herz auf der Zunge trug, wie man so schön sagte. Sie sagte immer frei heraus, was sie dachte. Aber so wusste man, woran man war. Greta war nicht wie die anderen, die Ebha eine feste Freundschaft vorgeheuchelt, sich aber nonchalant abgewendet hatten, als plötzlich Probleme aufgetaucht waren.

Ebha schmunzelte. In quietschebunten Sachen saß Greta im Schneidersitz auf dem Fußboden neben dem Sofa. Ihr Oberteil war blau-grün gepunktet, während die weite Haremshose rot-weiß gestreift war. Ihre Füße waren nackt, die Fußnägel in verschiedenen Farben lackiert. Sie hatte schon immer einen etwas eigenartigen Modegeschmack gehabt. Und der spiegelte sich auch in ihrem kleinen Appartement wider. Bunt, frisch und unkonventionell waren die Räume eingerichtet.

Und doch drückten sie eine gewisse Gemütlichkeit aus.

„Und sonst?", fragte Greta unbekümmert, während sie entspannt auf einer Sesamstange herumknabberte. „Hast du dich wieder an das piefige Leben in Hooksiel gewöhnt?"

Ebha musste lachen. „Wirklich großstädtisch war es in Oxford auch nicht."

„Aber da ist sicher mehr los, durch die Studenten und so."

Ebha zuckte mit den Schultern, woraufhin sie einen skeptischen Blick von ihrer Freundin erntete. „Du willst mir doch nicht weiß machen, dass du dort das Partyleben ausgelassen hast."

„Um ehrlich zu sein, habe ich genau das gemieden."

„Wer bist du und was hast du mit der partygeilen Ebha Wals gemacht?", fragte Greta trocken.

Ein seltsam verrutschtes Lächeln huschte über Ebhas Lippen. „Die partygeile Ebha Wals gibt es nicht mehr." Abermals zuckte sie mit ihren Schultern, so als ob sie es nicht ändern konnte.

„Zeiten ändern sich.“

„Woho, das mal aus deinem Mund zu hören, hätte ich auch nie für möglich gehalten.“ Greta zwinkerte ihrer Freundin zu und nahm sich eine weitere Sesamstange, die sie geräuschvoll knabberte. „Und was machst du jetzt mit deiner ganzen Freizeit? Däumchen drehen?“

„Ich versuche, ein wenig zur Ruhe zu kommen“, meinte Ebha und schnappte sich nun ebenfalls etwas von dem Knabberzeug.

Wieder erntete sie einen entgeisterten Blick. „Langsam wirst du mir wirklich unheimlich.“

Ebha blickte stumm in den Raum hinein.

„Klappt es denn?“

„Nicht wirklich.“

„Wo ist das Problem?“ Die dritte Sesamstange verschwand in Gretas Mund.

Ebha drückte den Rücken durch, wodurch sie nun kerzengrade auf dem Sofa saß. Nachdenklich richtete sie den Blick in den Raum hinein. „Das Problem heißt Ref Mattes.“

Kurz herrschte eine ungläubige Stille im Raum, die durch Greta jedoch schnell beendet wurde. „Oh. Mein. Gott", schnaufte sie. „Du hast nicht wirklich den Mann deiner Schwester aufgesucht."

Ebha erwiderte nichts. Sie blickte weiterhin nur starr vor sich hin.

„Warum?"

Es war eine schlichte Frage. Dennoch löste sie in Ebha ein dumpfes Gefühl in der Magengegend aus. Sie zögerte, doch schließlich rang sie sich zu einer Antwort durch. „Ich hatte das Gefühl, es tun zu müssen."

„Was tun? Alte Wunden aufbrechen lassen?" Greta sah Ebha mit ihren großen blauen Augen an. „Ebha", begann sie erneut und erfasste die Hand ihrer Freundin, „das bringt doch nichts. Nicht nach all der Zeit. Lass ihn sein Leben leben und du lebst deins." Kurz hielt Greta inne, dann fuhr sie fort. „Es ist schon so lange her. Jeder von euch hat wahrscheinlich mehr oder weniger gelernt, mit diesem Verlust umzugehen."

„Niemand kann damit umgehen", entgegnete Ebha schärfer, als sie beabsichtigt hatte. „Weder

Brianas Mann noch ich und meine Eltern schon gar nicht." Traurig blickte sie Greta an, während sie auf dem Sofa weiter nach hinten rutschte. „Verstehst du? Es wird nie ein Ende haben. Briana wird immer allgegenwärtig sein. Und ich werde immer die Schuldige sein."

Greta schüttelte wild den Kopf. „Du hast keine Schuld. Es war eine Verkettung unglücklicher Ereignisse. Dafür kann niemand etwas."

Ebha gab einen resignierenden Laut von sich. „Ich hätte Briana davon abhalten sollen, mir einen Teil ihrer Leber zu spenden."

„Du weißt so gut wie ich, dass du das niemals geschafft hättest. Außerdem hätte sich Briana Vorwürfe gemacht, weil sie dich hat sterben lassen, obwohl sie dich hätte retten können."

Aus Gretas Mund klang das alles so einfach. Doch das war es nicht. Es war kompliziert. Komplizierter, als Greta dachte.

„Und jetzt?"

Ebha wusste es nicht. Am liebsten hätte sie nie wieder über Ref Mattes nachgedacht. Doch diesen Punkt hatte sie längst überschritten. In ihrem

Magen zog sich ein kleiner Knoten fest zusammen.

„Weißt du was? Wir gucken uns jetzt einen dieser lächerlichen Frauenfilme an. Dann kommst du wenigstens mal auf andere Gedanken." Greta strich Ebha über den Arm. Dann sprang sie auf und verschwand ins Nebenzimmer, um eine DVD hervorzukramen.

Dankbar sah Ebha ihr nach. Dankbar dafür, dass es solch einen Menschen in ihrem Leben noch gab.

KAPITEL 6

Es war bereits Abend, als Ref frisch geduscht in die Küche trat. Er hatte an diesem Tag ein Motorboot auf Vordermann gebracht. Eine dreckige Arbeit, bei der am Ende des Tages überall das schwarze Motoröl geklebt hatte – auch an ihm und seiner Bekleidung.

Er trat an seine Kaffeemaschine heran und stellte sie ein. Er brauchte unbedingt einen Kaffee, auch wenn es eigentlich schon zu spät dafür war. Dabei fiel ihm ein unscheinbarer Umschlag auf. Es war der Umschlag, den Ebha Wals ihm vor wenigen Tagen gegeben hatte. Er hatte ihn achtlos auf die Küchenzeile gelegt und seitdem nicht mehr betrachtet.

Wollte er überhaupt wissen, was in dem Umschlag war? Ref war sich dessen nicht so sicher. Er hatte sich seit dem Auftauchen von Brianas kleiner Schwester mehr als ein Mal seiner Hilflosigkeit und Wut ausgesetzt gefühlt. Da klaffte dieses Loch in ihm – irgendwo zwischen Brust und Herz. Und bei jeder Begegnung mit Ebha wurde es größer.

Ref strich sich über das Gesicht, atmete tief ein. Er

spürte dieses Zittern in sich. Diese Angespanntheit. Er wollte, dass das aufhörte. Er wollte, dass dieser graue Schleier verschwand, der sich auf jedes noch so kleine positive Gefühl legte. Glück. Freude. Was war das noch mal?

Ref presste seine Kiefermuskeln fest aufeinander. Er starrte mit einem mulmigen Gefühl auf den Umschlag und schloss resigniert die Augen. Schlimmer konnte es ohnehin nicht mehr kommen. Er griff nach dem weißen Kuvert.

Er betrachtete ihn einen Moment, drehte ihn hin und her. Ref zögerte. Er wusste, dass es keine gute Idee war. Doch er wusste auch, dass er den Umschlag öffnen musste. Nur so würde er herausfinden, was Ebha Wals ihn gegeben hatte. Vielleicht konnte er so besser verstehen. Was auch immer er glaubte, verstehen zu müssen.

Ref öffnete den Umschlag und zog ein sorgfältig zusammengefaltetes Blatt Papier heraus, das von oben bis unten mit blauer Schrift beschrieben war. Er kannte die Schrift nicht. Aber er hatte eine Ahnung, wer ihm diese Zeilen geschrieben hatte.

Sein Blick fiel auf das Datum, das am oberen Rand auf der ersten Seite vermerkt worden war: *15.*

Februar 2017

Alles in ihm krampfte sich zusammen. Das war ein Tag nach Brianas Beerdigung gewesen. Für einen kurzen Moment konnte er nicht reagieren. Er starrte einfach auf dieses in feiner Handschrift vermerkte Datum. Ihm kam der Gedanke, den Zettel in seiner Hand einfach zu zerreißen. Doch er widerstand dem bohrenden Drang und richtete den Blick auf die Zeilen, die ihm Ebha Wals vor über zwei Jahren geschrieben hatte.

Sehr geehrter Herr Mattes,

Sie kennen mich nicht. Nicht persönlich. Aber dennoch bin ich mir sicher, dass Sie meinen Namen schon mal gehört haben. Wenn Sie diese Zeilen hier lesen, ist das eingetreten, was nicht hätte eintreten sollen. Vielleicht ist es vermessen von mir, Ihnen zu schreiben. Vielleicht ist es auch einfach nur feige, weil ich Ihnen nicht persönlich gegenübertreten kann.

Ich weiß von Briana, dass Sie ihr Vorhaben mir zu helfen nicht gutheißen konnten. Nicht nach all der Schmach und Ablehnung, die meine Familie Ihnen entgegengebracht hat. Ich verstehe Ihre Bedenken. Sie hatten Angst um Briana. Eine Angst, die – wie wir jetzt erfahren mussten – leider nicht unbegründet war. Dennoch möchte ich Sie bitten, Briana nicht für ihre Entscheidung, mir zu helfen, zu verurteilen, sofern Sie dies tun. Sie kannten sie selbst – wahrscheinlich besser als jeder andere Mensch. Sie hatte ein großes Herz. Und sie hat sich für die Menschen, die ihr wichtig waren, verantwortlich gefühlt.

Sie war ein besonderer Mensch. Sie hat immer zu mir gehalten. Auch als es schwierig zwischen uns war. Erst diese Krankheit hat uns einander wieder näher gebracht. Das ist das einzig Positive, was ich diesem ganzen Leidensweg abgewinnen kann.

Ich bin mir sicher, dass ich die letzte Person bin, von der Sie etwas hören oder lesen wollen. Dennoch gestatten Sie mir, Ihnen mein tiefes Beileid und Mitgefühl auszudrücken. Ich habe nicht gewollt, dass das passiert. Ich habe nicht einmal gewollt, dass Briana diesen Schritt geht. Aber sie hat sich nicht davon abhalten lassen.

Ich weiß nicht recht, was ich Ihnen wünschen soll. Es würde zynisch klingen, wenn ich Ihnen nun alles Gute oder ein schönes Leben wünsche. Deswegen belasse ich es dabei. Das Einzige, das ich Ihnen wünschen kann, ist Stärke. Stärke, diese Zeit durchzustehen, und die Stärke dafür, dass Sie mir vielleicht irgendwann vergeben können.

Ebha Wals

Ref starrte ungläubig auf den Brief in seiner Hand. Er wusste nicht, ob er erschüttert oder wütend sein sollte. Die Worte kamen ihm wie der reinste Hohn vor. So schrecklich nüchtern und förmlich.

Er schmiss den Brief auf die Arbeitsplatte und wandte sich um. Er ging zum Fenster, blickte in den graublauen Himmel. Ref verharrte. Und da war sie wieder. Diese unerträgliche Angespanntheit in ihm. Dieses Beben. Er versuchte, ruhig zu atmen. Versuchte, ruhig zu bleiben, indem er verbissen in diesen verdammten Himmel glotzte. Es half nichts.

Er schlug gegen den Fensterrahmen. Was hatte sich Ebha Wals dabei gedacht? Er verstand nicht, warum sie ihm diese Zeilen geschrieben hatte. Doch noch weniger verstand er, warum sie ihm erst jetzt den Brief gegeben hatte. Das machte ihn wütend. So unfassbar wütend. Und hilflos. Ja, er fühlte sich hilflos. Dieses Gefühl, nichts machen zu können, obwohl man alles versuchte, um es zu ändern.

*****

Ebha saß auf ihrem Bett und starrte regungslos auf das Buch, das aufgeschlagen auf ihrem Schoß lag. Sie hatte eigentlich etwas lesen wollen, doch sie konnte sich nicht konzentrieren. Sie war zu müde, zu abgespannt. Immer wieder verschwammen die Zeilen vor ihren Augen.

Es schellte an der Tür. Erschrocken zuckte Ebha zusammen. Erneut klingelte es und erst jetzt wurde ihr klar, dass sie alleine zuhause war. Sie erhob sich und eilte hinunter ins Erdgeschoss. Als sie die Tür öffnete, wich sie erschrocken einen Schritt zurück.

„Wie können Sie es wagen!“, presste Ref hervor. Er trat dicht an Ebha heran und hielt ihr den Brief vor die Nase, den sie ihm vor zwei Jahren geschrieben, aber nie abgeschickt hatte. „Nach all der Zeit kommen Sie zu mir und wagen es, mir diesen Brief zu geben?“

„Es tut mir leid, dass ich Sie damit verärgert habe“, erwiderte sie ruhig. Ihre Worte klangen furchtbar förmlich. Und sie konnte deutlich sehen, wie dieser Umstand Ref noch mehr erzürnte.

„Es tut Ihnen leid", wiederholte er ihre Worte mechanisch. Jeder einzelne Muskel in seinem Körper schien sich zu verkrampfen. Ebha hatte schon die wahnwitzige Vorstellung, dass die einzelnen Sehnen, die die Muskeln zusammenhielten, irgendwann einfach aufplatzen und reißen würden.

„Wenn Sie mir die Chance geben ..."

„Halten Sie den Mund", unterbrach Ref sie. Der Blick aus seinen Augen war so kaltstechend, dass Ebha gerne einen Schritt zurückgewichen wäre. Doch sie blieb standhaft. Auch als er erneut seine Stimme hob und sich fast schon bedrohlich vor ihr aufbaute. „Ich weiß nicht, was Sie sich dabei gedacht haben, mich nach all der Zeit aufzusuchen. Dieses Unterfangen war schon dreist genug. Aber mich nach all dem, was passiert ist, auch noch um Verzeihung zu bitten, grenzt für mich an Respektlosigkeit."

Seine Worte trafen sie unerwartet hart. Sie versuchte, Ruhe zu bewahren. Auch wenn ihr das in Anbetracht eines aufgewühlten und erzürnten Refs nicht leicht fiel.

„Sie haben diesen verdammten Brief einen Tag

nach Brianas Beerdigung geschrieben. Zwei Jahre haben Sie sich aus meinem Leben rausgehalten. Jetzt stehen Sie vor mir." Ref verharrte angespannt vor ihr, dann wandte er sich um, nur um sich im nächsten Moment wieder Ebha zuzuwenden. „Und ich habe keine Ahnung, warum. Warum Sie mich aufgesucht haben. Warum ich nun hier stehen und mich mit Ihnen auseinandersetzen muss." Er blickte auf sie hinab, die Hände zu festen Fäusten geballt, der Blick voller Abneigung auf Ebha gerichtet. „Also: Was wollen Sie von mir? Und warum jetzt?", fragte er in einem Tonfall, der Ebha die Nackenhaare aufstellen ließ. „Klären Sie mich auf, was in Ihrem reizend verwöhnten Hirn vor sich geht."

Erneut kränkten sie seine Worte auf eine Weise, die sie nicht erwartet hatte. Sie spürte, wie ihr Körper in Aufruhr geriet. Ihre Beine fingen das Zittern an. Sie schwitzte, ihr Puls ging schneller, als es ihrem Kreislauf guttat. Es waren Reaktionen ihres Körpers, die Ebha hatte vermeiden wollen. „Sie wissen warum."

„Kommen Sie mir jetzt nicht wieder mit dieser Liste." Seine Stimme war mahnend, beinahe drohend.

„Einen anderen Grund kann ich Ihnen nicht geben."

„Frau Wals", er sprach ihren Namen voller Abneigung aus, „wenn Sie mir nicht auf der Stelle erklären, warum Sie nach all der Zeit bei mir aufgetaucht sind, vergesse ich mich."

Sie schloss für einen Moment die Augen, als ein plötzlicher Schwindel sie packte. Automatisch stützte sie sich mit einer Hand am Türrahmen ab. Tief atmete sie ein, bevor sie zu einer Antwort ansetzte. „Ich dachte ..."

„Nein", unterbrach Ref sie harsch. „Sie haben überhaupt nicht gedacht. Weder als Sie bei mir aufgetaucht sind noch als Sie sich – wann auch immer – dazu entschieden haben, mir diesen Brief zu geben. Sie haben nicht nachgedacht, weil ihr verwöhnter Verstand nicht versteht, was Verlust bedeutet. Und wie sehr es schmerzt, sich nach so langer Zeit noch einmal mit all dem auseinandersetzen zu müssen."

Ebha presste ihren Kiefer aufeinander, als der Schwindel sie ins Schwanken brachte. Sie bekam Angst, vor dem, was da auf sie zukam. Sie spürte diesen Schmerz in sich. Kein körperlicher, eher ein mentaler. Sie spürte, wie erschöpft ihr Körper von den letzten Tagen und von dieser Auseinandersetzung war. Sie versuchte, sich aufrecht zu halten, irgendwie durchzuhalten. Doch ihr Körper kapitulierte. Das Letzte, das sie spürte, bevor sie in eine angenehme Schwärze glitt, war, wie sie dumpf auf dem harten Boden aufschlug.

Träge öffnete sie ihre schweren Lider. Sie blinzelte und sah sich um. Sie lag auf der Couch im Wohnzimmer ihrer Eltern. Über ihren Beinen war eine Decke ausgebreitet. Langsam richtete sich Ebha auf. Ein leises Stöhnen entfuhr ihr, als der Schwindel zurückkehrte. Sie fasste sich mit der Hand an die Stirn und wartete, bis das unangenehme Drehen nachließ. Erst dann hob sie den Kopf und erblickte Ref, der am Fenster stand und sie eindringlich beobachtete.

„Wie lange war ich weg?", fragte sie peinlich berührt.

„Circa zehn Minuten."

Ebha stellte ihre Füße auf den Boden und strich sich eine verirrte Strähne aus dem Gesicht.

„Passiert Ihnen das öfters?" Seine Frage klang

seltsam reserviert.

„Mein Körper kann durch die Krankheit nicht mehr so gut mit Stress umgehen“, gab Ebha ehrlich zu. „Aber es geht schon.“ Sie blickte auf und sah Ref vorsichtig an. Noch immer stand er unberührt am Fenster. Er hatte die Arme vor der Brust verschränkt, sein Blick war ruhig, beinahe starr.

„Sie sollten zu einem Arzt gehen.“

„Der kann auch nicht mehr tun, als mir Ruhe zu verordnen“, entgegnete Ebha und erhob sich. Sie schwankte noch etwas, doch sie war erleichtert, dass sich nicht mehr alles so wild um sie herum drehte.

Ref verharrte. Er löste seine Arme aus der Verschränkung und verlagerte das Gewicht von einem Bein auf das andere.

„Sie reden über ihre Krankheit, als ob es sich dabei um einen Schnupfen handelt.“

Ebha zuckte mit den Schultern. „Was soll ich machen? Mich vergraben und selbst bemitleiden?“

Sie sah, wie sich ein seltsamer Ausdruck über Refs

Augen legte. Es war ein Blick, den sie nicht deuten konnte. Er nickte abgehackt und wirkte mit einem Mal unangenehm berührt.

Ebha wandte sich von Ref ab und ging zu einem dunkelbraun glänzenden Glasschrank, der in einer Ecke gedrängt stand. Er diente als Hausbar des Wals-Anwesens und war angefüllt mit zahlreichen teuren Spirituosen. Aber auch Wasser stand auf der polierten Anrichte immer zur Verfügung. Ebha nahm eine bauchige Karaffe voll Wasser und schenkte sich ein Glas ein. „Wollen Sie auch?“, fragte sie, ohne Ref anzusehen.

„Danke“, kam es nur steif zurück. Dabei kam Ebha der Gedanke, dass er wahrscheinlich lieber verdursten würde, als auch nur irgendetwas aus diesem Haus anzunehmen.

„Ich hätte Sie nicht so angehen sollen.“

Seine Worte, die die aufgekommene Stille zwischen ihnen durchbrachen, überraschten Ebha. Sie wandte sich zu ihm um und betrachtete ihn einen Moment. Sie konnte Zerrissenheit erkennen. Einerseits war da diese Wut auf ihre Person. Andererseits schienen ihm seine harten Worte auf eine Art Leid zu tun. Sie wusste nicht wirklich, wie sie damit umgehen sollte. Sie hatte nicht erwartet, dass er und sie einmal in solch eine Situation geraten würden. Sie räusperte sich leise, sodass Ref es hoffentlich nicht hören konnte. „Sie haben jedes Recht dazu, so aufgebracht zu sein."

Sie sahen sich an. Mehrere Augenblicke lang. Schließlich war es Ref, der den Blickkontakt beendete. Er straffte sich ein wenig. „Sie kommen jetzt sicher alleine klar."

Er hatte die Worte kaum ausgesprochen, als die Haustür geöffnet wurde und Stimmen aus dem Eingangsbereich zu ihnen drangen. Es waren Stimmen, bei denen Ebha ein einziger Gedanke durch den Kopf jagte: *Oh nein, nicht das auch noch*.

Ebha wandte sich hastig um und blickte durch den offen gestalteten Wohnbereich direkt in das Treppenhaus. Ihr Herz hämmerte unangenehm, als sie ihren Vater sah, der mit müdem Blick sein Jackett an die Garderobe hing und sich dann Richtung Wohnzimmer bewegte. Dahinter erschien Ebhas Mutter, ebenfalls geschafft vom Tag in der gemeinsamen Firma. Ebha hatte keine Zeit mehr zu reagieren. Das Unvermeidliche passierte: Ihre Eltern und Ref trafen das erste Mal seit über zwei Jahren aufeinander.

Ebhas Eltern hielten abrupt inne, als sie den ungebetenen Gast erblickten. Während Gerrit wie angewurzelt im Eingang des Wohnbereiches stand, wurde Theodora vor Unglauben und Wut kreidebleich im Gesicht.

„Wie können Sie es wagen ...“, zischte sie, als sie den ersten Schock überwunden hatte. Ihr hübsches Gesicht war zu einer verzerrten Grimasse verzogen, ihre Augen sprühten vor Hass.

Ebhas Blick glitt zu Ref, der scheinbar unberührt inmitten des Raums stand und ihre Eltern nieder zu starren schien. Doch sie konnte sich gut vorstellen, dass er in Wirklichkeit mehr als angespannt war.

„Nach all dem, was Sie unserer Familie angetan haben, besitzen Sie die Unverfrorenheit, unser Haus zu betreten.“ Theodoras Körperhaltung war auf Angriff ausgerichtet. Ebha kannte ihre Mutter. Sie wusste, dass sie Ref gerne angesprungen hätte, dass sie ihn auf welche Art auch immer gerne verletzt hätte. Allein ihr Anstand hielt sie von diesem Vorhaben ab.

„Wenn Sie glauben, ich habe freiwillig auch nur einen Fuß in dieses Haus gesetzt, dann irren Sie sich." Refs Stimme klang nicht weniger unheilvoll als Theodoras. Der dunkle Ton seines Baritons ließ Ebha leicht zusammenzucken.

„Dann erklären Sie sich", forderte Gerrit schneidend, der der Auseinandersetzung offenbar nicht länger als Unbeteiligter beiwohnen wollte.

„Es ist meine Schuld", erwiderte Ebha hastig, bevor Ref antworten konnte. Augenblicklich spürte sie die Blicke aller Anwesenden unangenehm stechend auf sich ruhen.

„Was hast du mit ihm zu tun?", wollte ihre Mutter wissen, wobei sie das Wort *ihm* voller Abscheu hervorwürgte.

Ebha hätte gerne für einen Moment die Augen geschlossen. Doch sie verbat es sich. „Ich habe Herrn Mattes vor ein paar Tagen aufgesucht."

Blankes Entsetzen schlug ihr aus den Gesichtern ihrer Eltern entgegen.

„Du hast was?" Theodoras Stimme war nur noch ein Krächzen.

Ebha atmete tief durch und versuchte, den enttäuschten Blicken ihrer Eltern Stand zu halten. „Er wollte noch einmal mit mir über unser Gespräch reden. Dabei habe ich einen Schwächeanfall erlitten und er hat mir geholfen." Sie mied absichtlich Refs Blick, der das Unverständnis über all das hier deutlich widerspiegelte.

Theodora blickte ihre Tochter mit kaum verhohlener Enttäuschung an. „Wir sprechen uns noch, Fräulein." Dann ruckte ihr Blick zu Ref. „Und Sie verlassen sofort unser Haus."

„Nichts lieber als das", kam es zynisch zurück. Ref sah Ebha für einen kurzen Moment streng an. Dann ging er, ohne ein weiteres Wort an sie gerichtet zu haben.

KAPITEL 7

In einem Zug stürzte Ref das Bier hinter, das er sich im *Alten Kutter* bestellt hatte. Es war bereits das dritte.

„Schlechter Tag?“, fragte Hauke, der halb belustigt, halb verstört dabei zusah, wie Ref das leere Glas auf den Tisch knallte.

„Beschissen würde es eher treffen“, erwiderte Ref dunkel und starrte zornig vor sich ins Leere.

„Okay, was ist passiert?“

Ref blickte in sein leeres Bierglas, in dem sich das geschwungene Muster der dunklen Theke widerspiegelte. Beinahe hypnotisch wirkte die Marmorierung auf ihn. Aber auch nur beinahe. „Familie Wals“, war alles, was er angewidert hervorstieß.

Hauke hob seine Augenbrauen. „Du hast Brianas Familie getroffen?“

„Um genau zu sein, war ich bei ihnen zuhause.“ Ref sah seinen Kumpel noch immer nicht an. Doch er spürte den ungläubigen Blick, den Hauke auf ihn gerichtet hatte. „Und bevor du weiterfragst: Ich war nur da, weil mich ihre anmaßend nervtötende Tochter mit ihrem respektlosen Verhalten mehr oder weniger dazu genötigt hat." Mit einem Fingerzeig machte er dem Wirt deutlich, dass er noch ein Bier brauchte – und das am besten sofort.

Hauke schien nicht zu wissen, was er dazu sagen sollte. Er nippte ebenfalls an seinem Bier. „Vielleicht ist es ja gar nicht schlecht, wenn du dich mit ihnen auseinandersetzt", gab Hauke nach einiger Zeit zu bedenken. „Vielleicht könnt ihr alle so euren Frieden finden."

Refs Kopf ruckte nach oben. „Ich weiß nicht, was für ein Hirngespinst du dir da zusammengereimt hast, aber ich werde mich sicherlich nicht mit dieser Familie auseinandersetzen."

„Naja, wenn wir ehrlich sind, tust du das bereits", nuschelte Hauke in sein Glas, während er einen Schluck Bier trank.

„Ich habe nicht laut Hier gerufen, als es darum ging, ob mich Ebha Wals aufsuchen soll." Ref war aufgebracht. Mehr als das. Nicht nur wegen Haukes Naivität. Nein, so richtig aufgebracht war er wegen dem, was vorhin im Anwesen der Wals´ passiert war. Wobei er nicht einmal sagen konnte, was von all den Vorfällen dort ihn am meisten zusetzte. Der Brief. Der Streit mit Ebha Wals. Ihr Zusammenbruch. Die Konfrontation mit ihren Eltern. Himmel, was für ein beschissener Tag.

„Aber sie hat dich sicherlich nicht dazu genötigt, sie bei sich zuhause aufzusuchen. Oder willst du mir weiß machen, dass du einer Einladung zum Kaffeekränzen gefolgt bist." Hauke konnte ein leises Glucksen nicht unterdrücken.

Ref schenkte seinem Freund einen warnenden Blick. Hauke sollte es nicht zu weit treiben. Ref war heute oft genug an die Grenzen seiner Selbstbeherrschung gelangt und kurz davor, auch noch den Rest seiner Fassung zu verlieren.

„Also schön. Was hast du jetzt vor?" Hauke hatte sich auf dem unbequemen Barhocker, auf dem er saß, aufgerichtet. Wachsam blickte er Ref an, der sich kurz über sein graumeliertes Haar strich.

„Nichts", kam es einsilbig zurück.

„Wie, nichts?"

Ref atmete tief ein. Er mochte Hauke. Er mochte

ihn wirklich. Aber im Moment hätte er ihn gerne gegen irgendeine Wand gestoßen und ihm so stark die Kehle zugedrückt, bis er nicht mehr im Stande zu solchen dämlichen Fragen war. Ref stellte sein mittlerweile viertes leeres Bierglas polternd auf dem alten Holz ab und wandte sich anschließend zu seinem Begleiter. „Was soll ich deiner unabdingbaren Meinung nach tun?“, fragte er schneidend. Gleichzeitig versuchte er diese trotzige Verletztheit aus seiner leicht lallenden Stimme zu verbannen. Es gelang ihm nur bedingt.

„Wie wäre es mit reden?“, schlug Hauke vor.

Ref schob den hölzernen Barhocker mit so viel Schwung nach hinten, dass dieser polternd zu Boden kippte. Zu voller Größe aufgerichtet stand Ref vor seinem langjährigen Kumpel. Dennoch schmälerte das nicht die unglaubliche Wut, die beinahe greifbar auf Hauke niederprasselte.

„Diese Familie hat weder Anstand noch Moral. Sie haben Briana von sich gestoßen, weil sie meinten, dass ich nicht gut genug für sie wäre. Sie haben mir Briana genommen, weil sie trotz allem immer noch gut genug war, wenn es darum ging, ihnen zu helfen. Sie haben Briana gegen ihren Wunsch im Familiengrab bestattet. Sie hatten nie den

Anstand, sich bei mir für diese Schmach zu entschuldigen. Und als ob das nicht genug wäre, hat ihre jüngste Tochter den Vogel abgeschossen, indem sie sich zwei Jahre nach Brianas Tod dazu entschieden hat, mich aufzusuchen, um zum einen irgendeinen dämlichen Plan zu verfolgen. Und zum anderen mir einen Brief zu überreichen, der die ganze beschissene Situation nicht gerade vereinfacht hat. Ich habe dieser Familie nichts mehr zu sagen! Überhaupt nichts!"

Als er mit seiner immer lauter gewordenen Wutrede fertig war, trat er einen Schritt zurück. Er fühlte sich seltsam leer. Und gleichzeitig war da dieses bedrückende Gefühl in ihm, das schwer auf seinem Gemüt lastete. Er schwankte ein wenig, was ihn aber nicht daran hinderte, sich einen doppelten Whiskey zu bestellen, den er kurz darauf hingestellt bekam und sich in einem Zug hinterkippte. Genugtuung machte sich in Ref breit, als er spürte, wie ihm langsam alles egal wurde. Und das schloss auch die verwirrten Blicke aller Anwesenden mit ein. Ebenso wie die peinlich berührte Stille, die sich im Pub ausgebreitet hatte.

Hauke erhob sich ebenfalls und schenkte dem verärgert dreinblickenden Wirt einen entschuldigenden Blick, bevor er sich an Ref wandte. „Du solltest dich beruhigen."

„Ich bin ruhig", sagte Ref, zog sich den nächstbesten Hocker heran – da seiner noch immer umgekippt auf dem Boden lag – und setzte sich, als ob nichts gewesen wäre.

Hauke räusperte sich leise und tat es seinem Kumpel zögernd gleich. Mit leicht ungläubiger Miene beobachtete er, wie Ref ein weiteres Bier exte.

Auch wenn Refs Verstand vom Alkohol bereits vernebelt war, merkte er noch, wie lächerlich er sich hier gerade aufführte. Er würde es am nächsten Morgen mit Sicherheit bereuen. Dennoch: Er wollte es im Moment nicht anders. Er fühlte sich erbärmlich, weil ihm die Begegnung mit Familie Wals alles an Kraft geraubt hatte, die er noch übrig gehabt hatte. Und aus diesem Grund wollte er sich auch erbärmlich aufführen. Er hatte ein Recht dazu. Basta.

Seine kreisenden Gedanken wanderten zurück zu dem Moment, als Ebha Wals einfach vor ihm zusammengesackt war. Ref verzog seinen Mund, ein Stöhnen steckte in seiner Kehle, das Ausdruck von Frustration und Unwohlsein war. Er hätte das am liebsten gar nicht mitbekommen. Er wollte nicht wissen, wie sehr Brianas Schwester unter den Auswirkungen ihrer Krankheit litt. Er wollte sich lieber in dem Schmerz suhlen, der Brianas Verlust mit sich brachte und in Ebha weiterhin eine Schuldige sehen.

„Was ist das überhaupt für ein komischer Name?“, fragte Ref mit schwerer Zunge in die aufgekommene Stille hinein.

„Welcher Name?“, wollte Hauke verwirrt wissen.

„Ebha Wals. Ebh-aaaa Waaalsh.“

Ref ließ seine Zunge im Mund kreisen, sodass er sich anhörte wie eine leiernde CD.

Hauke musste ein Glucksen unterdrücken, während erneut alle Gäste des Pubs in ihre Richtung starrten. „Nun, ich finde, das ist eigentlich ein sehr schöner Name.“

„Und dann ihr Auftreten und ihr Gehabe“, ätzte Ref weiter, ohne Haukes Worte vernommen zu haben. Dabei machte er eine ausladende Handbewegung, die die Wichtigkeit seiner Worte verstärken sollte. „Diese Fummel, die sie immer trägt ... so fein und erhaben ... Sieht aus wie die jüngere Reinka ... Reinkarnation von Victoria Beck-haaam."

Hauke hob erstaunt seine Augenbrauen. „Du kennst Victoria Beckham?"

„Wen?" Ref sah seinen Freund leicht verwirrt an. Er blinzelte ein paarmal, da er Hauke wie durch einen Schleier sah. Doch dieser seltsame Nebel lichtete sich auch nach mehrmaligem Schließen seiner Lider nicht.

Hauke schüttelte belustigt den Kopf. Plötzlich hielt er inne und ein schelmisches Lächeln erschien auf seinen Zügen. Er beugte sich ein wenig zu Ref, als ob er nun etwas Verschwörerisches mit ihm zu besprechen hätte. „Mal ganz unter uns: Kann es sein, dass es dir Brianas kleine Schwester auf eine gewisse Weise ein ganz klein wenig angetan hat?"

„Schwachsinn", nuschelte Ref, versuchte dann aber, ernsthaft darüber nachzudenken.. „Sie ist nicht mein Typ. Sie ist ät ... ät..." Ref stockte und versuchte, die Worte, die auf seiner Zunge lagen, auszuspucken. Es gelang ihm nicht wirklich. „Ätzend", lallte er und war beinahe stolz auf sich, dass er wieder einigermaßen sprechen konnte.

„Ohne sie wäre ich erstgarnich da, wo ich nun bin ... geendet als frustrierter Witwer. Dennoch ... “ Ref stoppte. Sein Gehirn arbeitete auf Hochtouren, überlegte fieberhaft, welchen Gedanken es gerade hatte fassen wollen.

„Dennoch?“, hakte Hauke mit leiser Ungeduld nach.

Ref öffnete den Mund und schloss ihn sogleich wieder. Er atmete tief durch. Dann unternahm er einen erneuten Anlauf. „Dennoch ist da so ´ne Spannung ... ich weiß nich, wie ich sagen soll, mein lieber Hauke ... aber da ist Energie, die rauswill ...irgendwie. Wenn ich diese Frau sehe, dann würde ich ihr am liebsten den Hals umdrehen, sie anschreien, warum sie mir das angetan hat und gleichzeitig hindert mich irgendwas daran.“

Ref blickte Hauke direkt an, der seltsam hin und herschwankte. Oder war Ref es, der schwankte? Ref schüttelte den Kopf, versuchte sich auf das zu konzentrieren, was er hatte sagen wollen. „Nein, diese Person hat‘s mir nicht angetan ... ganz und gar. Wenn überhaupt find ich sie nur ein klitzekleines My ... aber auch wirklich nur ein klitzeklitzekleines bisschen ...“ Er stockte, schien zu überlegen, welches Wort nun passend wäre, während Hauke ihn erwartungsvoll ansah. „... anziehend."

„Soso", meinte Hauke lächelnd, „anziehend also."

Ref zuckte mit den Schultern, wobei seine Arme mitschwangen, was sich selbst für ihn lächerlich anfühlte. „Was meinst denn du, Hauke", wandte sich Ref erneut an seinen Begleiter. „Bin ich verrückt?"

„Ich würde eher sagen durcheinander."

„Genau", meinte Ref und zeigte enthusiastisch mit dem Zeigefinger auf Hauke. „Ich bin total durcheinander ... Bin ich?"

„Vielleicht solltest du Ebha Wals eine Chance geben", gab Hauke zu bedenken.

„Du meinst ich soll sie knallen", stellte Ref mit einer Ernsthaftigkeit fest, sodass Hauke sich heftig an seinem Bier verschluckte, an dem er gerade nippte.

„Das habe ich nicht gemeint", erwiderte Hauke hastig. „Ich meinte eher, dass du sie besser kennenlernen könntest." Er sah Ref für einen kurzen Moment nachdenklich an. „Auf keinen Fall solltest du dich von irgendeiner Stimmung zu etwas verleiten lassen, dass du später bitter bereuen wirst."

Ref nickte heftig, als ob er verstehen würde. Doch in Wirklichkeit verstand er gar nichts. Seine Gedanken waren wie ein wabernder Nebel, den er nicht zu fassen bekam. Alles schwankte wie ein Boot auf hoher See. Doch er fühlte sich gut. Seltsam gut. „Darauf ein Bier!", rief er laut und sprang dabei heftig auf, sodass auch der zweite Hocker umfiel und sich zu dem ersten auf dem Boden gesellte. Der alte Barmann hinter dem Tresen blickte säuerlich auf seinen betrunkenen Gast.

Hauke seufzte ergeben. Das schien keinen Sinn mehr zu machen. „Ich denke, wir sollten gehen."

„Ich bin noch nicht fertig", erwiderte Ref bockig und wollte sich ein weiteres Bier genehmigen. Es war doch gerade so lustig hier. Und außerdem fühlte er sich so frei und beseelt wie lange nicht mehr. Doch Hauke legte mehrere Geldscheine auf den Tresen, packte Ref am Arm und zog ihn mit.

Die beiden Männer hatten bereits den Ausgang erreicht, als Ref sich deutlich schwankend und mit glasigem Blick in den Augen noch einmal umdrehte. Er starrte ins Leere. Dann brüllte er quer durch den Schankraum:

“Jeder, der dahin gehört, wo er hingehört, gehört dahin, wo er hingehört!”

Er nickte sich selbst zu, während er versuchte, sein Gleichgewicht zu halten.

„Amen“, kommentierte Hauke trocken, während er Ref erneut am Arm packte und ihn mit sich in die erfrischende Nachtluft zog.

Ref saß auf einem harten Holzstuhl in seiner Küche und starrte den dampfenden Kaffee vor sich an. Er versuchte, den hämmernden Schmerz in seinen Schläfen zu ignorieren. Doch das war kaum möglich. Zischend stieß Ref die Luft aus und nahm einen Schluck des bitteren Getränks. Beinahe hätte er den Kaffee wieder ausgespuckt, aber er würgte ihn hinunter. Ref war immer noch unglaublich schlecht. Es war bereits später Nachmittag und dieser Kaffee war das erste, das er an diesem Tag zu sich nahm.

Sein etwas außer Kontrolle geratener Alkoholkonsum war ihm mehr als unangenehm.

Doch das Schlimmste daran war die Tatsache, dass er sich an alles erinnern konnte. An jedes verdammte Wort, das er hinausgeschrien hatte. In all den Jahren hatte er nie solch einen Aufstand veranstaltet wie letzte Nacht. Gott, er konnte sich doch nie mehr im *Alten Kutter* sehen lassen.

Ganz zu schweigen von seinem mehr als unfreiwilligen Geständnis, das er Hauke gegenüber gemacht hatte. Er konnte sich nur zu gut vorstellen, wie sein Kumpel ihn zukünftig damit aufziehen würde.

Was hatte Ref da nur für einen Stuss von sich gegeben? Warum hatte er so etwas gesagt? Dass er sich von Ebha Wals auf eine verdrehte Weise angezogen fühlte? Er schüttelte den Kopf. Allein der Gedanke war absurd. Dennoch konnte er nicht leugnen, dass da eine gewisse Spannung zwischen ihnen war. Etwas, das unter der Oberfläche brodelte und nur auf einen Funken wartete, um auszubrechen. Ref wollte sich lieber nicht vorstellen, wie dieser Ausbruch aussehen würde bei all der Wut und Verzweiflung, die er Ebha Wals gegenüber empfand.

Er strich sich das schwarze Haar zurück, das ihm ins Gesicht gefallen war, und schloss für einen

Moment die Augen. Mit Daumen und Zeigefinger massierte er sich die Nasenwurzel, um den Schmerz erträglicher werden zu lassen.

Das Klingeln an der Tür schreckte ihn auf. Er verfluchte sich dafür. Er erschreckte sich nie. Nie! Und schon gar nicht durch seine eigene Klingel. Etwas widerwillig erhob er sich, wodurch das Dröhnen in seinem Kopf nochmals an Intensität zunahm.

Mit wenigen Schritten war er an seiner Tür angelangt und riss diese auf. Die Person davor löste in ihm den kaum zu unterdrückenden Drang aus, die Tür gleich wieder zuzuschlagen. Doch etwas in ihm, das sich Anstand nannte, hielt ihn zurück.

„Was wollen Sie noch?“, fragte Ref. Es klang in seinen Ohren beinahe resigniert.

Ebha stand vor ihm. Ihre kleine Gestalt gerade aufgerichtet und in einen edlen schwarzen Overall gekleidet. Ihren souveränen Blick hatte sie auf Ref gerichtet. Er wusste, dass er grässlich aussah. Doch der Ausdruck ihrer Augen zeigte nichts von der Verwunderung, die sie bei seinem Anblick ohne Zweifel empfinden musste.

„Ich möchte mich bei Ihnen entschuldigen", sagte sie mit gewohnt sachlichem Tonfall. „Für die Unannehmlichkeiten, die ich Ihnen gestern bereitet habe."

„Nur gestern?", fragte Ref nach, erwartete aber keine Antwort.

„Ich weiß, dass meine Eltern und Sie..."

Ref hob eine Hand und brachte die junge Frau damit zum Schweigen. „Sparen Sie sich das Gesülze." Er schenkte ihr einen strengen Blick. „Vergessen Sie es einfach. Ich habe es auch schon getan. Und es ist wunderbar erleichternd."

Ebha zog leicht verwirrt ihre Augenbrauen zusammen, sagte aber nichts zu seiner letzten – zugegeben – etwas seltsamen Äußerung. Da klang wohl doch noch ein bisschen Restalkohol mit.

„Gibt es sonst noch einen Grund, warum Sie mich mit Ihrer bereichernden Gegenwart beehren?" Seine Stimme troff vor Sarkasmus. Er blickte Ebha geradewegs in die Augen. Sie erwiderte seinen Blick starr und emotionslos. Und er fragte sich nicht zum ersten Mal, ob diese Frau eigentlich Gefühle hatte, die tiefer gingen als diese kontrollierte Abgeklärtheit, die sie stets an den Tag legte.

„Ich hätte noch eine Bitte an Sie“, erwiderte sie und klang zu Refs Freude doch ein wenig beleidigt aufgrund seiner letzten Worte. „Vielleicht könnten Sie es in Erwägung ziehen, sich noch einmal in Ruhe mit mir zu unterhalten.“

Ref verengte seine Augen zu Schlitzen. Diese junge Frau besaß tatsächlich die Frechheit, ihn um so etwas zu bitten? Ihr geschäftiger Tonfall schürte diese Wut noch extra. Er beugte sich etwas zu Ebha herab. „Selbst wenn morgen die Welt untergehen würde, würde ich dieses lächerliche Unterfangen nicht eine Sekunde in Erwägung ziehen. Wir haben genug geredet. Es gibt nichts mehr zu sagen.“

Er konnte sehen, wie so etwas wie Enttäuschung in Ebhas Augen aufblitzte. Beinahe war er dankbar für diese menschliche Gefühlsregung.

„Vielleicht könnten Sie so besser abschließen ...“

„Abschließen mit was?“, knurrte er bedrohlich. War das ihr Ernst? Er wusste nicht, ob dieser Vorschlag von ihr boshaft oder einfach nur naiv war. So oder so: Es ärgerte und verletzte ihn. „Mit Brianas Tod?“

Ebha atmete einmal tief durch. Sie wandte den Blick nicht ab.

„Mit dem Hass, der in Ihnen brodelt.“

Ihre Antwort ließ ihn innerlich zusammenzucken. „Ich weiß nicht, was mein Seelenheil Sie angeht.“

„Glauben Sie, Briana hätte ...“

„Lassen Sie es!“ zischte er gefährlich. „Kommen Sie mir nicht so. Hier geht es doch weder um Briana noch um mich.“

Ebhas Blick wurde fragend.

„Glauben Sie, ich weiß nicht, dass Sie eine Absolution von mir wollen? Dass Sie hören wollen, dass es nicht Ihre Schuld ist, was passiert ist? Vielleicht ist es das tatsächlich nicht. Aber ich kann Ihnen das nicht sagen. Nicht heute, nicht morgen und auch nicht in einem Jahr.“

Die junge Frau blieb stumm. Ref fühlte hingegen dieses verstörend befriedigende Gefühl in sich. Es tat gut, ihr all das entgegen zu feuern. „Lassen Sie uns dieses lächerliche Unterfangen ein für alle Mal beenden. Wir sind uns ein paar Mal begegnet. Sie haben Brianas Wunsch damit erfüllt. Basta."

Er konnte sehen, wie Ebha ihre Lippen fest aufeinander presste. Ah, er hatte einen empfindlichen Punkt getroffen. Sie straffte sich etwas, um größer zu wirken, als sie war. Dennoch reichte sie ihm gerade mal bis kurz über sein Kinn.

„Für Sie mag das alles lächerlich sein", meinte sie mit ernstem Ton. „Aber für mich ist diese Liste das Vernünftigste, das ich mir bisher vorgenommen habe."

„Das Wort vernünftig kommt in Ihrem Wortschatz doch gar nicht vor", erwiderte Ref gehässig. Er fühlte diese überschäumende Wut in sich, diese Abneigung und Verachtung. Aber auch diese Spannung, die jedes Mal wie ein Untier zwischen ihm und der kleinen Wals herrschte und ihn irgendwann in die Knie zwingen würde. Er wusste es. Und er hasste es jetzt schon. „Wären Sie vernünftig gewesen, hätten Sie Ihre Schwester davon abgehalten, das zu tun, was sie getan hat." Er wusste, dass seine Worte ungerecht waren. Und er wusste auch, dass sich Briana niemals von dieser Teilspende hätte abbringen lassen. Er hatte es immerhin selbst versucht. Kräftezehrende

Diskussionen waren jedes Mal die Folge gewesen. Dennoch musste er irgendwohin mit seinem Zorn, der sich in den letzten Tagen immer mehr aufgestaut hatte.

Er sah Ebha schlucken. Ihre kontrollierten Gesichtszüge schienen ihr für einen kurzen, kaum wahrnehmbaren Moment zu entgleiten. „Ich finde es beachtlich, wie leicht es Ihnen fällt, den Tod einer anderen Person einfach so in Kauf zu nehmen."

Ihre Worte rammten sich wie eine Faust in seinen Magen. Und er wusste noch nicht einmal, warum eigentlich. Er beschloss, dieses Gefühl zu ignorieren und die junge Frau vor sich einfach weiterhin auf seine unnachahmlich überhebliche Art anzustarren.

Er starrte auch noch, als sich Ebha bereits von ihm abgewandt hatte, um zu gehen. Und ebenfalls, als sie sich doch noch einmal zu ihm umdrehte und ihn mit einem kämpferischen Ausdruck in den grünen Augen anblickte. Dann holte sie etwas aus ihrer Tasche, das aussah wie ein Flyer, und legte diesen auf die alte Holzbank, die auf der kleinen Veranda neben der Tür stand.

„Dies ist ein weiterer Punkt auf Brianas Liste. Entscheiden Sie selbst, wie vernünftig das ist.“ Mit diesen Worten wandte sie sich endgültig von ihm ab und ging.

Ref wartete, bis Ebha in ihr Auto gestiegen und losgefahren war. Erst dann ließ er sich dazu herab, den violett gefärbten Flyer in die Hand zu nehmen. *Jeronimo Ball – Die große, alljährliche Spenden-Gala zum Thema Organspende* prangte in großen silbernen Buchstaben auf der ersten Seite. Refs Augenbrauen zogen sich zusammen. Er hatte keine Ahnung, warum ihm Ebha diesen Flyer dagelassen hatte. Er klappte das glänzende Papier auf und las den einführenden Text.

Auch in diesem Jahr begrüße ich Sie wieder ganz herzlich im Thalia Theater Hamburg zu meiner alljährlichen Spendengala für Menschen, die auf ein Spenderorgan warten, und ihren Angehörigen. Noch immer ist dieses sensible Thema nicht vollständig in das Bewusstsein unserer Gesellschaft und der Medien angekommen. Vielleicht ist es die Angst, sich mit diesem unbequemen Thema intensiver auseinanderzusetzen. Doch für Betroffene und ihre Familien ist es wichtig, die Hoffnung am Leben zu erhalten. Aus diesem Grund haben wir vor zwölf Jahren die Stiftung Jeronimo Belitz gegründet, die es sich zur Aufgabe gemacht hat, Aufklärungsarbeit zu leisten und Betroffene finanziell zu unterstützen. Seit nun ebenfalls zwölf Jahren findet jedes Jahr der Jeronimo Ball statt – eine schillernde Veranstaltung mit zahlreichen prominenten Gästen und Rednern. Auf diese Weise konnten wir im letzten Jahr über zwei Millionen Euro während der Gala sammeln. Ein großer Erfolg, vor allem für die betroffenen Familien, denen wir nicht nur mit den Geldspenden, sondern auch mit den zahlreichen Vorträgen von Fachleuten und Betroffenen ein Stück Hoffnung erhalten konnten.

Auch in diesem Jahr darf ich wieder zahlreiche Gastredner und prominente Unterstützung begrüßen. Unter anderem wird Prof. Dr. Clemens Meinhard, Chirurg am Universitäts-Klinikum Münster, über das schwierige Thema der Hirntod-Diagnosen sprechen. Der Vorstandsvorsitzende der Deutschen Stiftung Organtransplantation (DSO), Prof. Dr. Roland Schäfer, wird über den Vorgang bei einer Organtransplantation dozieren. Auch Prof. Dr. Stanley Fitch vom Medical Health Insitute in London wird als Gastredner an der Gala teilnehmen und sich mit dem Gebiet der Lebendtransplantation befassen. Passend zu diesem Thema haben wir eine junge Frau eingeladen, die ein Stück von der Leber ihrer Schwester in sich trägt. Ebha Wals wird berichten, wie sich ihr Leben durch diese Spende verändert hat und wie sie nun mit ihrer Erkrankung, der Autoimmunhepatitis, lebt.

Zum musikalischen Programm zählen in diesem Jahr der Folk-Musiker Watzlek sowie das Hamburger Symphonieorchester.

Ich freue mich auf einen interessanten, informativen und unterhaltenden Abend und hoffe auch in diesem Jahr auf zahlreiche und großzügige Spenden.

Ihr Jeronimo Belitz

Ref klappte den Flyer zu. Er wusste nicht, was er davon halten sollte. Ein Zustand, der ihn in letzter Zeit des Öfteren einholte. Er knüllte den Flyer zusammen. Dann ging er zurück ins Haus, betrat die Küche und schmiss den zerknüllten Flyer in den Mülleimer unter der Spüle. All das tat er mit dem festen Vorsatz, sich nicht weiter mit Ebha Wals auseinanderzusetzen.

KAPITEL 8

„Und ich soll dich wirklich nicht begleiten?“, fragte Greta mit besorgtem Ton in der Stimme. Sie lag auf Ebhas Bett und sah ihr dabei zu, wie Ebha ihren Koffer für die bevorstehende Reise nach Hamburg packte.

„Nein, musst du wirklich nicht.“ Ebha hielt kurz inne und schenkte ihrer Freundin ein Lächeln, das aufmunternd wirken sollte. Sie merkte selbst, wie trostlos es sich anfühlte. Rasch wandte sich Ebha wieder ihrem Stapel an Sachen zu, den sie in einen kleinen schwarzen Trolli verstaute. „Ich bin sowieso nur da, um über meine Erfahrungen zu sprechen.“

„Trotzdem“, meinte Greta hartnäckig und richtete dabei ihre Brille, die ihr etwas die Nase hinuntergerutscht war. „Ein wenig Unterstützung würde dir nicht schaden.“

Ebha lächelte. Es war ein dankbares Lächeln. „Ich weiß deine Sorgen um mich zu schätzen –“

„Aber?“

Ebha atmete tief ein. „Aber vielleicht ist es sogar

ganz gut, dass ich da alleine hinfahre. Vielleicht hilft es auch mir, alles zu verstehen, was in den letzten Jahren passiert ist."

Greta nickte verstehend. Ob sie es auch wirklich tat, konnte Ebha nicht sagen.

„Außerdem bist du gerade mitten in der Prüfungszeit. Da kannst du dir zwei Tage Spenden-Gala in Hamburg nicht leisten."

Ebha sah, wie ihre Freundin eine Schnute zog. „Wobei mir ein bisschen Abwechslung ganz gut tun würde. Meine Gedanken kreisen nur noch um Erziehungsstile, Erziehungshilfen, De-Eskalations-Methoden ..."

„De-Eskalations-Methoden?", fragte Ebha lachend. „Ich dachte, du machst eine Ausbildung zur Erzieherin und nicht zur Betreuerin von Straftätern."

„Ach, die kleinen Biester können manchmal ziemlich widerspenstig sein", gab Greta ebenfalls lachend zu bedenken. „Unterschätze niemals ein trotzendes dreijähriges Kind."

Ebha schüttelte nur den Kopf. Sie fand es bewundernswert, dass sich Greta für diesen

Berufsweg entschieden hatte – wenn auch erst im zweiten Anlauf. Zuvor hatte sie ein paar Semester Pädagogik studiert, bis sie gemerkt hatte, dass diese ganze Theorie nichts für sie war. Greta war jemand, der das Praktische brauchte, der mit anpacken musste. Zudem hatte sie eine immense Geduld und ließ sich gleichzeitig nichts vormachen. Sie war perfekt für diesen Job. Und Ebha war sich sicher, dass die Kinder Greta lieben würden.

„Sag mal, Ebha, wieviel Zeug nimmst du eigentlich mit?“, durchbrach Greta die angenehme Stille zwischen ihnen, während Ebha versuchte, mit mehr oder weniger roher Gewalt den Reisverschluss ihres Koffers zuzubekommen. „Du brauchst doch nur ein Abendkleid für die Gala und sonst eine Hose und ein Shirt für die Zugfahrt.“

„Und Wechselsachen, falls etwas beschmutzt wird, ein Ersatzkleid, falls meine Stimmung doch eher zum schwarzen Seidenkleid tendiert, außerdem ein Paar Schuhe für das erste Kleid, ein Paar Schuhe für das zweite, ein Paar bequeme Sneakers, falls ich Zeit habe, mir die Stadt anzugucken, ein Nachthemd und ein passender Morgenmantel ...“

„Schon gut, schon gut“, unterbrach Greta ihre Freundin kopfschüttelnd. „Ich hab´s verstanden, du Mode-Junkie.“

„Hmpf“, machte Ebha nur, während sie den Reisverschluss ihres Koffers Stück für Stück zuzog.

Im gleichen Moment klopfte es an Ebhas Tür. Ohne aufzusehen rief sie ein Herein.

Die Tür öffnete sich und herein trat Theodora. Mit strengem und leicht pikiertem Ausdruck im hübschen Gesicht blickte sie auf ihre Tochter.

„Hallo, Frau Wals“, grüßte Greta freundlich. So wie sie es immer tat, auch wenn sie von Ebhas Mutter als Person nicht ganz so viel hielt.

„Hallo, Greta“, grüßte Theodora förmlich zurück, während sie kurz ihren Blick über Gretas bunt zusammengewürfelte Kleidung schweifen ließ.

„Was kann ich für dich tun, Mama?“ Ebha richtete sich auf und blickte zu ihrer Mutter, als sie den Koffer endlich verschlossen hatte.

„Ich wollte noch einmal mit dir über den Vorfall von neulich sprechen.“

„Du meinst den Besuch von Ref Mattes“,

erwiderte Ebha nüchtern. Ebha hatte gehofft, dass ihre Mutter den Vorfall über all die Arbeit wieder vergessen hatte.

Theodora rümpfte pikiert ihre Nase. „Ich meine eher die Tatsache, dass du dich freiwillig an diesen unmöglichen Menschen gewandt hast."

„Ich geh dann mal besser", warf Greta ein und erhob sich vom Bett.

„Das ist nicht nötig", erwiderte Ebha ungewohnt streng, während sie ihre Mutter leicht verärgert anfunkelte.

Greta schien kurz zu überlegen, doch schließlich setzte sie sich schweigend zurück auf das Bett.

„Also? Ich warte auf eine Erklärung." Theodoras Stimme war hoch. So wie immer, wenn sie sich fürchterlich über etwas ärgerte.

Ebha stieß ihre angehaltene Luft geräuschvoll aus. Sie hatte keine Lust, mit ihrer Mutter zu diskutieren. Und schon gar nicht über ihre Gründe, warum sie das alles getan hatte. Doch sie wusste auch, dass sie keine andere Wahl hatte. Ihre Mutter war wie ein Terrier, der sich an einer Wade festbiss und nicht mehr losließ. „Ich bin der

Meinung, dass es an der Zeit ist, die Vergangenheit abzuschließen. Und das ist nur möglich, wenn wir uns mit Ref Mattes aussöhnen."

Theodora lachte schrill, ihr gut fixiertes hochtoupiertes Haar vibrierte. „Ich werde mich mit diesem Mann sicherlich nicht aussöhnen! Hast du vergessen, was er uns angetan hat?"

Ebha sah ihre Mutter resignierend an. Sie hatte keine Kraft mehr, dieses Thema immer und immer wieder durchzukauen, ohne auch nur einen Schritt voranzukommen.

„Was hat er uns denn angetan?", fragte sie zurück. „Er hat Briana glücklich gemacht. Er hat ihr das Leben geschenkt, das sie führen wollte. Ist das wirklich so schlimm?"

„Er hat sie uns weggenommen", entfuhr es Theodora erzürnt.

„Mama", versuchte Ebha ihre Mutter zu beruhigen. „Du weißt genauso gut wie ich, dass das nicht stimmt."

„Dieser Mann ist der Inbegriff eines manierenlosen Miesepeters. Meine Briana hätte was Besseres verdient gehabt."

„Sicher, deiner Meinung nach hätte sie einen reichen Akademiker heiraten müssen, der mit Anzug und Aktentasche zur Arbeit geht." Ebha konnte das nicht mehr hören. Dieses Klassen-Geschwafel von gebildeten und ungebildeten Leuten. Wer sagte, dass ein Maurer nicht mehr Intelligenz besitzen konnte als ein reicher Unternehmer. Oder mehr Sozialkompetenz. Mehr Anstand. Mehr Spaß am Leben.

„Briana hätte es so weit bringen können", erzählte Theodora weiter, ohne auf Ebhas Worte einzugehen. „Sie war in ihrer Schule die Jahrgangsbeste. Sie hat ihr Studium mit Auszeichnung abgeschlossen. Und was hat sie draus gemacht? Nichts. Sie hat ihr Leben einfach so weggeworfen und sich stattdessen als Handwerkerin niedergelassen."

„Briana war Schiffsrestauratorin", korrigierte Ebha ihre Mutter. Ebha fühlte Wut und Enttäuschung darüber, wie wenig sich Theodora mit dem Leben ihrer ältesten Tochter auseinandergesetzt hat.

„Weit hätte sie es für unsere Familie bringen können", seufzte Theodora übertrieben theatralisch. Sie schien die letzten Worte ihrer Tochter gar nicht wahrgenommen zu haben.

So langsam bekam Ebha das Gefühl, dass es hier um etwas ganz anderes ging. Und sie ahnte, worauf das hinauslaufen würde.

„Ich hatte die Hoffnung, dass wenigstens du deinen Weg gehen und vielleicht eines Tages die Firma von deinem Vater und mir übernehmen würdest. Wir haben so lange und hart daran gearbeitet, dieses Unternehmen aufzubauen. Und jetzt? Jetzt fehlt uns ein geeigneter Nachfolger."

Ebha merkte, wie Wut in ihr aufstieg. Sie hatte Recht behalten. Es ging nicht nur um Briana. Es ging um sie. Um ihr Leben. Um ihre Entscheidungen. Entscheidungen, die ihre Eltern nicht verstehen konnten.

„Hast du dazu nichts zu sagen?" Theodoras Stimme überschlug sich fast. Ihre Lippen zitterten vor Anspannung, während ihre Augen unnatürlich weit aufgerissen waren.

„Was soll ich dazu noch sagen, Mama?"

„Oh, ich denke, es gibt noch eine Menge dazu zu sagen, mein Kind." Theodora blickte ihre Tochter abwartend an. Ebha blickte entschuldigend zu Greta. Es war ihr unangenehm, dass ihre Freundin dieses Gespräch inklusive aller seltsamen Ansichten von Ebhas Mutter mit anhören musste. „Zum Beispiel, warum du dein Leben einfach so wegwirfst, nachdem deine Schwester das ihre für dich geopfert hat."

Ebhas Kopf ruckte hoch. Böse funkelten ihre grünen Augen. Sie spürte, wie Zorn ihre Glieder verkrampfte und ihren Körper lähmte. „Warum sagst du mir nicht endlich ins Gesicht, was du mir seit Brianas Tod schon sagen willst?" Ebha straffte ihre Haltung, die Hände zu festen Fäusten geballt und den harten Blick unentwegt auf Theodora gerichtet. „Warum sagst du mir nicht endlich, dass du mir die Schuld an ihrem Tod gibst? Dass du mich deswegen verachtest. Zutiefst."

Theodora stand steif vor ihrer Tochter. Ihre Gesichtsmuskeln wirkten wie versteinert. Ihre Lippen waren fest aufeinandergepresst. Dass sie nichts erwiderte, traf Ebha mehr als sie gedacht hätte. Es war wie ein Schlag ins Gesicht. Die Bestätigung ihrer Worte. Die Gewissheit von dem, was ihr schon so lange klar war.

Beide Frauen sahen sich an. Eisern hielten ihre

enttäuschten und erzürnten Blicke aneinander fest. Keine von ihnen wollte als erstes wegschauen. Das wäre ein Zeichen von Unterlegenheit gewesen.

Abrupt wandte sich Theodora von Ebha ab. „In einer Stunde gibt es Abendessen. Sei pünktlich“, war alles, was sie sagte. Dann ging sie.

Für Sekunden herrschte eine lähmende Stille im Zimmer. Ebha stand stocksteif mitten im Raum. Ihren Blick hatte sie noch immer auf den Punkt gerichtet, an dem ihre Mutter bis vor wenigen Augenblicken gestanden hatte. Doch schließlich befreite sie sich selbst aus ihrer Starre. Sie wandte sich um und sah zu Greta, die auf dem Bett saß und Ebha deutlich betroffen anblickte.

„Sieh mich nicht so an“, meinte Ebha in einem Tonfall, der irgendwo zwischen Schmerz und Humor lag. „Es geht mir gut.“

„Nein, geht es dir nicht.“ Greta erhob sich vom Bett und ging auf Ebha zu. „Du sagst seit Jahren, dass es dir gut geht. Doch das ist eine Lüge. Du leidest mindestens genauso wie deine Eltern unter Brianas Tod. Und wie deine Eltern gibst du dir die Schuld daran. Also lüg mich nicht an.“ Greta blickte Ebha streng an, dann fuhr sie fort. „Und in einem Punkt muss ich deiner Mama rechtgeben. Es ist nicht gut für dich, dass du diesen Ref aufgesucht hast. Er ist nur eine weitere Person, die dir die Schuld, die du dir aufgeladen hast, noch einmal bestätigt."

Ebha hob den Blick und richtete ihn vorsichtig auf ihre Freundin. Greta sah sie ernst an. Und dennoch war da eine Zärtlichkeit in ihren Blick, die Ebha beinahe zusammenbrechen ließ. Verbissen würgte sie den dicken Kloß in ihrem Hals hinunter. „Ist schon gut", meinte sie nur und strich Greta über die Schulter. Dann wandte sie sich ab und begann, den Rest für ihre Reise nach Hamburg zusammenzusuchen.

*****

Es war früher Nachmittag, als Ebha im Zug Richtung Hamburg saß. Ihren Kopf hatte sie gegen das graue Sitzpolster gelehnt, den Blick nach draußen in das weite Flachland gerichtet. Sekunde um Sekunde zogen grüne Wiesen an ihr vorbei, auf denen schokoladenbraune Kühe und geschorene Schafe grasten. Hin und wieder hielt der Zug an einem kleinen Ort, der nicht mehr als aus ein paar Häusern und einem provisorischen

Bahnsteig bestand. Es war ein schöner Tag. Der Himmel strahlte in seinem schönsten Blau und die Sonne sandte ihre wärmenden Strahlen auf die grüne Landschaft.

Dennoch fühlte sich Ebha seltsam beklommen. Die Aussicht, in ein paar Stunden vor mehreren hundert Menschen über ihr Schicksal zu sprechen, verunsicherte sie. Sie hatte bisher noch nie so ausführlich mit jemandem über das gesprochen, was passiert war. Weder mit ihren Eltern noch mit sonst irgendwem. Selbst mit Greta nicht. Nun würde sie es vor wildfremden Menschen tun.

Doch insgeheim war Ebha sogar froh darüber, dass niemand auf dieser Gala sie kannte. So hatte sie die Hoffnung, dass ihr Vortrag weniger emotional und mehr informativ ausfallen würde. Genau deswegen hatte sie sich an den Veranstalter Jeronimo Belitz gewandt. Um zu informieren. Um Betroffenen und ihren Angehörigen zu zeigen, was es bedeutete, mit dieser Krankheit zu leben.

Vielleicht war ihr Vorhaben wahnwitzig. Vielleicht auch lächerlich, wie es Ref Mattes sagen würde. Doch es war auch eine gute Sache. Sie wollte Menschen mit ihrer Geschichte helfen. Sie wollte Mut machen, auch wenn es eigentlich nichts gab, was in solch einer Situation Mut machen konnte.

Ebha schloss die Augen und fragte sich für einen Moment, ob dieses Unterfangen die richtige Entscheidung gewesen war. Sie war sich plötzlich nicht mehr sicher, ob sie die geeignete Person war, um Hoffnung zu vermitteln. Andererseits säße sie nicht hier in diesem halbleeren, wackeligen Zug, wenn sie keine Hoffnung mehr hätte.

Mit diesen für sich selbst beruhigenden Gedanken nickte Ebha kurz ein und erwachte erst, als der Zug bereits Hamburg erreicht hatte. Sie blickte aus dem Fenster und erkannte die Elbe, die sich durch die Stadt zog und nur wenige Kilometer weiter in der Nordsee mündete. Ebha konnte aus dem Fenster den immer stärker werdenden Berufsverkehr erkennen und beglückwünschte sich still für ihre Entscheidung, das Auto stehen gelassen zu haben.

Sie packte ihre Sachen zusammen, als der Schaffner die Durchsage machte, dass der Zug in wenigen Minuten den Hauptbahnhof erreichte. Sie war froh, als sie der stickigen Luft des Zuges entfliehen konnte. Augenblicklich schlug ihr der unverkennbare Geruch Hamburgs entgegen. Sie war schon so oft hier gewesen. Jedes Mal, wenn sie dieses Gemisch aus Meeresluft, Abgasen und frischem Fisch wahrnahm, fühlte sie sich frei. Frei von der zum Teil kleinbürgerlichen dörflichen Idylle, die sie stets umgab. Frei von jedem Druck, der auf ihren Schultern lastete. Und frei von Schuld, die sie von anderen und durch sich selbst auferlegt bekam.

Mit schnellen Schritten und ihren schwarzen Koffer hinter sich herziehend durchquerte Ebha den große Bahnhof. Zahlreiche Menschen liefen kreuz und quer durch die Halle. Einige rannten, um ihren Zug rechtzeitig zu erreichen. Andere standen irgendwo am Rand und warteten auf ihre Angehörigen oder gönnten sich in einem der zahlreichen kleinen Bistros einen Snack. Ebha schlängelte sich elegant durch das Getümmel und trat auf den Bahnhofsvorplatz hinaus.

Sie hielt kurz inne, sah sich um. Der Anblick war ihr vertraut. Tief sog sie die stickige und doch so erfrischende Luft der Metropole ein. Ein leises Lächeln erschien auf ihren Lippen und das erste Mal an diesem Tag spürte sie so etwas wie Zuversicht.

„Brauchen Sie einen Chauffeur?“

Ebha sah zur Seite und erblickte einen kleinen, rundlichen Mann mit Jeans und weißem Hemd, der lässig gegen seinen gelben Toyota gelehnt stand und sie breit angrinste. Auf dem Dach des Autos leuchtete ihr das Wort „Taxi“ entgegen.

Ebha überlegte kurz. Ihr Hotel war nicht weit entfernt. Andererseits verspürte sie wenig Lust, sich mit ihrem – zugegebenermaßen – schweren Koffer durch die Innenstadt von Hamburg zu kämpfen.

„Den könnte ich wirklich gebrauchen“, erwiderte Ebha freundlich und ging auf den Mann zu.

„Wenn ich mich vorstellen darf: Ben“, erwiderte der rundliche Mann mit dem fast kahlen Schopf und den freundlichen Augen. „Einfach nur Ben.“

„Freut mich, einfach nur Ben“, erwiderte Ebha lächelnd und überreichte ihm ihren Koffer.

„Wo darf es denn hingehen?“

„Zum Alster Park Hotel.“

„Ihr Wunsch sei mir Befehl“, flötete Ben, ging um seinen taxigelben Toyota herum und hielt Ebha die hintere Tür auf.

„Dann wollen wir mal." Ben ließ sich etwas schwerfällig in seinen Sitz fallen und startete den Motor, der unruhig aufheulte. „Sind Sie auf Urlaub hier?", fragte er, während er das Taxi vom überfüllten Bahnhofsvorplatz manövrierte.

„Nicht ganz. Ich bin Gast auf einer Spenden-Gala."

Ben sah kurz in den Rückspiegel. Sein Blick wirkte erstaunt. „Doch nicht der Jeronimo Ball."

„Doch, genau der. Sie kennen die Veranstaltung?"

„Natürlich", kam es so euphorisch zurück, als ob es das Selbstverständlichste wäre, diesen Ball zu kennen. Ebha hatte ihn zumindest bis vor einem halben Jahr nicht gekannt. Und das, obwohl sie ja gewissermaßen die Zielgruppe dieser Veranstaltung war.

„Habe Jeronimo Belitz letztes Jahr zum Thalia Theater und wieder zurück zum Hotel gefahren. Ein klasse Mann, sag ich nur. Immer fesch, immer freundlich. Sehr angenehm."

„Ich hatte bisher nicht das Vergnügen, ihn persönlich zu treffen", meinte Ebha, während sie den Blick hinaus auf die Straßen Hamburgs richtete. „Aber wir haben ein paarmal telefoniert und da kann ich Ihren Eindruck nur bestätigen."

„Darf ich fragen, weswegen Sie da sind?"

Ebha lächelte und sah zu Ben, der konzentriert den Verkehr um sich herum beobachtete. Eine Touristengruppe hechtete über eine rote Ampel, sodass Ben etwas langsamer fuhr, um die Menschen über die Straße zu lassen. „Dürfen Sie", meinte sie. „Ich halte einen Vortrag darüber, wie es sich mit einem Spenderorgan lebt."

Kurz schien sie Ben mit ihrer Aussage abzulenken, da er plötzlich heftig bremste, um vor einer roten Ampel stehen zu bleiben. „Sie tragen ein Spenderorgan in sich?"

„Um genau zu sein einen Teil eines Spenderorgans."

Ben schüttelte den Kopf. „Wissen Sie, das ist nicht fair. Was auch immer Ihnen widerfahren ist, ist nicht fair. So ein junges Fräulein wie Sie hat das nicht verdient."

Ebha lächelte dankbar. Zum einen, weil Ben nicht weiter nachfragte. Zum anderen, weil seine Worte die wärmsten waren, die sie seit langem zu hören bekommen hatte. Etwas, das sie eigentlich in

Tränen ausbrechen lassen müsste. Doch Ebha schluckte dieses bittere Gefühl hinunter und versuchte, die Wärme zu genießen, die es sich in ihrer Magengegend gemütlich gemacht hatte.

„Ich fahre seit über 30 Jahren Taxi und ich habe schon eine Menge Leute kennengelernt. Große, kleine, dicke, dünne, arme und reiche. Alle habe ich sie gefahren. Und viele von denen haben mir ihre Geschichte erzählt. Zum Teil, ohne dass ich es wirklich wissen wollte. Da war zum Beispiel ein Alkoholkranker, der seit 50 Jahren gesoffen hat. 50 Jahre! Und mal abgesehen von seinem unschönen Äußeren und der unangenehmen Fahne war der topfit. Topfit, sag ich Ihnen." Abermals schüttelte Ben seinen Kopf. „Das ist nicht fair. Verstehen Sie mich nicht falsch. Es ist schön für diesen Mann, dass er seinen beträchtlichen Alkoholkonsum so lange überlebt hat. Doch wenn ich mir Sie so anschaue ..." Und noch einmal schüttelte er heftig den Kopf. „Manchmal frage ich mich, ob der Spinner da oben eigentlich weiß, was er macht, wenn er die einen so bestraft und die anderen einfach davonkommen lässt."

Ebha hatte ihren Blick auf Ben gerichtet. Noch

immer zierte dieses fast zärtliche Lächeln ihre Lippen. Es fühlte sich ungewohnt an. In den letzten Jahren war ihr Lachen nie wirklich echt gewesen. Es hatte sich immer etwas aufgezwungen und starr angefühlt. Aber jetzt. In diesem Moment hatte es dieser völlig wildfremde Mensch geschafft, dass sie so etwas wie Wärme empfand. „Das ist schon okay, Ben. Mir geht es gar nicht so schlecht.“ Gut, das entsprach nicht ganz der Wahrheit, aber Ebha wusste auch, dass es Menschen gab, die weit mehr litten als sie.

„Und ich beschwer mich, wenn mal wieder die Benzinpreise ins Unermessliche geschossen sind“, überlegte Ben laut. „Nächstes Mal werde ich an Sie denken, um mich daran zu erinnern, dass es weitaus ärgerlichere und tragischere Dinge gibt, als sieben Cent teureres Benzin.“

Ebha musste lachen. Es war ein glockenklares und schönes Lachen. Ein Lachen, das etwas ungewohnt in ihren Ohren klang. Lange hatte sie es nicht mehr gehört. „Tun Sie das, Ben. Ich bin froh, wenn ich Ihnen dahingehend weiterhelfen konnte.“

„Oh das konnten Sie. Das konnten Sie.“

Ben stoppte den Wagen direkt vor dem verglasten

Eingangsbereich des Alster Park Hotels Hamburg.

„Da wären wir." Ben stieg aus, umrundete den alten Toyota und hielt Ebha die Tür auf. Anschließend lud er ihren Koffer aus und überreichte diesen einem Portier, der bereits am Eingang wartete.

„Was bekommen Sie, Ben?"

Dieser winkte ab. „Für Sie war die Fahrt umsonst."

„Das kann ich nicht annehmen", protestierte Ebha.

„Doch, doch. Das können Sie. Aber Sie müssen mir versprechen, dass ich Sie wieder zurück zum Bahnhof fahren darf."

Erneut musste Ebha auflachen. „Na gut, ich verspreche es Ihnen."

„Sehr schön, sehr schön." Ben zog eine angegilbte Visitenkarte aus seiner Brusttasche und überreichte sie Ebha.

„Vielen Dank, Ben." Sie sah den älteren Mann an. Sie hatte ein schlechtes Gewissen, weil sie ihm so gar nichts für diese Fahrt gegeben hatte. Doch plötzlich fiel ihr etwas ein. „Haben Sie heute

Abend schon was vor?“

Ben wirkte überrascht. „Nun, eigentlich nicht. Meine Frau und meine Kinder sind bei den Schwiegereltern.“

Ebha lächelte und holte eine auberginefarbene Karte aus ihrer Handtasche. „Wenn Sie wollen, können Sie gerne die Spenden-Gala besuchen. Ich habe noch eine Frei-Karte übrig.“

Ben blickte etwas perplex auf das Stück Papier, das Ebha ihm geduldig entgegenhielt. „Sollten Sie das besser nicht für Ihren Freund oder so aufheben?“

Ebha zuckte mit den Schultern. „Das geht schon in Ordnung. Nehmen Sie.“ Sie sah Ben an. „Ich würde mich freuen, wenn Sie kommen.“

Ein Grinsen erschien auf seinem runden Gesicht. „Na wenn das so ist, kann ich die Einladung natürlich nicht ausschlagen.“ Er nahm die Eintrittskarte entgegen und sah sie beinahe ehrfürchtig an. „Ich komme sehr gerne.“

„Dann sehen wir uns heute Abend.“ Ebha wartete noch auf ein Nicken von Ben. Dann wandte sie sich um und betrat das Alster Park Hotel.

KAPITEL 9

Fertig angekleidet stand Ebha in ihrem Hotelzimmer. Sie drehte sich vor dem großen Spiegel hin und her, um zu prüfen, ob alles saß. Was Mode betraf, war sie perfektionistisch. Bis ins kleinste Detail musste alles aufeinander abgestimmt sein.

Ihr Kleidungstil war elegant und schick. Jeans und T-Shirt trug sie selten. Sie wusste, dass ihr teurer Modegeschmack nicht mehr ganz zu dem Leben passte, dass sie im Moment führte. Aber sie sah nicht ein, sich zu verstellen. Das, was sie tat, wollte sie aus Überzeugung tun und nicht, weil es nach außen hin authentischer wirkte.

Sie liebte den Lebensstil, mit dem sie aufgewachsen war. Das konnte sie nicht leugnen. Im Gegensatz zu Briana hatte sich Ebha nie vorstellen können, all den Luxus komplett aufzugeben. Und wer sagte eigentlich, dass man nicht luxuriös und bodenständig zugleich leben konnte? Ebha versuchte diesen Spagat zumindest. Und wie sie fand, schlug sie sich ganz gut.

Zufrieden mit dem, was sie sah, strich sie über das

fliederfarbene bodenlange Kleid. Der transparente Stoff fühlte sich angenehm weich auf Ebhas Haut an. Obenherum war das Kleid eng geschnitten und betonte ihre schmale Taille. Unter der Brust fielen die zahlreichen Chiffonschichten elegant zu Boden.

Die zarten Riemchen-Stilettos und die kleine Clutch, beides in einem glänzenden Silber gehalten, ergänzten das Kleid perfekt.

Sie strich sich die welligen Haare hinter das Ohr und ging zu ihrem Bett, wo sie die Clutch abgelegt hatte. Sie nahm einen kleinen Flakon aus der Tasche und sprühte sich etwas von dem frischen Duft auf Haar und Dekolleté. Sie nahm die Clutch und wandte sich zum Spiegel um. Sie warf einen letzten prüfenden Blick hinein und verteilte dabei den hellen Lippenstift gleichmäßig mit einer Lippenbewegung. Das Make-Up hatte sie dezent gehalten. Immerhin ging sie auf eine Spendengala und nicht auf eine Miss-Wahl. Zufrieden mit dem, was sie sah, verließ Ebha das Hotelzimmer in Richtung Thalia Theater.

Nach einer kurzen Taxi-Fahrt erreichte Ebha das imposante Gebäude. Sie wurde nervös, als sie aus dem Taxi stieg. Bisher hatte sich die Nervosität in

Grenzen gehalten. Doch jetzt, wo sie einen Blick auf das schöne alte Gebäude mit den weißen Säulen am Eingang und den in sanftem Licht angeleuchteten Fenstern werfen konnte, stieg die Anspannung. Zahlreiche Menschen in festlichen Roben schritten zum Eingang. Am lilafarbenen Teppich, der extra für die Gala ausgerollt worden war, hatten sich Fotografen und Presseleute aufgereiht.

Ebha hatte keine Ahnung gehabt, dass so ein großer Medienrummel um die Spendengala gemacht wurde. Das trug nicht gerade dazu bei, dass sie sich entspannte. Sie fühlte sich ein wenig fehl am Platz. Früher hätte sie so eine schillernde Veranstaltung ohne mit der getuschten Wimper zu zucken besucht, als ob sie nichts anderes machen würde. Heute war da diese Unsicherheit in ihr. Ebha atmete tief durch. Langsam schritt sie auf den Eingang zu. Sie betrat den lilafarbenen Teppich. Sie hatte das Gefühl, das die umstehenden Menschen sie kritisch musterten. Sie wünschte sich, dass Greta jetzt an ihrer Seite wäre. Sie hätte Ebha mit einer aufmunternden Bemerkung von ihrer Anspannung befreit.

Ebha betrat das imposante Theater und stand

inmitten eines atemberaubend schönen Foyers. Unzählige Kronleuchter glitzerten von der hohen Decke in einem angenehmen Goldton. Die Böden und Wände waren in einem sanften Gelb gehalten, die mächtigen Flügeltüren, die zur Bühne führten, strahlten in einem frischen Weiß.

„Guten Abend", wurde Ebha von einem etwas steif wirkenden jungen Mann in schwarzem Smoking begrüßt. „Wenn ich Ihre Eintrittskarte sehen darf?"

Ebha holte ihre Einladung hervor und zeigte sie dem jungen Mann. Er betrachtete die Einladung mit ernster Miene, die Hände akkurat vor seinem Oberkörper zusammengefaltet.

„Herzlichen willkommen, Frau Wals. Wir freuen uns, dass Sie hier sind."

Ebha zweifelte ein wenig daran, da der Ton seiner Stimme noch immer monoton und gelangweilt klang. Dennoch nickte sie dem jungen Mann freundlich zu.

Sie war gerade ein paar Schritte weiter gekommen, als sie erneut angesprochen wurde. Dieses Mal war es ein Kellner mit einem Tablett voller Sektgläser. „Darf ich Ihnen etwas zu trinken anbieten?“, fragte er freundlich.

Ebha lehnte mit einem *Vielen Dank* ab. Der Kellner zog weiter. Erneut ließ Ebha mit einer Mischung aus Anspannung und Vorfreude ihren Blick durch das Foyer schweifen. Unzählige Menschen standen um sie herum, unterhielten sich angeregt. Einige nippten hin und wieder an ihrem Prosecco, andere waren in eines der Programmhefte vertieft, die eine junge Frau verteilte.

Ebha kannte den Ablauf des Abends in und auswendig. Zuerst standen die Experten-Vorträge an. Dann kam sie. Sie holte tief Luft, als sie spürte, wie ihr Herz anfing zu flattern und ihr Magen sich immer wieder kribbelnd zusammenzog. Sie hatte sich nicht sonderlich auf ihren Vortrag vorbereitet. Nicht, weil sie es nicht für wichtig hielt, sondern weil sie keine vorgefertigten Sätze von einem geknitterten Blatt Papier ablesen wollte. Sie wollte das sagen, was ihr in dem Moment in den Sinn kam. Sie wollte authentisch sein.

„Frau Wals, ich freue mich, Sie begrüßen zu dürfen.“

Ebha schreckte ein wenig zusammen. Sie wandte

sich um und sah sich einem gutaussehenden, schlanken Mann in den Endvierzigern gegenüber. Er trug einen teuren grauen Anzug, der im Licht seidig schimmerte. Seine Schuhe waren auf Hochglanz poliert und glänzten mit der goldenen Armbanduhr um die Wette. Seine Gesichtszüge waren ebenmäßig, das Blau seiner Augen ebenso faszinierend wie freundlich. Sein graumeliertes kurzes Haar war zu einem akkuraten Seitenscheitel gestylt. Sein gesamtes Erscheinungsbild drückte Souveränität und Überzeugung aus.

„Jeronimo Belitz“, stellte sich der Mann vor und reichte Ebha dabei die Hand.

Ohne zu zögern erfasste sie diese. „Ich freue mich, hier sein zu dürfen, Herr Belitz.“

„Hatten Sie eine gute Reise?“

Ebha lächelte. „Die hatte ich. Aber sie war auch nicht allzu lang.“

„Richtig, Sie kommen aus Hooksiel, wenn ich mich recht erinnere.“

Ebha nickte. Sie war erstaunt. Offensichtlich bereitete sich Jeronimo Belitz ganz genau auf seine Gäste vor.

„Ich muss sagen, ich bin beeindruckt von dem Ambiente. Es ist ein perfekter Ort für so eine Spenden-Gala."

„Ja, das finde ich auch", erwiderte Jeronimo mit einem ehrfürchtigen Blick in das golden schimmernde Foyer. „Ich bin sehr froh, dass man mir diese Räumlichkeiten zur Verfügung stellt. Und das bereits das siebente Jahr in Folge." Er richtete seinen Blick wieder auf Ebha. Mit einer nahezu anmutigen Bewegung seiner Hand schloss er den obersten Knopf seines Jacketts. „Ich muss mich jetzt leider entschuldigen. Aber wir sehen uns nachher, während Ihres Vortrags. Ich freue mich drauf."

Ebha nickte ihm lächelnd zu. Dann verschwand er in der Menschenmenge.

Ein Gong ertönte, der den baldigen Beginn der Veranstaltung ankündigte. Ebha blickte auf ihre Einladung. Sie hatte – ebenso wie alle anderen Redner – einen Sitzplatt direkt vor der Bühne erhalten. Parkett Reihe A Sitz 10. Ebha passierte die große Flügeltür, die nun einen Blick in den Zuschauerraum offenbarte. Was Ebha sah, ließ sie kurz innehalten. Sie stand inmitten eines großen Saals, dessen Wände mit dunkelrotem Samt und goldenem Brokat bezogen waren. Die Bühne war mit einem in Rot gehaltenen Vorhang verhüllt. An den Seiten zogen sich auf drei Etagen schmale Ränge um den Saal. Teilweise waren die Balkone durch Wände abgetrennt, sodass drei bis vier Personen ihr eigenes Séparée hatten.

Mit langsamen Schritten ging Ebha den schmalen Gang entlang. In der ersten Reihe angekommen, setzte sie sich auf den Sitzplatz mit der Nummer zehn. Auf der Nummer neun saß bereits ein älterer Herr, der trotz des Anzugs, den er trug, für Ebha wie ein typischer Professor der Medizin aussah. Weißbärtig, auf dem Kopf spärlich behaart, bebrillt und irgendwie ein wenig konfus wirkend. Der Sitz Nummer elf zu ihrer Rechten war noch leer.

Erneut ertönte ein Gong, gefolgt von einer Durchsage, in der alle Gäste aufgefordert wurden, ihre Plätze einzunehmen.

„Wenn Sie mir die Bemerkung erlauben: Sie sehen wunderbar aus."

Ebhas Blick glitt ein Stück nach oben. Unweigerlich

erschien ein Lächeln auf ihren Lippen, als sie Ben vor sich stehen sah – gekleidet in einem etwas knittrigen braunen Anzug und einem hellgelben Hemd.

„Aber auch ein wenig nervös", fügte er augenzwinkernd an, während er sich auf den freien Platz neben ihr setzte.

„Schön, dass Sie gekommen sind", meinte Ebha ehrlich. Sie reichte Ben die Hand, die er ohne zu zögern erfasste. „Da fühle ich mich gleich nicht mehr ganz so verloren."

Ben machte eine abwinkende Bewegung. „Ach was, Sie packen das schon."

Ebha lächelte ihn an.

„Ganz nett hier, finden Sie nicht auch?" Ben sah sich um. „So viel feine Leute. Da pass ich gar nicht recht rein."

„Sie passen hier wunderbar rein, Ben", erwiderte Ebha. Ebha sah sich im Saal um. Als ihr Blick wieder auf Ben traf, nickte sie ihm lächelnd zu.

„Ja", stimme er ihr zu. „Vielleicht ist es ganz gut, wenn hier jemand anwesend ist, der keinen Stock im Allerwertesten hat."

Ebha musste lachen, was ihr einen scheelen Blick von dem Professor neben ihr bescherte.

„Haben Sie die Dame ein paar Reihen hinter uns gesehen?", flüsterte Ben etwas zu Ebha gebeugt. „Sie presst ihre Lippen die ganze Zeit so verkniffen aufeinander." Ben schüttelte seinen Kopf. „Es macht mich traurig, wenn ich solche Menschen sehe. So griesgrämig und voller Verdruss." Er schenkte Ebha einen beinahe anerkennenden Blick. „Wenn ich mir Sie hingegen so ansehe, dann sehe ich diesen Willen und die Dankbarkeit für das Leben – und das trotz ihres Schicksals."

Ebha fühlte, wie erneut Wärme und Dankbarkeit ihren Körper durchflutete. Bei jedem anderen hätten sich diese Worte abgedroschen angehört. Doch bei Ben war das nicht so. Und diese Aufrichtigkeit war etwas, das Ebha imponierte. Sie legte ihre Hand auf seine Schulter und strich ihm dankbar darüber.

Mit dem dritten Gong verdunkelten sich die Lampen im Zuschauerraum, während gleißendes Licht die Bühne erhellte. Der Vorhang öffnete sich und offenbarte ein auberginefarbenes Banner, auf dem der Name der Veranstaltung geschrieben stand. Auf der Bühne selbst stand lediglich ein Rednerpult mit einem kleinen Mikrofon dran.

Es war beinahe beängstigend still im Saal. Lediglich ein Räuspern oder Rascheln war hin und wieder zu vernehmen. Doch auch diese Geräusche verstummten, als Jeronimo Belitz die Bühne betrat. Er wirkte smart mit seinem ehrlichen Lächeln und dem maßgeschneiderten Anzug, den er so selbstverständlich trug, wie andere ihre Jeans. Jeronimo Belitz stellte sich hinter das Pult. Er ließ den Blick kurz durch den vollen Saal schweifen.

„Sehr verehrte Damen und Herren, liebe Gastredner, ich freue mich, Sie auch in diesem Jahr im Thalia Theater zum Jeronimo Ball begrüßen zu dürfen.“ Jeronimo Belitz stützte sich mit beiden Händen am Pult ab. „Ich muss Ihnen wahrscheinlich nicht mehr sagen, wie wichtig diese Spenden-Gala nicht nur für mich persönlich, sondern vor allem für Betroffene ist. Und auch Sie, liebes Publikum, wären nicht hier, wenn Sie dieses Thema nicht ernst nehmen würden. Dennoch muss ich zugestehen, ist und bleibt es ein sensibles und vielschichtiges Gebiet. Damit Sie, sehr verehrte Damen und Herren, wissen, wofür Sie spenden, wird dieser Ball mit einer Reihe von Vorträgen eröffnet – angefangen mit dem renommierten Chirurgen Prof. Dr. Clemens Meinhard vom deutschen Universitäts-Klinikum Münster."

Jeronimo Belitz machte eine kurze Pause und wartete den Applaus ab, der nach seinen Worten aufgekommen war. „Anschließend werden uns Prof. Dr. Roland Schäfer, der Vorstandsvorsitzende der Deutschen Stiftung Organtransplantation, sowie Prof. Dr. Stanley Fitch vom Medical Health Insitute in London einen Einstieg in das Thema der Organtransplantation geben. Zum Abschluss wird Ihnen Ebha Wals über ihr Leben berichten. Ein Leben, das sie mit einem Teil der Leber ihrer Schwester führt."

Wieder machte Jeronimo Belitz eine Pause, bevor er fortfuhr. Wieder applaudierten die Menschen im Saal.

Gemma hielt für einen Moment die Luft an, als sie ganz offiziell genannt wurde. Es kribbelte in ihrem gesamten Körper vor Aufregung. Auf was hatte sie sich da nur eingelassen?

„Im Anschluss an jeden Vortrag haben Sie die Möglichkeit, Fragen an den Referenten zu stellen. Danach gehen wir zum musikalischen Teil der Gala über", fuhr der Gastgeber fort „Ich freue mich besonders, den Folkmusiker Watzlek heute hier begrüßen zu dürfen. Eine weitere große Ehre gebührt dem großartigen Hamburger Symphonie Orchester, das am heutigen Abend für stimmungsvolle Untermalung sorgt. Das Besondere in diesem Jahr ist, dass beide Musik-Acts nicht hier im großen Saal, sondern draußen im Foyer spielen werden. Währenddessen können Sie sich an unserem reichhaltigen Buffet bedienen und neue Kontakte knüpfen sowie alte pflegen." Ein freundliches Lächeln erschien auf Jeronimos Zügen, als ein leises Raunen durch die Reihen ging. „Bevor es aber so weit ist, darf ich zuerst den Chirurgen Prof. Dr. Clemens Meinhard begrüßen. Er wird Ihnen nun einen Einblick in das sensible Thema Hirntod geben und wie man ihn richtig diagnostiziert."

Der Mann zu Ebhas Linken erhob sich und schritt die kleine Treppe zur Bühne hinauf. Er schüttelte Jeronimo Belitz mit ernstem Ausdruck im Gesicht die Hand und stellte sich dann an das Redner-Pult.

Sein Vortrag war schwere Kost. Es ging um die Definition von Leben und Tod. Um die Frage, ob ein Mensch noch lebte, dessen Herz schlug, der aber keinerlei Gehirnaktivitäten mehr aufwies. Es ging um den Erhalt der Würde jener Menschen, die zwischen dem Leben und dem Tod gefangen waren. Und es ging darum zu klären, ob es ethisch und medizinisch vertretbar war, solche Menschen auszuweiden, ihnen die Organe zu entnehmen und sie dann sterben zu lassen.

Die Worte, die Dr. Meinhard wählte, waren für Ebha erdrückend und kaum auszuhalten. Sie waren ehrlich, knallhart, realistisch. Ebha konnte sich nicht vorstellen, je solch eine Entscheidung zu treffen – über einen geliebten Menschen, über sein Schicksal, über seine Meinung hinweg. Es fühlte sich nicht richtig an. Und doch musste es jemand tun. Jemand musste für diese Menschen, die nur noch durch Maschinen am Leben gehalten wurden, Entscheidungen treffen. Jemand musste ihnen erlauben, zu sterben.

Ebha war erleichtert, als Dr. Meinhard mit seinem Vortrag endete. Sie fühlte sich benommen und war froh, dass sie nicht gleich im Anschluss an diesem Vortrag ihren halten musste. Sie hätte es kaum gekonnt.

Die folgenden Vorträge waren nicht ganz so emotional belastend, was wohl auch daran lag, dass Ebha sich immer weniger auf das Geschehen auf der Bühne konzentriere konnte. Ihre Gedanken kreisten um ihren Auftritt. Die Nervosität stieg und zog sie in eine Art tranceähnlichen Zustand, aus dem sie erst gerissen wurde, als Jeronimo Belitz sie ankündigte.

Ebha schreckte auf, als sie ihren Namen hörte. Sie blickte nach oben, direkt in das aufmunternde Gesicht von Jeronimo Belitz. Hastig erhob sich Ebha und schritt die paar Stufen zur Bühne hinauf.

Sie nickte Jeronimo zu, dann stellte sie sich an das Pult und richtete ihren Blick in den Saal. Für einen kurzen Moment war sie wie gelähmt. Hunderte von Menschen saßen vor ihr. Durch die grellen Scheinwerfer konnte sie aber nur die Personen in den letzten Reihen erkennen. Der Rest bestand nur aus Schatten und Schemen. Etwas, das Ebha leicht verunsicherte. Sie räusperte sich leise und zog das Mikrofon zu sich hinunter. Ein letzter tiefer Atemzug, dann fühlte sie sich bereit.

„Guten Abend. Mein Name ist Ebha Wals. Ich

freue mich, Ihnen heute einen Einblick in mein Leben geben zu dürfen. Ein Leben, das bis vor ein paar Jahren noch unbeschwert war."

Sie blickte in das Publikum. Nervosität vibrierte in ihrem Körper. Still und dunkel lag der Saal vor ihr. Sie atmete tief ein, bevor sie fortfuhr. „Ich war einer dieser verwöhnten Teenager, dem alles egal war bis auf das eigene Universum. Ich bin in einem wohlhabenden Elternhaus aufgewachsen. An Geld hat es nie gemangelt. Ich habe ein Leben gelebt, das für mich die komplette Erfüllung war. Ein Leben voller Partys, sündhaft teurer Mode, Alkohol und naiver Unbekümmertheit. Das Morgen hat mich wenig interessiert. Weil ich mir sicher war, dass der nächste Tag dasselbe verlockende Leben bringen würde wie der vergangene." Ebha hielt kurz inne und blickte in die erste Reihe. Die Scheinwerfer kamen von unten, wodurch sie nicht viel erkennen konnte. Doch sie wusste, dass dort unten Ben saß und ihr aufmerksam zuhörte. Dieser Gedanke beruhigte sie irgendwie.

„Dann wurde alles anders. Es begann im Oktober 2013. Ich merkte, dass mein Körper den normalen Alltagsbelastungen immer weniger standhielt. Ich schob es zuerst auf mein ausschweifendes Partyleben und beschloss, es etwas ruhiger angehen zu lassen – was in meinem Fall bedeutete, nur noch zweimal und nicht mehr vier- bis fünfmal pro Woche Party zu machen."

Ein leises Raunen zog durch das Publikum, was Ebha kurz innehalten ließ. Sie spürte Beklemmung in sich, als sie an jene Zeit zurückdachte. An das verzweifelte Festhalten an ihrem alten Leben. Selbst dann noch, als die Erkenntnis, das mit ihrem Körper etwas nicht stimmte, sich bereits fest in ihr verankert hatte.

„Die Müdigkeitsphasen und die krampfartigen Bauchschmerzen wurden immer häufiger. Lange habe ich diese Warnsignale übergangen. Bis zu dem Tag, an dem mein Körper kapitulierte. Ich brach zusammen und wurde ins Krankenhaus gebracht. Dort begann eine endlose Reihe von Untersuchengen, die allesamt ergebnislos blieben. Selbst nach mehreren Wochen im Krankenhaus konnte mir kein Arzt sagen, was mir fehlte." Ebha strich sich eine Strähne hinter das Ohr, sie blickte für einen kurzen Moment ins Leere. Sie hatte das Gefühl wieder in dem kahlen Krankenhauszimmer zu liegen, ohne Antworten oder Hinweise. Sie erinnerte sich an die Einsamkeit, die Ungewissheit, an die kahlen Krankenhausflure, an den Geruch von Desinfektionsmittel und die angedickte Erbsensuppe mit dem seltsamen Beigeschmack.

„Erst ein junger Arzt, der sich mit meinen Werten intensiv auseinandergesetzt hatte, bemerkte, dass meine Leberwerte nicht ganz in Ordnung waren. Er forderte eine Leberpunktion – und die führte endlich zu einem Ergebnis: Ich war an Autoimmunhepatitis erkrankt."

Wieder machte Ebha eine kurze Pause, damit die Menschen im Publikum die Zeit hatten, die Informationen aufzunehmen und zu verarbeiten. Sie hatte ihre Hände auf dem Pult abgestützt, das ihre leicht verschwitzten Fingerkuppen angenehm kühlte. Das beklemmende Gefühl in ihr nahm stetig zu. Sie versuchte, es zurückzuhalten.

„Die Autoimmunhepatitis ist eine sehr seltene Leberkrankheit, bei der das eigene Immunsystem die Leberzellen als feindlich einstuft und angreift. Dadurch tritt eine Leberentzündung auf – die sogenannte Hepatitis. Damit mein Körper meine Leberzellen nicht weiterhin angreift, habe ich Immunsuppressiva bekommen. Doch die Behandlung mit den Medikamenten zeigte bei mir nicht die gewünschte Wirkung. Neben den heftigen Nebenwirkungen, wie häufiges Erbrechen und Schwindel, kam es nicht zu der gewünschten Immunsuppression. Ich musste mehrmals das Medikament wechseln. Einige schienen tatsächlich zu helfen. Doch nach wenigen Monaten ließ auch diese Wirkung nach. So verging Monat um Monat. Eine Zeit, die ich meistens damit verbracht habe, völlig erschöpft im Bett zu liegen oder über der Toilette zu hängen."

Ebha schluckte. Ihr Hals war trocken, ebenso wie ihre Augen, die von dem grellen Scheinwerferlicht, das auf sie gerichtet war, leicht tränten. Sie nahm einen Schluck aus dem Wasserglas, das man ihr bereitgestellt hatte.

„Vor gut drei Jahren wurde mein Leiden so akut, dass mir nur noch eine Organtransplantation helfen konnte. Der Vorteil bei einer Leberspende ist, dass man einen Teil des Organs lebend spenden kann. Was die Chancen auf einen passenden Spender ungemein erhöht. Nach zahlreichen Tests und Untersuchungen hat sich meine ältere Schwester als geeignete Teilspenderin herausgestellt."

Ebha schloss für einen Moment die Augen, als die

Erinnerungen an diese Zeit mit gewaltiger Wucht zurückkamen. So lange hatte Ebha sie tief in sich verschlossen gehabt. „Meine Schwester hat sich sofort dazu bereit erklärt, mir einen Teil ihrer Leber zu spenden – trotz des Risikos, das der Eingriff für sie barg. Ihre Leber hat mir ein Stück Lebensqualität zurückgegeben. Doch der Preis, den wir dafür zahlen mussten, war hoch."

Ebha hielt inne und schluckte erneut. Ein dicker Kloß hatte sich in ihrem Hals gebildet. Sie atmete einmal tief durch und sprach mit bemüht klarer Stimme weiter.

„Meine Schwester hat die Operation nicht überlebt. Was es mir schwer macht, zu akzeptieren, dass ich jetzt hier stehe und Ihnen all das erzählen kann." Sie hielt inne, versuchte Kraft zu sammeln, um weitersprechen zu können. Noch nie hatte sie so offen über den Tod ihrer Schwester gesprochen. Es tat einfach nur weh. „Dennoch habe ich das Leben angenommen, dass sie mir geschenkt hat. Es ist ein schwieriges und schmerzhaftes Leben – und das gilt sowohl in physischer als auch in psychischer Hinsicht." Ebha dachte an die Schmerzen, die sie oft hatte – vor allem früh morgens beim Aufstehen. „Das Leben mit einem Spenderorgan – egal ob Lebendspende oder nicht – bedeutet vor allem eins: Einschränkung. Sicher, ich kann wieder durch die Stadt laufen und mich in ein Café setzen. Ich kann verreisen oder leichten sportlichen Aktivitäten nachgehen. Doch all diese Unternehmungen, die für gesunde Menschen selbstverständlich sind, bedeuten Anstrengung für mich. Ich muss immer damit rechnen, zusammenzubrechen, weil mein Körper zu geschwächt ist. Ich lebe jeden Tag mit Schmerzen im Oberbauch – mal mehr, mal weniger heftig. An besonders schlimmen Tagen helfen nur hochdosierte Schmerzmittel, diese Schmerzen auszuhalten."

Ebha überlegte einen Moment, ob ihre Worte zu krass waren. Immerhin wollte sie niemandem Angst machen. Doch sie wollte bei der Wahrheit bleiben – wenn auch nicht bei der ganzen.

„Die Medikamente, die ich seit der Transplantation nehme, helfen zwar dabei, mein alltägliches Leben zu meistern. Aber ich merke, dass da etwas in mir ist, das nicht richtig ist. Das nicht funktioniert. Ich spüre, dass mein Körper das fremde Gewebe in mir abstoßen will, was allein durch Medikamente verhindert wird. Ich fühle die

Schwäche und Müdigkeit, die meinen Körper durch den jahrelangen Kampf mit der Krankheit fest im Griff haben. Doch all das ist nichts gegen die seelische Erschöpfung. Und damit meine ich nicht nur den tragischen Verlust meiner Schwester und die Schuldgefühle. Diese seelische Erschöpfung ist ein Produkt aus dem zermürbenden Kampf und dem Wissen, sein altes Leben nie wieder zurückzubekommen."

Mit offenem Blick sah Ebha in das Publikum, das zum Großteil schattenhaft vor ihr lag. „Ich erzähle Ihnen das nicht, um Sie als Betroffene oder Angehörige mutlos zurückzulassen. Ich erzähle Ihnen das, damit Sie verstehen, dass man das Leben – egal wie schmerzhaft es manchmal sein mag – nehmen muss, wie es kommt. Denn trotz allem bin ich dankbar dafür, hier stehen zu können. Ich danke meiner Schwester für die Chance, die sie mir mit ihrer Spende gegeben hat. Ich danke ihr, dass sie mir mit ihrem ... viel zu frühen Tod die Augen geöffnet hat."

Ein trauriges Lächeln legte sich auf Ebhas Lippen. Ihr Herz zog sich zusammen, wenn sie an Brianas liebevollen Blick dachte, an ihre stets klug gewählten Worte, die so oft zur richtigen Zeit den richtigen Punkt in Ebha getroffen haben. „Sie hat mir ein Leben lang versucht beizubringen, dass es Wichtigeres gibt als Geld und Partys. Damals habe ich das nicht verstanden. Jetzt tue ich es. Meine Schwester hat ein glückliches Leben geführt. Weil sie etwas gefunden hat, das mit keinem Geld der Welt zu bezahlen ist. Erfüllung. Vollkommene Erfüllung und eine Liebe, die so echt war, dass sie mich noch immer erschüttert."

Ebha räusperte sich kurz, den Blick auf ihre schwitzigen Finger gerichtet, die sich um das Pult krallten. Ihre Gedanken waren bei Briana. Ihrer tollen, großen Schwester, die alles für sie gegeben hat. Wirklich alles. Ebha schluckte den dicken Tränenkloß in ihrem Hals hinunter. Tief atmete sie durch, dann sprach sie mit halbwegs klarer Stimme weiter. „Ich möchte Ihnen hier und heute sagen, dass ein Leben mit einem Spenderorgan nie einfach ist. Und die Zeit des Wartens davor erst recht nicht."

Ebha hob den Kopf und richtete ihren Blick in die Menschenmenge. Sie spürte Tränen in ihren Augen. Doch sie blinzelte sie vehement weg. „Und ich möchte alle Betroffenen auffordern, nicht aufzugeben. Ich war ein paarmal kurz davor. Doch es lohnt sich, ein Stück Hoffnung zu bewahren. Wir haben nur ein Leben. Und wir sollten es so annehmen, wie es kommt. Vielen Dank."

Ein Klatschen erhob sich unter den Zuschauern. Erleichterung machte sich in Ebha breit und gleichzeitig wurde sie von einem Gefühl erfüllt, das sie so noch nie empfunden hatte. Stolz. Sie war stolz auf sich. Das erste Mal in ihrem Leben.

„Vielen Dank, Frau Wals." Jeronimo hatte sich zu ihr auf die Bühne gesellt. Er lächelte sie an und Ebha glaubte, Anerkennung in seinem Blick zu sehen. „Jetzt haben Sie, verehrtes Publikum, die Möglichkeit, ein paar Fragen an Frau Wals zu stellen."

In der vierten Reihe stand eine ältere Dame in einem rosafarbenen Kostüm auf. Ein Mitarbeiter des Theaters reichte ihr ein Mikrofon, damit man sie verstehen konnte. „Guten Abend, Frau Wals. Ich danke Ihnen für die Schilderung ihres Leidensweges. Meine Tochter ist 18 und ebenfalls an AIH erkrankt. Wie bei Ihnen wirken die Medikamente nicht. Sie hat Schmerzen und ist immer sehr matt und kraftlos. Wie haben Sie es geschafft, nicht aufzugeben? Vielleicht können Sie mir einen kleinen Denkanstoß für meine Tochter mit auf den Weg geben."

Ebha blickte auf die Frau, deren Gesichtsausdruck Schmerz und Verzweiflung widerspiegelte. Ebha konnte diese Gefühle sehr gut nachvollziehen. Sie überlegte, was sie der Frau sagen konnte. Wie sie ihr eine realistische Hoffnung vermitteln konnte. „Ich verstehe Ihre Tochter sehr gut. Es ist nicht einfach, optimistisch nach vorne zu blicken. Schon gar nicht, wenn man so jung ist und solche Schmerzen oder Einschränkungen hinnehmen muss." Mitfühlend blickte sie zu der Frau. „Was mir zu der Zeit geholfen hat, kann ich Ihnen ehrlich gesagt nicht mehr sagen. Ich habe von einem Tag zum anderen gelebt. Aber vielleicht hilft es Ihrer Tochter zu wissen, dass man sich irgendwann mit dieser Situation arrangiert. Ich weiß, dass das nicht die Antwort ist, die Sie sich für Ihre Tochter erhofft haben. Aber all die gut gemeinten Zusprüche wie *Das wird schon wieder* oder *Irgendwann wird es dir besser gehen* kommen nicht an. Sie sind schlicht und einfach falsch. Sicher helfen bei vielen Patienten mit AIH die Medikamente so gut, dass sie ein halbwegs normales Leben führen können. Doch es gibt auch Patienten wie Ihre Tochter oder mich. Es wird Tage geben, an denen es Ihrer Tochter besser geht. Die sollte sie nutzen. Sich Freunde einladen oder etwas leckeres Kochen. Ich musste damals lernen, mich an Kleinigkeiten zu erfreuen. Das fiel mir ungeheuer schwer. Doch nach und nach wusste ich auch die für mich bis dato unbedeutenden Dinge – wie ein sonniger Frühlingstag oder ein heißer Tee aus frischer Minze – zu schätzen. Bestärken Sie Ihre Tochter dahingehend. Und seien Sie für sie da. Mehr können Sie leider nicht tun."

Die Frau nickte dankend. Ebha konnte nicht erkennen, ob sie zufrieden mit der Antwort war oder nicht.

„Vielen Dank", nahm Jeronimo die Diskussion wieder auf. „Gibt es weitere Fragen?"

Auf einem der Balkone zu Ebhas Linken meldete sich ein älterer Herr, der ebenfalls ein Mikrofon gereicht bekam. „Sie haben erzählt, dass Sie auch jetzt noch körperliche Beeinträchtigungen haben. Dennoch stehen Sie hier. Woher nehmen Sie die Kraft? Ist es Ihre Familie, die Ihnen Kraft gibt?"

„Nun", begann Ebha etwas zögerlich, „diese Kraft kann man vor allem sich selber geben. Es ist allein mein Wille, aufzugeben oder nicht. Wenn man gesund ist, kann man sich ein eingeschränktes Leben – wie auch immer das aussehen mag – nicht vorstellen. Doch wenn es so weit ist, dann geht es immer irgendwie weiter. Man findet immer einen Strohhalm, an den man sich klammern kann. Ich denke, es ist wichtig, im Hier und Jetzt zu leben. Man sollte sich Ziele setzen. Egal wie klein und banal diese erscheinen. Und man sollte sich nicht entmutigen lassen."

Ein weiterer Mann erhob sich von einem der Balkone.

„Bitte, noch eine Frage", meinte Jeronimo und zeigte auf den Herren in einem anthrazitfarbenen Anzug.

„Ich würde gerne wissen, ob die Möglichkeit besteht, dass Ihr Körper den Leberteil Ihrer Schwester jetzt noch abstößt?"

„Diese Gefahr besteht immer. Aber sie wird durch Medikamente minimiert", antwortete Ebha. Sie fühlte sich erschöpft, ausgelaugt.

„Vielen Dank." Jeronimo richtete seinen freundlichen Blick ins Publikum. Er stand direkt neben Ebha, mit aufrechter Haltung und souveränem Blick im freundlichen Gesicht. „Für eine Frage hätten wir noch Zeit."

Am Ende des Parketts in der hintersten Reihe erhob sich eine Frau mittleren Alters. Ihr Blick war streng Richtung Bühne gerichtet, als sie das Mikrofon überreicht bekam. „Ich habe eine recht persönliche Frage an Sie, Frau Wals: Ich stehe selbst kurz vor einer Organspende. Wie geht man damit um, mit dem Organ eines anderen zu leben?"

Ebha spürte erneut diese Beklemmung in sich aufsteigen. Sie schluckte, bevor sie die Frage beantworten konnte. „Um ehrlich zu sein: Gar nicht."

Einige Zuschauer blickten verwirrt zu Ebha, leises Raunen erhob sich.

Ebha atmete tief ein. Sie hatte das Gefühl, noch etwas sagen zu müssen. „Ich bin meiner Schwester unglaublich dankbar. Aber wenn ich es rückgängig machen könnte, dann … dann würde ich es sofort tun."

„Sie bereuen die Entscheidung, die Spende Ihrer Schwester angenommen zu haben?" Es war nur eine einfache Frage. Eine Frage von einer völlig fremden Frau, die Ebha dennoch so tief erschütterte, dass sie anfing zu zittern.

„Ja." Ihre Antwort war nur ein Flüstern gewesen. Ein Eingeständnis, dass sich Ebha zuvor nie gemacht hatte. „Jeden einzelnen Tag ... Immer." Die Worte hatten Ebhas Lippen noch nicht ganz verlassen, als ihr Blick auf ein Augenpaar traf, das sie für einen Moment in einen Schockzustand versetzte. Ihr wurde heiß und kalt zugleich. Ein heftiges Zucken jagte blitzartig durch ihren Körper, als sie am Ende des Saals, direkt neben der großen Flügeltür, Ref stehen sah. Unfähig, sich von seiner Gestalt zu lösen, starrte sie ihn an. Unentwegt. Bestürzt.

Was machte er hier? Ebhas ungläubiger, fast panischer Blick, der auf einen einzigen Punkt fixiert war, brachte einige Zuschauer im Saal dazu, sich umzudrehen. Leises Gemurmel erhob sich. Doch Ebha war nicht imstande, diesen Moment zu beenden, während Ref unbeeindruckt schien und ihren Blick mit vollem Ernst erwiderte.

„Ich danke Ihnen, Frau Wals, für die ehrlichen Einblicke, die Sie uns an diesem Abend vermittelt haben."

Dieser Satz von Jeronimo Belitz war wie eine Erlösung für Ebha, denn er riss sie aus dieser unangenehmen Starre. Hastig und etwas verlegen wandte sie sich zu dem Gastgeber. Sein Blick war freundlich, beinahe milde. Ein Ausdruck, der Ebhas Scham auch nicht schmälerte.

Jeronimo wandte sich dankenswerter Weise schnell wieder an sein Publikum. „In Kürze wird im Foyer das musikalische Programm anfangen. Ich hoffe weiterhin auf einen informativen und regen Austausch zwischen allen Beteiligten.“

Er drehte sich zu Ebha und bedeutete ihr mit einer eleganten Bewegung seiner Hand, mit ihm die Bühne zu verlassen. Ein Angebot, dass Ebha in diesem Moment nur allzu gerne annahm. Sie zwang sich dazu, ihren Blick nicht noch einmal durch das Publikum schweifen zu lassen. Mit klopfendem Herzen und zittrigen Knien stieg sie die Treppe hinab und versuchte, in dem gütigen Blick von Ben etwas Halt zu finden.

KAPITEL 10

Ref hatte sich an den Rand des Foyers zurückgezogen. Von hier konnte er den etwas verlebt wirkenden Musiker beobachten, der angefangen hatte, auf seiner Gitarre zu zupfen. Ref sah zahlreiche Menschen, die sich angeregt mit einem Glas in der Hand – wahlweise Sekt oder Whiskey – unterhielten. Er selbst hatte sich vorgenommen, an diesen Abend auf Alkohol zu verzichten. Noch zu präsent waren die Erinnerungen an sein kleines Trinkgelage im *Alten Kutter*.

„Warum sind Sie hier?"

Er hatte gemerkt, dass Ebha an ihn herangetreten war und ihn mit einem abwartenden Blick fixierte. Ihre Frage überraschte ihn nicht. Im Gegenteil: Er hatte viel eher mit ihr – sowohl mit der Frage als auch der Person – gerechnet. Er machte sich nicht die Mühe, die junge Frau anzusehen. Stattdessen starrte er weiterhin mit einem betont gelassenen Blick zu dem Musiker. „Wahrscheinlich um herauszufinden, wer Sie eigentlich sind."

Kurz war es still neben ihm. Doch auch dieser

Moment ging vorüber. „Warum wollen Sie das noch wissen?“

Er konnte Unverständnis in ihrer Stimme hören. Dennoch erwiderte er nichts. Er versuchte ruhig zu bleiben, auch wenn er im Moment gerne einfach gegangen wäre. Das alles überforderte ihn.

„Sie haben sich bereits ein Bild von mir gemacht, noch bevor Sie mich überhaupt getroffen haben. Warum wollen Sie noch wissen, wer ich bin?“ Ebhas Stimme war angespannt. Dennoch zog es Ref vor, weiterhin zu schweigen. Er hörte Ebha heftig einatmen. „Glauben Sie, ich sehe nicht die Abscheu in Ihren Augen, wenn Sie mich ansehen? Glauben Sie, ich merke nicht, wie abfällig Sie mit mir reden und wie schwer es Ihnen fällt, meine Gegenwart zu ertragen? Für Sie bin ich der Grund, warum Briana tot ist. Für Sie bin ich verwöhnt und naiv, ein junges Ding aus reichem Elternhaus. Warum um Himmels Willen wollen Sie noch wissen, wer ich bin?“

Ihre Worte entfachten Wut in ihm. Wieder einmal. Er versuchte die Wut mit dem Gedanken an Briana zu vertreiben. „Weil ich es satt habe, andauernd einer Maskerade aus betonharter Selbstkontrolle gegenüberzustehen.“ Sein Kopf war zu ihr herumgeruckt und er sah sie mit stechendem Blick an.

Schnaubend schüttelte sie den Kopf. „Das ist doch lächerlich."

Ref konnte nicht sagen, ob sie damit seine letzte Äußerung oder das Gespräch an sich meinte.

„Ist es das?" Er blickte sie herausfordernd an. Er spürte, dass sie an diesem Abend deutlich mehr Emotionen zeigte als sonst. Wahrscheinlich ein Resultat ihres Vortrags. Er selbst wusste nicht, was er von dieser Seite an ihr halten sollte. Ihr Vortrag war schonungslos und ehrlich gewesen. Er würde lügen, wenn er behaupten würde, dass ihn das kalt ließ.

„Wissen Sie was?", meinte sie mit bemüht aufrechterhaltener Kontrolle und erhabener Haltung. „Sie haben recht. Sie kennen mich nicht."

Ref zog seine Augenbrauen zusammen. Ihre pampige Antwort verärgerte ihn. So wie die ganze Person Ebha Wals ihn immer und immer wieder verärgerte. Verdammt, warum war er eigentlich hier? „Hören Sie auf mit diesem Schwachsinn. Sie kennen sich noch nicht einmal selber."

„Oh, aber Sie tun es, oder was?"

Ref konnte der jungen Frau ansehen, dass er sich langsam aber sicher an einen Punkt heranarbeitete, der zumindest so etwas wie Ärger in ihr hervorbrachte. Leise Genugtuung machte sich in ihm breit. Mit ernstem Blick beugte er sich ein wenig zu ihr.

„Ich weiß zum Beispiel, dass Sie hinter ihrer kontrollierten Fassade versuchen, all die Gefühle zu unterdrücken, die auf Sie einstürzen würden, wenn Sie sich auch nur einen Augenblick mit den Geschehnissen der letzten Jahre auseinandersetzen."

„Was erwarten Sie von mir?" Beinahe trotzig verschränkte sie die Arme vor der Brust. „Soll ich mit Ihnen über meine Gefühle, über meine Ängste und meine Schuld sprechen? Wollen Sie wirklich wissen, dass mich die letzten Jahre eine Menge Kraft gekostet haben? Dass ich Ihnen nicht sagen kann, wie viele Nächte ich kotzend über der Kloschüssel hing, um bis zu 30 Mal etwas herauszuwürgen, was schon gar nicht mehr da war? Wollen Sie von mir hören, dass mein Leben nach der OP genauso ermüdend ist wie davor?" Sie lachte bitter. „Ich bin mir sicher, dass Sie das nicht im Geringsten interessiert."

Ref blieb stumm. Er hatte dem nichts entgegen zu setzen. Ein bitteres Gefühl hatte sich in ihm ausgebreitet, sein Magen fühlte sich unangenehm verdreht an.

„Hören Sie", begann Ebha erneut, als Ref weiterhin schwieg. „Das bringt doch hier alles nichts. Sie haben sich bereits ein festes Bild von mir gemacht." Angespannt stand sie vor ihm und sah ihn ernst an. „Und ich bin nicht verpflichtet, dieses zu ändern." Sie schenkte ihm einen letzten Blick, der bemüht souverän wirkte. Dann ließ sie ihn stehen.

Ref sah ihr nicht nach. Stattdessen war sein Blick nachdenklich auf die sich unterhaltende Menge gerichtet, die mittlerweile einen großen Teil des Foyers ausfüllte. Ebha hatte Recht. Er hatte sich bereits ein Bild von ihr gemacht. Schon lange bevor er sie kennengelernt hatte. Was sie aber nicht wusste war, dass sie dieses Bild heute Abend ein wenig verändert hatte. Ob das gut für ihn war, wusste er nicht. Er wusste nur, dass es sich befremdlich und unbequem anfühlte.

Ein wenig ärgerte er sich über sich selbst. Am

frühen Nachmittag hatte er den spontanen Entschluss gefasst, diesen Jeronimo Ball zu besuchen. Er hatte sich für viel Geld an der Abendkasse eine Eintrittskarte gekauft und war mit Erwartungen hergekommen, die er selbst nicht definieren konnte. Eigentlich hatte er gar nichts erwartet. Und somit war er auch nicht vorbereitet gewesen auf das, was er während des Vortrags alles über Ebha erfahren hatte.

Im Nachhinein war er sich nicht sicher, ob er das überhaupt hatte wissen wollen. Doch jetzt war es zu spät. Und er verdammte sich innerlich dafür, dass er für diese unmögliche Frau plötzlich so etwas wie Mitgefühl empfand. Ein Mitgefühl, das sie trotz allem, was sie durchgemacht hatte, in seinen Augen nicht verdient hatte.

„Darf ich Ihnen Gesellschaft leisten?“, flötete eine schrille Stimme neben ihm und schreckte Ref unsanft aus seinen Gedanken.

Er blickte zur Seite und hätte bei dem Anblick, der sich ihm bot, gerne das Gesicht verzogen. Doch er schaffte es, seine Gesichtsmuskeln so weit zu kontrollieren, dass sich seine Züge keinen Millimeter bewegten.

Vor ihm stand eine hochgewachsene Dame älteren Baujahrs. Das Gesicht mit den kleinen Augen und den rot angemalten dünnen Lippen war schmal und lang – ebenso wie der Hals. Ihr Oberkörper wies die Form einer umgedrehten Birne auf. Oben großbusig, unten flach. Das türkisfarbene enge Seidenkleid, das eher wie ein Nachthemd aussah, betonte diese seltsame Form noch zusätzlich. Und als wenn das nicht schon genug wäre, ragten seltsam dünne Stelzen aus dem knielangen Kleid heraus.

Die ältere Dame blickte ihn vergnügt an. In der einen Hand, an der unzählige goldene Armkettchen baumelten, hielt sie ein Glas Prosecco. Nicht ihr erstes, wenn Ref sich die leicht geröteten Wangen der Dame ansah. Mit der anderen Hand nestelte sie an ihrer dicken Perlenkette. Passend zum gesamten Erscheinungsbild verströmte die Frau einen unangenehm süßlichen Duft.

„Ich beobachte Sie schon eine Weile und dachte mir, ich sorge mal dafür, dass Sie etwas mehr Spaß haben."

Ref sah genervt zur Seite, beobachtete zwei ältere Männer, die sich wild gestikulierend unterhielten.

„Wie kommen Sie darauf, dass ich keinen Spaß habe?“

„Oh, das ist nicht schwer zu erkennen“, antwortete die ältere Dame mit einem strahlend weißen Lächeln. „Ich habe bemerkt, dass Sie die ganze Zeit über etwas abseits stehen und griesgrämig in die Runde blicken.“

„So, haben Sie das?“ Ref hatte wirklich keine Lust, sich mit dieser Frau zu unterhalten. Und schon gar nicht über seine emotionale Verfassung. Die war nämlich äußerst stabil.

„Sicher, sicher“, antwortete die ältere Dame vergnügt. „Da dachte ich mir, ich komm einfach mal rüber und leiste Ihnen etwas Gesellschaft.“

Ref blickte die ältere Dame mit dunklem Blick an. „Das ist sehr freundlich, aber nicht nötig. Sie sollten Ihre Begleitung nicht alleine lassen.“

„Oh, mein Bertie vergnügt sich gerade mit zwei Kellnerinnen da hinten.“

Refs Blick folgte unwillkürlich dem der Frau. Am Rande des Foyers neben den Toiletten stand ein alter, klapprig wirkender Mann – der seiner Frau äußerlich ziemlich ähnelte – und bequasselte zwei

Kellnerinnen. An ihren bemüht freundlichen Lächeln konnte Ref erkennen, dass sie das Gespräch mindestens genauso unangenehm fanden wie er seins.

„Mein Bertie ist schon einer. Sucht sich immer die hübschesten Dinger und bezirzt sie.“ Die Dame schüttelte den Kopf, wirkte dabei aber eher belustigt als verärgert. So langsam fragte sich Ref, was bei diesem Ehepaar schief lief.

„Wir sind jetzt seit fast 40 Jahren verheiratet. Können Sie sich das vorstellen?“

„Nein“, kam es desinteressiert von Ref zurück.

„Sie Schlingel“, tadelte sie ihn gespielt erbost. „Ihre Frau wird darüber aber nicht erfreut sein.“ Die ältere Dame sah ihn lächelnd an. „Aber lassen Sie sich gesagt sein, dass Streit in der besten Ehe vorkommt.“

Ref sah sein Gegenüber leicht verärgert an. „Ich weiß nicht, wovon Sie sprechen.“

Die ältere Dame blickte ihn verwundert an. „Na von Ihnen und Ihrer Frau. Ich habe gesehen, wie Sie sich eben gestritten haben.“

So langsam dämmerte Ref, worauf sie hinauswollte. „Sie glauben doch nicht …“ Er hielt inne. Dieser Gedanke war einfach nur grotesk. „Das war nicht meine Frau.“

„Oh, nicht“, erwiderte die ältere Dame ohne den Anschein zu erwecken, dass ihr diese Verwechslung peinlich wäre. „Nun, Sie haben beide auf eine seltsame Weise vertraut gewirkt. Wie ein altes Ehepaar.“ Sie begann zu lachen. Ref fand das alles andere als komisch. „Außerdem tragen Sie diesen Ring.“ Ihr Blick heftete sich auf den schmalen Goldring an Refs Ringfinger.

Automatisch ballte sich seine Hand zur Faust. Er konnte plötzlich das Metall des Ringes um seinen Finger spüren. Und er hatte das Gefühl, dass er tonnenschwer war. Vehement unterdrückte er ein Schlucken.

„Dann ist Ihre Frau zuhause geblieben?“, bohrte die ältere Frau ungeniert weiter nach.

Ref reichte es. Er sah sein Gegenüber kalt an. Sekundenlang. „Wenn Sie es genau wissen wollen: Sie ist tot. Und jetzt entschuldigen Sie mich.“ Mit diesen Worten ließ er die ältere Dame stehen und ging. Wohin, wusste er nicht. Hauptsache weg von dieser Person.

Seine letzten Worte hatten sein Herz noch mehr auseinandergerissen. Er hasste es. Er hasste es, dass Brianas Tod auch nach zwei Jahren solch einen Schmerz in ihm auslöste. Und er wusste, dass es nicht besser werden würde, solange er ständig auf ihre kleine Schwester traf.

Seit Ebha Wals bei ihm aufgetaucht war, waren all die Gedanken und Gefühle wieder hochgekocht, die er in den letzten Jahren so mühsam versucht hatte, zu bekämpfen. Und er wusste ebenfalls, dass er solange nicht zur Ruhe kommen würde, bis Ebha Wals wieder aus seinem Leben verschwand.

Ref hielt inne. Kurz überlegte er. Dann fasste er einen Entschluss. Er sah sich um. Seine Augen spähten durch das Foyer auf der Suche nach Ebha. Doch er konnte sie nirgends entdecken. Er ging Richtung Bar. Doch auch da war sie nicht anzutreffen.

Schließlich betrat er den leeren Zuschauerraum. Und dieses Mal hatte er Glück. Vorne in der ersten Reihe saß sie, den Blick auf etwas gerichtet, das auf ihrem Schoß lag. Als er näher kam, erkannte er eine Liste. Die Liste. „Wieder einen Punkt abgehakt?", fragte er mit Argwohn in der Stimme.

Ebha erschrak und sah verärgert zu ihm auf. „Sind Sie hier, um sich über mich lustig zu machen?"

„Eigentlich wollte ich Ihnen einen Vorschlag unterbreiten." Unberührt verharrte er neben ihr.

Er konnte für einen kurzen Moment so etwas wie Erstaunen in ihren Augen erkennen. „Ich bin ganz Ohr."

Refs Blick wanderte von der jungen Frau zu der Liste. „Ich weiß, dass diese Liste Ihnen wichtig ist. Und ich weiß, dass Sie keine Ruhe geben werden, bis alle Punkte erfüllt sind." Er atmete tief ein. Seine nächsten Worte kosteten ihn Überwindung. Doch er sah im Moment keinen anderen Weg. „Da ich unweigerlich ein Teil dieser Liste bin, biete ich Ihnen an, Sie so gut es geht dabei zu unterstützen, die einzelnen Punkte abzuarbeiten."

Für einige stille Momente sah Ebha ihn an. Er konnte nicht erkennen, ob das Skepsis oder Überraschung war, die in ihren grünen Augen stand.

„Was verlangen Sie im Gegenzug dafür?", fragte sie lauernd.

Ernst sah er sie an. Als er sprach, verzog er keine Miene. „Ich möchte, dass Sie nach der Erfüllung dieser Liste aus meinem Leben verschwinden. Für immer."

Ebha schloss für einen kurzen Moment die Augen und lächelte matt. Als sie ihren Blick wieder auf Ref richtete, hatten ihre Augen einen seltsamen Glanz angenommen, den Ref nicht benennen konnte. „Das war sowieso mein Plan."

Ihre Worte, ihre gesamte Reaktion lösten ein seltsames Gefühl in ihm aus. Er konnte es nicht beschreiben. Aber es fühlte sich nicht gut an. Er ließ sich nichts anmerken. Stattdessen nickte er ihr knapp zu. „Dann lassen Sie es mich wissen, wenn Sie mich brauchen." Mit diesen Worten drehte er sich um und verließ den Saal mit großen, schnellen Schritten. Er musste raus hier. Sofort.

*****

Es war früh am Morgen, als Ebha in Bens Taxi Richtung Bahnhof fuhr. Sie war müde. Aber vor allem war sie in einer seltsam nachdenklichen Stimmung. Der gestrige Abend hatte Spuren hinterlassen, mit denen sie nicht gerechnet hatte. Und das war nicht nur auf ihren Vortrag bezogen, sondern vor allem auf die Begegnungen mit Ref. Sein Angebot hatte sie erstaunt und gekränkt zugleich. Wie sehr musste er sie verabscheuen, wenn er ihr so etwas anbot – nur um sie loszuwerden. Sie schloss die Augen und lehnte den Kopf gegen das weiche Polster des Sitzes.

„Eine lange Nacht gehabt?“, hörte sie Ben fragen.

Ein kaum wahrnehmbares Lächeln zupfte an Ebhas Lippen. „Es ging“, antwortete sie, ohne dabei die Augen zu öffnen.

„Nicht, dass Sie sich zu viel zugemutet haben.“

Wieder musste Ebha lächeln. „Sie müssen sich um mich keine Sorgen machen, Ben.“

„Nachdem, was ich gestern Abend über Sie erfahren habe, geht das kaum anders.“

„Ich bin nur etwas müde.“

Ben erwiderte daraufhin eine Weile nichts, sodass Ebha diese ungewohnt friedliche Ruhe genießen konnte. Da war nur das Dröhnen des Motors. Von draußen waren kaum Geräusche zu vernehmen. Es war einfach viel zu früh. Kaum jemand war um diese Zeit schon unterwegs.

„Wer war dieser Mann?“

Bens unvermittelte Frage brachte Ebha dazu, nun doch ihre Augen zu öffnen. „Welcher Mann?“ Sie wusste selbst, dass dies eine seltendämliche Frage war. Ihr war natürlich klar, wen Ben meinte.

„Der Mann, mit dem Sie sich nach dem Vortrag im Foyer unterhalten haben. Es schien, als ob Sie gestritten haben.“

Ebha verzog ein wenig ihr Gesicht. Auf eine gewisse Weise war ihr unangenehm, dass Ben diese seltsame Stimmung zwischen Ref und ihr mitbekommen hatte.

Ebha stieß die Luft aus, die sie unbemerkt angehalten hatte, und richtete sich auf dem Sitz etwas auf. „Er ist der Mann meiner verstorbenen Schwester.“

Für einen kurzen Moment sah Ben Ebha bedrückt über den Rückspiegel an. Doch schnell richtete er seinen Blick wieder auf die Straße. „Da ist viel Unausgesprochenes zwischen Ihnen, nicht wahr?“

Ebha sah aus dem Fenster. Lange dachte sie über Bens Worte nach. „Es ist kompliziert“, erwiderte sie mit ungewohnt heiserer Stimme. „Und das ist wahrscheinlich noch eine Untertreibung."

„Wollen Sie darüber reden?"

Ebha blickte nachdenklich aus dem Fenster, sah Häuserreihen und Bäume an sich vorbeiziehen. „Ich weiß nicht, ob es da viel zu reden gibt." Sie strich sich eine Haarsträhne aus dem Gesicht. Traurigkeit breitete sich in ihr aus. „Er verachtet mich für das, was passiert ist." Ebha senkte ihren Blick, starrte auf ihre manikürten Fingernägel. „Er vermisst meine Schwester. Sehr. Ich würde ihm gerne diesen Schmerz nehmen. Irgendwie. Und ich will, dass er aufhört, mich so voller Verachtung anzublicken. Aber ..." Ebha stoppte, sie blickte nach vorne zu Ben. Ein trauriges Lächeln schlich sich auf ihre Lippen. „Ich kann es nicht ändern. Das ist es, was so verdammt wehtut."

„Wissen Sie, ich glaube nicht, dass er Sie verachtet." Ben blickte kurz in den Rückspiegel zu Ebha. „Er war gestern da, nicht wahr? Offensichtlich wollte er mehr über Sie erfahren. Vielleicht hilft es Ihnen beiden, wenn Sie sich dem Mann Ihrer Schwester etwas mehr öffnen."

Ebha schluckte, wusste nicht, was sie zu diesen Worten sagen sollte.

„Entschuldigen Sie meine Taxifahrer-Psychologie", meinte Benn lächelnd, als Ebha nichts erwiderte. „Aber ich habe in meinem Beruf schon so viele verschiedene Menschen getroffen, dass ich mit meiner Einschätzung meistens ganz richtig liege." Ben schaltete einen Gang runter und bog nach links ab. „Trauen Sie sich, Ebha. Auch wenn es manchmal schwer fällt, sich zu öffnen. Aber es hilft."

Ebha schloss die Augen. Bens Worte durchfluteten sie mit einer wärmenden Dankbarkeit. „Ich weiß", erwiderte sie leise. „Ich merke es gerade ... Ich habe bisher mit niemandem darüber geredet." Sie strich sich angespannt über ihre Arme und richtete den Blick wieder aus dem Fenster.

Den Rest der Fahrt war es still im Taxi. Doch dieses Mal empfand Ebha diese Stille als unangenehm, beinahe erdrückend. Als sie am Hauptbahnhof ausstieg, fühlte sie so etwas wie Wehmut aufkommen. Sie sah Ben an. Diesen kleinen, rundlichen Mann mit dem großen Herzen. Auch wenn sie ihn erst vor 24 Stunden zum ersten Mal getroffen hatte, hatte sie das Gefühl, ihn seit Jahren zu kennen.

„Ich danke Ihnen, Ben." Ihre Worte waren

aufrichtig und konnten eine gewisse Traurigkeit nicht verbergen.

Ben winkte nur leise lächelnd ab. „Das ist mein Job."

Ebha lachte leise. „Das meine ich nicht."

Er sah sie einen Moment stumm an. „Wenn Sie mal wieder in Hamburg sind, wissen Sie ja, wie Sie mich erreichen können."

Ebha nickte. „Machen Sie es gut." Sie schenkte Ben einen letzten freundlichen Blick. Dann nahm sie ihren Koffer und betrat das kühle Bahnhofsgebäude.

KAPITEL 11

05. Mai 2015 – Ich kann es noch immer nicht fassen. Aber ja, wir haben es getan. Ref und ich haben uns einen Fischkutter gekauft. Zugegeben, der Kutter hat seine beste Zeit hinter sich. Aber genau das ist die Herausforderung. Wir haben den Kahn in einem alten Fischerhafen in der Nähe der deutsch-dänischen Grenze entdeckt.

Ref und ich saßen eine ganze Weile an dem Hafen und haben beobachtet, wie ein paar kleine Fischerboote gegen Mittag vom Meer zurückkamen, den Fang des Tages mit an Bord. Begleitet wurden sie von einer Schar kreischender Möwen, die gierig auf die Abfälle der Fischer warteten. Ich finde diese Art von Leben beeindruckend. Schon allein, weil man mitten in der Nacht aufstehen muss, um sein Geld zu verdienen.

Auch unser Kutter wurde jahrzehntelang für den Fischfang genutzt. Doch seit fünf Jahren war er am hintersten Ende des Hafenbeckens an der Reling festgebunden. Ich kann nicht sagen, was mich genau an diesem Boot so fasziniert hat. Vielleicht war es das Gefühl von Freiheit, das ich mit dem

Anblick verbunden habe. Vielleicht spielte auch der Name des Schiffes – Briana – eine Rolle.

Wir haben über die anderen Fischer herausgefunden, wem das Boot gehört. Einer alten Dame im Dorf. Ihr Neffe, der zufälligerweise einer der Fischer war, hat uns zu ihr gebracht. Sie erzählte uns, dass ihr Mann vor einiger Zeit gestorben war und sie seitdem den Fischkutter nicht mehr in Betrieb genommen hat. Sie hatte es nicht gekonnt. Mir hat die Dame unendlich leidgetan. Allein der Gedanke daran, den Menschen zu verlieren, den man so sehr liebt, ist unerträglich. Ich kann und ich will mir nicht vorstellen, wie ich mich fühlen würde, wenn Ref nicht mehr bei mir ist.

Wir haben der älteren Dame den Kutter schließlich abgekauft. Sie hat sich so gefreut, dass der Kutter ihres Mannes noch einmal „wiederbelebt" wird. Ich habe ihr versprochen, dass wir uns gut um ihn kümmern werden.

Gestern hat Ref ihn mit einem Anhänger abgeholt. Jetzt steht er in der Scheune. Die Restaurierung wird einige Zeit in Anspruch nehmen. Zeit, die weder meine Ausbildung noch Refs Arbeit zulassen. Und Ebha ist auch noch da. Sie braucht im Moment besonders viel Zuwendung. Ich versuche, so oft es geht, bei ihr zu sein.

Trotz allem haben Ref und ich uns gegenseitig versprochen, dass wir eines Tages mit diesem Boot hinaus auf die See fahren werden. An einem warmen Sommertag. Wir mitten auf dem Meer mit ein paar frisch belegten Fischbrötchen und heißem Kaffee.

Ich freue mich auf den Tag, wenn wir den Fischkutter einweihen können. Dann haben wir die Möglichkeit, immer, wenn uns hier am Land alles zu viel wird, einfach hinaus in die Stille des Meeres zu fliehen –

*****

Ebha hatte Ref ein paar Tage Zeit gegeben, bis sie ihn aufsuchte. Sie fand ihn in der kleinen Scheune, in der der alte Fischkutter – nun komplett von der Plane verdeckt – stand. Ref war gerade dabei, einen großen Blechbehälter zu öffnen. Nach dem Geruch zu urteilen war es irgendein Lack. Gemma verzog etwas die Nase. Der Geruch war beißend und ließ ihre Augen leicht tränen.

Sie war sich sicher, dass Ref sein Angebot

zurückziehen würde. Er hatte immerhin etwas Zeit gehabt, darüber nachzudenken. Doch zu ihrer Überraschung schickte er sie nicht weg, als sie die Scheune betrat – auch wenn er nach seinem Gesichtsausdruck zu urteilen wenig begeistert über ihr Auftauchen war.

Er räumte weiter auf, ohne ihr leises Hallo zu erwidern. Ebha sah sich kurz um. In der kleinen Scheune war es so ordentlich wie an dem Tag, als sie zum ersten Mal hier gewesen war. Nichts lag herum. Kein Werkzeug. Keine Farbeimer. Lediglich ein paar alte Holzplanken lehnten neben der Werkbank an der Wand. Alles wirkte unangetastet. Auch der abgedeckte Fischkutter. Ein ungutes Gefühl durchzog Ebha beim Anblick des Bootes, das den Namen ihrer Schwester trug.

Sie sah kurz aus dem kleinen Fenster neben der Tür. Der Himmel war blau und die Sonne schien kräftig auf Hooksiel. Doch der Wind vom Meer war frisch. Automatisch strich sich Ebha über ihre Arme, obwohl sie nicht fror.

Ihr Blick wanderte zurück zu Ref, der noch immer sehr beschäftigt wirkte. Ihr war klar, dass er sie willentlich ignorierte. „Sie sollten den Fischkutter wieder seetauglich machen“, meinte sie schließlich.

Ref sagte daraufhin nichts. Das musste er auch nicht. Ebha sah auch so den unverhohlenen Zorn in seinen Augen. Ihr war bewusst, dass ihr Vorschlag auf eine gewisse Weise unverschämt war. Doch es tat ihr beinahe in der Seele weh, wie der Kutter sein trostloses Dasein fristete – als Mahnmal eines verlorenen Lebens.

„Ausgeschlossen." Er hatte seine gesamte Verachtung in dieses eine Wort gelegt. Etwas, dass Ebha nicht kalt ließ. Aber auch etwas, von dem sie sich nicht beirren lassen wollte.

„Sie haben den Kutter mit Briana zusammen gekauft. Er ist ein Teil Ihrer gemeinsamen Geschichte. Sie sollten nicht zulassen, dass dieses Stück Erinnerung einfach so verrottet."

„Das ist allein meine Entscheidung." Er hatte die Lippen fest aufeinandergepresst, sodass seine Wangenknochen deutlicher als sonst hervorstachen. Verbissen wandte er sich wieder dem Behälter mit dem Lack zu, um darin mit einem Holzstab herumzurühren.

„Wollen Sie wirklich dabei zusehen, wie der Kutter

mit den Jahren vor Ihren Augen wegfault?“

Refs Gesichtszüge schienen sich zu verdunkeln. Ebha war bewusst, dass sie auf einem schmalen Grat wanderte. Sie kannte Ref nicht sonderlich gut. Sie hatte keine Ahnung, wie er ihr gegenüber reagierte, wenn sie ihn zu sehr reizte.

„Sie sind nicht in der Position, zu beurteilen, was ich will und was nicht.“ Der Ton in seiner Stimme war arrogant, der Blick kühl und distanziert.

Ebha versuchte, ruhig zu bleiben. Sie fühlte sich herausgefordert und gleichzeitig kraftlos. Sich mit seiner Ablehnung ständig auseinandersetzen zu müssen, kostete ihr Kraft. Viel Kraft. Warum war dieser Mann so kalt? „Es ist gerade einmal ein paar Tage her, als Sie mir vor die Füße geworfen haben, dass ich mich hinter einer Maskerade verstecke. Doch Sie sind keinen Deut besser. Sie laufen vor Ihren Gefühlen ebenso davon.“

„Sie müssen es ja wissen.“ Angespannt holte er den Holzstab aus dem Lack und legte ihn auf der massiven Werkbank ab, auf dem der Blechbehälter stand.

Dieses gespielte Desinteresse an ihrer Aussage

machte Ebha wahnsinnig. „Hören Sie verdammt noch mal auf, so zu tun, als ob Sie das alles nichts anginge." Ihre Stimme war deutlich lauter geworden. Etwas, das auch in ihren Ohren seltsam klang, da sie eigentlich nie sinnlos herumschrie. Doch extreme Situationen erforderten Ausnahmen. „Warum können Sie nicht einfach zugeben, dass dieser Fischkutter aus purer Angst vor der Konfrontation mit Ihren Erinnerungen und Gefühlen vor sich hinrottet?"

Er sah sie einen Moment kaltstechend an. Er verharrte noch immer dicht vor dem Holztisch, nur wenige Meter von Ebha entfernt. Doch schnell wandte er sich von ihr ab und streifte stattdessen am Rand des Behälters den überschüssigen Lack vom Pinsel ab. Offenbar wollte er damit die großen Planken bestreichen, die neben dem Tisch an der Wand lehnten.

„Sie wollen nicht mit mir reden?", fragte sie spitz und verschränkte die Arme vor der Brust. Sie fragte sich im Moment selbst, warum sie eigentlich hier war. Sie hatte sich nicht mit ihm streiten wollen. Aber dieser Vorsatz war leider nur einer geblieben. „Warum wollen Sie nie reden? Sie schaffen es nicht einmal, mir ins Gesicht zu sagen, warum ich Sie so wütend mache."

„Übertreiben Sie es nicht", mahnte er grollend. Er unterbrach seine Streicharbeiten an den Holzplanken, die er kurz zuvor in seiner Verbissenheit aufgenommen hatte, und fixierte Ebha mit festem Blick.

Doch Ebha war zu aufgebracht, um jetzt aufzuhören. Und sie wusste noch nicht einmal, warum ihr Gemüt an diesem Tag so in Aufruhr war. „Sie können nicht den Mut aufbringen, mir auch nur ein einziges Mal zu sagen, dass Sie mich verachten für das, was ich Ihnen und Briana angetan habe. Stattdessen starren Sie mich an wie ein ekliges Insekt, das eigentlich zerquetscht werden müsste."

„Frau Wals!"

„Sie sind ein Feigling, Ref Mattes."

Das schien zu viel. Das merkte Ebha in dem Moment, als er Pinsel und Lack donnernd auf die Werkbank stellte und mit schnellen Schritten auf sie zukam. Automatisch wich Ebha zurück, bis sie eine Wand in ihrem Rücken spürte. Ein Gefühl aus Angst und Scham überkam sie, als Ref sie zornig an den Schultern packte und sie fest gegen den kühlen Beton drückte. Er beugte sich ein wenig zu ihr, sodass sie seinen warmen Atem auf ihrem Gesicht spüren konnte. „Glauben Sie mir, dass Sie nicht hören wollen, was ich Ihnen gerne sagen würde. Denn es würde Sie zerstören, so dass Sie sich wünschten, Sie wären wirklich ein ekliges Insekt, dessen Elend man einfach beenden könnte, indem man es zerquetscht."

Ein Schauer jagte über Ebhas Körper und mit jedem Wort, dass er ihr mit einer Dunkelheit und ruhigen Penetranz entgegenspie, spürte sie, wie die Stärke bröckelte, die sie seit Wochen mühsam aufrechterhielt. Mit so viel Selbstachtung, wie sie aufbringen konnte, reckte sie ihr Gesicht nach oben und sah ihn trotzig an. „Sie sind nicht nur feige, sondern auch erbärmlich."

Sie hatte die Worte kaum ausgesprochen, als sie das Unheil in seinen Augen auf sich zurasen sah. Sie wusste, dass sie eine Grenze überschritten hatte, die sie nicht hätte überschreiten sollen. Erneut packte er sie hart und Ebha war sich sicher, dass er ihr ins Gesicht schlagen würde. Panisch weiteten sich ihre Augen, als es nicht seine Hand war, die sie auf ihrem Gesicht spürte, sondern seine Lippen, die er brachial auf ihre presste.

Sie war wie erstarrt. Zwischen Ref und der Wand eingekeilt versuchte sie mit einer halbherzigen Gegenwehr ihn von sich wegzudrücken. Doch er reagierte auf ihre Bemühungen nicht. Stattdessen drang seine Zunge in ihren Mund, um dort mit ihrer einen Kampf auszufechten, der Ebhas Gegenwehr zum Erliegen brachte. Sie gab ihm nach und erwiderte den Kuss mit derselben verzweifelten Intensität.

Irgendwie schaffte sie es, ihre Arme zu befreien, die sich automatisch um seine Schultern klammerten. Gleichzeitig spürte sie, wie sich eine seiner Hände in ihren Haaren vergrub, um ihr Gesicht noch fester gegen seines zu pressen.

Ein letzter kümmerlicher Rest ihres Verstandes flüsterte ihr zu, dass sie das hier schnellstens beenden sollte. Doch als sie Refs andere Hand unter ihrem Pullover spürte, verstummten auch die letzten Ermahnungen. Sie hob ihre Arme und ließ sich den Pullover vom Körper streifen. Sie stöhnte auf, als sie seine Finger auf ihrer nackten Haut spüren konnte, die eine brennende Spur aus Feuer hinterließen.

Auch ihre Hände begannen ungeduldig an seinem Oberteil zu nesteln. Hastig erfassten sie den unteren Saum und zogen es ihm über Oberkörper und Arme. Damit sie ihm das Shirt hatte ausziehen können, war Ref etwas von ihr abgerückt. Doch im nächsten Moment fand sie sich erneut eng gegen die Wand gepresst wieder.

Seine Hände schienen mit einem Mal überall zu sein. In ihren Haaren, auf Schlüsselbein und Schultern, auf ihrem Bauch. Ebha streckte sich Ref entgegen, um keine Berührung seiner warmen und rauen Hände zu verpassen.

Ein Kuss verhinderte auch nur das kleinste unartikulierte Geräusch, das aus ihrem tiefsten Inneren nach draußen dringen wollte. Ebha dachte an nichts mehr. Sie wurde nur noch gelenkt von diesem unkontrollierbaren Gefühl, dass nicht nur sie, sondern auch Ref zu leiten schien.

Ebha merkte, wie er ihren Rock hochzog und ihr den Slip vom Leib riss. Gleichzeitig war Ebha damit beschäftigt, seine Hose zu öffnen und sie ihm mitsamt der Shorts herunterzuziehen. Keinen Augenblick später spürte sie seine Hände an ihren Hüften. Er hob sie hoch und automatisch schlangen sich ihre Beine um ihn. Hart drang er in sie ein.

Ebha löste sich von seinen Lippen, lehnte ihren Kopf gegen die Wand und schloss die Augen. Sie wollte diese alles einnehmende Reibung in ihrem Inneren auskosten. Sich ihr vollkommen hingeben. Doch Ref durchkreuzte diesen Plan, indem er mit einer Hand ihr Gesicht erfasste und sie damit zurückholte.

„Sieh mich an!“, befahl er mit rauer Stimme.

Ebha konnte nicht anders, als seiner Aufforderung nachzukommen. Eine Mischung aus Unbehagen und Trunkenheit durchschwemmte sie, als sie auf seine Augen traf.

Durchdringend sah er sie an, ließ sie in seinem Blick lesen. Ebha konnte dieselbe unkontrollierte Leidenschaft erkennen, die so plötzlich von ihr Besitz ergriffen hatte. Doch da war noch etwas. Etwas, das hinter diesem Schleier aus Begierde waberte. Sie war nicht imstande, diese Gefühlsregung zu benennen.

Seine Bewegungen wurden heftiger und drängender. Doch das war nichts im Vergleich zu der verstörenden Intensität, mit der er sie ansah. Ebha hatte das Gefühl, dass er sie erst dadurch mit einer Mächtigkeit in Besitz nahm, die allein durch eine körperliche Verbindung nie möglich gewesen wäre.

Nie in ihrem Leben hatte sie etwas Intimeres erlebt als das hier. Auch wenn es kein zärtliches Liebesspiel, sondern ein rauer Kampf war. Es war ein Austesten und Setzen neuer Grenzen. Vielleicht auch das Überschreiten ebendieser.

Ebha spürte deutlich, dass sie dem Druck nicht mehr lange standhalten würde. Allein die Vorstellung, Ref bei ihrem Höhepunkt weiterhin in die Augen zu sehen, reichte aus, ihre Gefühle zum Einbrechen zu bringen. Sie fiel in eine schwerelose Tiefe und wurde gleichzeitig durch seinen Blick gehalten – mehr als es seine Hände je hätten tun können. Nur Augenblicke später spürte sie, wie Ref sie für einen Moment noch einmal fester gegen die Wand drückte, seine eine Hand in ihre Haare gegraben, keuchend, ebenfalls fallend.

Als die prickelnde Flut in ihr abebbte und die Realität sie langsam wieder einholte, schloss sie ihre Augen. Ebha lehnte den Kopf gegen die Wand und wartete, bis sich ihr rasender Puls weitestgehend normalisiert hatte. Nur am Rande nahm sie wahr, wie Ref sie absetzte und sich von ihr zurückzog.

Als Ebha die Augen wieder öffnete, hatte sie das Gefühl, jemand würde ihr eine Faust in den Bauch rammen. Ref war etwas von ihr abgerückt. Die Arme hatte er links und rechts von ihrem Kopf gegen die Wand gestemmt, während er sie böse anblickte.

Ebha hielt die Luft an. Diese brennende Leidenschaft, die sie vor wenigen Minuten noch in eine euphorische Stimmung versetzt hatte, war einer betäubenden Schwere gewichen. Sie wusste nicht, was zu sagen oder zu tun war. Sie hätte gerne irgendetwas gemacht, damit er sie nicht mehr so ansah. Doch sie war wie erstarrt.

„War das erbärmlich genug für Sie?“

Seine Worte waren der reinste Hohn. Sie fühlte sich benutzt, ausgelaugt, kraftlos. Sie stieß sich von der Wand ab und schlängelte sich unter Refs Armen hindurch. Hastig richtete sie ihre Sachen, nahm ihre Tasche, die achtlos neben der Werkbank auf dem Boden lag, und verschwand, ohne Ref noch einmal angesehen zu haben.

Mit schnellen Schritten erreichte sie ihr Auto. Als sie saß und die Tür zuschlug, erstarrte sie. Ihre Hände krallten sich um das Lenkrad, reglos starrte sie geradeaus. Sie zitterte leicht, ihre Gliedmaßen fühlten sich unglaublich schwer und ihr Kopf wie benebelt an.

Ihr Verstand wollte über das eben Geschehene nachdenken, doch Ebha blockierte jeden Gedanken daran. Sie konnte das jetzt nicht. Mit einer abrupten Bewegung drehte sie den Zündschlüssel um. Der Motor startete und schnurrte leise. Sie legte den ersten Gang ein, dann fuhr sie los. Sie musste weg von hier. Weg von diesem Ort und vor allem weg von diesem Mann.

Als sie eine viertel Stunde später das Anwesen ihrer Eltern erreichte, hatte sie sich ein wenig beruhigt. Zumindest zitterte sie nicht mehr. Sie fuhr den BMW in die Garage. Durch eine Hintertür betrat sie das Treppenhaus. Sie hielt vor der Treppe inne, starrte zur Garderobe, an der seit Jahren unbenutzt der alte schwarze Wollmantel ihres Vaters hing. Was hatte sie getan? War sie verrückt geworden? Sie konnte doch nicht … Ebha verbot sich weiter über das Geschehene nachzudenken. Was sollte das bringen? Sie konnte es nicht rückgängig machen. Schuldig fühlen würde sie sich so oder so. Vor allem ihrer Schwester gegenüber. Kurz überlegte sie, doch schließlich entschloss sie sich dazu, sich aus der Küche ein Glas Wasser zu holen. Vielleicht würde sich ihr noch immer schnell schlagendes Herz damit wieder beruhigen.

Als sie den Raum betrat, stand ihre Mutter an der Anrichte und schenkte sich einen Kaffee ein. „Warum bist du nicht auf Arbeit?“, fragte Ebha mit leiser Stimme. Es passte ihr ganz und gar nicht, dass sie gerade jetzt ihrer Mutter über den Weg lief.

„Ich habe mir wegen eines Arzttermins den Nachmittag frei genommen“, erwiderte Theodora mit einem argwöhnischen Blick auf ihre Tochter. „Was ist mit deinen Haaren passiert? Du siehst aus, als ob du in einen Sturm geraten wärst.“

Oh ja, sie war mit dem Sturmtief Ref Mattes aneinandergeraten. Ebha lachte unwillkürlich.

„Was ist daran so witzig?“ Theodora blickte Ebha verständnislos an.

„Gar nichts."

Ebha sah, wie ihre Mutter die Lippen spitzte. So, wie sie es immer tat, wenn ihr etwas suspekt vorkam. „Was gedenkst du, jetzt zu tun?"

Ebha schenkte sich erst ein Glas Wasser ein, bevor sie sich zu ihrer Mutter umwandte. „Was meinst du?"

„Na, was du jetzt vorhast? So schwer ist diese Frage doch nicht zu verstehen."

Ebha ignorierte den harschen Tonfall ihrer Mutter und versuchte, ruhig zu bleiben. „Ich werde jetzt duschen gehen. Entspricht das deiner Vorstellung, Mama?"

Wieder spitzte Theodora ihre Lippen. „Und danach?"

Ebha sah ihre Mutter nur abwartend an. Sie wusste, was nun kommen würde. Doch sie hatte im Moment nicht die Kraft für eine derartige Diskussion.

„Willst du den Rest des Tages herumgammeln und nichts tun? So wie jeden Tag?"

„Es ist nicht so, dass ich mich langweile."

Theodora lachte kreischend auf. „Das wird ja immer besser, mein Kind. Willst du dein ganzes Leben wie ein Sozialempfänger verbringen und uns auf der Tasche liegen?“

Ebha zog ihre Augenbrauen verärgert zusammen. „Keine Angst, ich kann dich beruhigen, Mutter. Ich werde euch nicht mehr lange zur Last fallen.“

„Was soll denn das schon wieder heißen?“ Überfordert warf Theodora die Arme in die Luft.

„Ich bin nicht hierher zurückgekommen, um zu bleiben.“ Ebha blickte ihre Mutter an. Sie konnte Verwirrung und Wut erkennen.

„Was hast du dir jetzt schon wieder in den Kopf gesetzt? Bist du jetzt auch auf diesem Trip? Ziellos in der Welt herumreisen und sich als Tagelöhner Brot und Wasser verdienen?“

„So ungefähr.“ Ebha spürte die Erschöpfung, die ihren Körper fest im Griff hatte. Und damit meinte sie nicht nur die körperliche. „Ich werde mich etwas hinlegen.“ Sie wandte sich um und verließ mit dem Wasserglas in der Hand die Küche.

„Du wirst mich nicht einfach so stehen lassen, Fräulein“, hörte sie ihre Mutter rufen. „Wir sind hier noch nicht fertig!“

Oh doch, das waren sie, dachte Ebha verbittert. Schon länger, als ihrer Mutter wahrscheinlich bewusst war.

KAPITEL 12

Ref stand in der Scheune und betrachtete den halb abgedeckten Fischkutter. Er empfand Wut und Trauer, wenn er das Boot anblickte. Und eine Hilflosigkeit, die er sich nur ungern eingestand. Was er sich ebenfalls nicht eingestehen wollte, war sein Kontrollverlust gegenüber Ebha. Er konnte sich auch jetzt – nachdem er etwas mehr Abstand zu diesem Vorfall gewonnen hatte – nicht erklären, wie das hatte passieren können. Er verstand es nicht und das ärgerte ihn.

Ref wusste, dass es nicht richtig gewesen war. Und das war noch eine Untertreibung. Er fühlte sich schuldig Ebha gegenüber, weil er ihr das angetan hatte. Sicher, sie hatte sich nicht gerade gewehrt. Und ja, sie hatte ihn bis aufs Blut gereizt. Dennoch verspürte er Scham, dass er sie für seine Wut so benutzt hatte. Dass er ihr diese Worte an den Kopf geknallt hatte. Noch nie hatte er eine Frau schlecht behandelt. Warum tat er es dann bei Ebha Wals immer und immer wieder? Warum schaffte es diese zierliche Frau, seine sonst so ausgeglichene Gemütslage völlig durcheinander zu bringen? Warum herrschte ständig diese

Spannung zwischen ihnen, die kaum auszuhalten war?

Einen tiefen Atemzug nehmend strich Ref mit der Hand über die rauen Planken des Kutters. Sie waren in keinem guten Zustand. Etwas, das sie mit Ref gemeinsam hatten, wie er zynisch feststellte.

Er schloss die Augen und schnaubte frustriert. Das Schlimmste an der ganzen Sache waren die Schuldgefühle Briana gegenüber. Was würde sie von ihm denken, wenn sie wüsste, dass er mit ihrer kleinen Schwester geschlafen hatte? Nicht aus Liebe oder Zuneigung, sondern aus Wut, Überforderung und …

Ref hielt den Gedanken zurück, der sich ihm aufdrängte. Er strich sich fahrig über das Gesicht. Das brachte doch alles nichts. Briana war tot. Sie konnte ihm nicht mehr sagen, wie enttäuscht sie von ihm war. Wie traurig es sie machte, dass er ihre geliebte Schwester so behandelte. Und überhaupt: Er konnte es nicht mehr rückgängig machen. Er sollte einen Haken dahinter setzen und versuchen, weiterzumachen wie bisher.

Er wandte sich von dem alten Fischkutter ab und ging zurück in die angrenzende Halle. Doch dort wartete nicht nur ein Segelboot auf ihn, sondern auch Ebha Wals. In dunkle Sachen gekleidet und mit einem einfachen Pferdeschwanz stand sie gegen den Holztisch gelehnt, der unter dem Fenster stand. Die Arme hatte sie vor der Brust verschränkt. Ref wusste, dass diese Gelassenheit nur gespielt sein konnte. Sonst wäre diese Frau abgebrühter, als er gedacht hatte.

„Was verschafft mir die Ehre Ihres Besuchs?“, fragte er mit gespielter Freundlichkeit, während er sich mit einem Tuch die rauen Hände abwischte.

„Steht Ihr Angebot noch?“ Ihr Tonfall war geschäftig. Und beinahe ärgerte er sich darüber. Warum, wusste er nicht.

„Ich stehe für gewöhnlich zu meinem Wort.“ Er begann damit, ein paar Dinge wegzuräumen. Eine willkommene Tätigkeit, musste er dadurch die kleine Wals nicht unentwegt anstarren.

„Gut. Dann werden Sie am Sonntag mit mir einen Ausflug machen.“

Nun hielt er doch in seinem Tun inne. Er sah Ebha bemüht gelangweilt an.

„Irgendwelche Einwände?“, fragte sie.

Ihm war ihr deutlich unterkühlter Ton nicht entgangen. Etwas, das ihm schon beinahe imponierte. Eigentlich hatte er gedacht, dass sie nach dem, was vor wenigen Tagen zwischen ihnen passiert war, gar nicht mehr auftauchte. Oder dass sie mit ihm darüber reden wollte. Doch offenbar hatte sie beschlossen, eine ähnliche Strategie zu fahren wie er.

„Nein“, erwiderte er ruhig, während der sich einen Spachtel nahm, um weiter an dem Segelboot zu arbeiten.

„Gut. Sonntag, 15 Uhr.“ Ebha stieß sich vom Tisch ab, gegen den sie noch immer lehnte. „Ich werde Sie abholen. Seien Sie pünktlich.“

Ref verzog sein Gesicht. Die Art, wie sie mit ihm redete, gefiel ihm ganz und gar nicht. Doch noch ehe er sie dafür zurechtweisen konnte, hatte sie sich umgedreht und war gegangen.

Ref schmiss den Spachtel in seiner Hand in die Ecke, wo ein schmaler Spint stand. Polternd kam er dort zum Liegen. Er verspürte wenig Lust, einen weiteren Tag mit Ebha Wals zu verbringen. Aber sie hatten eine Abmachung. Er würde sich nicht die Blöße geben, diese Abmachung zu beenden.

Außerdem: Je schneller Ebha diese Liste abgearbeitet hatte, desto eher wurde er Brianas kleine Schwester wieder los.

Ref sah auf die Uhr. Es war früher Abend. Er beschloss, es für heute gut sein zu lassen. Er verließ die Halle, betrat durch eine Verbindungstür sein Haus und ging geradewegs in die Küche. Er überlegte, ob er sich ein Bier aus dem Kühlschrank nehmen sollte. Er entschied sich dagegen. Stattdessen griff er zu seinem Telefon und wählte Haukes Nummer.

„Was geht?“, fragte Hauke.

„Hast du Zeit?“

„Jetzt?“

„Nein, zu Weihnachten. Ich wollte mich nur schon mal anmelden, damit du dir da nichts vornimmst.“

„Schon gut, schon gut“, kam es etwas lauter als nötig gewesen wäre zurück. „Wie immer?“

„Wie immer.“

„Dann bis gleich.“

Ref legte auf und steckte sich das Handy in die

Hosentasche. Er verließ die Küche, schaltete das Licht aus und betrat den schmalen Flur. Einen Moment verharrte er im Halbdunkeln. Dann setzte er sich wieder in Bewegung. Mit ernster Miene stieg er die Treppen hoch in den ersten Stock. Dort gab es neben einem Arbeitszimmer und einem kleinen Abstellraum ein geräumiges Schlafzimmer. Ref ging auf den dunkelbraunen Kleiderschrank zu und holte eine Jeans und ein schwarzes Shirt heraus. Er zog sich um, dann ging er wieder hinunter in den Flur, um sich eine Jacke sowie die Autoschlüssel seines SUV zu schnappen und sein Haus zu verlassen.

Dass er mit dem Auto zur Bar fuhr und nicht wie sonst mit dem Fahrrad oder Taxi entpuppte sich als Schnapsidee. Zum einen fand er in der kleinen Gasse, in die der *Alte Kutter* lag, keinen Parkplatz. Zumindest nicht für ein Auto, das so groß und sperrig war wie seins. Zum anderen war sein Durst auf Alkohol mit jeder Minute, die er dem Pub näher gekommen war, gestiegen.

Letztendlich fand er ein paar Straßen weiter einen Parkplatz. Missmutig legte Ref die fünf Minuten zu Fuß zurück. Als er den *Alten Kutter* betrat, saß Hauke bereits mit einem kühlen Bier an der Bar.

Kommentarlos setzte sich Ref dazu. „Ein Wasser“, brummte er dem Wirt verstimmt zu.

Ref musste Hauke nicht ansehen, um zu wissen, dass er ihn mit hochgezogenen Augenbrauen musterte. „Bist du unter die Anti-Alkoholiker gegangen?“

„Sicher nicht“, grummelte Ref, während er das Glas Wasser entgegennahm.

„Sag nicht, du bist mit dem Auto hier.“

Ref brummte bestätigend.

Hauke richtete sich etwas träge auf seinem Hocker auf. „Warum?“

„Keine Ahnung.“

Hauke lachte und klopfte Ref auf die Schulter. „Kann es sein, dass du etwas durcheinander bist?“

„Ich bin so klar wie immer.“ Ref nahm einen Schluck Wasser und wünschte sich, dass es Bier wäre. Er sah zu Hauke, der wie immer akkurat gekleidet und mit perfekt sitzender Frisur neben ihm saß. Einen Umstand, den er seiner Frau Marina zu verdanken hatte. „Was?“, fragte Ref, als er Haukes löchernden Blick bemerkte.

„Was ist passiert?“

„Wie kommst du darauf, dass etwas passiert ist?“

„Ref“, meinte Hauke lächelnd, „wie lange kennen wir uns jetzt schon?“

„Viel zu lange“, erwiderte Ref und starrte in sein Wasserglas.

„Glaubst du, ich merke nicht, wenn dich was wurmt? Also raus mit der Sprache.“

Ref würde ganz sicher nicht über Ebha reden. Deswegen war er nicht hier. Er war hier, um – ja warum eigentlich? Bestimmt nicht, um ein Bierchen zu trinken, dachte er zynisch.

„Wir müssen auch nicht darüber reden“, lenkte Hauke ein. „Wir können auch über die Arbeit sprechen ...“

„Diese Frau treibt mich in den Wahnsinn“, unterbrach Ref seinen Kumpel. Er konnte diesem inneren Druck nicht mehr standhalten. Die Worte waren einfach aus ihm herausgeschossen.

„Ich nehme mal an, wir sprechen von Brianas kleiner Schwester“, bemerkte Hauke, während er einen Schluck von seinem Bier nahm. „Was hat sie denn jetzt schon wieder verbrochen?“ Hauke sah Ref interessiert an. Ein neckisches Funkeln hatte sich in seine Augen geschlichen.

Ref schnaubte missmutig. „Ich habe … die Beherrschung verloren.“

„Du hast sie geschlagen?“, fragte Hauke mit weit aufgerissenen Augen.

„Was?“ Refs Kopf ruckte zu seinem Kumpel. „Natürlich nicht! Wie kommst du da drauf?“

Hauke zuckte entschuldigend mit den Schultern. „Hätte ich dir auch nicht zugetraut.“

Ref schnaubte und richtete den Blick wieder in sein halbleeres Wasserglas. Aus dem Augenwinkel nahm er wahr, wie Hauke mit leiser Ungeduld auf seinem Barhocker hin und her rutschte. Gleichzeitig schob er sein Bierglas auf und ab. Es machte Ref wahnsinnig.

„Was ist dann passiert?“

Ref schwieg.

„Hast du sie beleidigt?“, fragte Hauke vorsichtig.

Ref schnaubte erneut. „Wenn es nur das wäre.“ Er

strich sich über die müden Augen. Er fühlte sich ausgezerrt.

„Du hast sie geküsst“, stellte Hauke mit einer Aufregung in der Stimme fest, die Ref nicht so ganz nachvollziehen konnte.

Ref schloss um Ruhe bemüht seine Augen und schwieg weiter. Eine ganze Weile lang. Schließlich konnte er ein überraschtes *Oh* neben sich hören.

„Im Ernst?“ Hauke starrte Ref von der Seite an. Die Augen weit aufgerissen, der Mund leicht geöffnet. „Nun, das ist ...“

„Was auch immer du sagen willst, spar es dir“, raunte Ref, ohne seinen Kumpel anzublicken.

„Schon gut“, kam es zurück. „Aber was wundert es mich eigentlich“, fuhr Hauke nach einem kurzen Moment des Schweigens fort. „Immerhin hast du vor einiger Zeit ja inbrünstig angekündigt, dass du sie – wie hast du es so schön formuliert – knallen möchtest.“ Hauke gluckste wie ein kleiner Junge, verstummte aber sofort, als ihn ein warnender Blick traf.

„Ich war betrunken, als ich das gesagt habe“, presste Ref bemüht beherrscht hervor und fragte sich selbst, warum er sich eigentlich rechtfertigte. Er war ein erwachsener Mann und konnte für sich entscheiden, was er tat und was nicht. Nur leider stimmten seine Handlungen in letzter Zeit eher weniger mit seiner Moral überein. Das sollte er schleunigst ändern.

„Aber ich nehme an, du warst es nicht, als du mit ihr …“

„Himmel Herrgott, Hauke!“, donnerte Ref so laut, dass sich einige Gäste zu ihnen umdrehten. „Ich hatte keinen Tropfen Alkohol in mir. Wobei ich dennoch nicht behaupten kann, Herr meiner Sinne gewesen zu sein“, fügte er deutlich leiser hinzu.

Eine Weile war es still zwischen den beiden Männern. Doch Ref kannte seinen Kumpel gut genug, um zu wissen, dass das nicht so bleiben würde.

„Hat es sich wenigstens gelohnt?“

Manchmal war Hauke einfach zu direkt. Ref begnügte sich, ihm erneut einen warnenden Blick zuzuwerfen. Doch der schien die gewünschte Wirkung nicht im Geringsten zu entfalten.

Hauke beugte sich leicht zu Ref, sein Blick war

direkt auf ihn gerichtet, die Augenbrauen leicht angehoben.

„Ich hoffe, du hast die Kleine gut behandelt."

Ref verzog angespannt sein Gesicht. „Das war keine romantische Nacht mit Kerzenschein."

„Verstehe."

„Das bezweifle ich." Ref nahm einen kleinen Schluck von seinem Wasser. Er fühlte sich missverstanden. Jämmerlich.

Hauke zuckte mit den Schultern und trank sein Bier. „Und jetzt? Geht sie dir aus dem Weg?"

Ref seufzte. „Sie war vorhin bei mir."

„Und? Hat sie geheult?"

Fragend blickte Ref zu Hauke. „Warum sollte sie?"

„Sie ist eine Frau", meinte Hauke, als ob das alles erklärte. „Die reagieren in solchen Situationen immer emotional."

Ref lachte freudlos auf. „Da kennst du Ebha Wals nicht." Er rückte auf dem Hocker ein wenig nach vorne, bevor er weitersprach. Einfach, weil er sich irgendwie bewegen musste, um diese Anspannung loszuwerden. Es half nur bedingt. „Sie stand vorhin bei mir in der Werkstatt, als ob nichts geschehen wäre."

„Klingt wie ´ne weibliche Version von dir." Amüsiert betrachte Hauke Ref. „Soll ich dir mal was sagen?"

„Nein."

„Ich glaube, dass du dich gerade deshalb von ihr angezogen fühlst."

„Ich fühle mich nicht von ihr angezogen", protestierte Ref und schob sein leeres Glas heftiger als nötig beiseite.

„Überleg doch mal", redete Hauke weiter, ohne auf Refs Einwand einzugehen. „Diese Ebha scheint das komplette Gegenteil von Briana zu sein. Auch wenn sie ihre Schwester ist, erinnert sie dich kein bisschen an deine Frau. Aber sie erinnert dich an dich selbst, hab ich recht? Du hast mir mal von ihrer kontrollierten Art, dieser Kaltschnäuzigkeit erzählt. Und das alles nur, um Gefühle zu verbergen."

„Bist du unter die Psychologen gegangen?" Ref

sah sein Gegenüber dunkel an. „Das ist grotesk. So wie du das sagst, hört es sich an, als ob ich auf mich selbst stehe.“

Hauke lachte und klopfte Ref auf die Schulter. „Du weißt, wie ich das meine. Gleich und gleich gesellt sich gern und so.“

Ref war genervt. Weniger von seinem Kumpel als von sich selbst. Hauke hatte recht. Briana war einer der wärmsten Menschen gewesen, die Ref je kennengelernt hatte. Sie war immer für die Menschen da gewesen, die sie liebte – selbst für ihre ignorante Familie. Sie war aufopferungsvoll und geduldig gewesen. Sie war all das gewesen, was ihre jüngere Schwester nicht war.

Für Ref war Ebha Wals eine junge Frau, die sehr auf ihre Außenwirkung achtete. Das war nicht nur an ihrem perfekten Kleidungsstil zu sehen, sondern auch an ihrer stets erhabenen Haltung und der bemüht freundlichen Distanziertheit, die sie gegenüber anderen wahrte. Er konnte sich nicht vorstellen, dass sich tief in ihr dieselbe mütterliche und aufopferungsvolle Art verbarg, wie sie bei Briana zu finden gewesen war.

„Es gibt übrigens Neuigkeiten“, wechselte Hauke

das Thema, wofür Ref ihm insgeheim dankbar war. „Ich bin mir nur nicht sicher, ob das der geeignete Moment ist."

Ref sah zu Hauke, der ihn leicht gequält ansah. „Nun spuck es schon aus", meinte Ref.

Hauke wand sich ein wenig und scharrte nervös mit einem Fuß auf dem Boden. „Marina ist wieder schwanger."

Für einen Augenblick konnte Ref seinen Kumpel nur ansehen. Ein seltsames Gefühl durchzog ihn. Es war ein schneidendes, kaltes Gefühl. Er versuchte, nicht ganz so erstarrt zu wirken. Abgehackt nickte er Hauke zu. „Herzlichen Glückwunsch. Ich freue mich für euch." Auch wenn seine Worte etwas steif wirkten, so waren sie dennoch ehrlich gemeint.

„Ich weiß, dass das nicht leicht für dich ist..."

„Ist schon in Ordnung."

Hauke sah ihn skeptisch an. „Wirklich?"

„Wirklich" Ref lächelte. Zumindest versuchte er das. „Wann ist es denn soweit?"

„In sechs Monaten."

„Nicht schlecht, Hauke. Dann hast du drei kreischende Kinder zuhause."

Hauke musste lachen. „Ich kann nur hoffen, dass es dieses Mal ein Junge wird", meinte er und fuhr sich fahrig durchs Haar. „Versteh mich nicht falsch, ich liebe Amelia und Ava. Aber noch eine Tochter? Dann hab ich gar nichts mehr zu melden."

„Das hast du doch schon lange nicht mehr", bemerkte Ref trocken.

„Vielen Dank auch, jetzt hast du meine Illusion zerstört." Gespielt beleidigt sah Hauke sein Gegenüber an.

Ref zuckte nur mit den Schultern. „Es ist nie gut, in einer Utopie zu leben."

Hauke gab einen unwilligen Laut von sich. „Also", meinte Ref und erhob sein Glas. „Auf den dritten Nachwuchs im Hause Peters."

Mit zu Schlitzen verzogenen Augen starrte Hauke Ref an. „Stößt du gerade mit Wasser auf mein Drittgeborenes an?"

Amüsiert nippte Ref an dem Glas. „Ich weiß gar

nicht, was du hast. Ist doch ein super Vorbild, was ich hier gerade abgebe."

„Hmpf" Hauke verschränkte die Arme vor der Brust und machte damit deutlich, dass ihm das gerade missfiel. „Das holen wir nach. So leicht kommst du mir nicht davon."

„Wie du meinst." Ref warf einen Blick auf seine Armbanduhr. „Es ist schon recht spät. Ich werd dann mal." Er erhob sich und nickte seinem Kumpel flüchtig zu. „Grüß Marina und die Kinder von mir."

Hauke hob nur eine Hand als Erwiderung.

Ref zog sich seine Jacke über, schnappte sich den Autoschlüssel und verließ den *Alten Kutter*. Die gesamte Fahrt über fühlte er sich seltsam schwermütig. Ein Gefühl, das sich noch verstärkte, als er sein dunkles, verlassenes Haus betrat.

Er ging in die Küche und schaltete das Licht ein. Kurz sah er sich um, dann öffnete er den Kühlschrank und holte die halbleere Flasche Milch heraus. Er nahm einen Schluck, obwohl er weder Durst noch Lust auf Milch hatte.

Ref starrte in den Raum hinein. Bilder tauchten in

seinem Kopf auf. Er sah, wie er Ebha gegen die Wand in der kleinen Scheune drängte und sie einfach nahm. Nur um seiner Wut und dieser unerträglichen Spannung zwischen ihnen irgendwie Herr zu werden. Er versuchte, die Bilder abzuschütteln – und mit ihnen dieses ziehende Gefühl in seiner Magengegend. Es gelang ihm nur bedingt. Ref hatte es Hauke gegenüber nicht zugegeben, aber ja: Der Sex war gut gewesen, rein körperlich betrachtet. Er hatte diese Spannung genommen. Bei der Begegnung mit Ebha vorhin hatte Ref das Gefühl gehabt, das zwischen ihnen nun einiges klarer war. Er konnte es nicht anders beschreiben. Es war nichts Greifbares, nur ein Gefühl.

Er stellte die Milch zurück in den Kühlschrank, verließ die Küche und ging nach oben. Als er das Schlafzimmer betrat, zog er Jacke und Shirt aus und warf beides achtlos über einen Stuhl. Er ging zu der Stehlampe, die in der hinteren Ecke des Zimmers stand, und knipste das Licht an. Ein gelblicher Schein erhellte den Raum. Ref blickte auf das breite Bett und augenblicklich wurde er von dem nagenden Gefühl der Einsamkeit eingeholt. Ein Gefühl, das seit Brianas Tod sein ständiger Begleiter war. Er hatte mittlerweile gelernt, damit zu leben. Mehr oder weniger. In bestimmten Situationen nahm dieses Gefühl so immense Ausmaße an, dass ihm die Luft wegblieb.

Wenn er sich das große Ehebett ansah, dessen linke Seite unbenutzt war, zog sich alles in ihm zusammen. Er betrachtete den weißen Holzschrank, in dem noch immer Brianas Kleider geordnet und nach Farben sortiert hingen – so wie sie es zurückgelassen hatte. Ref hatte seit ihrem Tod nicht ein einziges Mal den Schrank geöffnet. Er wusste nicht, ob er es je wieder tun würde.

Er setzte sich an die Kante des Bettes und strich sich über das Gesicht. Er fühlte sich ausgelaugt. Hinzu kam dieser innere Schmerz, den er hasste, aber gleichzeitig nicht bekämpfen konnte. Ein Schmerz, den Hauke mit der Kundgabe von Marinas dritter Schwangerschaft heraufbeschworen hatte.

Er gönnte es keinem mehr als seinem Kumpel. Er und Marina waren großartige Eltern. Der Schmerz rührte daher, dass Ref einmal mehr bewusst wurde, dass er mit Brianas Tod nicht nur seine Ehefrau, sondern auch die Chance auf eine Familie verloren hatte.

KAPITEL 13

Punkt 15 Uhr hielt der schwarze BMW auf Refs Grundstück. Er stieg ein, ohne Ebha anzublicken, und schnallte sich an. „Verraten Sie mir, wo es hingeht?“, fragte er etwas steif.

„Lassen Sie sich überraschen“, kam es geschäftig zurück.

Er wollte etwas erwidern. Doch er beließ es dabei. Die gesamte Autofahrt über schwiegen sie. Refs Blick war stur nach vorne gerichtet auf die an ihnen vorbeiziehende Landschaft. Nach mehreren Kilometern, in denen sie nach Süden gefahren waren, bog Ebha in ein Waldstück ab. Sie folgten einer holprigen Straße, die in einem großflächigen Parkplatz mündete. Am Ende der Schotterfläche stand ein großes Holzschild, auf denen Zwerge, Feen und Hexen abgebildet waren und über deren Köpfen in quietschebunten Farben *Friesisches Wunderland der Märchen- und Fabelwesen* stand.

Refs Gesichtszüge erstarrten. „Das ist jetzt hoffentlich nicht Ihr Ernst.“

„Haben Sie mich je scherzen sehen?“, fragte Ebha,

während sie aus ihrem Wagen stieg.

Ref schnaubte, blieb aber stumm. Stattdessen stieg auch er aus dem BMW, den Ebha nahe am Eingang geparkt hatte. Der Parkplatz war recht leer. Offenbar verirrten sich nicht viele in dieses Wunderland.

„Also schön“, meinte Ref, als sie an ein kleines buntes Häuschen traten, das entfernt an einen Fliegenpilz erinnerte, um dort Eintrittskarten zu kaufen. „Was machen wir hier?“

Ebha bezahlte zwei Eintrittskarten und schritt durch einen Rundbogen, der eine nervtötende Musik spielte und sie mit piepsiger Stimme willkommen hieß.

„Briana und ich sind als Kinder oft hier gewesen“, erklärte sie, als sie mitten auf einem großen Platz standen, der von fantasievollen Gebäuden gesäumt wurde.

„Und sie hätten diesen wunderbaren Ort nicht alleine aufsuchen können?“ Ref hatte seine Arme demonstrativ vor der Brust verschränkt. Seinen Blick ließ er über die bunten sowie schiefen Häuser schweifen, in denen kleine Restaurants und Souvenir-Läden untergebracht waren. Ebha hatte direkt vor einem Lageplan gehalten, der Themenbereiche wie ein Feenland, eine Märchenwelt, das Reich der Kobolde oder das magische Friesland zeigte. Ref unterdrückte ein Seufzen.

„Sie haben sich dazu bereit erklärt, mitzukommen“, entgegnete Ebha scheinbar unberührt von seiner Ablehnung.

„Da habe ich auch noch nicht gewusst, dass Sie mich in ein Märchenland schleppen.“

„Es hätte schlimmer kommen können“, entgegnete sie nur und setzte sich in Bewegung.

Ref fiel im Moment nichts ein, was schlimmer hätte sein können. Aber jetzt war er hier und es gab für die nächsten Stunden kein Entrinnen. Er folgte Ebha Richtung Feenland, das aus einem künstlich angelegten Wald bestand. Bäume aus Pappmaschee säumten ihren Weg, die als Klettergerüste dienten. Über ihren Köpfen schwebten blasse Puppen mit großen Augen, glitzernden Flügeln, langen goldenen Locken und bonbonfarbenen Gewändern. Hinzu kamen Schmetterlinge – zu Refs Überraschung echte –, die hin und wieder vor seinem Gesicht herumflatterten.

„Haben Sie ein bestimmtes Ziel?“, fragte er Ebha, nachdem sie eine gefühlte Ewigkeit durch diesen künstlichen Wald marschiert waren.

„Nein.“

„Das heißt, wir irren ziellos durch die Gegend.“

„Nein, das heißt, ich lasse mich treiben“, entgegnete sie leicht genervt. „Das sollten Sie auch mal versuchen.“

Er entschied sich dafür, nichts auf ihre Worte zu erwidern. Als sie endlich diesen dämlichen Feenwald hinter sich gelassen hatten, fanden sie sich auf einer kleinen Anhöhe wieder, von der aus man einen zugegebenermaßen charmanten Blick auf einen kleinen See hatte. Am Ufer des Sees gab es ein Café mit einer Terrasse, auf der eine Mutter mit ihren beiden Kindern eine Pause einlegte.

Auf der Anhöhe selbst stand ein großes dreistöckiges Karussell, das sich langsam um sich selbst drehte. Kitschige Klänge tönten aus dem Gefährt, das mit hellblauen und rosafarbenen Einhörnern, goldenen Kutschen und feenartigen

Wesen mit glitzernden Flügeln und spitzen Gesichtern bestückt war.

Ref hielt neben Ebha an, die starr vor diesem Monstrum von Karussell stand. Stumm beobachtete sie, wie das Karussell stehen blieb, wie ein paar Kinder ein- und ausstiegen und wie sich das Gefährt wieder gemächlich in Bewegung setzte.

„Wenn Sie von diesem Monstrum so fasziniert sind, sollten Sie damit fahren", meinte Ref schließlich, als Ebha auch nach mehreren Runden keine Anstalten machte, weiterzugehen.

Er sah sie zusammenzucken.

„Das war früher mein Lieblingskarussell hier", gab sie mit leiser Stimme zu. „Briana und ich sind immer und immer wieder damit gefahren." Ein trauriges Lächeln legte sich über ihre Züge. „Ich habe immer auf einem blauen Einhorn gesessen und Briana direkt daneben auf dem rosafarbenen."

Ihre Worte versetzten Ref in eine seltsame Stimmung. So langsam verstand er, warum sie hier waren. Und er ärgerte sich über sein eigenes unsensibles Verhalten. „Dann sollten Sie vielleicht wirklich eine Runde drehen."

„Ich denke, aus dem Alter bin ich raus", kam es nun wieder deutlich kontrollierter zurück.

„Wenn es danach geht, sind wir für den ganzen Park hier zu alt." Er blickte zu der jungen Frau neben sich. Sie sah ihn nicht an, dennoch konnte er erkennen, dass sie abwog.

„Also gut", meinte sie schließlich und wandte sich zu ihm. „Ich fahre eine Runde. Aber nur, wenn Sie mitkommen."

Er hob seine Augenbrauen. „Das können Sie vergessen."

„Haben Sie Angst vor der hohen Geschwindigkeit oder vor den gefährlichen Einhörnern?" Herausfordernd sah Ebha ihn an.

Ref schnaubte, wusste aber nichts zu erwidern. In gewisser Weise fühlte er sich herausgefordert. Herausgefordert, auf ein Kinderkarussell zu steigen. „Eine Runde", presste er hervor und schritt auf das Gefährt zu. Er blieb in der ersten Etage und quetschte sich in eine der goldenen Prinzessinnen-Kutschen. Er hätte sich lieber auf eines dieser dümmlich grinsenden Einhörner gesetzt wie Ebha. Doch er hatte Angst, dass die Figuren unter seinem Gewicht nachgaben.

Er konnte kaum beschreiben, wie dämlich er sich vorkam, als sich das Karussell in Bewegung setzte. Zu allem Überfluss hatte sich in die Kutsche direkt neben seiner ein pummeliger Junge gesetzt, der ihn nun mit unverhohlener Neugier anstarrte. Ref richtete seinen Blick auf Ebha, die ihn das hier eingebrockt hatte. Zu seinem eigenen Erstaunen betrachtete sie ihn mit einem seichten Lächeln und einem amüsierten Funkeln in den Augen. Sie hatte auch gut lachen auf ihrem Einhorn, das schräg hinter seiner Kutsche „galoppierte“. „Es ist schön, dass ich zu Ihrer Erheiterung beitragen kann.“

Sie versuchte, ihr Lächeln nicht breiter werden zu lassen, was ihr nur mäßig gelang. „Entschuldigen Sie, aber Sie sehen in dieser Kutsche einfach zu skurril aus.“

„Sie machen auf Ihrem Pferd auch nicht gerade die eleganteste Figur“, gab er spitz zurück.

„Das ist ein Einhorn.“

„Wie auch immer."

Als die Fahrt endlich vorbei war, versuchte Ref, so würdevoll wie möglich der Kutsche zu entfliehen. Beim Verlassen des Karussells ignorierte er sowohl den amüsierten Blick von Ebha als auch den leicht fragenden des Karussellmitarbeiters. „Und Briana haben Sie wie viele Male hintereinander dort raufgeschleppt?", fragte er, während er sich über seine dunkle Hose strich, die durch das Anziehen seiner Beine in der Kutsche nun ziemlich zerknittert war.

„Das konnten schon mal zehn Fahrten am Stück werden", kam es ehrlich zurück.

Er sah Ebha mit gehobenen Augenbrauen an. Er wusste nicht, ob er Briana für dieses Durchhaltevermögen bewundern oder bemitleiden sollte. Aber wahrscheinlich hatte sie das sogar gerne für ihre kleine Schwester getan.

„Warten Sie es ab. Es gibt hier noch viele andere spannende Dinge."

„Ich kann es kaum erwarten", seufzte Ref und folgte Ebha, die sich bereits in Bewegung gesetzt hatte, um die nächste Attraktion zu erkunden.

Vom Feenland kamen sie in den Themenbereich Mystisches Friesland. Hier sah es ein wenig aus wie im Auenland bei den Hobbits. Zarte grüne Hügel mit Höhlen darunter, ein kleiner Bach, der munter vor sich hinplätscherte, und zahlreiche am Wegesrand aufgereihte Fantasie- und Fabelwesen, die in der nordischen Mythologie vorkamen. Durchbrochen wurde dieses Bild von einem großen, alten Stoffzelt, das neben einem der Hügel aufgebaut war. Lediglich die gelbe Flagge auf der Spitze des Zeltes sorgte für einen Farb-Klecks.

Vor dem Zelt stand eine gedrungene Frau auf einem Schemel. In einem langen dunkelblauen Gewand erzählte sie ein paar Kindern, die innegehalten hatten, wild gestikulierend irgendetwas. Ihre großen Augen blickten voller Begeisterung in die Runde. Die roten Haare hatte sie mit einem bunten Tuch zusammengeknotet, sodass sie auf Ref den Eindruck einer spirituellen Pilgerin machte. Er blieb mit Ebha in der Nähe des Zeltes stehen, sodass er die Worte der Frau verstehen konnte.

„Der Norden Europas ist eines der magischsten Gegenden auf unserem Planeten – gesäumt von heiligen Kraftplätzen, verwunschenen Gewässern und sagenumwogenden Ruinen." Die Frau machte erneut eine ausladende Bewegung mit der Hand, bei der sich Ref fragte, was das bewirken sollte. „An diesen Orten ist alles möglich. Sogar die Begegnung mit unsichtbaren Wesen, wie den kleinen Naturgeistern." Selig lächelte die Frau vor sich hin, während einige der Kinder schon gar nicht mehr zuhörten. Ein Junge pulte mit einem Ast in der Wiese herum, während ein Mädchen in die Luft starrte und genüsslich in der Nase bohrte. „Ich selbst habe auf einer meiner Pilgerreisen eines dieser Elementarwesen getroffen. Dieser so genannte Leprechaun hat mich zu seiner Familie und damit zu meiner Erleuchtung geführt."

Ref fand diese Frau komplett irre. Aber was sollte er von einer Schaustellerin schon erwarten?

„Was ist ein Leprechaun?", wollte ein kleines Mädchen wissen, das als Einzige gebannt den Worten der Pilgerin lauschte.

„Lass dir das von der alten Madeleine Lanvin erklären", antwortete die Frau milde lächelnd. „Ein Leprechaun sieht aus wie ein Mensch, nur ganz, ganz klein. Es sind bescheidene und großzügige Wesen, die ehrlichen handwerklichen

Tätigkeiten nachgehen. Sie haben große Freude an der Natur und hauchen ihr Schönheit und Einzigartigkeit ein.“

„Und wie finde ich die?“, hakte das Mädchen mit den braunen Zöpfen nach.

„Sie finden dich, Liebes“, antwortete Madeleine Lanvin lächelnd. „Sie finden dich, wenn du gefunden werden willst. Immer mehr Leprechauns suchen in den letzten Jahrzehnten den Kontakt zu spirituellen Menschen. Denn immer weniger Menschen glauben an Naturgeister. Stattdessen lebt der Mensch ein maßloses Leben und zerstört die Natur. Immer mehr Elementarwesen werden verdrängt oder verschwinden in der Unendlichkeit.“ Die Pilgerin strich sich mit einer dramatischen Bewegung durch das rote Haar.

Ref konnte sich das Gesülze kaum noch mit anhören und er hatte keine Ahnung, warum sie eigentlich noch hier standen. „Glauben Sie an den Mist?“, fragte er an Ebha gewandt.

„Nein“, gab sie zurück. „Aber irgendwie finde ich die Denkweise dieser Madeleine interessant.“

„Ich finde sie eher irre.“

Ebha sah ihn lächelnd an. Und ihm fiel auf, dass es das erste echte, aufrichtige Lächeln war, das er bei ihr sah.

„Oh, ich spüre starke Gegenwehr“, sprach Madeleine Lanvin plötzlich mit deutlich lauterer Stimme. „Ich spüre Menschen, die weit weg von ihrer Spiritualität sind. Weit weg vom Einklang mit der Natur und ihrer Erleuchtung.“

Ref richtete seinen Blick wieder auf die Pilgerin und war überrascht, als er ihren seltsam eindringlichen Blick auf sich und Ebha gerichtet sah. Na wunderbar. Das hatte ihm noch gefehlt.

„Lasst euch darauf ein“, richtete sie das Wort direkt an Ebha und ihn. „Ich nehme euch mit auf eine mystische Reise. Eine Reise, auf der ihr Erfahrungen mit euch selbst machen werdet. Erfahrungen, die euch transformieren und euch letztendlich die Heilung bringen.“

Ref war unbehaglich zumute. Er hatte das Gefühl, dass die Frau eine Erwiderung von ihnen erwartete. „Ich lehne dankend ab. Mein Beruf spannt mich für solch eine Reise zu sehr ein“, meinte er nicht ganz ernst gemeint.

„Ein Mann mit Humor, wie ich sehe“, kam es offensichtlich erfreut von Madeleine Lanvin zurück. „Humor ist die beste Reaktion auf seelische Unstimmigkeiten.“

Ref schnaubte verärgert auf.

„Ich sehe noch immer Ressentiment in deinen Augen“, sprach sie Ref erneut direkt an. „Ob ihr es wollt oder nicht. Ihr wurdet nicht ohne Grund hierhergeführt. Die Elementarwesen rufen auch die Ungläubigen. Gerade ihnen müssen wir den richtigen Weg zeigen, damit sie zu ihrem Herzen geleitet werden können.“ Sie lächelte Ref mit diesem mütterlichen Ausdruck im Gesicht an. „Ich sehe bei dir und deiner Gefährtin viele offene Wunden. Heilung erreicht euch nur, wenn ihr durch die Schwierigkeiten eures Bewusstseins wandert. Dann könnt ihr das Glück erfahren, von dem ihr glaubt, dass es euch abhandengekommen ist. Es wohnt in euch.“

Das reichte Ref. Er wollte nichts mehr von diesem spirituellen Geschwafel hören. „Lassen Sie uns gehen“, meinte er zu Ebha und setzte sich abrupt in Bewegung.

„Wenn ihr euch und der Erde etwas Gutes tun

wollt, fangt bei euch an", rief die Pilgerin ihnen unbeirrt hinterher. „Unsere innere Zerrissenheit spiegelt sich in der Außenwelt wider. Heilt eure inneren Wunden und lasst euch auf dem Weg zur Heilung leiten."

Ref merkte, wie seine Schritte immer schneller wurden. Er wusste nicht warum, aber die Worte der Pilgerin ließen ihn unruhig werden. Er musste sich bewegen. Weg von hier. Weg von diesen Worten – der bitteren Wahrheit.

„Warten Sie", hörte er Ebha hinter sich rufen. „Wir müssen ja nicht gleich rennen."

Widerwillig hielt er an. Als sie zu ihm aufgeschlossen hatte, sah sie ihn offen an. Es überraschte ihn, dass er in ihrem Blick keinerlei Irritation über sein seltsames Verhalten finden konnte.

„Alles in Ordnung?", fragte sie vorsichtig.

Er wusste es nicht. Er wusste ja nicht einmal, was das eben gewesen war.

„Diese Frau war irgendwie gruselig", meinte Ebha und blickte dabei in die Richtung zurück, aus der sie gekommen waren. Als sie sich wieder zu ihm wandte, strahlten ihre grünen Augen eine seltsame Ruhe auf ihn aus, ohne dass er das wirklich erklären konnte. „Sie sehen aus, als ob Sie etwas Zucker vertragen könnten."

„Zucker?" Ref sah sie leicht verwirrt an und für einen Moment fragte er sich, ob Ebha nun auch den Verstand verloren hatte.

„Das wird Ihnen gut tun." Sie sah sich um und erblickte neben einem Hobbithügel einen kleinen Stand, der Süßigkeiten verkaufte. „Bin gleich wieder da."

Mit wachsendem Unglauben beobachtete Ref, wie Ebha an den Stand herantrat und zweimal Zuckerwatte bestellte. Als sie mit den klebrigen Wolken vor ihm stand, konnte er sie weiterhin nur anstarren.

„Was ist? Haben Sie noch nie Zuckerwatte gesehen?"

„Um ehrlich zu sein, seit Jahrzehnten nicht mehr."

„Dann wird es mal wieder Zeit", meinte sie und reichte ihm lächelnd eines der Zuckerwatte-Gebilde.

Er nahm es zögerlich an, zupfte mit seinen Fingern etwas von der klebrigen Masse ab und steckte sich diese in den Mund. Der erwärmte Zucker kribbelte auf seiner Zunge. Augenblicklich schmeckten seine Geschmacksknospen nur noch diese aufdringliche Süße. Je mehr er von der Süßigkeit aß, desto mehr glaubte er es in seinem Gehirn knistern zu hören. Das war ein Teufelszeug. Aber er kam nicht umhin, zuzugeben, dass es ihm irgendwie half, wieder runterzukommen.

Als sie aufgegessen hatten, schlenderten sie durch die Märchenwelt. Hier gab es zahlreiche Fahrgeschäfte wie eine Eisenbahn, die durch die Geschichten unterschiedlicher Märchen führte. Es gab ein Dornröschenschloss und ein Peter-Pan-Schaukelschiff. Auch eine Wasserrutsche mit der kleinen Meerjungfrau gehörte zu den Attraktionen. Als sie die Fahrgeschäfte hinter sich gelassen hatten, erreichten sie einen alten Jahrmarkt. Im Vergleich zum Rest des Parks hielten sich hier ein paar mehr Besucher auf. Mehrere Kinder rannten lachend an ihnen vorbei, um eine der Ziegen zu streicheln, die in einem Stall müßig fressend ihr Dasein fristeten. Die Eltern standen hingegen an einem Stand mit Punsch und gönnten sich dabei ein Stück vom frisch zubereiteten Spanferkel, das sich langsam über einer offenen Feuerstelle drehte.

Überall riefen Schausteller dazu auf, näher zu treten und etwas zu kaufen. Ref und Ebha liefen gerade an einer Schießbude vorbei, als man sie direkt ansprach. „Der Herr mit den schwarzen Haaren möchte für seine Begleitung bestimmt etwas Schönes schießen."

Ref blieb stehen und sah zu dem älteren Mann mit Schnauzbart, der in der Schießbude stand. In der einen Hand hielt er ein Gewehr, mit der anderen winkte er Ref zu sich. Er überlegte kurz. Doch schließlich ging er zur Schießbude. „Was verlangen Sie dafür?", fragte er mit dunkler Stimme.

„Fünf Euro für fünf Schuss."

Ref legte dem Mann einen Fünf-Euro-Schein hin. Dann nahm er sich das Gewehr und legte es an. Er merkte, dass Ebha neben ihn getreten war und ihn fragend anblickte. Doch er ignorierte es. Stattdessen konzentrierte er sich auf die Blechhasen, die an der hinteren Wand der Bude auf Schienen hin und her bewegt wurden. Ref reduzierte seine Atmung auf ein Minimum. Er kniff ein Auge zusammen, mit dem anderen fixierte er einen Hasen über dem Korn. Einen Herzschlag lang hielt er inne. Dann drückte er ab und versenkte sein Ziel. Ein weiteres Mal zielte er auf einen Hasen. Wieder traf er. Auch das dritte, vierte und fünfte Mal musste der Blechhase dran glauben.

„Fünf Schuss, fünf Treffer", sagte der Mann in der Schießbude.

„Ich bin beeindruckt", hörte Ref Ebha neben sich sagen. Er sah sie an und konnte ein leichtes Lächeln nicht verbergen.

„Was wünscht der Herr sich?", fragte der Mann am Schießstand und zeigte dabei auf eine Ecke mit großen und zum Teil ziemlich hässlichen Kuscheltieren.

„Wählen Sie eins aus", meinte er zu Ebha, die für einen Moment ehrlich überrascht schien.

Schließlich wandte sie sich zu den Kuscheltieren und betrachtete sie stumm eine Weile. „Ich hätte gerne das da hinten", meinte sie und zeigte dabei auf ein zotteliges, blaues Monster.

Nun war es Ref, der überrascht dreinblickte.

„Was ist?“, fragte sie ihn, als sie das Tier an sich genommen und seinen Blick bemerkt hatte.

„Ich hätte darauf gewettet, dass Sie sich für die Fee oder das Einhorn entscheiden.“

„Warum?“

„Weil sie besser zu Ihnen gepasst hätten.“ Er hatte die Worte kaum ausgesprochen, da bereute er sie auch sogleich. Er sah in ihren grünen Augen, dass er sie mit seinen Worten etwas überrumpelt hatte. Doch er sah auch die leichte Röte, die sich über ihre Wangen zog und ihr etwas Charmantes verlieh.

Ref räusperte sich leise, um diesen seltsam stillen Moment zwischen ihnen zu durchbrechen. Er setzte sich in Bewegung. Sie tat es ihm gleich. Schweigend machten sie sich auf den Weg Richtung Ausgang.

Es dämmerte bereits, als Ebha ihren Wagen auf Refs Grundstück stoppte. Sie schaltete den Motor aus und verharrte. Ebenso wie er. Er wusste nicht, was er ihr nun sagen sollte. Ob er überhaupt etwas sagen sollte.

„Danke“, meinte sie schließlich und sah ihn dabei

ehrlich an.

Er nickte nur. Zu seltsam fühlte sich das hier mit einem Mal an.

Wieder richteten beide ihre Blicke nach vorne.

„Darf ich Sie um etwas bitten?“, durchbrachen erneut ihre Worte diese dröhnende Stille.

„Sie werden es so oder so tun“, erwiderte er mit ruhigem Ton.

Er hörte sie neben sich tief einatmen. Ein Zeichen dafür, dass sie angespannt oder nervös war.

„Könnten Sie es sich vorstellen, sich mit meinen Eltern auszusprechen?“

Er starrte weiterhin durch die Frontscheibe hinaus auf sein Grundstück. Wind war aufgekommen und fegte kleine Staubwolken über den Hof.

„Ich weiß, dass das viel verlangt ist. Aber Briana hätte es sicherlich gefreut.“

Für einen Moment schloss er seine Augen. „Hören Sie auf damit.“ Seine Stimme war ruhig. Da schwang keine Wut mit. Keine Ablehnung.

Er spürte ihren fragenden Blick auf sich ruhen.

„Hören Sie auf, alles mit Briana zu erklären“, antwortete er auf ihre stumm gestellte Frage. „Warum sagen Sie nicht einfach, dass Sie sich freuen würden, wenn ich mit Ihren Eltern spreche?“

Er drehte seinen Kopf zu ihr und begegnete ihrem verunsicherten Blick. Ein Blick, den er bis dato noch nie bei ihr gesehen hatte.

„Weil Sie sofort ablehnen würden.“ Ihre Stimme war leicht kratzig.

„Das wissen Sie nicht.“ Noch immer sah er sie an. Und das erste Mal bekam er einen wirklichen Eindruck davon, wie verletzlich diese junge Frau hinter ihrer kontrollierten Maske war. „Sie müssen loslassen“, sagte er ihr und wusste noch nicht einmal, warum er es tat. „Sie müssen nicht krampfhaft versuchen, diese Liste abzuarbeiten.“

Ebha wandte sich von ihm ab und richtete den Blick auf das Lenkrad vor sich. „Das ist alles, was ich Briana noch geben kann.“

Ihre leise gesprochenen Worte ließen ihn hart schlucken.

„Sie hat ihr Leben für mich geopfert. Und ich kann ihr nichts zurückgeben. Ich kann ihr nicht mal mehr sagen, wie leid es mir tut." Sie schluckte schwer, bevor sie weitersprach. „In den letzten zwei Jahren bin ich nicht ein einziges Mal an ihrem Grab gewesen, weil ich Angst davor habe. Angst, vor dem Grabstein zu stehen und ihren Namen darauf zu lesen, obwohl dort meiner hätte stehen müssen."

Etwas in Ref zog sich unangenehm zusammen – und er versuchte verbissen, es zu ignorieren. „Sie denken an Briana. Und Sie vermissen sie. Ich denke, das ist alles, was sie sich von Ihnen gewünscht hätte." Er sah Ebha an. Noch immer hatte sie den Blick auf das Lenkrad gerichtet. Sie rührte sich nicht. Dennoch erkannte er, wie angespannt sie war. „Ich werde darüber nachdenken, mit Ihren Eltern zu sprechen."

Warum er das gesagt hatte, wusste er nicht. Er versuchte, sich diese Betroffenheit, die er plötzlich spürte, nicht anmerken zu lassen. Auch nicht, als Ebha ihren Kopf zu ihm wandte.

Ihre Augen schimmerten verräterisch, dennoch blieben sie trocken. Ein kaum wahrnehmbares Lächeln legte sich über ihre Lippen. „Danke", meinte sie ehrlich. Und damit war alles gesagt.

Er nickte ihr noch einmal zu. Dann stieg er aus. Als er auf sein Haus zuging, hörte er, wie sie den Motor ihres BMW startete. Er hörte, wie sie den ersten Gang einlegte, auf das Gaspedal trat und langsam vom Hof fuhr. Als er an seiner Haustür angekommen war, blickte er zurück. Doch da war nichts mehr bis auf eine kleine Staubwolke, die von den Rädern des Wagens aufgewirbelt worden war.

KAPITEL 14

23. August 2015 – Meine Hochzeit hätte der schönste Tag in meinem Leben sein können. Und das war er auch. Es war so unglaublich friedlich und still und perfekt. Doch ich würde lügen, wenn ich sagen würde, dass es mir nichts ausgemacht hat, ohne meine Familie zu feiern.

Ich habe es versucht. So oft und so hart. Aber die Ansichten meiner Eltern lassen sich nicht ändern. In all den Jahren haben sie Ref nur ein paar Mal getroffen. Und jedes Mal war es unerträglich und beschämend, wie sie ihn behandelt haben. Ref ist der großartigste Mensch, dem ich je begegnet bin. Er mag für viele verschlossen und rau wirken. Doch wenn man sich auf ihn einlässt, erkennt man schnell, dass hinter dieser stoppeligen Schale ein fürsorglicher und ehrlicher Mensch steckt. Ein Mensch, der mich noch nie enttäuscht hat. Ein Mensch, der immer für mich da ist – auch dann, wenn es mal wieder um meine Familie geht.

Er hat sich eine eigene kleine Werkstatt aufgebaut, in der er Boote restauriert. Diese Präzision und Ausdauer, die man dabei an den Tag legen muss. In gewisser Weise ist es Kunst, die Ref schafft, indem er ein nicht mehr seetaugliches Schiff wieder in seinem schönsten Glanz erstrahlen lässt. Diese Arbeit hat mich fasziniert. Die Ausbildung zur Schiffsrestauratorin erfüllt mich. Vollkommen. Ich habe diesen Schritt nie bereut. Diese handwerkliche Tätigkeit, diesen Geruch nach Lacken und Farben, das Geräusch von Schleifpapier auf altem Holz, das leichte, fast sanfte Knacken alter Farbe, die vom Schiffsrumpf abblättert. Ich liebe es!

Ich kann mich noch gut an die ausdruckslosen Gesichter von Mama und Papa erinnern, als ich ihnen offenbart habe, dass ich in einen handwerklichen Beruf einsteige – und somit mein abgeschlossenes Wirtschaftsstudium mehr oder weniger umsonst war. Mir war von vornherein bewusst gewesen, dass meine Eltern nicht begeistert sein würden. Ich hatte mit einer wortreichen Auseinandersetzung gerechnet. Doch das, was sich tatsächlich zwischen uns abgespielt hat, hat mich dazu gebracht, den Glauben an meine Eltern zu verlieren. Sie haben nichts gesagt. Sie haben mich einfach nur enttäuscht angesehen. Doch wirklich schockierend war die Erkenntnis gewesen, dass mich meine Eltern aufgegeben haben. Sie haben mich von diesem Zeitpunkt an nicht mehr als ihre Tochter angesehen. Indem ich mich für den Beruf als Schiffsrestauratorin entschieden habe, habe ich mich gleichzeitig gegen meine Eltern entschieden – zumindest in ihren Augen.

Sie haben mich aus ihrem Leben verbannt. Und das änderte sich auch nicht, als ich Ref geheiratet habe. Wir hatten die wichtigsten Menschen um uns herum. Unsere Freunde. Doch meine Eltern und Ebha waren nicht da gewesen. Für Ebhas Situation habe ich Verständnis. Sie war in einer Spezialklinik in Süddeutschland, um sich dort bei einem Professor vorzustellen, der sich auf AIH spezialisiert hat. Doch meine Eltern waren an diesem wunderschönen Samstag, an dem ich den Mann, den ich über alles liebe, geheiratet habe, zuhause. Sie haben mit Sicherheit an ihrem reichgedeckten Kaffeetisch im Wohnzimmer gesessen und schweigsam ihren Kaffee geschlürft. Und dabei haben sie wahrscheinlich nicht einen Gedanken an ihre älteste Tochter verschwendet.

Ich frage mich oft, was ich falsch gemacht habe. Ich frage mich, wann meine Eltern und ich begonnen haben, uns so gleichgültig gegenüberzutreten. Wenn wir uns überhaupt mal sehen, dann ist da so viel Frustration und Enttäuschung zwischen uns, dass ein normales Gespräch unmöglich ist. Ich habe es versucht. So oft. Ich wollte immer wieder mit ihnen reden. Ich habe ihnen sogar einen Brief geschrieben. Doch ihre Engstirnigkeit hat es ihnen offenbar verboten, auf meine Annäherungsversuche zu reagieren.

Vielleicht muss ich damit abschließen. Vielleicht muss ich endlich akzeptieren, dass meine Eltern nicht mehr zu meinen Leben gehören. Mein Leben ist jetzt Ref. Und das wird er auch immer bleiben. Aber es wäre schön, wenn Mama und Papa wüssten, dass auch für sie immer ein Platz in meinem Leben frei sein wird.

*****

Wochen zogen ins Land, ohne dass etwas Nennenswertes passierte. Ref war wie gewohnt seiner Arbeit als Schiffsrestaurator nachgegangen. Einmal die Woche hatte er sich mit Hauke im *Alten Kutter* auf ein Bier getroffen und sich angehört, wie sich sein Kumpel über die Schwangerschaftshormone seiner Frau beklagte. Nein, es war nichts Außergewöhnliches passiert. Dafür war das, was er nun vorhatte, umso außergewöhnlicher.

Angespannt stand er vor der glänzenden Tür des Wals-Anwesens. Er hatte Ebha versprochen gehabt, über ihre Bitte nachzudenken. Das hatte er getan. Und das Resultat hatte nicht nur sie, sondern auch ihn selbst erstaunt. Er hatte sich wirklich dazu durchgerungen, sich mit ihren Eltern zu treffen.

Er wusste nicht, warum er das tat. Er verspürte wenig Lust, sich mit diesen Menschen ein weiteres Mal auseinanderzusetzen. Und wenn er ehrlich war, glaubte er nicht an eine auch nur annähernde Versöhnung. Dafür waren die Gräben zwischen ihm und den Wals´ zu unüberwindbar.

Dennoch stand er hier, entgegen aller Vernunft, und drückte den Klingelknopf. Es dauerte ein wenig, bis sich die Tür öffnete. Vor ihm erschien Gerrit Wals, der seinen Gast scheinbar unberührt betrachtete. Kurz verharrte er und Ref glaubte für einen Moment, gleich wieder vor verschlossener Tür zu stehen. Doch entgegen der Annahme ließ man ihn eintreten.

„Herr Mattes“, grüßte Theodora Wals, die an ihren Mann herangetreten war. Da war eine Kühle und Distanz in ihrer hohen Stimme, die Unwohlsein in Ref auslösten.

Er nickte nur knapp und betrachtete die Gastgeber für einen stillen Moment. Das Ehepaar Wals gab ein nahezu perfektes Bild ab. Täuschend perfekt. Gerrit war in einen nachtschwarzen Anzug gekleidet. Darunter trug er ein elfenbeinfarbenes Hemd und eine ebenfalls schwarze Krawatte. Sein dunkles Haar war akkurat gekämmt, der gestutzte Bart saß perfekt. Theodora hatte ihren großen schlanken Körper in ein beigefarbenes Etuikleid mit einem feingliedrigen schwarzen Gürtel um der Taille gehüllt. Die silbrig glänzenden kurzen Haare trug sie nach hinten geföhnt, sodass ihre aristokratisch anmutenden Gesichtszüge noch mehr zur Geltung kamen als sonst.

Gerade als die Anspannung zwischen den Beteiligten bedrohliche Ausmaße annahm, kam Ebha die Treppen hinunter gelaufen. Im Vergleich zu ihren Eltern war sie an diesem Tag weniger verkleidet. Sie trug lediglich eine etwas weitere graue Stoffhose und ein goldenes Satinoberteil. Beides sicherlich sündhaft teuer, aber nicht ganz so extravagant. Als Ebha Ref erblickte, schien sich ihr Blick für einen Moment zu lichten. Mit einem kaum wahrnehmbaren Lächeln trat sie auf ihn zu. „Schön, dass Sie gekommen sind.“

Als *schön* würde er das hier nicht gerade bezeichnen. Aber er beließ es dabei.

„Vielleicht könntest du Herrn Mattes seine Jacke abnehmen", meinte Gerrit an Ebha gewandt. Er hatte sich mit Ebhas Mutter bereits Richtung Wohnzimmer begeben. „Wir sind dann im Wohnbereich."

Einen Moment blickte Ebha ihren Eltern nach, bis sie nicht mehr zu sehen waren. Sie atmete leise ein und aus. Sie stand ein wenig steif im Eingangsbereich, wirkte nachdenklich.

„Sind Sie bereit?", fragte Ebha ihn leise, als sie Refs Jacke an die Garderobe hing.

„Kann man für so etwas bereit sein?", stellte er die Gegenfrage.

Er erhielt ein leicht nervöses Lächeln als Erwiderung.

„Immerhin haben wir schon zwei Minuten durchgehalten, ohne uns alle gegenseitig anzuschreien", fügte Ref leicht ironisch an, als er Ebhas Nervosität beinahe körperlich spüren konnte. Ihre Körperhaltung war seltsam verkrampft, der Blick nervös, beinahe gehetzt.

„Ich bin selbst ganz erstaunt", gab sie mit einem angespannten Lächeln zurück.

„Wie haben Sie es überhaupt geschafft, Ihre Eltern von diesem ... Unterfangen zu überzeugen?"

Er sah, wie sie seinem Blick auswich. „Um ehrlich zu sein gar nicht."

Mit gehobenen Augenbrauen wartete er darauf, dass sie sich erklärte. Ebha vermied es, Ref anzublicken. Stattdessen wischte sie sich einen imaginären Fussel von ihrem Oberteil.

„Ich habe Sie heute Morgen mehr oder weniger vor vollendete Tatsachen gestellt."

Ref glaubte kaum, was er da hörte. „Wollen Sie mir sagen, Ihre Eltern wussten bis vor ein paar Stunden nichts von dem Treffen?"

Er sah Ebha an, wie unwohl sie sich gerade fühlte. Etwas hilflos zuckte sie mit den Schultern. „Sie hätten dem nie zugestimmt. Und so hatten sie keine andere Wahl."

„Und Sie glauben, das macht es besser?"

„Sie wurden nicht gleich wieder rausgeschmissen. Das ist doch schon mal ein Anfang."

„Sie sind wahnsinnig“, murmelte er nur.

Ebha reagierte nicht weiter auf seine Äußerung und ging in den angrenzenden Wohnbereich. Ref stöhnte leicht genervt und folgte ihr. Als er den Raum betrat, zeigte sich ihm ein surreales Bild. Gerrit und Theodora Wals saßen bereits an einem eingedeckten Tisch mit weißglänzendem Porzellan, diversen dampfenden Kännchen sowie Törtchen und Waffeln. Ebha stand daneben und sah ihn an. Sie schien auf ihn zu warten. Er hatte das Gefühl, dass Familie Wals den Besuch der alten Großmutter zum Nachmittagstee erwartete.

„Nun, Herr Mattes, unser Anstand gebietet es uns, jeden Gast willkommen zu heißen“, meinte Gerrit und forderte Ref mit einer Geste auf, sich zu setzen.

„Sehr charmant“, erwiderte Ref und kam der Aufforderung nach.

Theodora räusperte sich leicht. Ref hob seinen Blick und sah zu der Frau. Sie hatte ihre Hände ineinander gefaltet und stützte sich mit den Ellenbogen auf der Tischplatte ab. Ihren pikierten Blick hatte sie in ihre noch leere Tasse gerichtet.

Ebha nahm direkt gegenüber von Ref Platz und begann damit, Kaffee einzuschenken. Sie ließ sich damit Zeit. Zu viel Zeit. Zumindest für ihre Mutter. „Vielleicht könntest du uns endlich erklären, was das hier alles soll?“, fragte sie offensichtlich genervt.

Ebha stellte die Kaffeekanne ab und blickte zu ihrer Mutter. „Ich finde, es ist an der Zeit, dass wir uns wie erwachsene Menschen benehmen und über all das reden sollten, was sich in den letzten Jahren aufgestaut hat.“

Theodora gab ein unwilliges Piepsen von sich, während Gerrit scheel ins Leere blickte. Ref betrachtete die drei abwartend, während er seinen Kaffee umrührte.

Ebha atmete laut aus. „Findet ihr nicht, dass es auch mal gut ist? Nach all den Jahren, nach alldem, was passiert ist?“ Sie sah ihre Eltern abwechselnd an. Doch sie reagierten nicht. „Wenn ihr es nicht für mich machen wollt, dann wenigstens für Briana.“ Sie schluckte, bevor sie weitersprach. „Versucht wenigstens, über euren Schatten zu springen. Für sie.“

Ref blickte stumm auf die drei Personen, die dicht

beieinander saßen und doch so weit voneinander entfernt schienen. Das erste Mal bekam er einen Eindruck davon, wie zerstört diese Familie wirklich war.

Ein schweres Gefühl drückte auf seinen Magen, als er an Briana dachte. Auch sie hatte sich immer mehr von ihrer Familie entfernt gehabt. Und sie hatte sehr darunter gelitten. Wie oft hatte Ref sie getröstet, nachdem sie sich von ihren Eltern wieder einmal hatte anhören müssen, wie falsch ihre Ausbildung zur Schiffsrestauratorin war. Wie enttäuschend ihre Männerwahl. Wie egoistisch ihre Entscheidung, das Familienunterhemen nicht weiterzuführen. Schuldzuweisungen – das war das Einzige, das Theodora und Gerrit Wals Briana entgegengebracht haben.

Automatisch ballten sich Refs Hände unterm Tisch zu Fäusten. Die altbekannte Wut auf diese ungehobelten Personen brodelte so stark in ihm wie lange nicht mehr. Und es kostete ihm eine Menge Kraft, diese Wut nicht überkochen zu lassen.

Er atmete einmal tief ein und aus und versuchte sich stattdessen wieder auf das Gespräch zu konzentrieren, das Ebha gerade mit ihren Eltern bestreiten musste.

„Was erwartest du von uns, Ebha?“, fragte Gerrit seine Tochter. Im Gegensatz zu Theodora sprach er mit mildem Ton. Dennoch war auch seine Stimme voller Ressentiment. „Das wir all das vergessen, was Herr Mattes uns genommen hat?“

„Was hat er euch denn genommen?“, wollte Ebha wissen. Und Ref konnte deutlich Verzweiflung aus ihrer Stimme hören. Offensichtlich führten sie diese Diskussion nicht zum ersten Mal. „Er hat Briana geliebt und sie glücklich gemacht. Ist das wirklich so schwer zu verstehen?“

Weder Gerrit noch Theodora antworteten. Ungläubig huschte Ebhas Blick zwischen ihren Eltern hin und her. Als sie nichts erwiderten, schüttelte sie traurig den Kopf.

Ref räusperte sich leise. „Um ehrlich zu sein, weiß ich genauso wenig wie Sie, Herr und Frau Wals, was ich hier mache.“ Er blickte kurz zu Ebha, die ihn ungläubig und etwas säuerlich zugleich ansah. „Ich weiß nicht, ob es noch etwas zu sagen gibt. All das, was in der Vergangenheit gesagt wurde, war deutlich genug.“

„Was soll denn das bitte heißen?“, brachte sich Theodora aufgebracht ein, während Gerrit sie mit einer Berührung seiner Hand zu beruhigen versuchte.

Ref ließ sich nicht beirren und fuhr fort. „Aber ich gebe Ihrer Tochter dahingehend recht, dass es genug ist. Ich weiß nicht, ob ich mich mit Ihnen aussöhnen möchte. Was ich weiß ist, dass ich endlich mit Ihrer Familie abschließen will.“

„Dann tun Sie das doch einfach“, erwiderte Theodora hochnäsig. „Ich halte Sie sicherlich nicht davon ab.“

„Mama.“

„Du sei mal ganz still, mein Kind.“

„Das werde ich auch“, nahm Ref das Wort wieder auf. „Aber nicht, bevor ein paar Sachen ausgesprochen wurden.“

„Fangen Sie an“, meinte Gerrit mit einer Handbewegung Richtung Ref.

Dieser atmete tief ein. Er versuchte, ruhig zu bleiben. Auch wenn alles in ihm danach schrie, diese unmögliche Familie zu packen und ihnen einmal gehörig die Meinung zu sagen, wollte er sich zurückhalten. Für Briana. Und zum Teil auch für Ebha. Eine Erkenntnis, die ihn überraschte. „Ihre Familie ist reich und angesehen in der Gegend. Sie haben großen Einfluss und sind der größte Arbeitgeber hier."

„Erzählen Sie uns etwas, das wir noch nicht wissen", unterbrach Theodora ihn gereizt.

„Liebling, bitte", mahnte Gerrit sanft. „Fahren Sie fort, Herr Mattes."

Ref nahm einigermaßen positiv überrascht zur Kenntnis, dass zumindest Herr Wals bemüht war, ruhig zu bleiben. „Was Sie geleistet haben, rechne ich Ihnen hoch an. Sie haben ein Unternehmen gegründet und es zu einem bedeutenden Konzern anwachsen lassen." Eindringlich sah er Gerrit und Theodora an. „Das ändert jedoch nichts daran, dass Sie die versnobtesten und voreingenommensten Menschen sind, die ich je kennengelernt habe." Er sah, wie sich Ebhas Augen erschrockenen weiteten, während ihre Eltern ihn nur sprachlos ansahen. „Und damit meine ich nicht die Tatsache, dass Sie Menschen wie mich, die keinen akademischen Abschluss vorzuweisen haben und einem einfachen

Handwerk nachgehen, als minderwertig betrachten. Damit kann ich leben. Womit ich jedoch überhaupt nicht leben kann, ist, wie Sie mit Briana umgegangen sind. Sie haben Ihre eigene Tochter verstoßen, nur weil Sie Vorbehalte mir gegenüber hatten. Das ist für Eltern – egal aus welcher Schicht – armselig."

„Sie haben doch keine Ahnung", rief Theodora aus, „wie es ist, wenn man das eigene Kind verliert!"

„Sie haben Briana nur verloren, weil Sie es zugelassen haben", erwiderte Ref.

„Schwachsinn!" Theodora war aufgesprungen, hatte sich mit ihren Händen auf der Tischplatte abgestützt und sah Ref zornesfunkelnd an. „Sie haben Briana von uns weggetrieben. Sie haben Sie verändert."

Seine Stirn zog sich kraus. Die Wut kochte wieder hoch. Er versuchte sich zu beherrschen und fragte sich gleichzeitig, wie eine Person nur so engstirnig sein konnte.

„Haben Sie dazu nichts zu sagen?"

„Was soll ich dazu noch sagen, Frau Wals?" Ref

sah die Frau an und konnte neben der Wut auch eine gehörige Portion Verzweiflung um ihre zuckenden Lippen herum erkennen. Eine menschliche Regung, die er ihr gar nicht zugetraut hatte.

„Briana hätte sich nie gegen ihre Familie gestellt – bis Sie kamen und Sie uns wegnahmen."

Ref atmete tief durch, um nicht zu schreien. „Ich habe das Gefühl, wir treten auf der Stelle."

„Das Gefühl kann ich nur bestätigen", meinte Gerrit, der sich nun ebenfalls erhoben hatte.

„Dann ist es vielleicht besser, das hier zu beenden."

„Die beste Idee, die Sie je hatten, Herr Mattes", meinte Theodora spitz.

„Wie Sie meinen." Mit diesen Worten erhob sich Ref, doch ein lauter Knall ließ ihn abrupt innehalten.

Er blickte zu Ebha und erschrak fast aufgrund der Wut, die in ihrem Blick loderte. Ihre Hand, mit der sie auf den Tisch gehauen hatte, ruhte nun auf der Tischdecke. „Hinsetzen. Und zwar alle", befahl sie in einem schneidenden Tonfall, der jeden Widerstand im Keim erstickte. „Es muss doch möglich sein, dass sich vier erwachsene Menschen normal unterhalten, verdammt!"

„Hör auf zu fluchen, Ebha", mahnte Theodora.

„Ich habe es so satt, dass ihr die Fehler immer bei anderen sucht", spie Ebha mit kalter, kontrollierter Wut ihren Eltern entgegen. „Ja, ihr habt Briana an Ref Mattes verloren. Aber ist euch nur einmal in den Sinn gekommen, dass das nicht allein seine oder Brianas Schuld war? Habt ihr auch mal daran gedacht, dass es an eurer Engstirnigkeit liegen könnte? Nicht?" Ihre Stimme war deutlich lauter als sonst. Dennoch fuhr sie unbeirrt fort. „Ich verrate euch jetzt mal was. Etwas, das ich euch nie habe sagen wollen. Aber ich war einsam als Kind. Und ich bin mir sicher, dass es Briana nicht anders gegangen ist. Es geht euch immer nur um eure Arbeit."

„Um euch undankbaren Kindern einen luxuriösen Lebensstil zu bieten." Theodora blitzte ihre Tochter aufgebracht an. Ihre Hände stemmte sie in die Hüften.

„Glaubt ihr wirklich, dass es das ist, was Kinder

wollen? Kisten voller Spielzeug, mehrere Luxusreisen pro Jahr? Was ist mit Liebe und Geborgenheit?“ Mit erschöpftem Blick betrachtete Ebha ihre Eltern, die offensichtlich nicht wussten, was sie darauf erwidern sollten. „Kinder brauchen Eltern, die jeden Morgen mit einem liebevollen Lächeln am Bett stehen, wenn das Kind erwacht. Und jeden Abend das Kind mit demselben Lächeln in den Schlaf verabschieden. Habt ihr auch nur einmal daran gedacht?“

Ebha strich sich eine verirrte Strähne aus dem Gesicht. Ref glaubte, ein leichtes Zittern ihrer Hand zu erkennen. Er presste die Kiefer angespannt aufeinander. Er fühlte sich unbehaglich. Wie jemand, der viel zu tief in die Privatsphäre einer Familie eindrang, in die er nicht gehörte. Und das tat er auch nicht. Und Ebha auch nicht mehr. Es tat ihm leid. Und es zerrte unangenehm an seinem Magen. Schon wieder.

„Ich hatte Briana, als ich klein war“, fuhr Ebha leise fort. Abwechselnd blickte sie zu ihren Eltern, die sich das alles regungslos anhörten. „Sie war immer für mich da, hat mich getröstet, mit mir gespielt und mich zu sich ins Bett geholt, wenn ich Albträume hatte. Doch Briana hatte niemanden –

bis sie Ref kennengelernt hat. Er hat ihr wahrscheinlich all das gegeben, was ihr versäumt habt. Und da wundert es euch noch, wenn sie sich für ihn und gegen euch entschieden hat?"

Eine kaum auszuhaltende Stille lag über dem Raum. Ref sah zu Ebha, die noch immer schweratmend ihre Eltern anblickte.

„Du hast Recht", meinte Theodora gepresst. „Briana hat alles für dich getan. Sie hat dir alles gegeben. Sogar ihr Leben." Sie sah ihre Tochter mit einem resignierenden Blick an. „Und das ist das, was ich ihr nicht verzeihen kann."

Ebha schluckte schwer. Starr sah sie ihre Mutter an. „Sie ist deine Tochter", hauchte Ebha schwach. „Ich bin deine Tochter."

Theodora wandte ihren Blick von Ebha ab.

Ebha schloss die Augen. Ref konnte beinahe körperlich spüren, wie schwer sie diese Zurückweisung und Bloßstellung ihrer Mutter traf. Eine kalte Hand griff nach seinem Herzen und zerrte daran. Das hatte sie nicht verdient. Er räusperte sich erneut leise. „Ich denke, es ist Zeit zu gehen."

„Ich bringe Sie zur Tür“, hörte er Ebha sagen. Ohne ihn anzusehen, ging sie an ihm vorbei und eilte aus dem Zimmer. Ref blickte noch ein letztes Mal zu Gerrit und Theodora. Ihre Blicke waren distanziert. Er nickte knapp. Dann trat er hinaus in den großen Eingangsbereich, der so überwältigend prunkvoll war mit dem riesigen Kronleuchter an der Decke, dem goldenen Treppengeländer und dem glänzenden Marmorboden. Ref kam sich vor wie in einem Museum. Alles wirkte unangetastet und kalt. Es passte zu der Familie Wals. Aber passte es auch zu Ebha? An diesem Nachmittag hatte sie hier ebenso deplatziert und verloren gewirkt wie er. Er hatte Mitleid mit ihr. Und er wusste nicht, ob das gut war.

Ebha stand bereits mit seiner Jacke in der Hand an der Tür. Ref konnte ihr deutlich ansehen, dass sie bemüht war, keine Schwäche zu zeigen. Doch sie scheiterte kläglich daran. Er trat auf sie zu. Ihre zarten Gesichtszüge wirkten wie erstarrt, die Lippen waren fest aufeinandergepresst. „Es tut mir leid, dass ich Ihnen mit dem Gespräch so viel Unbehagen bereitet habe.“

Innerlich schüttelte er den Kopf. Typisch Ebha

Wals. Höflichkeit und gutes Benehmen wurden immer gewahrt.

Er atmete geräuschvoll aus. „Ich verstehe Ihren Wunsch, dass ich mich mit Ihren Eltern aussprechen soll." Kurz hielt er inne und sah sie an. Sie blickte zurück. Bemüht tapfer und doch so verloren. Als er fortfuhr, trug seine Stimme eine Note, die er bei sich selbst lange nicht gehört hatte. Mitgefühl. „Aber ich glaube, es wäre sinnvoller, wenn Sie erst einmal bei sich und Ihren Eltern anfangen."

Ebha lächelte traurig und sah ihn an. „Ich nehme mir für gewöhnlich nur Dinge vor, die zumindest im Rahmen des Möglichen liegen."

Ihre Worte hinterließen ein bedrückendes Gefühl in ihm. Seine Arme spannten sich an, er schluckte. Doch sein Hals blieb rau. Er wollte etwas sagen. Doch gleichzeitig verspürte er den Drang zu gehen. Er entschied sich für Letzteres, nahm Ebha seine Jacke ab und wandte sich um. Ohne die junge Frau noch einmal anzusehen, ging er und überließ die Familie Wals somit sich selbst.

KAPITEL 15

Ebha fühlte sich ungewohnt leicht, beinahe euphorisch, als sie an einem frühsommerlichen Abend vor Gretas Tür stand. In ihren Händen hielt sie eine große Papiertüte, die sie fest gegen die Brust drückte, damit sie die Klingel betätigen konnte. Nur wenige Augenblicke später erschien Greta in der Tür und sah sie mit großen Augen an.

„Was hast du vor? Bei mir einziehen?“

Ebha lächelte nur und ging ohne sich zu erklären an ihrer Freundin vorbei. Sie hievte die vollgestopfte Tüte auf einen runden weißen Tisch und begann umgehend, den Inhalt auszupacken.

Gretas Augen weiteten sich noch mehr, als sie mehrere Packungen Bananeneis sah, die Ebha in das Kühlfach legte. „Ich glaub´s nicht“, meinte Greta breit grinsend und machte die Tür zu. „Hast du das vor, das ich denke?“

Ebha wandte sich zu ihrer Freundin um und sah sie mit leuchtenden Augen an.

Greta klatsche begeistert in die Hände. „Eine Bananeneis-Schlacht! Gott, was waren die bei dir und deiner Schwester legendär.“ Sie schüttelte ungläubig den Kopf. „Ich kann mich noch an das eine Mal erinnern, an dem ich dabei war. Wie lange ist das her?“

„So ungefähr zehn Jahre.“

Greta schüttelte abermals halb fassungslos, halb belustigt den Kopf. „Himmel, haben wir damals viel Bananeneis in uns reingestopft.“

„Unmengen“, kommentierte Ebha lächelnd. „Solange, bis uns speiübel war.“

Greta verzog ihr Gesicht. „Briana hatte uns gewarnt.“

„Oh ja, meine Eltern waren gar nicht begeistert, als sie die ganze Sauerei wegmachen mussten“, erinnerte sich Ebha.

Kurz sahen sich die Freundinnen an. Dann mussten sie loskichern. Als sie sich wieder eingekriegt hatten, wandte sich Ebha zu ihrer Tasche, die sie ebenfalls auf den Tisch abgelegt hatte. „Du darfst auswählen“, meinte sie, während sie mehrere Filme hervorholte.

Knapp zwei Stunden später saßen Ebha und Greta satt und zufrieden auf der Couch. Ihre Blicke hatten sich auf den Fernseher gerichtet, auf dem gerade der Abspann des Films *Liebe und andere Desaster* lief. Ihre Hände umklammerten kleine bunte Schüsseln, die mit Bananeneis angefüllt gewesen waren, das jetzt in den Mägen der jungen Frauen rumorte.

„Verdammt, war der Film schnulzig", meinte Greta und streckte sich. „Aber genau das, was ich gebraucht habe."

Ebha stellte ihre Schüssel auf den kleinen Beistelltisch. „Und jetzt?" Sie sah Greta an, die sich gerade durch ihr kurzes blondes Haar fuhr.

„Noch ein Film?"

„Wenn ich mir noch so eine Schmonzette anschaue, kommt das ganze Bananeneis wieder raus. Und dieses Mal ist meine Mama nicht da, um es wegzuwischen", kommentierte Ebha.

Greta lachte. „Recht hast du." Sie blickte stumm vor sich hin und schien zu überlegen. Plötzlich sprang sie auf und verschwand im angrenzenden Schlafzimmer. Als sie wieder zurückkam, hielt sie eine Zeitung in der Hand. Ebha erkannte sofort, dass es sich dabei um das städtische Veranstaltungsmagazin von Jever handelte.

Greta blätterte durch die Seiten. Schließlich schien sie gefunden zu haben, was sie gesucht hatte. „Wir gehen da hin“, meinte sie und hielt Ebha die aufgeschlagene Seite vor die Nase.

Ebhas Augen weiteten sich. „Großer irischer Volkstanz-Abend im Denger Club.“ Ihre Augen schlossen sich für einen Moment, als ihr bewusst wurde, dass genau so ein Tanzabend auch auf Brianas Liste stand.

Ich wünsche dir wieder mehr Spaß am Leben und dass du wieder so unbeschwert und albern sein kannst wie früher. Vielleicht sollten wir einen irischen Tanzabend besuchen? Die Musik fandst du schon als Kind immer mehr als tanzbar.

Ebha räusperte sich leise. Ihre Kindheit war lange her. Und es hatte sich viel seitdem geändert – auch ihr Musikgeschmack.

„Eigentlich gehöre ich nicht zu der Gattung Mensch, die sich steppend, hüpfend und klatschend mit unzähligen anderen wildfremden

Menschen im Kreis dreht. Aber man soll ja immer wieder was Neues ausprobieren."

„Wir verstehen uns, Liebes", meinte Greta und verschränkte zufrieden die Arme vor der Brust. „Ich sag dir, das wird saukomisch."

„Das wird vor allem peinlich." Ebha verzog leicht den Mund. Sie hatte sich schon damals gefragt, was sich Briana dabei gedacht hatte, als sie diesen Punkt auf der Liste vermerkt hatte. Nur weil sie als Kind eine Phase hatte, in der sie solche folklorischen Klänge geliebt hatte, hieß das noch lange nicht, dass sie bereit war, auch dazu zu tanzen – und das zwischen unzähligen anderen schwitzenden und hüpfenden Menschen. Aber da kam sie nun nicht mehr raus. Und vielleicht hatte Greta ja Recht und es würde ein lustiger Tanzabend werden. „Ich glaube, ich muss vorher nochmal nachhause und mich umziehen."

Greta verdrehte nur theatralisch die Augen. „Jetzt spinn nicht rum. Du trägst 'ne Jeans, die so eng ist, das auch nur du sie tragen kannst, und ein Oberteil in einem soliden Grau. Was willst du mehr? In einem deiner Designer-Fummel kannst du da nicht auftauchen. Da fällst du erst recht auf." Frech grinste sie Ebha an. „Und wer weiß, vielleicht lernst du da einen netten, jungen Mann kennen."

„Wer sagt, dass ich Interesse an einem netten, jungen Mann hätte", kam es leicht pikiert zurück.

„Nicht? Dann vielleicht lieber ein in sich gekehrter und zuweilen etwas rauer Enddreißiger?"

Ebha sah ihre Freundin leicht geschockt an. Sie hatte sich mit Greta ein paar Mal über Ref unterhalten. Etwas, das sie gerade bereute. Unweigerlich musste sie an den kleinen Zwischenfall in Refs Scheune denken, an seine rauen, warmen Finger, seine fordernde Zunge, die weichen Lippen, an sein Geruch, so herb und doch auf eine seltsam verdrehte Weise sanft –

„Oh mein Gott, du wirst ja ganz rot", rief Greta aus. „Das sollte eigentlich ein Witz sein."

Ebha räusperte sich und versuchte, ihre kontrollierte Haltung wieder einzunehmen. Doch sie merkte selbst, dass es ihr nur bedingt gelang.

„Sag mal, läuft da was zwischen euch?"

„Was? Nein!", antwortete Ebha – ein wenig zu hastig.

Dies schien auch Greta bemerkt zu haben. Mit erhobenen Augenbrauen und einem wissenden Grinsen auf den Lippen betrachte sie ihre Freundin.

„Nein“, beharrte Ebha auf ihre Antwort. Und das war noch nicht einmal gelogen. Da lief nichts zwischen ihnen. Schon allein die Idee war wahnwitzig. Sie hatten lediglich ein Mal Sex gehabt. Es war eine Ausnahmesituation gewesen. Es war nur dazu gekommen, weil Ref mit seiner Wut, die sie in ihm geschürt hatte, irgendwohin gemusst hatte. Er hatte einen Kanal gesucht und ebendiesen in Form von triebgesteuerten, verstörend intensiven Sex gefunden. Gefühle hatten da keine Rolle gespielt.

Die Tatsache, dass Ebha in letzter Zeit immer wieder auf seine Nähe reagierte, ignorierte sie dabei komplett. Dennoch: Sie hatte es schon des Öfteren gespürt – immer dann, wenn seine Nähe ein subtiles Prickeln durch ihren Körper schickte. Es war nicht unangenehm. Leicht kühl und wellenartig breitete es sich von ihrem Nacken ausgehend über ihren gesamten Rücken aus und hinterließ ein Gefühl in ihrer Magengegend, das sie nicht verstand. Das war indiskutabel, absurd und irgendwie – verstörend.

„Okay", erwiderte Greta leicht gedehnt. Nach Ebhas Geschmack etwas zu gedehnt. Aber immerhin ließ sie damit das Thema ruhen.

„Können wir dann los?", meinte Ebha schließlich und fragte sich im selben Moment, warum sie es plötzlich so eilig hatte.

Denselben Gedanken schien auch Greta zu haben. Zumindest wenn sie Gretas Fingerpieken in ihren Oberarm richtig deutete, das Ebha schon beinahe aufregte. „Es ist erst halb zehn."

Ebha sah ihre Freundin fragend an. Sie wusste nicht, wo das Problem lag.

Greta stöhnte gespielt theatralisch auf. „Der Tanz geht erst gegen elf los."

Ebha merkte in diesem Moment, dass sie schon viel zu lange dem Partyleben ferngeblieben war. Es war normal, dass Veranstaltungen erst spät am Abend begannen. Sie war selbst zu ihren besten Zeiten erst gegen ein Uhr nachts in den Club gegangen. Zuvor hatte sie mit ihren Freunden entweder bei irgendjemandem daheim oder draußen auf der Straße vorgeglüht. Dies hatte zumeist den Effekt gehabt, dass sie und ihre Clique bereits randvoll gewesen waren, als die eigentliche Party anfing. Im Nachhinein ziemlich armselig.

„Mein Gott, Ebha, du bist schon fast spießig geworden", meinte Greta spitz und tätschelte ihr neckend über den Arm. „Mach dich locker, zieh dir deine Schuhe an und dann gehen wir."

Ebha fragte erst gar nicht wohin. Sie wollte nicht als vollkommener Depp dastehen.

Knappe 20 Minuten später fanden sich die beiden jungen Frauen in einem Stadtteil von Jever wieder, der weder besonders schön noch einladend wirkte. Die Häuserreihen waren marode und grau, die Straßen alt und kaputt. Dennoch waren erstaunlich viele Menschen unterwegs – was wohl unter anderem daran lag, dass dieser Denger Club, in dem der irische Volkstanz-Abend stattfand, sich in diesem Viertel befand.

„Wirklich reizend hier", meinte Ebha und rümpfte ein wenig die Nase, als ihr ein Uringeruch entgegenschlug. Sie wollte gar nicht so genau wissen, woher dieser kam.

Greta lachte leise neben ihr. „Du kannst nie so ganz aus deiner Haut, wie?“, stichelte sie vergnügt. „Ein Teil von dir wird immer das verwöhnte Modepüppchen aus reichem Hause sein.“

Ebha gab einen unwilligen Laut von sich, doch insgeheim wusste sie, dass Greta Recht hatte.

„Das sieht doch ganz charmant aus“, meinte Greta, die vor einem alten Backsteinhaus stehen geblieben war.

Ebha blickte ein wenig skeptisch zu dem leicht verrosteten Schild, auf dem kaum noch zu erkennen *Alter Kutter* stand.

„Na wenn du meinst“, sagte sie leise zu ihrer Freundin, die bereits die knarzende Tür geöffnet und die Kneipe betreten hatte.

Ebha folgte Greta und fand sich in einem verqualmten und etwas altbackenen Schankraum wieder. Die Tische und Stühle waren aus einem massiven dunklen Holz, ebenso wie die mächtige Bar. An den verputzten Wänden, die durch den Qualm gräulich verfärbt waren, hingen zahlreiche Metallschilder, die Werbung für Bier- und

Whiskeysorten machten.

Ebha hatte gar nicht bemerkt, dass sie stehen geblieben war, um den Anblick der Bar auf sich wirken zu lassen. Die junge Frau rümpfte leicht die Nase und suchte mit ihrem Blick nach Greta. Ihre Freundin stand bereits an der Bar und unterhielt sich mit dem Wirt. Das war typisch. Ebha kannte niemanden, der so unvoreingenommen und kontaktfreudig, aber gleichzeitig so unaufdringlich war wie ihre Freundin. Ebha bewunderte sie dafür. Sie würde selbst gerne einen Bruchteil dieser Eigenschaften besitzen. Sie merkte immer wieder, dass sie in den letzten Jahren etwas langweilig geworden war. Nichts war mehr übrig von der einstigen Party-Gängerin. Einen Teil dieser Unbeschwertheit hätte sie gerne wieder zurück gehabt.

Ebha setzte sich in Bewegung, um sich zu Greta zu gesellen. Doch sie kam nicht weit. Erneut blieb sie stehen, dieses Mal abrupt und stockstarr. Direkt neben Greta saßen zwei Männer – und einer von ihnen war Ref. Etwas in ihr wollte sofort aus dieser Bar verschwinden. Doch ihre Beine bewegten sich keinen Zentimeter mehr, als Ref den Kopf drehte und ihr genau entgegensah.

Ein unangenehm dicker Kloß bildete sich in Ebhas Kehle. Sie schluckte ein paar Mal. Doch das Engegefühl blieb. Tapfer blickte sie ihn an. Auch wenn sie ihre Augen gerne geschlossen hätte. Sie spürte, wie Unsicherheit sie durchflutete. Ein Gefühl, dass sie die ganzen letzten Wochen ihm gegenüber nicht in solch einer Intensität empfunden hatte.

Sie erkannte, dass er nicht minder überrascht war, sie hier anzutreffen. Doch da hatte sich noch etwas in seinen Blick gemischt. Etwas, dass ihr einen kleinen Stich versetzte. Unbehagen darüber, dass sie hier war.

Ebha schluckte das bittere Gefühl hinunter und schaffte es, sich aus seinem Blick zu befreien. Sie straffte die Haltung und ging auf ihn zu. Sie würde sich jetzt nicht die Blöße geben und ihn ignorieren – nur weil seine Anwesenheit sie plötzlich so verunsicherte.

„Hallo“, grüßte sie und ärgerte sich, dass sich ihre Stimme irgendwie zurückhaltender als sonst anhörte.

Ref nickte ihr lediglich mit ernstem Ausdruck im Gesicht zu. Seine Begleitung sah währenddessen perplex zwischen Ref und Ebha umher.

„Ich hab dir 'ne Coke mitbestellt", unterbrach Greta den unangenehmen Moment, indem sie der leicht verdutzten Ebha ein Glas Cola in die Hand drückte. „Kennt ihr euch?", fragte Greta, als sie die seltsamen Blicke von Ebha und Ref bemerkte.

Gretas Worte drangen nur langsam durch den unangenehmen Schleier zu ihr durch, der ihr Gehirn vernebelt hatte. Ebha räusperte sich leise und wandte sich schließlich zu ihrer Freundin. „Greta, das ist Ref Mattes."

„Oh" erwiderte Greta mit erhobenen Augenbrauen. „Sehr erfreut." Sie lächelte die beiden Männer an, wovon sich Ref unbeeindruckt zeigte.

Sein Begleiter schien da mehr Anstand zu besitzen. Er erhob sich von seinem Barhocker und hielt den beiden jungen Frauen seine Hand hin. „Freut uns ebenso", erwiderte er. „Ich bin Hauke."

„Schön, dich kennenzulernen." Greta erfasste seine Hand und schüttelte sie.

Schließlich wandte sich Hauke zu Ebha. Er sah sie freundlich an, was sie dazu brachte, ihm ebenfalls ihre Hand zu reichen. „Ebha“, erwiderte sie mit noch immer deutlich zurückhaltender Stimme.

Haukes Augen weiteten sich augenblicklich. „Doch nicht Ebha Wals?“

„Doch, genau die“, antwortete sie leicht verlegen.

Ein seltsames Grinsen zierte plötzlich Haukes Lippen, als er sich zu Ref umwandte. Ebha konnte nicht erkennen, was Hauke Ref damit sagen wollte. Doch es schien Letzterem überhaupt nicht zu gefallen. Refs Blick verdunkelte sich nochmals und machte jedem in dieser Runde deutlich, dass er von dieser Gesellschaft nicht sehr angetan war.

Schnell wandte sich Hauke wieder zu Ebha. „Ich habe schon viel von dir gehört.“ Neckisch zwinkerte er ihr zu.

„Hauke“, kam es mahnend von Ref. Der Angesprochene zeigte sich wenig beeindruckt.

Ebha spürte, wie sie zum zweiten Mal an diesem Abend errötete. Etwas, dass ihr sonst nie passierte.

„Schön, dich persönlich kennenzulernen“, meinte Hauke zu Ebha. Seine Worte klangen aufrichtig.

Etwas, das Ebhas leicht aufgewühltes Gemüt ein wenig beruhigte.

„Ich habe zwar bisher noch nichts von dir gehört, aber die Freude ist ganz meinerseits“, gab sie lächelnd zurück.

„Nun, was führt zwei so junge Ladys in solch eine angeranzte Bar?“ Hauke machte mit einer Hand eine ausladende Bewegung in den Schankraum hinein.

„Eigentlich wollen wir in den Denger Club. Aber weil es Ebha gar nicht erwarten konnte, haben wir gedacht, wir suchen uns eine Kneipe, um ein bisschen vorzufeiern“, erklärte Greta, wobei sie ihr Bier hob und den beiden Männern zuprostete.

„Ah, der Denger Club. Da waren wir lange nicht mehr, wie, Ref?“, meinte Hauke mit einem belustigten Funkeln in den Augen.

„Seit ungefähr zehn Jahren nicht mehr“, erwiderte Ref mit gelangweilter Stimme. „Aus dem Alter sind wir raus.“

„Was ist denn da heute Abend los?“ Hauke hatte sich wieder an die beiden jungen Frauen gewandt, ohne auf Refs letzte Äußerung einzugehen.

„Ein irischer Volkstanzabend."

Haukes Augen weiteten sich augenblicklich vor Begeisterung. „Niemals. Auf so einer Veranstaltung habe ich meine Frau kennengelernt."

„Dann kommt doch mit", schlug Greta vor. Ein Vorschlag, der in Ebha Panik aufwallen ließ. Sie hielt das für keine gute Idee, mit Ref den Abend zu verbringen.

„Sehr gerne. Oder was meinst du, Ref?"

Der Angesprochene blickte Hauke mit unverhohlenem Argwohn an. „Meine Lust auf solch eine alberne Veranstaltung hält sich in Grenzen."

„Ach komm schon, das wird bestimmt witzig", drängte Hauke.

Ebha sah Ref an, dass er wütend war auf seine Begleitung. Er wollte etwas erwidern, doch plötzlich huschte sein Blick zu Ebha. Er sah sie mehrere Augenblicke stumm an und ihr wurde klar, dass er wusste, warum sie das tat. Dieser Volkstanzabend war ein weiterer Punkt auf ihrer Liste. Sie würde etwas Albernes tun.

„Du wirst mich ohnehin nicht einfach abhauen lassen, oder?“, erwiderte Ref mit rauer Stimme, als er den Blickkontakt zu Ebha unterbrochen und stattdessen seine Augen wieder auf Hauke gerichtet hatte.

„Super!“ Hauke zückte sein Handy. „Dann muss ich nur noch kurz meiner Frau Bescheid geben.“ Er verschwand in einem kleinen Korridor, der zu den Toiletten führte. Ebha hatte das Gefühl, etwas sagen zu müssen, doch unerklärlicher Weise blieben ihr die Worte im Halse stecken.

„Sind Sie öfters hier, Ref?“, fragte Greta frei heraus.

Ref schien im ersten Augenblick überrascht zu sein, dass er angesprochen wurde. Doch schnell hatte er seinen üblich distanzierten Blick aufgesetzt. „Einmal die Woche.“

„Warum hier? Ist nicht gerade der gemütlichste Ort.“ Greta sah sich um, während sie die Worte sprach.

„Weil man hier für gewöhnlich seine Ruhe hat.“ Refs Stimme war genervt.

Greta nickte verstehend, während Ebha merkte,

wie ihr Unbehagen erneut in ungeahnte Höhen schnellte. Sie hatte absolut keine Ahnung, was plötzlich mit ihr los war. Aber wenn ihre Unsicherheit den ganzen Abend anhielt, würde das Unterfangen hier eine einzige Farce werden.

„Alles klar, es kann losgehen. Meine Frau hat mir grünes Licht gegeben." Hauke grinste, als er sich wieder zu der Gruppe gesellte.

Automatisch huschte auch über Ebhas Lippen ein Lächeln. Dieser Hauke war ihr sympathisch. Er wirkte wie ein Mann, der sich auch über kleine Dinge enthusiastisch freuen konnte.

Die Gruppe trank noch in Ruhe ihre Getränke aus. Ebha unterhielt sich mit Greta und Hauke über Gott und die Welt. Wobei hauptsächlich Hauke erzählte. Über seine Arbeit als Steuerberater. Über seine beiden Töchter. Über seine alkoholischen Eskapaden während seines Studiums. Und er tat es mit einem Enthusiasmus, der es unmöglich machte, ihm nicht zuzuhören. Ref hielt sich während der gesamten Zeit im Hintergrund. Ebha merkte, dass ihm dieses unerwartete Treffen nicht behagte. Er sprach kein einziges Wort, seinen Blick hatte er die meiste Zeit in sein Bierglas gerichtet. Sein Anblick versetzte

Ebha einen Stich. Und sie versuchte, es sich nicht anmerken zu lassen.

Nach einer guten halben Stunde verließ die kleine Gruppe den Alten Kutter in Richtung Denger Club, der auf einem alten Industriegelände stand. Das Gebäude war nicht mehr als eine graue Betonbarracke, die bei Dunkelheit mit ein paar bunten Lichtern angeleuchtet wurde, um das Äußere etwas ansehnlicher erscheinen zu lassen. Vor dem Eingang stand bereits eine beträchtliche Schlange von Menschen, die sich Stück für Stück in das Innere des Clubs schob. Folkloristische Musik drang nach außen, die Ebha beinahe in den Ohren wehtat. Und zu allem Überfluss hatte es auch noch angefangen zu regnen.

Ebha und die anderen stellten sich an das Ende der Schlange. Während sich Hauke und Greta angeregt unterhielten, schielte Ebha vorsichtig zu Ref. Seine groß gewachsene Gestalt stand steif neben Hauke. Den ernsten Blick hatte er auf die lange Schlange vor sich gerichtet. Seine gesamte Mimik drückte Missfallen und Widerwillen aus. Er wollte nicht hier sein und Ebha fragte sich ernsthaft, warum er es dann war.

Sie standen in einer Schlange voller Leute, die

ungefähr Ebhas Alter hatten. Einige von ihnen trugen eine Art grüne Tracht, andere waren so normal gekleidet wie Ebha. Jeans, Shirt, Sneaker. Als sie nach einer ganzen Weile den Club betraten, waren sie vom Regen durchnässt. Der Stoff von Ebhas Hose klebte ihr unangenehm auf der Haut, ihr graues Shirt hatte an einigen Stellen große Flecken, was leicht unvorteilhaft wirkte. Hätte sie doch bloß ihre Lederjacke von zuhause mitgenommen. Zudem hingen ihr die feuchten Haare im Gesicht.

Als sie sich durch den vorderen Teil mit Garderobe und Toiletten gekämpft hatte, betrat sie mit den anderen den Veranstaltungsraum. Gleich neben dem Eingang war die Bar, die mit lilafarbenem Licht beleuchtet wurde. Dahinter erstreckte sich eine große Tanzfläche. Der Club wirkte in Ebhas Augen ein wenig heruntergekommen. Alles in allem versprühte er den Charme einer alten Turnhalle.

Doch das schien die Gäste wenig zu stören. Im Gegenteil. Ausgelassen tanzte die Menge zu lauter irischer Musik, sodass man das eigene Wort nicht mehr verstand. Ebha merkte, wie ihr jemand auf die Schulter tippte. Es war Greta, die ihr mit einer

Kopfbewegung klar machte, dass die anderen an der Bar waren.

Die beiden jungen Frauen bahnten sich einen Weg durch die immer größer werdende Menschenmenge. An der Bar angelangt, atmete Ebha tief durch. Das hatte sie jahrelang beinahe täglich gehabt. Sie konnte sich kaum noch vorstellen, dass sie das wirklich toll gefunden hatte.

„W..mö..trin?“, hörte sie Greta fragen.

„Was?“, rief Ebha laut zurück.

„Trinken!“, schrie Greta aus vollem Halse, damit man sie verstand, und musste dabei selbst lachen.

Ebha schüttelte nur den Kopf. Es würde etwas seltsam aussehen, wenn sie hier mit einem Glas Wasser stand. Alkohol trank sie keinen mehr. Nicht weil sie sich diesen in ihrer Teenagerzeit übergetrunken hatte. Es war mehr ein Zwangsverbot, dass ihr durch die zahlreichen Medikamente, die sie einnahm, auferlegt worden war.

Ebha lehnte sich mit dem Rücken gegen die Bar und sah eine Weile der tanzenden

Menschenmasse zu. Zu volkstümlichen Liedern tanzten sie im Kreis, klatschten, johlten, steppten, fassten sich an die Hände. Von außen betrachtet sah es ein wenig irrsinnig aus, was die Menschen dort auf der Tanzfläche veranstalteten. Doch es schien ihnen egal zu sein.

Plötzlich wurde Ebha von einer Hand gepackt und mit auf die Tanzfläche gezogen. Sie wehrte sich erst gar nicht, als sie von Greta durch die tanzende Menge geschleift wurde. Auch wenn ihr der Gedanke wenig behagte, gleich ebenfalls wie ein verrückt gewordenes Hühnchen über die Tanzfläche zu hüpfen, so war es schließlich genau der Grund, warum sie hier war. Sie hatte sich vorgenommen, etwas Albernes zu tun. Und im Moment konnte sie sich nichts Alberneres vorstellen.

Mitten in der Menge hatten sie ein freies Plätzchen gefunden, wo man sich zumindest noch ein wenig bewegen konnte. Greta zögerte nicht lange und machte sofort mit. Sie gesellte sich zu einer kleinen Gruppe, die sich im Kreis tanzend fortbewegte, die Hände dabei in die Hüften gestemmt. Ebha bezweifelte, dass dies ein originaler volkstümlicher Tanz war.

Wahrscheinlich war es eine Art Freestyle, der moderne und alte Elemente mischte. Oder die Menschen waren einfach zu betrunken, um sich an die Schrittfolge zu erinnern.

Als das Lied endete und die ersten Töne des nächsten erklangen, ging ein euphorischer Aufschrei durch den Club. Ebha konnte dem nicht ganz folgen, aber offensichtlich war das in dieser Szene etwas, das man ein Evergreen nannte.

Sie hatte eigentlich beschlossen, sich kurz anzusehen, welchen Tanz man dazu tanzte. Doch dazu kam Ebha gar nicht, da sich eine wildfremde Person bei ihr unterhakte und sie mitriss. Ebha hatte keine Zeit darüber nachzudenken. Sie handelte einfach und machte das, was die anderen machten.

Auf der gesamten Tanzfläche hatten sich Zweierpaare gebildet, die ineinander verhakt im Kreis herumsprangen und alle paar Runden die Partner wechselten. Ebha hatte beim sechsten Wechsel aufgehört zu zählen, mit wie vielen Partnern sie schon getanzt hatte. Irgendwann hatte sich Hauke bei ihr untergehakt. Galant und mit einem charmanten Lächeln wirbelte er sie über die Tanzfläche. „Glaubst du, wir sehen sehr bescheuert aus?", fragte er sie lauthals, sodass man ihn verstand.

Ebha musste lachen. „Ich fürchte schon", erwiderte sie ebenso laut. „Aber ich glaube, wir sehen nicht bescheuerter aus als alle anderen hier."

Hauke lachte. Dann endete das Lied und sie konnten endlich stehen bleiben, um Luft zu holen.

„Ich glaube, ich werde langsam zu alt für so was", schnaufte Hauke außer Atem. Das nächste Lied setzte ein und die beiden wurden von tanzenden Leuten eingeschlossen.

„Ich finde, du hältst dich ganz gut."

Hauke sah sie einen Moment grinsend an. „Du bist eine grauenhafte Lügnerin."

Wieder musste Ebha lachen. „Tut mir leid, ich wollte dich nur aufbauen."

Hauke winkte ab. „Ich bin es gewohnt, ständig heruntergemacht zu werden", meinte er theatralisch. „Bei mir zuhause laufen drei Frauen herum, bald sind es vielleicht vier. Zudem ist mein bester Kumpel eine griesgrämige Spaßbremse."

Automatisch glitt Ebhas Blick zu Ref, der noch immer an der Bar saß und mit einem Glas Bier in der Hand die tanzende Menge beobachtete. Sie konnte schlecht einschätzen, ob ihn der Anblick, der sich ihm bot, amüsierte oder mehr nervte.

Greta tauchte neben ihnen auf und lenkte Ebhas Aufmerksamkeit somit von Ref weg. „Hui hui hui, morgen bin ich drei Kilo leichter", meinte Greta augenzwinkernd.

„Schön wär´s", meinte Hauke und tätschelte sich dabei über den kleinen Bauchansatz, den man unter seinem Shirt erahnen konnte.

Alles um sie herum war am Tanzen. Für Ebha war das ein wenig zu beengt. „Ich geh mir mal was zu trinken holen." Sie brauchte jetzt doch ein Wasser. Ihre Kehle brannte und sie merkte, wie erschöpft ihr Körper von der Tanzeinlage war.

Greta und Hauke nickten ihr zu, bevor sie sich wieder ins Getümmel stürzten.

Ebha kam irgendwo am Ende der Bar raus. Sie stellte sich zu den anderen Menschen, die ebenfalls ein Getränk bestellen wollten, und wartete.

„Hey“, wurde sie von der Seite angesprochen. Ebha hob ihren Blick und sah sich einem jungen Mann gegenüber stehen. Er war schätzungsweise in ihrem Alter, groß gewachsen mit dichtem, braunem Haar und einem recht hübschen Gesicht. Nur leider schien er schon ein paar Bier intus zu haben, wenn man seinem vernebelten Blick und dem leicht anzüglichen Grinsen auf seinen Lippen Glauben schenken durfte.

„Hey“, erwiderte Ebha nur, um nicht unhöflich zu sein.

„Du wartest auch hier?“

„Offensichtlich.“

„Ich hab dich schon eine Weile beobachtet.“

Ebha betrachtete den jungen Mann mit gehobenen Augenbrauen. „Und, irgendwelche Erkenntnisse?“

„Dass du sehr hübsch bist“, erwiderte er mit leicht lallendem Ton in der Stimme.

Ebha sagte daraufhin nichts.

„Du bist mir gleich aufgefallen.“ Der junge Mann lächelte sie an.

Ebha zweifelte ein wenig an der Richtigkeit seiner Aussage. Immerhin waren hier mehrere hundert Menschen im Club.

„Ich bin übrigens Ole." Er reichte ihr die Hand, die Ebha zögerlich erfasste.

„Ebha."

„Das ist ein sehr schöner Name", säuselte Ole in einem Ton, der Ebha innerlich die Augen verdrehen ließ.

„Darf ich dir einen Drink ausgeben?"

„Danke, das ist sehr nett, aber nicht nötig." Im selben Moment war Ebha mit ihrer Bestellung an der Reihe. Sie orderte ein Wasser und suchte in ihrem Portemonnaie nach dem passenden Kleingeld.

„Ne, ne, ne, so geht das nicht", mischte sich Ole ein. „Für die junge Frau hier kein Wasser, sondern ein Bier."

Ebha zog etwas verärgert die Augen zusammen. „Das ist nicht nötig, ich nehme ein Wasser, danke."

Unverständnis glomm in Oles Augen auf. Der

Barkeeper blickte mit gehobener Augenbraue einen Moment zu Ole, bevor er nach einer Wasserflasche griff. „Was willstn du mit Wasser? Ist doch voll spießig."

„Dann bin ich halt spießig", erwidere Ebha keck.

„Komm schon, mach dich mal ein bisschen locker, Emma."

„Mein Name ist Ebha und ich bin locker."

Der junge Mann sah sie leicht schwankend an. „Papperlapapp", meinte er nur, auch wenn Ebha nicht wusste, was er ihr damit sagen wollte.

Sie nahm ihr Wasser, das ihr der Barkeeper hingestellt hatte, und wollte gehen. Doch Ole schloss schnell zu ihr auf – mit zwei Gläsern Bier in der Hand. Woher er die so schnell hatte, wusste Ebha nicht. Was sie wusste war, dass dieser Ole ihr langsam aber sicher ein wenig zu aufdringlich wurde.

„Hier, nimm einen kräftigen Schluck", meinte er und hielt ihr eines der Biergläser unter die Nase.

„Wie ich bereits sagte, nein danke."

Oles Augen zogen sich verärgert zusammen. „Du

bist aber auch verklemmt."

„Nur weil ich nicht von jedem ein Bier annehme, heißt das nicht, dass ich verklemmt bin", erwiderte Ebha schroff. Langsam reichte es ihr. Dass manche Männer nie wussten, wann es genug war.

„Ich hab vier Euro dafür ausgegeben."

Ebha seufzte um Ruhe bemüht. „Ich habe dich nicht darum gebeten."

„Was ist so schwer daran, einfach ein Bier mit mir zu trinken?"

„Was ist so schwer daran, zu akzeptieren, dass ich keinen Alkohol trinke?", stellte Ebha die Gegenfrage.

Ole blickte sie einen Moment lang an, als ob sie geisteskrank wäre. Dann schüttelte er mit der Ernsthaftigkeit eines Betrunkenen den Kopf. „Das geht nicht", war alles was er erwiderte.

„Doch, das geht sehr gut." Sie blickte sich um, auf der Suche nach Greta und Hauke. Doch sie konnte sie nirgends entdecken. Na wunderbar, dachte sie. Jetzt musste sie alleine mit diesem Ole fertig werden.

„Suchst du jemanden?“, stellte er prompt die Frage, die Ebha über die Laute Musik kaum verstehen konnte.

„Meine Freunde.“

„Ist dir meine Anwesenheit nicht gut genug?“ Der Ton in seiner Stimme war mit einem Mal beleidigt.

Ebha atmete tief ein und aus. „Um ehrlich zu sein, wäre mir die Anwesenheit meiner Freunde lieber.“

„Aber sie sind gerade nicht hier“, stellte er fest. „Also musst du mit mir vorlieb nehmen.“

Ebha blickte Ole einen Moment lang ernst an. „Ich denke, ich werde sie suchen gehen. Ich wünsche dir noch viel Spaß, Ole.“ Sie wollte sich in Bewegung setzen, doch Ole stellte sich ihr unverfroren in den Weg. „Erst wenn du mit mir angestoßen hast.“

Ebha wurde langsam wütend. „Ich habe das Gefühl, dass wir uns im Kreis drehen.“

Ole nahm einen großen Schluck aus seinem Glas, das bereits fast leer war. „Dann tanz mit mir“, meinte er, stellte das fast leere Bierglas auf den Boden und erfasste Ebha am Handgelenk, um sie zu sich heranzuziehen. Mit der anderen Hand hielt er noch immer das zweite Bier, das durch seine abrupten Bewegungen über den Rand des Glases schwappte und auf sein Shirt spritzte.

Ebha versuchte, sich seinem Griff zu entziehen, doch Ole war stärker als sie. „Lass mich sofort los“, rief sie verärgert. Doch der junge Mann hörte nicht auf sie. Mit einem Ruck zog er sie zu sich, sodass Ebha ihm näher war, als sie wollte. Alles in ihr sträubte sich. Hastig sah sie sich um. Die tanzende Menge um sie herum bekam offenbar nichts von der Auseinandersetzung mit.

„Hör auf, verdammt!“

Plötzlich wurde der junge Mann von ihr weggerissen. Hinter Ole war Ref erschienen, der sein Gegenüber mit bösem Blick anstarrte und an der Schulter festhielt. „Das reicht.“

Na toll, dachte Ebha. Jetzt musste sie auch noch ausgerechnet von Ref gerettet werden. Sie kam sich vor wie in einer Schmonzette, in der die unschuldige Prinzessin vom starken, ehrenhaften Ritter gerettet wurde. Innerlich schüttelte sie sich.

„Was mischen Sie sich da ein?“, fragte Ole ungehalten.

„Sie sollten vor die Tür gehen und Ihrem vernebelten Hirn ein wenig frische Luft gönnen.“ Mit diesen Worten ging Ref an dem jungen Mann vorbei. Doch der ließ nicht locker.

„Ich lasse mir von Ihnen nicht sagen, was ich tun und lassen soll.“

Mit wachsenden Unbehagen sah Ebha zu, wie Oles Verhalten aggressiver wurde. Seine Körperhaltung war angespannt, das Gesicht zu einer verärgerten Fratze verzogen. Ref reagierte nicht weiter auf die Worte des angetrunkenen Mannes. Etwas, das diesen seine Beherrschung endgültig verlieren ließ. Mit einer ausholenden Bewegung schüttete er den Inhalt des Bierglases über Refs Kopf.

Ebha konnte nur geschockt zusehen, wie sich der Gerstensaft über Ref ergoss und Haare, Haut und Sachen verklebte. Mit einer fließenden Bewegung drehte sich Ref wieder um. Er brauchte nur einen Schritt, dann war er bei Ole und packte diesen hart am Kragen.

Mittlerweile waren auch die umstehenden

Menschen auf den kleinen Disput aufmerksam geworden. Gaffend blickten sie auf die beiden Männer, die sich wild funkelnd anstarrten.

„Ich rate dir, das nicht noch einmal zu tun“, raunte Ref mit solcher Wucht in der Stimme, dass Ebha es trotz der dröhnenden Bässe hören konnte. Sie glaubte, Ole zusammenzucken zu sehen. Doch schnell hatte der junge Mann seinen Übermut wiedergefunden. Er schmiss das leere Glas auf den Boden, sodass es in mehrere große Teile zersprang, und drückte seine Hände gegen Ref, um ihn von sich zu stoßen.

„Was sonst?“, fragte er herausfordernd.

„Das willst du nicht rausfinden.“ Refs Ton machte dem jungen Mann deutlich, dass er besser aufhören sollte. Doch er schien nicht zu verstehen.

„Oh, ich zittere schon vor Angst.“ Ole fuchtelte mit seinen Händen vor Refs Gesicht herum.

Ebha beschloss, einzuschreiten, bevor aus der Rangelei noch eine Schlägerei wurde. „Kommen Sie, wir sollten gehen“, sprach sie zu Ref, als sie an ihn herangetreten war. Er reagierte nicht.

„Ach, wie süß“, säuselte Ole in Ebhas Richtung.

„Sag bloß, du machst dir Sorgen um diesen Typen."

Weder Ebha noch Ref erwiderten etwas daraufhin. Doch das schien Ole nur noch mehr anzustacheln. „Da hast du wohl auf das falsche Pferd gesetzt, Ebha." Ein gespielt bedauernder Ausdruck legte sich über Oles Züge. „Hast du seinen Ehering nicht bemerkt?"

Ebha reckte ein wenig ihr Kinn und sah Ole bemüht kontrolliert an. Doch innerlich wurde sie immer unruhiger. Sie wusste, dass sich Ole mit diesem Thema auf sehr dünnem Eis bewegte.

„Oder doch?", rief der junge Mann laut genug, dass Ebha und auch Ref es hörten. „Vielleicht sollte ich seine Frau mal anrufen und ihr sagen, dass ihr Göttergatte nachts gerne den Helden spielt, um junge Frauen abzuschleppen."

Ebha wusste, dass diese Worte es nicht Wert waren, ihnen auch nur eine Sekunde Beachtung zu schenken. Doch Ref sah das offenbar anders. Mit einem Schritt war er wieder bei Ole, um ihn erneut hart zu packen. Sofort ging Ebha dazwischen. Ob es mutig oder bescheuert war, wusste sie nicht. Was sie wusste war, dass sie Ref von hier wegbringen sollte.

Sie drängte sich zwischen die beiden Männer und presste ihre Hände auf Refs Oberkörper, um ihn dazu zu bringen, sich in Bewegung zu setzen. Sie spürte, wie sein Körper Richtung Ole drängte. Doch sie hielt mit all ihrer Kraft dagegen. „Kommen Sie“, bat sie ihn mit ruhiger Stimme. „Er ist es nicht wert.“

Sie spürte Refs inneren Kampf, den er ausfocht. Aber sie spürte auch, wie der Widerstand, den er gegen sie leistete, immer weniger wurde. Schließlich setzten sie sich in Bewegung. Orientierungslos bahnten sie sich einen Weg durch die feiernde Menschenmenge. Noch immer musste Ebha Druck ausüben, damit sich Ref nicht doch von ihr losriss und sich auf Ole stürzte. Ihre Hände stemmten gegen seine Brust und schoben ihn somit Stück für Stück von Ole weg.

Dabei wurden sie immer wieder von dem Sog der Menschenmenge erfasst. Unkontrolliert bewegten sie sich über die Tanzfläche. Ebha hatte mittlerweile vollkommen die Orientierung verloren. Automatischen hatten sich ihre Hände in Refs bierdurchtränktes Oberteil gekrallt, um den Halt nicht zu verlieren.

Eine kleine Welle aus Panik und Überforderung durchflutete sie, als sich die tanzende Menge plötzlich auf sie zubewegte und sie zu erdrücken drohte. Ref schien Ebhas aufkeimende Unruhe zu spüren. Er packte ihren einen Oberarm und zog sie mit sich. Doch auch er konnte der drängenden Masse nicht viel entgegensetzen.

Ebha hatte sich bereits mit der wahnwitzigen Vorstellung abgefunden, nie wieder aus dieser tanzenden und springenden Menge herauszukommen, als eben diese Menschenmasse sie gewissermaßen ausspuckte und gegen eine Wand am hinteren Ende der Tanzfläche drückte.

Die erste Erleichterung darüber, wieder freier atmen zu können, verflog augenblicklich, als Ebha bewusst wurde, dass sie der Enge gar nicht entflohen war. Sie war noch immer Körper an Körper gefangen. Doch diese Nähe war anders. Sie glaubte sie überall an ihrem Körper zu spüren, diese Wärme, die sich prickelnd über ihre Haut zog.

Eng war sie gegen Ref gepresst, der mit dem Rücken sprichwörtlich zur Wand stand. Er hatte seine Hände um ihre Arme geschlungen, während ihre flach auf seiner Brust lagen und den aus dem

Rhythmus geratenen Herzschlag spürten.

Starr sah Ebha auf seinen Oberkörper. Sie war unfähig, sich zu bewegen. Ein Zustand, der ihr Angst machte. Nach unzähligen Augenblicken traute sie sich, den Kopf zu heben und seinem Blick zu begegnen. Sie erwartete, dass er sie kalt und distanziert ansah. Vielleicht sogar wütend oder voller Abscheu. Doch das, was ihr aus seinen grauen Augen entgegenschlug, hatte sie nicht erwartet.

Intensiv und verstört zugleich sah er sie an. Er schien ebenso überfordert mit der Situation wie sie. Ebha hätte nur einen Schritt nach hinten gehen müssen. Doch das tat sie nicht. Und Ref schien im Moment auch nicht daran zu denken, das von ihr zu verlangen. Was er stattdessen dachte, wusste Ebha nicht. Ihre Gedanken schienen von einem wabernden Dunst umgeben zu sein, der jegliches rationales Denken unmöglich machte.

Deutlich spürte sie den nassen, rauen Stoff seines Shirts unter ihren Fingern. Sie spürte, wie sich sein flacher Bauch mit jedem Atemzug hob und wieder senkte und dabei immer wieder gegen ihren Bauch drückte. Ganz leicht und dennoch beinahe unerträglich intensiv. Sie nahm die schwere Luft in sich auf, die zwischen ihm und ihr herrschte. Eine Luft, so stickig wie elektrisierend. Eine Luft, die nach dem Schweiß hunderter Menschen und nach klebrigem Bier, aber auch nach ihm roch.

Sie nahm wahr, dass Ref schwerer atmete als noch Momente zuvor. Sie sah seinen gehetzten Blick, der ihren nicht losließ. Sie sah, wie er abwog und sie sah, wie er eine Entscheidung traf. Etwas in ihr schien diese Entscheidung mitzutragen, denn von alleine wanderten ihre Hände nach oben. Langsam fuhren sie über seine Haut. Sie konnte spüren, wie sich seine Muskeln und Sehnen anspannten, wo sie ihn berührte.

Ebha hielt an seinem Blick fest und sah ihn ungewohnt scharf die Luft einziehen, als sie mit ihren Händen unter seine vom Bier verklebten Haare fuhr und sein Gesicht erfasste. Sie zog sich ein wenig an ihm hoch. Nur so weit, dass ihre Nase kurz unter seiner ruhte. Für einen stillen Moment schloss sie die Augen, um diesem treibenden Gefühl in ihrem Inneren nachzuspüren.

Sie fühlte Refs gesamte Präsenz, die abermals mit einer gewaltigen Wucht auf sie niederdrückte. Sie war ihm nahe. Und für einen kurzen Moment hatte sie das Gefühl, dass sich dies nicht nur auf die körperliche Ebene beschränkte. Er strahlte eine Ruhe und Sicherheit aus, die sich auf sie zu übertragen schien. Sie öffnete die Augen und sah ihn an. Und das erste Mal an diesem Abend fühlte sie sich in seiner Gegenwart nicht befangen. Da war eine Selbstverständlichkeit in diesem Moment, der alles andere als selbstverständlich war.

Sie zögerten. Noch einen stillen Moment lang. Dann zogen sie sich zueinander und küssten sich. Ebha atmete tief durch die Nase ein, als diese Nähe einen kribbelnden Schauer in ihren Magen trieb. Sie erschrak, doch dieses kleine nagende Gefühl hatte nicht den Hauch einer Chance gegen diese unkontrollierbare Anziehungskraft zwischen ihnen.

Ebhas Beine wurden weich, als die Spitze seiner Zunge gegen ihre stieß. Alles in ihrem Kopf drehte sich. Es summte und brummte. Das war nicht normal. Ein leiser, unartikulierter Laut entwich ihr, sie spürte, wie Ref seine Hand von ihrem Arm löste und ihre schmale Gestalt an sich heranzog.

Die Luft zwischen ihnen war elektrisierend. Fest hielten Ebhas Hände sein Gesicht. Ihre

Fingerkuppen strichen über die wenigen Bartstoppeln an seinem Kinn. Sie spürte Gänsehaut überall, wo er sie berührte. Sie fühlte sich leicht und frei und ... verliebt.

Das wohlige Kribbeln in ihrem Magen wandelte sich zu einem festen Knoten. Das hier war falsch. So unglaublich falsch.

Ebha ließ ihre Hände zurück zu seiner Brust wandern. Ein letztes Mal streifte ihr Mund den seinen. Sie drückte sich von ihm weg und löste damit die Verbindung ihrer Lippen. Dann war es vorbei. Und es war gut, dass sie es beendet hatte. Ref war der Mann ihrer verstorbenen Schwester. Briana ... Schmerz durchzuckte Ebha. Sie konnte doch nicht einfach hier stehen und ihn küssen. Sie fühlte sich durcheinander, schuldig und doch so geborgen.

Ebha schloss die Augen. Noch immer verharrten ihre Gesichter dicht beieinander. Ebha merkte, wie sich Ref anspannte. Doch er schob sie nicht von sich weg. Sie war dankbar, dass er ihr diese Schmach ersparte.

„Es tut mir leid“, flüsterte sie gegen seine Lippen, die Augen noch immer geschlossen. Ihre Hände strichen sanft über seine Schultern. Dann riss sie sich von ihm los. Kurz hob sie den Blick und begegnete seinem, der ruhig und ohne erkennbare Regung auf ihr ruhte. Sie schluckte, nickte kaum merklich. Dann setzte sie sich in Bewegung.

Der Drang von hier weg zu müssen, wurde übermächtig. Sie bahnte sich einen Weg durch die noch immer wild tanzende Menge. Ihr Blick war verschleiert.

Beinahe blind steuerte sie über die Tanzfläche auf der Suche nach dem Ausgang. Plötzlich wurde sie am Arm gepackt und zur Seite gezogen. „Ebha, was ist passiert?“ Es war Greta, die Ebha besorgt ansah.

Ebha konnte ihre Freundin nicht anblicken. „Ich sollte nachhause fahren.“ Ihre Stimme klang brüchig, ungewohnt kraftlos. Im Augenwinkel sah sie Greta nicken. Und sie war ihrer Freundin unendlich dankbar, dass sie nicht weiter nachhakte.

„Komm.“ Greta erfasste Ebhas Hand und führte sie durch die tanzende und hüpfende Menge Richtung Ausgang. Die Musik dröhnte unangenehm laut in Ebhas Ohren.

„Kann ich irgendetwas für dich tun?“, fragte Greta, als sie in die kühle Nachtluft hinaustraten.

Ebha sog tief den Duft nach Regen ein, der über ihnen hing. Sie blinzelte. Erst dann traute sie sich, ihre Freundin anzublicken. Sie rang sich ein gequältes Lächeln ab. „Es geht schon. Ich denke, ich muss jetzt einfach nur etwas schlafen.“ Es war naiv, zu glauben, dass ein paar Stunden Schlaf die Erkenntnis wettmachen konnte, die sich Ebha durch diesen Kuss aufgedrängt hatte. Doch dieser Glaube war alles, an das sie sich im Moment klammern konnte, um nicht unterzugehen.

KAPITEL 16

Ref stand mit einer Tasse Kaffee auf seiner Veranda. Den Blick hatte er in die Ferne gerichtet, die von der Weite des Meeres begrenzt wurde. Er nahm einen Schluck des heißen Getränks, in der Hoffnung, dass es seine Nerven beruhigen würde. Wieder einmal. Das wurde langsam zur Gewohnheit.

Er hatte die letzte Nacht kaum geschlafen. Weil er versucht hatte, eine logische Erklärung für den Kuss zu finden. Diese Begegnung zwischen Ebha und ihm war lange nicht von einem solch spannungsgeladenen Hunger getrieben worden wie der Sex, den sie gehabt hatten. Und das war etwas, das den Kuss in Refs Augen deutlich gefährlicher machte.

Er hatte sich auf diesen Kuss eingelassen. Und er hatte es getan, weil er in letzter Zeit eine Ebha Wals kennengelernt hatte, die ihn mit ihrer plötzlichen Unsicherheit berührte. Sie wirkte verletzlich. Menschlich. Und langsam aber sicher begann er zu erkennen, welche Person sich hinter der Fassade der jungen Frau versteckte.

Er fragte sich selbst, was das sollte. Er kannte keine Antwort darauf. Und vielleicht war das auch besser so.

Refs Blick glitt über seinen Hof, als er die knirschenden Räder eines Autos hörte, die sich über den Schotterweg kämpften. Er erkannte Ebhas schwarzen BMW. Sie parkte direkt neben dem Haus. Ruhig sah Ref der jungen Frau zu, wie sie ausstieg und auf ihn zukam.

Ihren zierlichen Körper hatte sie an diesem frischen Morgen in einen Woll-Cardigan gehüllt, die Arme um ihre Mitte geschlungen. Ihre Haare waren zu einem Zopf zusammengebunden und wirkten matt. Ref bemerkte, wie müde und erschöpft sie aussah. Sie war unnatürlich blass. Er ärgerte sich über das Gefühl von Sorge, das in ihm hochblubberte.

„Guten Morgen", grüßte sie ihn mit einem Lächeln. Es wirkte seltsam verkrampft. Ref konnte deutlich erkennen, dass sie versuchte, ihre souveräne Haltung aufrechtzuerhalten. Doch er hatte das Gefühl, dass es ihr an diesem Morgen schwerer fiel als sonst.

„Guten Morgen." Eine Weile standen sie sich

stumm gegenüber.

„Es tut mir leid, dich zu stören, aber …“ Ebha unterbrach sich selbst und richtete ihren Blick hinaus auf das raue Meer.

Ref betrachtete sie einen Moment. Dass sie ihn plötzlich duzte, hinterließ ein Gefühl der Hilflosigkeit in ihm. Es fühlte sich vertraut und falsch zugleich an. Es war ein Schritt, den er nie hatte gehen wollen. Das Sie hatte ihm stets dabei geholfen, Distanz zu wahren. Ref spürte Anspannung in sich aufsteigen. Er streckte ein wenig seine Haltung. Er hatte der kleinen Schwester von Briana nie nahe kommen wollen. Nicht so, verdammt. Nicht so.

Er versuchte dieses bedrückende Gefühl nicht zu dicht an sein Herz kommen zu lassen. Stattdessen legte er all seine Aufmerksamkeit auf die gegenwärtige Situation.

„Möchtest du einen Kaffee? Oder Tee?“

Ebha sah wieder zu Ref und betrachtete ihn mit einer gewissen Erleichterung. „Tee wäre nicht schlecht.“ Sie lächelte. Es machte ihn schier wahnsinnig.

Sie gingen in seine Küche. Während Ref Tee aufsetzte, nahm Ebha auf einem der Küchenstühle Platz. Er konnte deutlich ihre Anwesenheit in seinem Rücken spüren und er fragte sich seit letzter Nacht nicht zum ersten Mal, warum er plötzlich so auf ihre Nähe reagierte.

Er schmeckte jetzt noch den angenehm süßlichen Geschmack ihrer Lippen. Die vorsichtigen Berührungen ihrer kleinen Hände, die sich von seiner Brust hinauf zu seinem vom Bier verklebten Gesicht hochgearbeitet hatten, ließen ihn jetzt noch ganz schwindelig werden. Er glaubte, noch immer ihren zierlichen Körper dicht gegen seinen gepresst zu spüren. Ein Gefühl, das ihn die letzte Nacht am Einschlafen hinderte.

Unruhig hatte er sich in seinem Bett hin und her gewälzt, bis er es schließlich nicht mehr ausgehalten hatte. Er war aufgesprungen und hatte sich eine kalte Dusche gegönnt. Doch bis auf die Tatsache, dass er danach erbärmlich gefroren hatte, war das Resultat dieses Unterfangens ernüchternd gewesen.

Und jetzt saß eben die Frau, der er diese schlaflose Nacht zu verdanken hatte, in seiner Küche. Nicht mal einen Meter von ihm entfernt.

Und er musste sich wirklich zusammenreißen, um sie nicht entgegen jeder Vernunft vom Stuhl hochzuziehen, sie an sich zu drücken und auf dieselbe atemberaubend verstörende Art zu küssen, wie sie es am Abend zuvor getan hatten.

Ref schloss für einen Moment die Augen. Er schämte sich. In den letzten Jahren hatte es nie eine andere Frau als Briana gegeben, die seine Gedanken und sein Herz erfüllt hatte. Dass sich ausgerechnet Ebha einen Platz in seinen Gedanken erkämpft hatte, ließ ihn sich Briana gegenüber schuldig fühlen. Und gleichzeitig verstand Ref nicht, warum er so für die kleine Schwester seiner verstorbenen Frau fühlte.

„Seid ihr gestern noch lange geblieben?“, hörte er Ebha fragen. Es war offensichtlich, dass sie ein unverfängliches Gesprächsthema suchte.

„Noch bis zwei ungefähr. Dann musste ich Hauke mehr oder weniger drohen, damit wir gehen konnten.“

Ebha lächelte. „Ich fand Hauke sehr nett.“

Ref schnaubte und stellte Ebha eine Tasse mit heißem Kräutertee hin.

Augenblicklich schlang sie ihre Hände um die Tasse und richtete den müden Blick auf das dampfende Getränk.

„Du siehst erschöpft aus." Ref hatte die Worte nicht zurückhalten können. Ihr Zustand erschrak ihn. Und er löste Gefühle in ihm aus, die er nicht empfinden wollte.

„Ich habe meinem Körper gestern wohl etwas zu viel zugemutet", gab sie leise zu.

Nachdenklich sah Ref die junge Frau an. Er hatte das Gefühl, dass dies nur die halbe Wahrheit war. Offenbar wollte sie ihm etwas sagen. Warum sie es nicht einfach tat, wie sonst auch immer, ließ wiederum ihn unruhig werden. Aber er sprach sie nicht weiter darauf an. Stattdessen begann er, das dreckige Geschirr vom Morgen in den Geschirrspüler zu räumen, während Ebha ihren Tee trank.

Als es nichts mehr zum Aufräumen gab, wandte er sich wieder zu der jungen Frau um und betrachtete sie. „Komm", meinte er schließlich, „ich möchte dir etwas zeigen." Ref wusste, dass dies eine dumme Idee war. Wegen Briana. Wegen ihm. Wegen allem. Dennoch konnte er seine

Worte nicht mehr zurücknehmen. Und ein Teil in ihm wollte das auch gar nicht.

Überrascht sah Ebha ihn an. Er ging voraus und hörte, wie sie ihn mit leisen Schritten folgte. Er führte Ebha durch den Korridor in die kleine Scheune. In deren Mitte stand der alte Fischkutter. Er war komplett freigelegt und rundherum abgeschliffen. Ein Drittel des Kutters war bereits mit einem schützenden Lack überstrichen. Darüber würde weiße Farbe kommen. Die Reling und der Name des Bootes mussten ebenfalls noch neu lackiert werden.

Ref sah zu Ebha, die mit ungläubigem Blick neben ihm stand.

„Du restaurierst Brianas Fischkutter."

Ref nickte nur stumm. Er fürchtete, dass seine Stimme zu rau sein würde, wenn er etwas sagte.

Ebha ging beinahe ehrfürchtig auf den Kutter zu. Sie umrundete ihn, strich vorsichtig über das alte Holz, das Ref noch nicht lackiert hatte. „Er ist wunderschön geworden." Sie drehte sich zu ihm um. Er sah sie schlucken.

„In der kleinen Kajüte gibt es noch einiges zu tun",

sagte Ref, um diesen seltsam bedrückenden Moment zu überbrücken. „Wenn du magst, kannst du mir dabei helfen."

Tief atmete sie ein. Dann nickte sie. „Das würde ich sehr gerne." Sie richtete ihren Blick wieder auf den Fischkutter. Stumm betrachtete sie ihn eine Weile.

Ref ging zu ihr und stellte sich neben sie. Er sagte lange nichts, bis ihm schließlich die Worte über die Lippen kamen, die ihm bereits den ganzen Morgen auf der Zunge lagen.

„Warum bist du wirklich hier?"

Er sah sie kurz an und konnte sehen, dass sie ihren Kopf ein wenig senkte und die Augen für einen Moment schloss. „Es gibt etwas, das du wissen solltest."

Ihre Worte klangen ernst. All ihre Gefühle so offengelegt zu sehen, hatte etwas Beunruhigendes an sich. Sie schien sich nicht einmal mehr die Mühe zu machen, sie zu verstecken. Etwas, das ihm Angst machte. Dieses Gefühl fühlte sich komisch an. Bedrohlich. Er konnte mit dieser Angst nicht umgehen.

„Ich habe mein Studium nicht abgebrochen, weil ich es wollte." Sie spielte an einem filigranen Ring, ihre Stimme war leise. „Und ich bin nicht nach Hooksiel zurückgekehrt, um neu anzufangen." Er hörte sie neben sich tief einatmen, bevor sie weitersprach. „Ich bin zurückgekommen, um mich zu verabschieden."

Ref blickte zu Ebha, die neben ihm verharrte. Er wusste nicht, was sie mit ihren Worten meinte. Sie erwiderte seinen Blick. Ihr Lächeln wirkte entschuldigend. Doch was ihn wirklich beunruhigte, waren die Tränen in ihren Augen.

„Briana hat mir mit ihrer Teilleberspende nicht das Leben gerettet. Sie wusste so gut wie ich, dass sie mir damit nur Zeit schenkt. Kostbare Zeit. Aber eben auch eine Zeit, die begrenzt ist."

Ref schluckte schwer. Er versuchte, sich auf die nächsten Worte von Ebha vorzubereiten. Doch als sie das aussprach, was sein Verstand bereits erkannt hatte, wusste er, dass man sich auf so etwas nicht vorbereiten konnte.

„Ich werde sterben, Ref."

Sie hatte die Worte nüchtern und ruhig

ausgesprochen. Etwas, das die Wut in ihm schürte. Beinahe war er dankbar für dieses Gefühl, das diese betäubende Hilflosigkeit überdeckte. Er dachte an Briana. An ihr Schicksal. Etwas, das ihm half, gedanklich Abstand zu dieser Situation zu gewinnen.

„Meine Blut- und Leberwerte haben sich in den vergangenen Monaten rasant verschlechtert“, sprach Ebha weiter, den Blick dabei auf den alten Kutter gerichtet. „Die Ärzte können nicht mehr tun, als mich so medikamentös einzustellen, damit die Zeit, die mir noch bleibt, einigermaßen erträglich ist.“

In Refs Kopf wirbelten die unterschiedlichsten Gedanken umher. Und so langsam begann alles für ihn einen Sinn zu ergeben. Ihr Verhalten, ihre Taten und Worte. Einfach alles. Deswegen hatte sie ihn erst jetzt aufgesucht. Deswegen wollte sie, dass er sich mit ihren Eltern versöhnte. „Deswegen die Liste“, flüsterte er mehr zu sich selbst als zu Ebha.

Sie nickte sachte. „Ich wollte in meiner verbleibenden Zeit endlich die Dinge erledigen, die ich so lange vor mir hergeschoben habe. Ich will keinen Scherbenhaufen zurücklassen.“

Scherbenhaufen zurücklassen …

Sie war gerade dabei, genau dies zu tun. Ref hatte das Gefühl, als wäre er unter Schnee begraben. Alles in ihm war taub. „Wie lange noch?“ Seine Frage klang mechanisch.

Es dauerte eine Weile, bis Ebha antwortete. „Fünf Monate. Vielleicht sechs.“

Ihre Antwort ließ Übelkeit in ihm aufwallen. Eine Hilflosigkeit überspülte ihn, die er in diesem Ausmaß das letzte Mal bei Brianas Tod empfunden hatte. Er hatte so gehofft, dass er das nie wieder ertragen musste. Er merkte, wie sich die Wut an die Oberfläche kämpfte. Hart ballte er seine Hände zu Fäusten, sodass die Haut an seinen Knöcheln weiß hervortrat. „Warum erzählst du mir das alles?“

Der Blick aus ihren Augen lag verunsichert auf seinem. „Weil … ich dachte, es wäre fair.“

„Fair“, würgte er hervor, starr blickte er auf den Kutter, der für ihn vor allem eins bedeutete: Verlust.

„Ich hatte das Gefühl, dass nach letzter Nacht …“

„Ich möchte, dass du gehst", forderte er ihr um Beherrschung bemüht. Verbissen starrte er in den Raum hinein. Jeder einzelne Muskel in ihm war schmerzhaft gespannt.

Ebha sah ihn mit erschrockenem Blick an. „Was?"

„Du sollst verschwinden", blaffte er sie an und versenkte seine wütenden Augen in ihren fassungslosen Blick.

Er konnte Ebha ansehen, dass er sie mit seinen Worten getroffen hatte. Es tat ihm leid. Doch er wollte es nicht ändern. Er wollte einfach nur, dass sie ging.

Die junge Frau schloss die Augen. Er sah ihren zarten Körper vor Anspannung zittern. Schließlich wandte sie sich leise von ihm ab und ging.

Er verharrte mit geschlossenen Augen und zu Fäusten geballten Händen und hörte zu, wie sie nach draußen lief. Er hörte, wie die Tür ihres Autos zufiel, wie sie den Motor startete und erneut der Schotter unter den Reifen knirschte. Dann war es still. Ohrenbetäubend still.

Er atmete schwer. Noch einen Moment verharrte er an Ort und Stelle. Dann wandte er sich mit einem Ruck zu der kleinen Werkbank hinter ihm und fegte mit einem lauten Aufschrei sämtliches Werkzeug vom Tisch. Krachend landeten Pinsel und andere Utensilien auf dem Betonboden.

Schwer atmend stützte sich Ref auf dem rauen Holz der Werkbank ab. Er ließ seinen Kopf sinken und schloss die Augen. Stoßartig stieß er die Luft aus. Die Hilflosigkeit in ihm stieg immer weiter an. Er wusste nicht, wie er damit umgehen sollte. Er wusste ja nicht einmal, warum er so reagierte. Er wusste nur eins: Ebha Wals wird sterben. Und es war ihm nicht egal.

KAPITEL 17

29. Februar 2016 – Ich zittere noch immer am ganzen Körper. Ich habe Angst. Furchtbare Angst. Die letzten zwölf Stunden waren die schrecklichsten in meinen Leben. Ich möchte mir erst gar nicht ausmalen, wie es Ebha dabei ging.

Ihr Zustand hat sich in den letzten Wochen so rapide verschlechtert, dass mir angst und bange wird, wenn ich nur daran denke. Die letzte Nacht war besonders schlimm. Sie hat vor ein paar Tagen ein neues Medikament bekommen. Es ist bereits das fünfte.

Laut den Ärzten reagieren AIH-Patienten in seltenen Fällen auf die getesteten Arzneimittel nicht oder nur unzureichend. Ebha gehört zu ihnen. Ihr Körper scheint sich einfach nicht auf die chemischen Substanzen einstellen zu können. Mit dem neuen Medikament soll sich das ändern. Es ist noch nicht zugelassen. Wir mussten eine 50-seitige Erklärung unterzeichnen, in der wir bei Schädigungen, die durch das Präparat hervorgerufen werden können, auf einen Schadensanspruch verzichten.

Ich hatte von Anfang an ein ungutes Gefühl. Aber gleichzeitig ist es einer der letzten Strohhalme, an dem wir uns festklammern konnten.

Diese unscheinbaren hellroten Pillen richten mehr Unheil an, als dass sie helfen. Ebha verträgt sie nicht. Und mit jedem Tag, an dem sie das Medikament nimmt, werden die Nebenwirkungen schlimmer.

Gegen neun Uhr abends ging es los. Ebha wurde schrecklich übel. Sie musste sich heftig übergeben. Ich war bei ihr und habe versucht, ihr irgendwie beizustehen. Doch es wollte einfach nicht mehr aufhören. Es war schrecklich. Immer und immer wieder hatte sie sich erbrochen. Irgendwann habe ich aufgehört, mitzuzählen.

Ich habe es kaum ertragen, sie vor Schwäche zitternd und immer und immer wieder würgend auf dem kalten Fliesenboden des Bades zu sehen. Ich war mehrmals kurz davor den Notarzt zu rufen. Ebha hat mich angefleht, es nicht zu tun. Sie wollte unter keinen Umständen ins Krankenhaus. Nicht schon wieder.

Gegen vier Uhr morgens war es endlich vorbei. Papa hat Ebha in ihr Bett getragen. Zu diesem

Zeitpunkt war sie schon gar nicht mehr wirklich bei uns. Schlaff und der Ohnmacht nahe hing sie in seinen Armen. Sie hat so blass ausgesehen. So zerbrechlich. So krank.

Jetzt schläft sie seit mehreren Stunden. Seitdem sitze ich an ihrem Bett und sehe dabei, wie ihr Körper kämpft. Gegen die Krankheit, gegen die Medikamente, gegen alles. Ich versuche, ihr mit meiner Nähe etwas Ruhe zurückzugeben. Doch ich weiß, dass es nicht wirklich etwas bringt. Und einmal mehr frage ich mich, warum es nichts und niemanden zu geben scheint, der meiner kleinen Schwester helfen kann.

*****

Er saß in seinem Auto. Es regnete, der Scheibenwischer glitt quietschend über die Scheibe. Starr blickte Ref auf die langgezogene Straße vor ihm, die Hände fest um das Lenkrad gelegt.

Es waren zwei weitere Nächte verstrichen, die Ref schlaflos verbracht hatte. Er hatte versucht, sich abzulenken, indem er an dem alten Fischkutter weiter arbeitete. Doch auch das hatte seine kreisenden Gedanken und die damit verbundenen

Gefühle nicht ausschalten können.

Er war seinen Emotionen komplett ausgeliefert – wie damals, als Briana gestorben war. Er fühlte sich wie ein Zombie, der orientierungslos durch die Gegend steuerte. Und gleichzeitig war der Drang, zu Ebha zu fahren, so groß wie das Bestreben, ihr aus dem Weg zu gehen. Er war vollkommen durcheinander. Gerade er, der seine Gefühle immer kontrollieren konnte.

Bei Briana hatte er von Anfang an gewusst, dass sie die eine Frau sein würde. Von der ersten Begegnung an in dem kleinen Café in Hooksiel hatte er diese besondere Verbindung zwischen ihnen gespürt. Er war sich beim ersten Date, beim ersten Kuss und beim ersten Sex ebenso sicher gewesen wie bei seinem Antrag und dem Ja-Wort. Er war sich sicher gewesen, sein Leben mit ihr verbringen zu wollen. Er war sich sicher gewesen, dass er mit ihr Kinder haben würde. Zwei oder drei. Diese Sicherheit hatte seine Gefühle gelenkt. Sie hatte alles so selbstverständlich erscheinen lassen. Er hatte das Gefühl nicht gekannt, sich gegen solche intensiven Gefühle zu stemmen oder sie sogar zu ignorieren.

Bei Ebha war es anders. Dass da plötzlich eine

Nähe zwischen ihnen entstanden war, die er sich selbst nicht erklären konnte, war verstörend genug. Aber das Gefühl, das ihr Geständnis über ihren baldigen Tod in ihm ausgelöst hatte, brachte seine gesamte Gefühlswelt durcheinander. Am gestrigen Abend hatte er unter der Dusche gestanden. Zitternd und mit einem dicken Kloß im Hals. Seine Augen hatten gebrannt und er konnte im Nachhinein nicht mehr sagen, ob die Flüssigkeit auf seinen Wangen aus dem Duschkopf oder seinen Augen gekommen war.

Er spürte, wie sein Verstand versuchte, das alles rational zu betrachten, eine gewisse Logik in das alles zu bringen. Doch Ref fragte sich im gleichen Moment selber, wie man diese verfahrene Situation überhaupt rational betrachten konnte. Er war sicherlich nicht der emotionalste Mensch. Aber er war auch nicht aus Stein.

Auch wenn er sich solch einen Zustand im Moment herbeiwünschte. Dann hätte er sich zumindest nicht dieser Verzweiflung und Wut aussetzen müssen. Als er Ebha vor zwei Tagen weggeschickt hatte, hatte sich seine gesamte Wut noch auf die junge Frau gerichtet. Er hatte sie dafür verdammt, dass sie ihn erst dazu gebracht hatte, sie Stück für Stück mit anderen Augen zu betrachten. Nur um ihm im nächsten Moment zu offenbaren, dass sie nicht mehr lange leben würde.

Mittlerweile war die Wut auf Ebha komplett verflogen. Mit etwas mehr Abstand wurde ihm bewusst, dass sie ebenso überfordert war mit der gesamten Situation wie er. Dem Mann ihrer toten Schwester immer näher zu kommen, dürfte auch in ihr jegliche Alarmglocken zum Schrillen gebracht haben. Ein Verdacht, der sich bestätigt hatte, als sie nach dem Kuss regelrecht geflohen war.

Je länger er über Ebhas Situation nachgedacht hatte, desto wütender wurde er auf ihre Eltern. Diese unmöglichen, kaltherzigen Menschen hatten doch keine Ahnung, was sie mit ihrem abweisenden Verhalten alles kaputt machten.

Und so war es dieses Gefühl, das ihn lenkte, als er mit schleifenden Rädern seinen Wagen vor dem Haus der Wals´ parkte. Mit schnellen Schritten stieg er aus, rannte die Treppen zur Eingangstür hinauf und klopfte zweimal heftig dagegen. Es war früher Abend. Wenn er Glück hatte, würde er Gerrit und Theodora Wals bereits zuhause antreffen.

Und er hatte Glück. Nur wenige Augenblicke später öffnete Gerrit die Tür. Sein Blick wechselte von geschäftig zu ungläubig, als er Ref erblickte. „Was wollen Sie?"

„Reden."

Ref ging an Gerrit vorbei, ohne darauf zu warten, hereingebeten zu werden.

„Herr Mattes, Sie haben nicht das Recht, mein Haus zu betreten", hörte er Gerrit voller Empörung rufen.

Ref ignorierte es. Er stürmte in den großen Wohnbereich, wo Theodora von der cremefarbenen Couch aufsprang, als sie den ungebetenen Gast erblickte.

„Was erlauben Sie sich, hier einfach so reinzuplatzen?", fragte die hochgewachsene Frau pikiert.

„Was erlauben Sie sich, sich derart inakzeptabel und menschenunwürdig zu benehmen?" Wütend sah Ref abwechselnd zu Theodora und Gerrit, der sich zu seiner Frau gestellt hatte.

Ref sah, wie Ebhas Mutter zu einer Erwiderung ansetzte, doch er fuhr ihr harsch über den Mund. „Es ist mir verdammt nochmal egal, dass Sie mich wie eine minderwertige Kreatur behandeln, die es eigentlich gar nicht verdient hat, auf diesem Planeten zu leben. Aber die Art, wie Sie mit Ihrer Tochter umgehen, widert mich einfach nur an."

Für einen Moment schienen Ebhas Eltern zu sprachlos, um irgendetwas zu erwidern.

„Merken Sie nicht, wie sehr Ebha unter Ihrem unmöglichen Verhalten leidet?", fuhr Ref fort, als sich keiner der beiden zu seinen letzten Worten äußern wollte. Er fühlte sich hilflos, wusste nicht, wie er diese Menschen zu mehr Menschlichkeit verhelfen konnte. Es machte ihn wahnsinnig. Bereits Briana hat unter der Gefühlskälte ihrer Eltern unglaublich gelitten. Und jetzt Ebha. Irgendjemand musste den Wals´ die Augen öffnen.

Er konnte Theodora schnauben hören. Ihre Arme hatte sie abwehrend vor der Brust verschränkt. „Unmögliches Verhalten …", murmelte sie.

Ref fixierte Ebhas Mutter. „Würden Sie Ihr Verhalten anders bezeichnen?"

Für einen Moment schien er Theodora etwas aus der Fassung gebracht zu haben. Sie schürzte ihre Lippen.

„Nicht?“, hakte er nach. „Gut, dann scheinen Sie beide ja doch noch über ein Fünkchen Verstand zu verfügen.“

Theodoras Augen blitzten ihn herausfordernd an, während Gerrit einen einigermaßen betretenen Eindruck machte. Stumm verharrte er neben seiner Frau. Er schien offenbar nicht zu wissen, wie er auf Refs Worte reagieren sollte.

„Sie haben keine Kinder“, begann Theodora zu sprechen. „Sie wissen nicht, wie es ist, das eigene Kind scheitern zu sehen.“ Sie sah Ref direkt in die Augen. Und zum ersten Mal konnte er so etwas wie Gefühle in ihrem sonst so kalten Blick erkennen. „Ich ertrage es nicht, Ebha zu sehen und gleichzeitig daran erinnert zu werden, was wir durch ihre Krankheit alles erleiden mussten.“ Kurz sah Theodora zu ihrem Mann, der seiner Frau eine Hand auf die Schulter legte. Dann fuhr sie mit leiserer Stimme fort. „Ich habe meine älteste Tochter verloren. Und ich ertrage auch das nicht.“ Wieder sah sie Ref genau an. Mit einem Mal wirkte sie abgekämpft. Wie eine Frau, die schon vor langer Zeit aufgegeben hatte. „Wie ertragen Sie das?“, fragte sie ihn direkt.

Ref hielt an ihrem Blick fest, auch wenn er gerne woanders hingeschaut hätte. Ihre Frage traf ihn unerwartet hart, bohrte sich wie ein Dolch in seine Brust.

„Gar nicht“, gab er ehrlich zu und atmete ruhig ein. „Aber das ist nicht der Punkt. Wir glauben, dass wir leiden mussten – Sie und ich? Aber Briana und Ebha mussten viel mehr erdulden. Es war Briana, die starb. Und es ist Ebha, die sowohl mit dieser Schuld als auch mit dem Wissen um ihr Schicksal leben muss. Und da fragen Sie mich allen Ernstes, wie ich das ertrage?“

Tiefe Furchen hatten sich in Theodoras Stirn gebildet. „Ich kann das nicht“, erwiderte sie mit hoher Stimme. „Es zerreißt mich, wenn ich meine Tochter sehe. So perspektivlos.“

„Verdammt noch mal!“ Ref konnte sich das nicht mehr mit anhören. Dieses Selbstmitleid. Es ekelte ihn an. „Können Sie sich nicht einfach zusammenreißen und Ihrer Tochter die verbleibende Zeit so angenehm wie möglich gestalten? Offenbar ist Ihnen das noch nie ernsthaft in den Sinn gekommen, sonst würden sie nicht den ganzen Tag in Ihrer Firma hocken und Ihre Tochter mit Nichtbeachtung strafen. Tun Sie ruhig, was Sie für richtig halten. Aber vergessen Sie nicht, dass Sie in ein paar Monaten keine Chance mehr haben werden, ihre Fehler auszubessern. Können Sie damit wirklich leben, Ihre Tochter in den letzten Momenten ihres Lebens alleine gelassen zu haben?"

Während Ref gesprochen hatte, war jegliche Farbe aus den Gesichtern der Wals´ gewichen. Wie Geister standen sie vor ihm. Ungläubig und leer waren ihre Blicke. Und plötzlich wurde es Ref klar: Sie hatten keine Ahnung gehabt von dem baldigen Tod ihrer Tochter.

Für einen kurzen Moment schloss Ref die Augen. Er spürte leises Bedauern und ein überwältigendes Unwohlsein in sich aufsteigen. Angespannt stand er mitten im Raum, die Arme durchgestreckt, die Hände zu Fäusten geballt.

„Verlassen Sie sofort unser Haus", hörte er Gerrit mit erstickter Stimme hervorwürgen.

Ref sah Ebhas Eltern nicht mehr an, als er ging. Er wollte sich diesem Anblick nicht stellen. Dem

Anblick von Eltern, die gerade erfahren haben, dass sie auch ihr zweites Kind verlieren würden.

KAPITEL 18

Ebha saß in einem kleinen Café in der Innenstadt von Hooksiel. Gedankenverloren rührte sie in ihrem Earl Grey herum, während sie immer wieder die Punkte auf Brianas Liste durchging. Und immer wieder zogen sich ihre Eingeweide zusammen. Denn es gab Punkte, die sich vielleicht nicht erfüllen ließen.

Punkt 1: Ich wünsche mir, dass du Ref kennenlernst. Zugegeben: Das ist ein sehr egoistischer Wunsch von mir. Aber ihr seid die wichtigsten Menschen in meinem Leben und ich finde es schade, dass ihr euch bis heute nicht getroffen habt.

Punkt 2: Ich wünsche dir wieder mehr Spaß am Leben und dass du so unbeschwert und albern sein kannst wie früher. Vielleicht sollten wir einen irischen Tanzabend besuchen? Die Musik fandst du schon als Kind immer mehr als tanzbar.

Punkt 3: Mache etwas Verrücktes. Etwas wirklich Verrücktes. Gehe nackt im Meer baden oder tanze im Regen. Das Leben ist schließlich ernst – und kurz – genug.

Punkt 4: Vielleicht fühlst du dich besser, wenn du weißt, dass du mit deiner Krankheit nicht alleine bist. Warum trittst du nicht mit anderen Betroffenen in Kontakt?

Punkt 5: Erinnerst du dich an unsere Bananen-Eis-Orgien, als wir noch Kinder waren? Ich finde, das sollten wir wieder aufleben lassen.

Punkt 6: Ich weiß, dass du den Winter liebst und das Gefühl von kühlem Schnee auf der Haut. Im nächsten Winter werden wir in das Strandhaus unserer Eltern fahren und einen herrlichen Wintertag am Meer verbringen. Nachdem wir uns im Schnee gesuhlt haben wie die Schweine im Dreck genießen wir eine heiße Schokolade nach dem Rezept unserer Großmutter.

Punkt 7: Lass uns wieder das Friesische mystische Wunderland der Märchen- und Fabelwesen besuchen. Dort drehen wir unzählige Runden in dem alten Einhorn-Karussell – wie wir es getan haben, als du noch klein warst.

Punkt 8: All das wünsche ich dir. Aber vor allem wünsche ich dir, dass du endlich frei bist. Frei von Schmerzen, frei von den Komplikationen zuhause und frei von alldem, was dich tief in deinem

Inneren daran hindert, dein Leben zu leben – egal wie schwer es ist.

Ebha unterdrückte einen Seufzer. Es war ihr eine Herzensangelegenheit, diese Liste zu erfüllen. Für Briana. Einige Punkte, wie den irischen Tanzabend, hatte sie bereits erfolgreich umgesetzt. Wobei sie im Nachhinein nicht mehr sicher war, ob der Tanz oder die Idee, Ref zu küssen, alberner gewesen war.

Ebha trank einen Schluck Tee und verzog ein wenig den Mund. Sie hatte eindeutig zu viel Zucker hineingegeben.

Sie heftete ihren Blick wieder auf das Blatt Papier, das auf dem Tisch ausgebreitet lag. Erneut zog etwas schwer an ihrem Magen, als sie den sechsten Punkt betrachtete. Ob sie noch einmal Schnee auf ihrer Haut spüren durfte? Sie schluckte schwer und strich sich eine Strähne aus dem Gesicht. Dafür müsste es erst einmal Winter werden. Und es war ungewiss, ob sie den noch erlebte.

Ein trauriges Lächeln zupfte an ihren Lippen, als sie daran dachte, wie oft sie mit Briana etwas außerhalb von Hooksiel Schlitten gefahren ist –

immer eine große Thermoskanne heiße Schokolade dabei. Wie oft hatten sie vor dem Strandhaus ihrer Eltern Schneeballschlachten veranstaltet, unförmige Schneemänner gebaut und im Anschluss die Zimtplätzchen ihrer Großmutter verdrückt? Jedes Mal, wenn es schneite, glomm ein kleines Fünkchen dieser Wintermagie wieder auf.

Nachdenklich saß Ebha an ihrem Tisch. Ihr war kalt und sie hatte Hunger. Kurz überlegte sie, ob sie sich etwas bestellte. Doch auch wenn ihr Magen knurrte, verspürte sei keine große Lust, etwas zu essen. Ihr fehlte schlicht der Appetit.

Erst das Glöckchen an der Eingangstür, das einen neuen Gast ankündigte, holte sie aus ihren Gedanken zurück. Ebha sah kurz zur Tür und erkannte ein älteres Paar, das das kleine Café betrat. Der Mann half der Frau aus der Jacke und hängte diese zusammen mit seiner an einen Haken. Sie wirkten vertraut, wie ein eingespieltes Team. Briana und Ref waren auch so ein Team gewesen. Unerschütterlich, unzertrennlich. Ebha schloss für einen Moment die Augen. Ein Tränenkloß bildete sich in ihrer Kehle. Sie hatte dieses Glück zerstört. Es war ihre Schuld ...

Sie riss sich aus diesen schmerzvollen Gedanken, den sie in letzter Zeit immer häufiger hatte. Sie strich sich über die brennenden Augen und richtete den Blick wieder auf die Liste. Punkt acht ließ sie schwerer atmen. Es war der letzte Punkt auf der Liste, der sich wohl auch als Letztes erfüllen lassen würde. Denn frei von Schmerzen und Sorgen würde Ebha erst sein, wenn ihr Leben hier endete.

Sie war ausgezerrt. Geschafft. Und das lag nicht allein an ihrer körperlichen Verfassung oder an der Liste. Das letzte Gespräch mit Ref setzte ihr zu. Seine Reaktion war unerwartet heftig ausgefallen. Sie wusste nicht, wie sie damit umgehen sollte. Sie wusste überhaupt nichts mehr. Wieder nahm sie einen Schluck ihres bereits lauwarmen Tees. Sie saß in der hinteren Ecke und ließ ihren Blick für einen Moment durch das Café wandern. Es waren viele ältere Leute hier, die sich auf einen Kaffee und ein Stück Kuchen trafen. Direkt neben dem Eingang saß ein junges Pärchen. Sie wirkten verliebt, hielten sich bei den Händen. Ebha wusste, dass auch Briana und Ref sich in einem Café kennengelernt hatten. Sie senkte den Blick, versuchte den Schmerz weg zu atmen, der sich bei diesem Gedanken um ihr Herz gelegt hatte.

Ref.

Er war die erste Person, die die ganze Wahrheit kannte. Seit dem Kuss hatte sie das Gefühl gehabt, es ihm sagen zu müssen. Sie hatte bemerkt, dass sich etwas zwischen ihnen änderte. Sie wusste nicht, wo genau das hinführen würde oder was das war. Sie wollte und sollte auch nicht so genau darüber nachdenken. Doch sie wusste, dass es Zeit war, zu handeln, bevor es zu spät war.

Ebha schnaubte leise. Ihr letzter Gedanke war der reinste Hohn.

Bevor es zu spät war.

Sie wusste selbst, dass sie auf dem besten Weg war, sich in Ref zu verlieben. Vielleicht hatte sie ihm deswegen gesagt, dass sie sterben würde. Sie war es ihm schuldig.

Ebha schüttelte leicht den Kopf. Sie faltete die Liste zusammen und steckte sie in ihre Tasche. Dann erhob sie sich und ging zu der Bedienung, um bei ihr zu bezahlen. Ebha verließ das Café. Es war bereits später Nachmittag. Sie sollte nach Hause gehen. Am liebsten wäre sie in dem kleinen Café sitzen geblieben. Doch das ging leider nicht.

Sie musste ihrer Familie und ihren Freunden sagen, was mit ihr passierte. Eine undankbare Aufgabe, die sie so lange wie möglich vor sich hergeschoben hatte.

Als Ebha ihr Elternhaus betrat, fand sie es verlassen vor. Sie sah den zarten Lichtschein, der aus dem Wohnzimmer in den Eingangsbereich drang. Doch es war totenstill.

Ebha ging in den Wohnbereich. Das fade Licht warf bizarre Schatten auf die braun-weiß gestreifte Tapete. Die cremefarbenen Vorhänge waren vor die bodenlangen Fenster gezogen worden. Allein das beständige Klicken der alten Standuhr in der Ecke des Raums war zu hören.

Ebhas Eltern saßen auf dem Sofa. Das Gesicht ihrer Mutter kreidebleich, der Ausdruck in den Augen panisch. Mit der einen Hand zerknüllte sie ein Taschentuch, die andere Hand wurde von Gerrit gehalten, der sich auf die Lehne des Sofas niedergelassen hatte. Er wirkte nicht weniger verstört als Theodora.

„Was ist passiert?“, fragte Ebha um Ruhe bemüht. Ein ungutes Gefühl stieg in ihr auf.

Ihre Mutter zuckte leicht zusammen. Ihr Vater blickte kurz bestürzt zu seiner Frau. Dann ließ er ihre Hand los und erhob sich. Er trat auf Ebha zu. Einige Sekunden lang sah er seine Tochter an, dann zog er sie fest in seine Arme.

Ohne es kontrollieren zu können, strömten Tränen über Ebhas Gesicht. Sie versuchte, sich zu beruhigen. Doch die Nähe ihres Vaters, die sie seit Jahren nicht gespürt hatte, war zu überwältigend. Er hatte eine Hand auf ihren Hinterkopf gelegt und begann beruhigend über ihr Haar zu streichen. Wen er damit mehr beruhigen wollte, konnte Ebha nicht sagen.

Sie wusste nicht, wie lange sie einfach so da standen. Schweigend. Weinend. Es war Ebha, die sich aus der Umarmung löste. Mit bebendem Herzen sah sie ihren Vater an. „Ihr wisst es", flüsterte sie mit rauer Stimme.

Niemand sagte etwas, doch das war Antwort genug.

Ebhas Gedanken wirbelten. Woher wussten ihre Eltern davon?

Sie wollte etwas sagen. Irgendetwas. Doch ihre

Mutter kam ihr zuvor.

„Wie lange weißt du es schon?“ Theodoras Stimme war zittrig. Ebha sah zu ihrer Mutter, die noch immer zusammengesunken auf der äußersten Kante des Sofas saß. Ebha hatte sie lange nicht so verzweifelt und emotional gesehen. In den letzten Jahren war ihr ihre Mutter immer wie ein Eisklotz vorgekommen. Das, was nun dort saß, glich eher einem Häufchen Elend.

Ebha sah, dass ihre Mutter zitterte. Und sie erkannte den Ausdruck in ihren Augen. Als würde Theodora kurz vor einem hysterischen Anfall stehen. Was konnte sie nur tun?

Sie ging zu ihrer Mutter, kniete sich auf den Boden und legte ihre Hände vorsichtig auf Theodoras. Ebha versuchte, ihre Worte gut abzuwägen. Sie wusste selbst, dass auch die sorgfältigsten ausgewählten Worte die Situation nicht leichter machen würden. „Seit ein paar Monaten.“

Theodora nickte mechanisch, doch Ebha konnte nicht sagen, ob ihre Mutter die Worte wirklich verstanden hatte.

„Die Ärzte haben ein unaufhaltsames

Voranschreiten meiner AIH diagnostiziert", sagte sie mit rauer Stimme. Vielleicht halfen die Informationen ihren Eltern weiter. Nichts machte hilfloser als Unwissenheit. „Die Hepatitis hat bereits den transplantierten Teil meiner Leber befallen." Ebha zuckte innerlich etwas zusammen. Es fiel ihr nicht leicht, all das auszusprechen. Bisher hatte sie das alles mit sich selbst ausgemacht. Sie schluckte, bevor sie weitersprach. „Wahrscheinlich ist die Erkrankung zu lange unerkannt geblieben. Dadurch wurde zu spät mit der Therapie begonnen."

„Was ist mit einer erneuten Leberspende?", wollte ihr Vater wissen, der hinter ihr stand. Ebha konnte deutlich Hoffnung heraushören. Die letzte Hoffnung, an der er sich festkrallte und die ihm Ebha nun nehmen musste.

Sie wandte ihren Kopf zu ihm um, versuchte gefasst zu wirken. Sie wollte nicht, dass ihre Eltern all die Angst darin sehen konnten. Sie hatten im Moment genug mit ihren eigenen Emotionen zu kämpfen. „Die Ärzte gehen davon aus, dass eine erneute Teil-Spende nicht viel bringen wird. Und die Wahrscheinlichkeit, in den nächsten Wochen ein komplettes Spenderorgan für mich zu finden, ist verschwindend gering."

Gerrits Blick richtete sich starr zu Boden. Es tat Ebha weh, ihre Eltern so zu sehen. Sie spürte den altbekannten Schmerz in ihrer Magengegend. „Es tut mir leid, dass ... dass ich euch enttäuschen muss." Sie schloss die Augen und presste die Lippen fest aufeinander, damit sie das Schluchzen, das nach außen dringen wollte, runterschlucken konnte.

Die Hände ihrer Mutter krallten sich in Ebhas Oberarme. Theodora zog sie auf das Sofa und in die Arme. Ebha zuckte kurz zusammen, war für einen Moment wie erstarrt, als ihr das unverkennbare Parfüm ihrer Mutter intensiv in die Nase stieg. Träne über Träne rann über ihre Wange, während sie ihre Arme um den schlanken Körper ihrer Mutter legte. Es fühlte sich seltsam befremdlich an. Ebha hatte keine Ahnung, wie lange sie ihre Mutter nicht umarmt hatte. Selbst als Kind waren diese Momente selten gewesen.

„Du stures Kind", hörte sie ihre Mutter leise schimpfen. „Hast du gedacht, du kannst einfach so still und heimlich wegsterben, ohne dass wir davon wissen?" In Theodoras Stimme hallte ein deutlicher Vorwurf wider. Aber auch Schmerz.

„Ach, Mama", flüsterte Ebha und vergrub ihr Gesicht in den weichen Stoff von Theodoras Bluse.

Die Zeit schien still zu stehen. Und auch wenn dieser Moment von Verzweiflung geprägt war, gab er Ebha das erste Mal seit Brianas Tod das Gefühl, mehr als die Schuldige an der ganzen Situation zu sein. Sondern einfach nur eine Tochter, um die sich ihre Eltern sorgten.

„Deine Mutter hat recht", durchbrach Gerrit mit leiser Stimme diesen Moment. „Du hättest es uns sagen müssen. Schon viel eher." Er strich sich zittrig durch das Haar und wirkte leicht beschämt. Er war kein Mann vieler Worte, hielt sich gerne im Hintergrund. „Ich weiß, dass wir in letzter Zeit nicht viel Zeit füreinander hatten. Und wenn, haben wir gestritten. Aber ... wir sind deine Eltern."

Ebha löste sich aus der Umarmung ihrer Mutter und sah zu ihrem Vater. „Ich weiß."

„Wäre Herr Mattes nicht hier gewesen, wüssten wir es noch immer nicht", fügte Gerrit mit einem seltsamen Gesichtsausdruck an.

Ebhas Augen weiteten sich ein wenig. „Er war

hier?“ Sie sah ihren Vater leicht überfordert an. Sie verstand nicht, warum Ref das hätte tun sollen. Nicht, nachdem er sie nach ihrem Geständnis rausgeschmissen hatte.

„Er wusste nicht, dass wir keine Ahnung haben“, fuhr Gerrit fort und strich dabei erneut über sein dunkles Haar. Seine Augen hatte er direkt auf seine Tochter gerichtet, als er weitersprach. „Er hat uns einen Vortrag darüber gehalten, wie unfähig wir als Eltern sind.“

Ein warmes Gefühl stieg in Ebha auf. Vehement versuchte sie, dieses Gefühl zu bekämpfen. Sie sollte nicht zu viel in Refs Besuch hineininterpretieren.

„Und jetzt?“ Theodora hatte ihre Stimme wieder mehr unter Kontrolle. Doch noch immer zitterten ihre Hände deutlich. „Wie geht es jetzt weiter?

Ebha atmete geräuschvoll aus und strich sich die Tränen aus dem Gesicht. „Ich möchte die Zeit, die mir noch bleibt, so gut es geht verbringen.“ Sie betrachtete ihre Eltern, die sie wie geprügelte Hunde ansahen. „Mama, Papa, es ist in Ordnung. Mir geht es soweit gut.“

Theodora schüttelte den Kopf, so als könnte sie den Worten ihrer Tochter keinen Glauben schenken. „Nichts ist gut." Sie klang leicht hysterisch, die Lippen heftig bebend. „Jetzt geht das alles wieder von vorne los. Die ganze Tortur. Ich weiß doch noch, wie sehr du beim letzten Mal gelitten hast. Ich kann das nicht ertragen. Und du solltest das auch nicht. Nicht noch einmal." Sie presste sich eine Hand vor den Mund, um ein Aufschluchzen zu unterdrücken. Es gelang ihr nur bedingt. Gerrit ging zu seiner Frau und nahm sie in den Arm. Theodora zitterte unkontrolliert am ganzen Körper. Sorgen stiegen in Ebha auf. So kannte sie ihre Mutter gar nicht.

„Komm, Liebling", meinte Gerrit leise und zwang seine Frau mit sanftem Druck, sich zu erheben. „Ich bring dich nach oben." Er schenkte Ebha einen kurzen Blick, bevor er seine Frau in das erste Stockwerk führte.

Ebha stieß erneut die Luft aus. Sie setzte sich wieder auf das Sofa. Geschafft fuhr sie sich durch das Haar. Sie fühlte sich erleichtert und schuldig zu gleich. Es tat ihr unglaublich leid, dass ihre Eltern so litten. Ebha selbst hatte sich mit ihrem Schicksal arrangiert, so bizarr das auch klingen mochte. Sie hatte viel Zeit gehabt, sich damit auseinanderzusetzen.

Als Ebhas Vater nach einer Viertelstunde wieder den Wohnbereich betrat, sah er noch mitgenommener aus als zuvor. „Deine Mutter schläft jetzt“, erklärte er mit müdem Blick. „Ich habe ihr ein Beruhigungsmittel gegeben.“

Ebha nickte. Sie sah ihren Vater zögern, doch schließlich setzte er sich zu seiner Tochter auf das große Sofa. Lange saßen sie schweigend nebeneinander.

„Es ist schon seltsam“, sprach Gerrit in die Stille des Raums hinein. „So viel Zeit ist vergangen und doch sehe ich in dir noch immer das kleine Mädchen mit den langen Zöpfen und dem frechen Grinsen.“ Er lächelte, es wirkte unendlich traurig. „Es tut mir leid, dass du das durchmachen musst. Noch einmal.“

Ebha legte sanft ihre Hand auf die ihres Vaters. Gerrit hob seinen Blick und sah seine Tochter an. „.Ich weiß nicht, was ich sagen soll.“

Ebha lächelte und drückte Gerrits Hand. „Ich weiß.“

Er schluckte. „Ich fürchte, ich habe sowohl bei Briana als auch bei dir zu viele Fehler gemacht. Vielleicht ist es an der Zeit, dass ich mich damit mehr auseinandersetze.“ Er senkte den Blick und sackte etwas in sich zusammen. „Deine Mutter und ich … Es fällt uns schwer, unsere Ansichten zu überwinden, auch wenn wir wussten, dass dieser Ref Mattes Briana glücklich gemacht hat.“ Er stockte kurz, dann kamen ihm Worte über die Lippen, die ihm ungemein schwer fallen mussten. „Er ist ein guter Mann.“

Er sah wieder zu Ebha. Sie erwiderte seinen Blick, doch sie wusste nicht genau, was sie daraufhin sagen sollte. Ein Lächeln schlich sich auf seine Lippen. „Du solltest zu ihm gehen.“

Ebha wandte hastig den Blick von ihrem Papa ab. Sie hatte das Gefühl, bei etwas Verbotenem ertappt worden zu sein. Sie richtete sich etwas auf, auch wenn sie am liebsten zusammengesackt wäre. „Er will mich nicht sehen.“

„Er war vorhin sicher nicht hier, weil du ihm egal bist.“

Ebha schloss schmerzlich die Augen. „Er war mit Briana verheiratet. Er sollte nicht …“

„Vielleicht solltest du ihn selbst entscheiden lassen, was er möchte und was nicht“, gab Gerrit zu bedenken.

Ebha sah ihren Vater erstaunt an.

„Ich weiß, ich weiß“, meinte Gerrit mit einem entschuldigenden Lächeln. „Das klingt lächerlich und dein alter, sturer Vater sollte sich da nicht einmischen – so wie sonst auch immer.“

Ebha dachte über die Worte ihres Vaters nach, den Blick dabei auf die große Standuhr in der Ecke gerichtet. War Ref vorhin wirklich hier gewesen, um sie zu verteidigen? Oder hatte er es wegen Briana getan? Ein nervöses Kribbeln breitete sich in Ebha aus. Auf dem Sofa ihrer Eltern würde sie Refs wahre Intention nie herausfinden.

Sie wandte ihren Kopf zur Seite und sah ihren Vater an. Sie beugte sich zu ihrem Papa und hauchte ihm einen Kuss auf die Wange. Dann erhob sie sich und verließ das Anwesen.

Je näher sie Refs Grundstück kam, desto unsicherer wurde sie. Vielleicht war es dumm, ihn aufzusuchen. Vielleicht würde er ihr die Tür vor der Nase zuschlagen oder sie beschimpfen. Sie wusste es nicht. Alles was sie wusste war, dass sie zu ihm wollte. Sie wollte ihm in die Augen sehen. Sie wollte in seiner Nähe sein.

Sie parkte das Auto auf seinem Hof und eilte zur Tür. Als sie davor stand, zögerte sie. Doch schließlich klopfte sie gegen das alte Holz. Es dauerte nicht lange, bis Ref öffnete. Allein sein Anblick versetzte sie in einen schwerelosen Zustand. Ein dicker Kloß bildete sich in ihrem Hals. Sie war nicht in der Lage, auch nur ein vernünftiges Wort hervorzubringen. Doch das musste sie auch nicht. Ref ging einen Schritt beiseite und ließ sie rein.

Ebha betrat den engen Korridor. Sie blieb neben der Tür zur Küche stehen und wandte sich zu Ref um. Mit seiner gewohnt ruhigen Präsenz stand er vor ihr. Doch Ebha wusste, dass er aufgewühlter war, als er es ihr im Moment zeigte.

Auf der Fahrt zu ihm hatte sich Ebha Worte zurechtgelegt. Doch jetzt, wo sie vor ihm stand und ihn ansah, brachte sie nicht eine Silbe über die Lippen. Also sah sie ihn weiterhin einfach an. Seine große schlanke Gestalt, die akkurate Körperhaltung, die stets ein wenig distanziert wirkte. Seine sehnigen Arme, die er vor der Brust verschränkte, was ihm eine gewisse Härte verlieh. Sein kantiges Gesicht, das nicht den gängigen Schönheitsidealen entsprach und doch eine Anziehung auf Ebha ausübte, der sie nur schwer standhalten konnte. Doch all das war nichts im Vergleich zu seinen Augen. Diese tiefen, dunkelgrauen Augen, die sie stets intensiv musterten und doch nur selten preisgaben, was ihr Besitzer gerade dachte und fühlte.

Erschütterung fuhr durch Ebhas Glieder. Eisern hielt sie an seinem Blick fest. Doch sie merkte selbst, wie ihre mit Mühe aufrecht erhaltenen Dämme begannen zu bersten. Sie wollte nicht weinen. Nicht jetzt. Nicht vor ihm. Sie wollte stark sein. Sie wusste, dass sie das schon lange nicht mehr war.

Sie spürte Ref an sich herantreten. Im nächsten Moment legte er seine Arme um sie und zog sie zu sich heran. Ohne Gegenwehr ließ Ebha die tröstende Umarmung zu. Sie versuchte, ruhig weiter zu atmen, sich auf seinen Geruch zu konzentrieren. Doch sie spürte selbst, wie dieses Zittern in ihrem Körper vibrierte. Ref verstärkte den Druck seiner Arme um ihren Oberkörper. Mit einer Hand fuhr er sanft durch ihr Haar, um sie warm an ihren Hinterkopf zu legen. Und so verharrten sie. Minute um Minute. Und das erste Mal seit so langer Zeit fühlte Ebha etwas, dessen heilende Wirkung sie fast vergessen hatte: Geborgenheit.

KAPITEL 19

Ebha atmete tief den mittlerweile vertrauten Geruch ein, der in diesem Haus herrschte. Es roch nach dem Meer, das vor der Tür rauschte. Nach frischem Kaffee. Nach ihm. Sein Geruch haftete an Ebhas Sachen und löste ein angenehmes Kribbeln auf ihrer Haut aus.

Ein feines Lächeln schlich sich auf Ebhas Lippen. Sie setzte sich langsam auf und nahm die Beine von dem großen graublauen Sofa, auf dem sie geschlafen hatte. Der Platz neben ihr war leer. Ref war bereits aufgestanden. Sie konnte ihn in der Küche hören, wie er mit Geschirr hantierte.

Sie dachte an den gestrigen Abend. Ref und sie hatten kaum ein Wort miteinander gewechselt. Das war auch nicht nötig gewesen. Sie hatten weder über Ebhas baldigen Tod noch über Refs Wutrede bei ihren Eltern gesprochen. So hatten sie einfach beieinander gesessen. Sie hatten Musik gehört, sich über die Vergangenheit und andere banale Dinge unterhalten. Irgendwann war Ebha auf dem Sofa eingeschlafen. In der Nacht war sie kurz aufgewacht. Ref hatte eine Decke über sie gelegt gehabt. Mehr noch: Er hatte sich zu ihr gelegt. Und mit dem Gefühl von Wärme war sie wieder eingeschlafen.

Nachdenklich blickte Ebha in das geräumige Wohnzimmer hinein. In ihrem direkten Blickfeld stand ein dunkelbraunes Regal, das von oben bis unten mit Büchern, Bilderrahmen, kleinen Schachteln und anderen Dingen vollgestellt war. Direkt daneben hatte eine kleine Kommode mit drei Schubfächern ihren Platz gefunden.

Alles in diesem Raum strahlte Behaglichkeit aus. Und alles in diesem Raum trug Brianas Handschrift. Die kleinen karierten Deckchen auf dem Beistelltisch. Der graumelierte Teppich unter Ebhas Füßen. Die große Schirmlampe neben dem Lesesessel. Die beiden schwarzen Rahmen, in denen Fotos das tosende Meer und einen Leuchtturm zeigten. Und auch das Hochzeitsbild von Briana und Ref, das auf der kleinen Kommode stand.

Ein bittersüßes Gefühl stieg in Ebhas Brust. Sie erhob sich und ging mit zittrigen Schritten auf das Bild zu. Wie wunderschön und glücklich Briana als Braut ausgesehen hatte. Ebha strich mit ihrem Finger zärtlich über das Bild. Dann schloss sie ihre Augen und atmete tief durch. Es tat auch jetzt noch so verdammt weh, dass sie nicht bei der Hochzeit ihrer Schwester dabei sein konnte. Diese Chance würde sie nie wieder bekommen. Es war vorbei. Wie so vieles.

Ebha drängte die bitteren Gedanken zurück. Sie öffnete die Augen und blickte aus dem Fenster. Die Sonne schien. Der Himmel strahlte in einem schönen Hellblau, das lediglich von ein paar harmlosen weißen Wolken durchbrochen wurde.

Das leise Klappern von Geschirr drang ins Wohnzimmer. Ebha wandte sich vom Fenster ab. Sie strich sich über ihre Haare, die von der Nacht etwas durcheinander geraten waren. Dann verließ sie das Wohnzimmer und ging durch den langen Flur in die Küche.

Ref stand am Herd und briet ein paar Eier und Speck. Als er sie bemerkte, blickte er zu ihr. Er lächelte kaum merklich. „Morgen“, grüßte er sie und wirkte dabei recht entspannt.

„Guten Morgen.“ Ebha ging ein paar Schritte auf ihn zu, hielt dann aber inne, da sie nicht wusste, wie sie sich ihm gegenüber verhalten sollte. Sie hätte ihn gerne umarmt. Entschied sich aber dagegen.

„Du kannst dir Tee oder Kaffee nehmen. Steht beides auf dem Tisch." Ref machte eine nickende Bewegung in Richtung des gedeckten Tischs. „Das Ei ist auch gleich fertig."

Ebha kam nicht umhin, sich etwas unbehaglich zu fühlen. „Du hättest wegen mir nicht so viel Aufwand betreiben müssen."

„Etwas essen müssen wir sowieso." Er schwenkte die Eier in der Pfanne. „Da ist es egal, ob ich ein paar Eier anbrate oder Brötchen aufbacke."

Ebha lächelte still für sich. Sie setzte sich an den Tisch, goss sich eine Tasse Tee ein und schenkte Ref Kaffee nach.

„Du hast mit deinen Eltern gesprochen", bemerkte er, als er ihnen beiden Ei mit Speck aufgetan und sich zu Ebha gesetzt hatte. Sie hatten gestern Abend nicht darüber gesprochen. Sie waren wohl zu aufgewühlt, zu unsicher gewesen.

Ebha nickte, während sie sich eine Gabel mit Ei in den Mund schob.

„Es tut mir leid, dass sie es durch mich erfahren haben." Ref betrachtete Ebha eine Weile, die Gabel mit dem Ei drauf in der Hand haltend.

Als Ebha zu ihm aufsah, wich er ihrem Blick aus. Sie konnte erkennen, wie ein verbissener Ausdruck über sein Gesicht huschte. „Es ist okay. Jetzt wissen sie es wenigstens“, erwiderte sie ruhig.

Ref reagierte nicht. Starr blickte er vor sich hin. Sein Anblick versetzte Ebha einen Stich. Sie nahm einen tiefen Atemzug und legte ihre Gabel auf den vollen Teller. „Alles in Ordnung?“

„Nein“, gab er ehrlich zu.

Das Wort verriet Ebha mehr als es ganze Sätze je getan hätten. Es verriet ihr, wie mitgenommen er war. Wie sehr ihn diese Situation durcheinander brachte und überforderte. Traurig schloss Ebha die Augen. Sie wusste, was sie ihm mit ihrem Geständnis zugemutet hatte. Sie wusste, was sie ihm zumutete, indem sie hier bei ihm war. „Es tut mir ...“

„Nein. Nicht.“ Der Ton in seiner Stimme klang erschöpft.

Sie musste hart schlucken und nickte nur. Sie verstand, was er damit sagen wollte. Schweigend aßen sie beide weiter.

Es war kein angespanntes Schweigen, aber dennoch lastete es schwer auf Ebhas Gemüt. Sie hatte gewusst, dass es nicht einfach sein würde. Ref war nicht irgendein Mann. Und sie nicht irgendeine Frau.

Sie half ihm dabei, das dreckige Geschirr abzuräumen. Als er alles im Geschirrspüler verstaut hatte, wandte er sich zu ihr um. Eindringlich sah er sie an. „Komm", meinte er nur und verließ die Küche.

Ebha folgte ihm und beobachtete ihn etwas überrascht dabei, wie er sich Schuhe anzog, seinen Autoschlüssel nahm und hinaus auf die Veranda trat. Ohne nachzuhaken, zog sie sich ebenfalls an und folgte ihm zu seinem Wagen.

Wortlos setzte sich Ref in seinen alten Mitsubishi Outlander – einem dunkelgrauen SUV, der innen und außen deutliche Gebrauchsspuren aufwies. Er startete den Motor, wartete noch kurz, bis Ebha sich angeschnallt hatte, und fuhr los. Ebha warf einen kurzen Blick zurück und sah eine Staubwolke, die sie hinter sich herzogen. Als sie ihren Blick wieder nach vorne richtete, waren sie bereits auf die breite Straße gebogen, die nach Hooksiel führte.

Sie fuhren durch den gesamten Ort hindurch, vorbei an hübschen Häuserreihen, bestehend aus zwei- oder dreistöckigen Gebäuden. Mal waren sie mit rotem Backstein verklinkert, mal grauweiß gestrichen, dann wieder gelb oder blau. Die Straßen waren voll. Es herrschte Berufsverkehr, wobei die meisten aus Hooksiel hinausfuhren, um in den nächst größeren Städten zu arbeiten.

Schließlich ließen sie den kleinen Küstenort hinter sich. Hinter sanften Dünen konnte Ebha das Meer erblicken, das an diesem Morgen glatt wie ein Spiegel war. Das Wasser glitzerte silbern in der aufgehenden Sonne. Der salzige Geruch des Meeres kroch durch die Belüftung ins Auto. Tief sog Ebha den Duft ein, der für sie Freiheit bedeutete.

Als Ref den Wagen stoppte, nahm Ebha ihren Blick von der rauen Küste zu ihrer linken und richtete ihn nach vorne. Was sie sah, jagte ihr augenblicklich einen Kälteschauer über den Rücken. Direkt vor ihr thronte auf einer sanften Anhöhe eine Kirche. Der einst hellbraune Sandstein hatte sich mit der Zeit grau verfärbt. Auch an dem feingliedrigen Metallzaun, der das gesamte Areal bis zur Küste umzäunte, hatten der

Zahn der Zeit und die salzige Luft genagt. Die schwarzen Sprossen waren von einer feinen Schicht rotbraunem Rost überzogen.

Oberhalb des bogenförmigen Tores stand in geschwungenen Lettern *Friedhof Hooksiel* geschrieben. Direkt hinter dem Tor konnte Ebha die ersten Reihen Grabsteine erkennen, die in unterschiedlichen Grautönen in der Sonne schimmerten.

Ebha schluckte schwer. Ihre Gliedmaßen fühlten sich taub an. Sie hatte das Gefühl, nie wieder aufstehen zu können. Ref saß bewegungslos neben ihr. Auch er hatte seinen Blick auf den Friedhof gerichtet. Doch im Gegensatz zu Ebha wirkte er weniger angespannt.

„Wie lange warst du schon nicht mehr hier?“, flüsterte sie mit zittriger Stimme in die Stille hinein.

Ref ließ sich Zeit mit der Antwort. Doch als er ihr diese gab, traf sie Ebha unerwartet hart. „Viel zu lange.“

Wieder musste Ebha schlucken. „Ich durfte nicht zu ihrer Beerdigung gehen. Die Ärzte haben mir aus gesundheitlichen Gründen davon abgeraten." Sie hielt kurz inne, schielte auf ihre Hände, nervös verknotete sie die Finger. „Danach habe ich nie den Mut gefunden." Sie blickte weiterhin nach vorne, auch wenn sie im Augenwinkel sah, dass sich Ref zu ihr gewandt hatte.

„Vielleicht solltest du erst einmal alleine gehen."

Seine Stimme war ungewohnt rau. Sachte nickte sie, bevor sie leise klickend den Gurt löste und aus dem Wagen stieg.

Sie sah nicht mehr zurück. Hätte sie es getan, wäre sie wahrscheinlich wieder in den Wagen gestiegen. Doch so setzte sie einen zittrigen Schritt vor den anderen, ohne wirklich darüber nachzudenken. Sie erreichte das bogenförmige Eingangsportal, das sich mit einem lauten Quietschen öffnen ließ. Ihr Herz raste unangenehm schnell. Sie bekam Bauchschmerzen. Sie hatte Angst.

Langsam erklomm Ebha den sanften Hügel, der hinauf zu der alten Kirche führte. Sie passierte Gräber von verstorbenen Ehemännern und Ehefrauen, von Müttern, Vätern und Kindern. Einige von ihnen wirkten verlassen. Unkraut wucherte aus der Erde und bedeckte zum Teil die Grabsteine. Alte vertrocknete Blumen ragten aus verblichenen Vasen hervor. Andere Ruhestätten waren hingegen sehr gepflegt. Bunte Blumen waren akkurat angepflanzt. Einige wirkten so frisch, als ob man sie erst eben eingesetzt hatte. Die Grabsteine dieser Gräber waren deutlich heller und sauberer.

Als Ebha die Kathedrale erreicht hatte, blieb sie für einen Moment stehen. Ihre Atmung ging schwer, ihr Brustkorb hob und senkte sich in kurzen aufeinanderfolgenden Intervallen. Sie wusste, dass Briana in dem Familiengrab der Wals´ lag – auch wenn ihre Schwester das nicht gewollt hatte. Ihre Eltern hatten sich gegen Brianas Wunsch gestellt, ihre Asche an der Küste in der Nähe von Refs und ihrem Haus zu verstreuen. Stattdessen war sie hier gelandet. Auf einem kleinen, alten Friedhof. Wut schob sich über die Angst.

Ebha kannte diesen Ort aus ihrer Kindheit. Sie war ein paarmal mit Briana hier gewesen, um das Grab ihrer Großeltern zu besuchen. Es war ein friedlicher Ort. Von dem kleinen Hügel hatte man einen atemberaubend schönen Blick auf das weite

Meer. Es war ruhig und abgeschieden – fernab vom städtischen und touristischen Treiben.

Ebha war zwölf oder dreizehn gewesen, als ihre Oma und ihr Opa kurz hintereinander starben. Soweit sie sich erinnern konnte, waren sie bescheidene Menschen gewesen, die aus ärmeren Verhältnissen stammten. Zu Reichtum war erst die nächste Generation mit dem Aufbau des Chemiekonzerns Wals & Boulders gekommen. Damals, als ihre Eltern das Unternehmen gegründet hatten, waren sie noch nicht verheiratet gewesen. Ihre Mutter hatte noch ihren Mädchennamen geführt – Boulders. Nach der Hochzeit hatte man den Namen des Unternehmens nicht geändert. Zu bekannt war es gewesen und zu groß hätte sich der bürokratische Aufwand gestaltet.

Ebha ging an der Kirche vorbei. Direkt dahinter erstreckte sich ein größeres Areal, das mit hochgewachsenen Fichten bewuchert war. Unter einer der hageren Bäume stand ein steinerner Engel, der seine mächtigen Flügel ausgebreitet hatte – als wolle er die Toten, die unter ihm ruhten, schützen. Als Kind hatte Ebha den Engel immer etwas unheimlich gefunden. Jetzt fand sie ihn nur noch kitschig.

Die steinerne Figur hockte auf einem Sockel aus grauem Stein, auf dem drei Namen eingraviert waren. Ihre Großmutter, Roswitha Wals, stand an oberster Stelle, gefolgt von Endowin Wals, Ebhas Großvater. Und schließlich las die junge Frau den Namen ihrer Schwester. Briana Mattes. Ebha schluckte schwer, als ihr plötzlich bewusst wurde, dass ihre Schwester direkt unter ihren Füßen die letzte Ruhe gefunden hatte.

Ihre schwitzigen Hände ballten sich zu Fäusten. Ebha atmete tief durch. Es kostete sie Kraft, nicht einfach zurück zu Ref zu rennen. Sie konnte sich nicht länger davor drücken, das Grab ihrer Schwester zu besuchen. Erneut sog Ebha die angenehme Luft ein, die nach Meer duftete. Der Wind spielte mit ihren Haaren. Dann schloss sie die Augen und wie von selbst erschien Briana vor ihrem inneren Auge.

Ihre große Schwester sah sie mit ihren schönen Augen an. Auf ihren rosafarbenen Lippen zeichnete sich ein liebevolles Lächeln ab, mit dem sie Ebha stets bedacht hatte, wenn sie sie hatte trösten wollen. Ihre dicken braunen Haare hatte sie wie so oft zu einer Flechtfrisur an ihrem Kopf zusammengesteckt. Für Ebha war Briana immer perfekt gewesen. In jeglicher Hinsicht. Und genau das war auch ihr einziger Makel gewesen.

Als Ebha ihre Augen wieder öffnete und sie auf den Grabstein vor sich richtete, fühlte sie sich etwas ruhiger. Auch wenn sie kein gläubiger Mensch war, fand sie den Gedanken tröstend, dass Briana irgendwo hier bei ihr war – in welcher Form auch immer.

„Hallo, große Schwester", flüsterte Ebha in die Stille des Friedhofs hinein. „Ich hoffe, du bist mir nicht böse, dass ich dich erst jetzt besuche. Ich habe dich nicht vergessen. Das könnte ich nicht." Ebha sog tief die Luft ein, um die Tränen zurückzuhalten, die sich in ihren Augen sammelten. Sie hatte nicht weinen wollen. Sie hatte sich vorgenommen, stark zu sein. Doch in letzter Zeit fiel ihr das zunehmend schwerer. Sie schaffte es weder vor Ref noch hier, ihre schützenden Mauern zu errichten.

„Es tut mir leid, was passiert ist", sprach sie weiter. Auch wenn es ihr schwer fiel. Sie musste das sagen. Denn sie wusste nicht, ob sie noch einmal die Chance dazu haben würde. „Ich habe nicht gewollt, dass das passiert. Natürlich habe ich das nicht. Genauso wenig, wie du es gewollt hättest. Und dennoch ist es passiert. Dennoch hast du mich alleine gelassen. Du hast mich zurückgelassen mit einer erdrückenden Schuld." Ebha musste einen Moment innehalten, um den dicken Tränenkloß hinunter zu schlucken. „Du hast unsere Eltern zurückgelassen, die nicht wissen, wie sie damit umgehen sollen. Und du hast deinen Ehemann verlassen, der dich noch immer so sehr liebt."

Ebha stockte. Eine Träne rann ihr heiß über das Gesicht, die sie mit einem Finger wegwischte. Sie fühlte die Zerrissenheit in ihrem Inneren. Sie fühlte Trauer, Wut und Liebe. Alles auf einmal. Es war kaum auszuhalten. „Ich habe Ref kennengelernt. Ich weiß, dass du dir das immer gewünscht hast. Aber ich bin mir nicht sicher, ob du gewollt hättest, dass ich ihn so kennenlerne." Beschämt senkte Ebha die Lider. „Ich kann verstehen, warum du ihn so sehr geliebt hast. Ich kenne niemanden, der so viel Sicherheit und Ruhe ausstrahlt wie er. Und ich kenne niemanden, der mich so auffängt." Ebha hielt kurz inne, schloss langsam ihre Augen. „Oh Gott, was erzähle ich da", murmelte sie, während sie sich durch ihr dunkelblondes Haar strich. Sie fühlte dieses schlechte Gewissen, das ihr ständig im Nacken saß. Tief atmete sie durch. „Ich bin mir sicher, dass du das alles gar nicht wissen willst." Traurig lächelte sie, wobei sie sich erneut trotzig eine einzelne Träne aus dem Gesicht wischte.

„Du fehlst mir, Briana. Du hast eine unglaubliche Lücke in meinem Leben hinterlassen." Ebha spürte, wie ihr immer mehr Tränen über das Gesicht rannen. Sie konnte den Strom nicht aufhalten. Nicht mehr. Und sie wollte es auch gar nicht. Sie hatte die letzten zwei Jahre nicht ein Mal geweint. Sie hatte sich hinter ihrer Maske aus Kontrolle versteckt. Sie war gut damit zurechtgekommen. Sie hatte gelernt, nichts mehr an sich heran zu lassen. Nicht ein zartes Gefühl. Und ausgerechnet Ref war es nun, der sie Stück für Stück aus dieser Gefühls-Lethargie zog. „Ich liebe dich, große Schwester. Ich weiß, dass ich dir das nur selten gezeigt habe. Aber ich liebe dich." Ihre Stimme schwankte und brach schließlich. Mehr als ein Krächzen würde sie jetzt nicht mehr herausbekommen. Doch das Wichtigste hatte sie gesagt.

Ebha vernahm ein leises Knacken neben ihr. Im Augenwinkel erkannte sie, dass Ref an das Grab herangetreten war. Sie verharrte. Dann sah sie kurz zu Ref – und bereute es sofort. Stumm blickte er auf das Grab seiner verstorbenen Frau. Ebha schluckte einen bitteren Kloß hinunter. Ref wirkte verloren und unsicher. Leicht gebeugt und mit angespanntem Kiefer stand er nur wenige Zentimeter neben ihr. Einmal mehr wurde Ebha deutlich, welche Leere Briana hinterlassen hatte.

Leise setzte sich Ebha in Bewegung. Sie ging zurück zu Refs Wagen, um dort auf ihn zu warten. Schwer atmete sie die Luft aus, als sie das Friedhofstor passiert hatte. Ein Teil dieser bedrückenden Angespanntheit fiel von ihr ab. Sie ging ein paar Schritte auf die grasbewachsene Küste zu und richtete den Blick auf das Meer, das sich vor ihr ausbreitete.

Eine Möwe flog kreischend über ihrem Kopf und segelte hinaus auf die offene See. Am Horizont schleppte sich träge ein Containerschiff durch die Wellen. Ob man sich frei fühlte, wenn man nur das Meer um sich herum hatte? Fernab von jeglichen Sorgen. Ebha schob diesen pathetischen Gedanken beiseite. Sie war immer ein sehr rationaler Mensch gewesen. Selbst als ihre Krankheit immer weiter vorangeschritten war, hatte sie sich von ihren Emotionen nicht leiten lassen. Sie hatte es hingenommen und war praktisch an die Sache herangegangen. Doch plötzlich hatte sich alles verändert. Ref hatte alles verändert. Und Ebha fragte sich, ob es gut war, so kurz vor ihrem Ende noch solche Gefühle zuzulassen.

Leise Schritte hinter ihr. Sie wandte sich um und sah Ref, der auf die gegenüberliegende Seite des Wagens herantrat. Er blickte sie an. Ebha konnte nicht erkennen, was er im Moment fühlte. Er nickte ihr nur kurz zu. Dann öffnete er die Tür und setzte sich in seinen Wagen. Ebha blieb noch einen Moment und genoss den Wind, der ihr um die Nase wehte. Doch schließlich öffnete auch sie ihre Tür, um sich auf den Beifahrersitz zu setzen.

Die Rückfahrt war schweigsam. Erdrückend schweigsam. Ebha wusste, dass sie beide gerade den Besuch auf dem Friedhof verarbeiteten. Sie hätten darüber reden können. Doch Ebha wusste genauso gut wie Ref, dass sie nicht die richtigen Personen für solch ein Gespräch waren.

Als Ref den Wagen vor seinem Haus stoppte, blieb er noch einen Moment sitzen. Sein Blick war ins Leere gerichtet. Doch schließlich zog er den

Zündschlüssel aus dem Schloss und stieg aus.

Ebha tat es ihm gleich. Sie wusste nicht, wie sie sich Ref gegenüber verhalten sollte. Sie entschied sich dazu, ihm erst einmal seine Ruhe zu lassen. Sie hatte mittlerweile gelernt, dass er kein Mann war, den man bedrängen oder mit seiner Anwesenheit erdrücken sollte. Sie ging zu ihrem BMW. Sie würde nachhause fahren, sich eventuell kurz hinlegen. Vielleicht würden auch ihre Eltern da sein und noch einmal mit ihr reden wollen. Sie würde es sehen.

Sie hatte die Fahrertür gerade geöffnet, als sie am Handgelenk gepackt und vorsichtig herumgedreht wurde. Überrascht sah sie zu Ref, der sie mit einem undefinierbaren Ausdruck in den grauen Augen anblickte. Er atmete schwerer als gewöhnlich. Die Unsicherheit über sein Handeln stand ihm ins Gesicht geschrieben.

Ebha wartete ab, weil sie selbst nicht wusste, was sie nun tun oder besser lassen sollte. Ref löste seine Finger vom ihrem Handgelenk und strich über ihre Wange. Automatisch schloss Ebha die Augen. Zart wie ein Windhauch waren seine Berührungen. Eine wohlige Wärme breitete sich in ihr aus, als er mit beiden Händen ihr Gesicht erfasste und seine Stirn gegen ihre lehnte.

Augenblick um Augenblick zog an ihnen vorbei. Ebha fühlte nur seine warmen großen Hände auf ihrer Haut. Sie spürte seine Finger, die vom Schleifen und Pinseln rau waren. Sie spürte seinen warmen Atemstrom, der über ihr Gesicht glitt. Und sie spürte noch etwas: Metall, das durch den Hautkontakt warm auf ihrer linken Wange ruhte.

Ebha legte ihre Hände über seine. Einen Moment tat sie nichts weiter. Doch schließlich löste sie sanft seine Hände von ihrem Gesicht. Sie sah auf den Ring an seiner rechten Hand. Ein Ring, der für ewige Liebe und Treue stand. Als sie ihre Augen wieder auf Ref richtete, erkannte sie, dass er ihrem Blick gefolgt war. Stumm betrachtete er den goldenen Ehering, der durch ihre miteinander verbundenen Hände schimmerte. Als Ref seinen Blick hob, sah Ebha ihn schlucken. Sie lächelte ihn an. Es war ein sanftes Lächeln. Ein Lächeln, das sagte: Ist okay, du musst dich nicht entscheiden.

Sie beendete den Kontakt ihrer Hände und stieg in ihren Wagen. Als sie von seinem Grundstück fuhr, konnte sie nicht verhindern, dass ihr Tränen über das Gesicht liefen.

KAPITEL 20

Ref saß an der Bar im Alten Kutter und betrachtete sein Bier. Er war schon eine halbe Stunde hier. Bisher hatte er nicht einen Schluck genommen.

„Ist was nicht in Ordnung mit dem Bier?“, ertönte die kratzige Stimme des Barmanns, der mit einem karierten Tuch ein Glas polierte. Beim Sprechen rutschte ihm beinahe der Zahnstocher aus dem Mundwinkel.

„Alles bestens“, sagte Ref, ohne seinen Blick zu heben.

Er hörte den Barmann irgendetwas murmeln. Ref war es egal. Er wollte einfach nur in Ruhe gelassen werden. Warum er dann hier war, wusste Ref selbst nicht. Hauke hatte ihn angerufen und gemeint, dass er dringend ein Bierchen bräuchte. Doch von Hauke war weit und breit nichts zu sehen. Ref schnaubte. Das war mal wieder typisch.

Jemand ließ sich auf den Barhocker neben Ref plumpsen.

„Entschuldige“, meinte Hauke, als er leicht außer

Atem seine Jacke auszog und sie neben sich auf den Hocker packte. „Marina musste unbedingt für unseren neuen Nachwuchs-Star einkaufen. Das konnte natürlich nicht bis morgen warten. Sind ja nur noch ein paar Monate bis zur Geburt“, redete er weiter, während er sich mit einem Fingerzeig ebenfalls ein Bier bestellte.

Ref reagierte nicht auf die Worte seines Kumpels.

„Ich liebe Marina“, fuhr Hauke unbeirrt fort und strich sich dabei über das Gesicht. „Ich liebe sie über alles. Doch in ihrem momentanen Hormonrausch ist sie einfach nur unausstehlich. Nichts kann man ihr recht machen. Ich bin wirklich froh, wenn der kleine Zwerg da und meine Frau wieder Herrin ihrer Emotionen ist.“ Er nahm einen kräftigen Schluck vom Bier und schüttelte noch einmal den Kopf. „Heute waren wir in sechs Geschäften. Und weißt du warum? Weil sich Marina in den Kopf gesetzt hat, dass unser drittes Kind – von dem wir noch immer nicht das Geschlecht wissen – blau-rot-weiß geringelte Strampler haben muss. Am besten noch aus Biobaumwolle. Find mal so was.“ Hauke schnaubte.

Ref beugte sich etwas nach vorne, er konnte

Haukes Problem nicht ganz nachvollziehen. War es überhaupt eins? „Wir haben dann Gott sei Dank wirklich noch Strampler gefunden, die ihren hormongesteuerten Vorstellungen entsprechen. Aber frag nicht nach dem Preis. 60 Euro haben wir bezahlt. 60 Euro! Für zwei minikleine Strampler.“ Hauke gab ein grunzendes Geräusch von sich. „Aber Hauptsache Bio-Baumwolle.“

Ref hatte das alles nur mit halbem Ohr angehört. Seine Gedanken waren in ganz anderen Sphären unterwegs. Sphären, die weit entfernt waren von überteuerten, geringelten Baby-Stramplern aus Bio-Baumwolle.

„Und bei dir so?“, fragte Hauke, als er offensichtlich fertig war, sich über seine schwangere Frau zu beschweren.

Dass Ref nicht antwortete, ließ Hauke eine Augenbraue heben. Ref hörte ihn laut ausatmen.

„Lass mich raten: Ebha Wals.“

Weiterhin starrte Ref stur in sein noch immer unberührtes Bierglas.

„Ich weiß ehrlich nicht, wo dein Problem liegt.“ Hauke klopfte Ref freundschaftlich auf die

Schulter. „Ich fand sie sehr nett und süß. Sind dir die Grübchen aufgefallen, die sie bekommt, wenn sie lacht?“

Ref schloss für einen kurzen Moment die Augen. Ja, diese Grübchen in ihren Wangen waren ihm aufgefallen. Ihm waren auch die winzigen graublauen Punkte aufgefallen, die ihre grünen Augen sprenkelten. Ihm war aufgefallen, dass sie mit leicht verwuschelten Haaren wahnsinnig anziehend auf ihn wirkte. Ihm war auch ihre niedliche Stubsnase aufgefallen. Ebenso wie ihre Lippen, die eine Reihe weißer, akkurat sitzender Zähne entblößten, wenn sie lachte. Ihm war der süßliche Duft ihres Parfums aufgefallen, der Duft nach Maiglöckchen und Flieder. Ihm war aufgefallen, wie zart sie war.

Ihm war aufgefallen, wie unsicher sie sich mit einem Mal in seiner Gegenwart bewegte. Ihm war ihre Schüchternheit aufgefallen, die sie so vehement versuchte, zu verstecken und die jedes Mal zum Ausdruck kam, wenn sie sich eine Haarsträhne hinter das Ohr strich. Ihm war aufgefallen, dass sie entzückte leise Laute von sich gab, wenn er sie küsste. Und ihm war aufgefallen, dass sie versuchte, sich zurückzuhalten, obwohl es sie offensichtlich ebenso sehr zu ihm hinzog wie ihn zu ihr. Ja, all das war ihm aufgefallen. Und es machte die Situation, in der sowohl sie als auch er gerade gefangen waren, nicht wirklich einfacher.

„Ist dir nicht aufgefallen?“, hakte Hauke nach, ohne zu wissen, dass er damit nur noch mehr von dem sprichwörtlichen Öl ins Feuer goss. „Du musst das nächste Mal drauf achten. Genau hier an ihren Wangen erscheinen diese kleinen Grübchen ...“

„Verdammt nochmal, Hauke, mir sind ihre Grübchen aufgefallen!“, blaffte Ref seinen Kumpel an. Er hatte sich etwas zu Hauke gewandt und sah ihn nun mit einer Mischung aus Ärger und Unbehagen an.

Hauke blickte stumm zurück. Seine braunen Augen waren leicht geweitet auf Ref gerichtet. Und sie schienen sich noch einmal zu vergrößern.

„Heilige Scheiße“, rief Hauke ungläubig, „sag nicht, du hast dich in die Kleine verliebt.“

Ref erwiderte nichts. Er starrte abermals nur dumpf vor sich hin.

„Du hast dich in sie verliebt“, stellte Hauke nüchtern fest. Ref konnte ihn mit dem Finger schnippen hören. „Zwei Bourbon bitte." Als Hauke die Bestellung aufgegeben hatte, wandte er sich an Ref. „Oh Mann, sie ist die kleine Schwester deiner verstorbenen Frau."

„Wie schön, dass du mich so zurückhaltend daran erinnerst", knurrte Ref und schenkte Hauke einen dunklen Blick.

„Tut mir leid, das war überflüssig", murmelte Hauke betreten. Er räusperte sich leise mit der Hand vor dem Mund und blickte Ref scheel von der Seite an. „Okay, ich sehe ein, dass das nicht ganz einfach ist. Aber das ist doch noch lange kein Grund zum Trübsal blasen." Hauke schob sein fast leeres Bierglas leicht hin und her. Offenbar beunruhigte ihn Refs Verfassung etwas. „Ich meine, ihr könnt es ja langsam angehen lassen. Es treibt euch ja keiner -"

„Sie stirbt", unterbrach Ref seinen Kumpel mit belegter Stimme. Allein es auszusprechen, bescherte ihm eine unsägliche Übelkeit, die ihn sich noch elender fühlen ließ.

Hauke machte den Mund auf und wieder zu. Sein Blick war ungläubig auf Ref gerichtet. „Was meinst du damit, sie stirbt?"

„Genau das." Ref wusste nicht, wie er es schaffte, weiterzusprechen. Vor allem nicht bei diesem penetrant bohrenden Schmerz in seiner Brust, der ihm fast die Luft zum Atmen nahm. Er musste hart schlucken. „Sie wird selbst dieses Weihnachten nicht mehr erleben."

Erst jetzt schien Hauke wirklich zu verstehen. Seine Hände klammerten sich noch fester um sein Bierglas. Die beiden Whiskeygläser, die der Wirt seinen Gästen in der Zwischenzeit hingestellt hatte, blieben unberührt. Hauke wirkte mit einem Mal deutlich blasser als zuvor und schien zum ersten Mal, seit Ref ihn kannte, nicht zu wissen, was zu sagen war.

Eine Weile saßen die Männer schweigend nebeneinander. Und insgeheim war Ref dankbar für diese Ruhe. Sie war erträglicher als Worte – und wenn sie noch so tröstend waren.

„Das tut ..." Hauke räusperte sich, bevor er weitersprach. „Du kannst dir nicht vorstellen, wie unendlich leid mir das tut."

„Ich weiß."

Hauke sah ihn an. Ref konnte sich nicht erinnern,

ihn jemals so ernst und betroffen erlebt zu haben. Selbst nach Brianas Tod hatte er stets eine gewisse Zuversicht ausgestrahlt. Etwas, womit er Ref hatte helfen wollen, diesen unglaublichen Schmerz irgendwie zu überstehen. Doch jetzt war da nichts. Keine Zuversicht. Keine Hoffnung auf Besserung. Hauke griff zu seinem Whiskeyglas und leerte es in einem Zug.

„Was hast du jetzt vor?"

Haukes Frage blieb hartnäckig in Refs Kopf hängen. Ihm war schwindelig. Er kniff die Augen zusammen, um das unangenehme Drehen aufzuhalten. „Ich weiß es nicht."

Hauke richtete den Blick auf seine Hände, die immer wieder über die Theke wischten. „Wenn du dich darauf einlässt, dann ..."

„Ich weiß." Ref spannte seine Kiefernmuskeln an. Er wusste, wie das enden würde. Es würde ihm das Herz brechen. Zum zweiten Mal. Und er konnte es nicht verhindern. Nicht mehr.

Hauke nickte verstehend. Und damit war alles gesagt.

KAPITEL 21

10. August 2016 – Ebhas Zustand verschlechtert sich immer weiter. Nachdem auch das letzte Medikament abgesetzt wurde, haben die Ärzte nun wieder auf eines der früheren zurückgegriffen. Das hat bisher am besten geholfen – wenn auch nur für ein paar Monate.

Mittlerweile verbringt Ebha die meiste Zeit im Bett. Sie ist zu schwach, um aufzustehen. Sie hat überall Schmerzen. Vor allem im Oberbauch. Sie hat so viel abgenommen – und dass, obwohl sie so schon sehr schlank ist. Ich bringe ihr bei jedem Besuch Kekse oder Kuchen mit. Sie isst nicht viel davon, aber immerhin bleibt es drin.

Ebha versucht, stark zu sein. Vor allem, wenn ich da bin. Sie bemüht sich, zu lächeln und macht Bemerkungen, die mich aufmuntern sollen. Doch das tun sie nicht. Ich kann in ihren Augen sehen, dass sie gerne aufgeben würde. Dass sie genug hat. Dass sie keine Kraft mehr hat, gegen diese Krankheit zu kämpfen. Ich versuche so gut es geht, sie abzulenken. Mit Büchern, mit Filmen und Gesprächen. An guten Tagen gehen wir raus in den Garten. Wir setzen uns unter die große Eiche, genießen die sommerliche Luft und lassen uns die Sonne auf die Nase scheinen. In diesen Momenten fühlt es sich fast an wie früher, als wir noch Kinder waren und den halben Sommer damit verbracht haben, uns im Garten mit Kirschen den Bauch vollzuschlagen.

Ebha braucht eine Aufgabe. Etwas, das sie anspornt. Ihr dabei hilft, durchzuhalten. Ich habe an eine Liste mit Dingen gedacht. Dinge, die schöne Erinnerungen an Ebhas Kindheit hervorrufen. Dinge, die ihr Kraft geben und die ihr zeigen, wofür sie kämpft.

Ich habe mir bereits Gedanken gemacht. Bisher habe ich acht Punkte zusammenbekommen. Und jeden einzelnen Punkt auf der Liste werde ich mit Ebha zusammen umsetzen. Das ist mein Versprechen an sie.

*****

Es war später Vormittag, als Ref mit seinem alten Mitsubishi und deutlich überhöhter Geschwindigkeit durch Jever fuhr. Neben ihm auf dem Beifahrersitz saß Ebha, die eine Hand auf ihren Bauch gepresst hatte und sich vor Schmerzen krümmte. Ihr Gesicht war aschfahl und mit einem feinen Schweißfilm bedeckt. Sie war bei Bewusstsein. Noch.

Bereits als sie am Morgen zu ihm gekommen war, um mit an dem alten Fischkutter zu arbeiten, hatte sie krank gewirkt Auch wenn Ref sie gebeten hatte, dass sie sich besser ausruhen sollte, hatte sie die Warnsignale ihres Körpers ignoriert. Ein paar Stunden war das gut gegangen. Dann war sie vor Schmerzen zusammengebrochen.

Angespannt glitt Refs Blick zu Ebha. Er konnte es kaum ertragen, wie sehr sie litt. Es machte ihn wahnsinnig, dass er ihr nicht helfen konnte. Er sah wieder nach vorne und drückte das Gaspedal weiter nach unten. Er fuhr fast 70 km/h im Ort. Doch das war ihm egal. Alles was zählte war, dass er Ebha so schnell wie möglich zu einem Arzt brachte.

Er bog noch einmal ab, dann hatten sie ein großes verglastes Gebäude erreicht, in dem zahlreiche Privatpraxen sowie eine Notfallambulanz untergebracht waren. Mit leicht rutschenden Rädern stoppte Ref seinen Mitsubishi. Er stieg aus, lief hastig um seinen Wagen und öffnete die Beifahrertür. Mit zittrigen Händen schnallte er Ebha ab, bevor er seine Arme unter sie schob und sie hochhob.

Sie wog kaum etwas und doch hatte Ref das Gefühl, unter der Last zusammenzubrechen. Er ignorierte das Zittern seiner Beine und betrat mit schnellen Schritten die Notaufnahme. Ebha lag schlaff in seinen Armen. Er sah sie an, sie blickte mit glasigen Augen zurück. Sie rang sich ein Lächeln ab. Er wusste, dass sie ihn damit beruhigen wollte. Doch es wirkte verdammt noch mal überhaupt nicht.

„Wir müssen zu Dr. Seebeck“, sagte Ref zu einer älteren Dame an der Anmeldung. Ebha hatte ihm den Namen ihres behandelnden Arztes gegeben.

Die Frau blickte zu Ebha. „Wie ist der Name?“, wollte sie in einem geschäftigen Ton wissen, während sie zum Hörer Griff und eine Nummer wählte.

„Ebha Wals“, antwortete Ref atemlos.

Die Dame richtete ihre große Hornbrille, während sie darauf wartete, dass jemand am anderen Ende der Leitung abnahm. „Eine Frau Ebha Wals ist hier bei mir“, sprach die Frau mit ruhiger, routinierter Stimme. Sie wartete kurz. Dann nickte sie und legte auf. „Nehmen Sie den Fahrstuhl dort hinten und fahren sie in den zweiten Stock. Dr. Seebeck erwartet Sie."

Ref nickte mechanisch, dann setzte er sich mit Ebha auf dem Arm in Bewegung. Sie wimmerte, als sie den Fahrstuhl betraten. Die Schmerzen schienen Ebha nicht die Möglichkeit zu lassen, auch nur ein Wort zu sprechen. Ref hätte ihr gerne Mut zugesprochen. Er hätte ihr gerne gesagt, dass alles gut wird. Sie wussten beide, dass diese Worte nur leere Versprechungen gewesen wären.

Als Ref und Ebha den Fahrstuhl im zweiten Stock verließen, wartete bereits eine kleine, rundliche Frau mit einer Liege auf sie. Der Ausdruck in ihrem Gesicht wirkte ehrlich besorgt. „Frau Wals, was machen Sie denn schon wieder hier?", meinte sie mit einem aufmunternden Lächeln. „Ich habe Ihnen doch letztens erst gesagt, dass ich Sie so schnell hier nicht wieder sehen möchte."

Ebha rang sich ein Lächeln ab, während Ref sie auf die Liege legte. „Tut mir leid, Schwester Rosie", erwiderte Ebha und Ref merkte, dass es sie Unmengen an Kraft kostete.

„Na das wird schon. Dr. Seebeck wird Sie sich mal anschauen und dann sehen wir weiter." Rosie drückte Ebhas Hand, bevor sie sich an Ref wandte. „Sie können hier draußen warten. Die Untersuchungen werden eine Weile dauern."

Ref nickte nur. Sagen konnte er nichts. Stumm sah er zu, wie Schwester Rosie Ebha von ihm wegschob. Der Drang ihnen zu folgen wurde übermächtig. Er wollte Ebha nicht alleine lassen. Doch er wusste, dass er jetzt erst einmal nicht mehr tun konnte, als zu warten.

Die Minuten zogen sich wie zäher Kaugummi dahin. Ref hatte irgendwann völlig das Zeitgefühl verloren. Er sah Patienten kommen und gehen. Er hatte sich auf einen der schwarzen Lederstühle gesetzt, die auf dem langen, in Hellblau gestrichenen Gang standen. Hin und wieder stand er auf, um sich ein wenig die Beine zu vertreten. Am Ende des Ganges war eine Art kleiner Wintergarten. Er stellte sich vor das bodentiefe Fenster, das einen Blick auf das Gelände vor dem Gebäude erlaubte. Friedlich, beinahe verschlafen lag die kleine Parkanlage unter ihm. Ref atmete tief durch. Er versuchte, ein wenig zur Ruhe zu kommen. Doch das nicht möglich. Nicht so lange er nicht wusste, wie es Ebha ging.

Er ging zu dem kleinen Wasserspender, der neben dem großen Fenster stand und füllte sich einen Pappbecher mit Wasser. In einem Zug hatte er den Becher gelehrt und warf ihn in den dafür vorgesehenen Eimer. Er wandte sich um, ließ den Blick über den Gang schweifen. Mehrere Türen führten zu Behandlungsräumen, einem Labor sowie einer Patienten-Toilette. Ebha war vorhin durch eine Tür verschwunden, neben der eine große Palme stand. Direkt gegenüber an der Wand hing ein quadratisches Gemälde, das von den Farben Aubergine und Grün dominiert wurde. Was die Punkte und Striche darstellen sollten, konnte Ref nicht sagen. Dazu fehlte ihm offenbar die Phantasie.

Er trat an ein kleines Metallregal heran, das neben der Tür zur Toilette stand. Er griff nach einem Flyer, der im obersten Fach lag. Es waren zwei Menschen darauf abgebildet. Eine Frau mittleren Alters mit hochgesteckten Haaren und einem fröhlichen Lächeln auf den Lippen. Neben ihr stand ein Mann, der deutlich jünger als die Frau war. Doch auch er lächelte brav in die Kamera und hatte einen Arm um die Schulter der Frau gelegt.

Am oberen Ende des Flyers standen die Worte: ‚Leben mit – wie Angehörige mit Krankheit und Tod eines geliebten Menschen umgehen. Hilfe und Unterstützung. Professionell. Anonym. Kostenlos.‘

Mehr aus einem Reflex heraus als dass er es wirklich wollte, legte Ref den Flyer hastig zurück.

„Es ist nicht einfach, oder?“, hörte er jemanden fragen.

Ref wandte sich um und sah sich Schwester Rosie gegenüber stehen, die ihn sanftmütig ansah. Er konnte mit ihren Worten nichts anfangen. Stumm sah er sie nur an.

„Wir haben viele Angehörige hier, die nicht wissen, wie sie mit dem Leid ihrer Verwandten, Freunde und Bekannten umgehen sollen“, fuhr die rundliche Frau mit den kurzen dunklen Haaren fort. Auf ihren rosa geschminkten Lippen hatte sich ein Lächeln gebildet, das trotz der Situation irgendwie angebracht, geradezu tröstend wirkte. Schwester Rosie war genau die Art von Person, die sich viele Patienten und Angehörige in solchen Situation wünschten – verständnisvoll, freundlich, aufmunternd, immer ein offenes Ohr. Nur Ref wusste nicht, ob er solch eine Person im Moment brauchte.

„Ich habe Frau Wals lange nicht in Begleitung hierherkommen sehen", fuhr Schwester Rosie auf eine angenehm unaufdringliche Art fort. „Früher wurde sie immer von ihrer Schwester begleitet." Der Ausdruck auf Rosies Gesicht nahm etwas Erschütterndes an. „Bis dieses tragische Unglück sie auseinanderriss." Sie schüttelte ihren Kopf, so als könnte sie das noch immer nicht glauben. „Ich habe selten zwei Geschwister erlebt, die so unterschiedlich und doch so eng miteinander verbunden waren."

Ref zuckte innerlich zusammen. Es war Schmerz, den er bei Rosies Worten fühlte. Rasierklingenartig und tief. Er versuchte, die Worte der Arzthelferin nicht zu nahe an sich heranzulassen. Doch es fiel ihm schwer, weiterhin seinen unbeteiligten Gesichtsausdruck aufrecht zu erhalten. Er straffte sich ein wenig, als Schwester Rosie ihren offenen Blick wieder auf ihn richtete.

„Ich denke, es tut Frau Wals gut, wenn sie nicht alleine hierherkommen muss. Es ist nie schön, wenn man hier ist", meinte Schwester Rosie. „Da muss man nichts schönreden. Doch wenn

Patienten alleine herkommen, wirken sie auf mich immer noch ein Stück verlorener."

Ref nickte nur. Er wusste nicht, was er dazu sagen sollte.

Dies schien auch Schwester Rosie zu bemerken. Sie lächelte Ref an. „Bitte entschuldigen Sie, Herr …"

„Mattes."

Schwester Rosie stockte kurz, als sie Refs Namen hörte. „Frau Wals´ Schwester trug denselben Nachnamen." Überraschung lag in ihrer Stimme.

„Das liegt daran, dass sie meine Frau war." Die Worte nur zu denken, fiel Ref schon schwer. Aber sie auszusprechen, glich einer Qual. Auch nach all der Zeit, die seit Brianas Tod verstrichen war.

Schwester Rosie sah betroffen aus. Und für einen kurzen Moment schien sie wirklich nicht zu wissen, was sie sagen sollte. Etwas unbeholfen wischte sie sich die Hände an ihrem hellblauen Kittel ab. „Ihr Verlust tut mir aufrichtig leid, Herr Mattes."

Wieder nickte Ref nur. Er hasste es, wenn man

ihm Mitleid bekundete. Dankenswerter Weise öffnete sich in diesem unangenehmen Moment eine Tür. Ein Mann um die fünfzig trat auf den langen Flur hinaus und kam zielgerichtet auf Ref und Schwester Rosie zu. Er trug eine weiße Hose und einen ebenso weißen Kittel, was Ref darauf schließen ließ, dass es sich bei dem Mann um Dr. Seebeck handeln musste.

Er war nicht sehr groß und weder besonders schlank noch dick. Er war ein durchschnittlicher Typ mit einem durchschnittlichen Gesicht, durchschnittlichen dunklen, kurzen Haaren, die eine ordentliche Frisur bildeten, und einem durchschnittlichen wippenden Gang, der weder besonders albern noch autoritär wirkte.

Als er Ref erreicht hatte, sah er ihn mit einem geschäftigen Blick an. „Sind Sie die Begleitung von Frau Wals?“, verlangte er mit unerwartet rauchiger Stimme zu wissen.

Ref nickte nur knapp.

Der Arzt hob seine Hand und schüttelte Refs. „Dr. Seebeck“, stellte er sich höflicher, wenn auch unnützer Weise vor. „Frau Wals hat mich gebeten, sie über ihren Zustand in Kenntnis zu setzen.“

Ref konnte als Reaktion auf die eher nüchternen Worte des Arztes abermals nur nicken. Dieser fuhr unbeirrt fort. „Ich habe Frau Wals starke Schmerzmittel gegeben und sie auf ihre Medikamente neu eingestellt. Zudem habe ich ihr ein Beruhigungsmittel verabreicht, was sie in den nächsten Stunden sehr müde machen wird."

Wieder nickte Ref nur. Er kam sich so unnütz, so falsch hier vor. Er konnte nichts tun. Und das machte ihn wahnsinnig.

„Ich hätte Frau Wals gerne zur Beobachtung ein bis zwei Tage hier behalten", fuhr Dr. Seebeck mit ernstem Ausdruck im Gesicht fort. „Doch Frau Wals weigert sich. Sie möchte lieber nach Hause."

Das war ein Wunsch, den Ref nachvollziehen konnte. Dennoch sorgte er sich um Ebha und hoffte, dass sie mit ihrer Entscheidung nicht ihrer Gesundheit schadete. „Kann ich etwas für sie tun?"

Dr. Seebeck sah Ref einen Moment eindringlich an. „Sorgen Sie dafür, dass sie sich ausruht. Frau Wals sollte in den nächsten Stunden viel schlafen. Und vermeiden Sie unnötige Aufregung und körperliche Anstrengung." Wieder sah ihn Dr.

Seebeck für einen Moment an. „Sie wissen um Frau Wals´ Zustand?"

Ref nickte abgehackt und kam sich langsam reichlich dämlich vor, da er offenbar keine andere Art der Kommunikation mehr beherrschte als die stumpfsinnige Auf- und Ab-Bewegung seines Kopfes.

„Ich will ehrlich mit Ihnen sein, Herr ..."

„Mattes", meinte Ref erneut.

Abermals erhielt er als Reaktion einen überraschten Blick. Doch schnell schien sich Dr. Seebeck auf sein eigentliches Anliegen zu besinnen. „Herr Mattes, ich kann Ihnen nicht sagen, inwieweit sich Frau Wals von diesen Zwischenfall erholen wird. Es kann sein, dass sie in ein paar Tagen körperlich soweit gestärkt sein wird, dass sie ihren Alltag weiterhin bestreiten kann. Es kann aber auch ganz anders kommen."

Eine bohrende Übelkeit breitete sich in Refs Magen aus. Er wollte gar nicht über die zweite Option nachdenken. Er wollte nicht wissen, was passierte, wenn ...

„Die Hepatitis ist weit fortgeschritten", fuhr Dr.

Seebeck fort. „Frau Wals´ Leber ist schwer geschädigt. Die Leberwerte verschlechtern sich in einem beunruhigenden Tempo. Ich versuche, alles Mögliche zu tun, um Frau Wals die Schmerzen zu nehmen und ihren Organismus so zu stärken, dass sie ihr Leben noch als lebenswert betrachten kann. Aber ..." Er hielt kurz inne und ließ seine Hände in die Taschen seines Kittels gleiten. „Aber ich kann nicht mehr tun als das."

„Was ist mit einer Lebertransplantation?" Es war ein Strohhalm, an dem sich Ref klammerte. Er wusste selbst, dass ebenjener Halm bereits deutlich zu Boden gebogen war.

„Frau Wals steht bereits ganz oben auf der Warteliste für Organtransplantation", erwiderte Dr. Seebeck. „Aber die Wartezeiten sind lang. Selbst für so dringende Fälle wie Frau Wals."

Ref schluckte hart. Ebhas grausames Schicksal aus dem Mund eines Mediziners zu hören, machte das alles so greifbar. Es ließ mit einem Mal präsent werden, was Ref seit Ebhas Geständnis verdrängt hatte: ihren baldigen und unaufhaltsamen Tod.

Schweigend manövrierte Ref sein Auto durch Jever. Allein der Regen, der laut auf die

Windschutzscheibe trommelte, sorgte für eine Geräuschkulisse. Sonst war da nichts. Kein lautes Atmen. Kein Lied, das aus dem Radio drang. Nichts.

Ebha saß neben ihm. Ebenso schweigend wie er. Sie sah nicht mehr ganz so blass aus wie noch vor ein paar Stunden. Auch ihre Schmerzen schienen durch die starken Medikamente eingedämmt worden zu sein. Ebha hing zwar mehr in den Gurten als dass sie saß, aber immerhin krümmte sie sich nicht mehr unter Qualen.

Ref selbst war in einer bedrückend nachdenklichen Stimmung gefangen. Er hatte sich in den letzten Stunden mehr oder weniger freiwillig mit dem Tod auseinandergesetzt. Bei Briana war er plötzlich und – trotz der möglichen Risiken – unerwartet gekommen. Er hatte sich nicht darauf vorbereiten können. Und somit hatte er auch nicht die Chance gehabt, sich von Briana zu verabschieden. Keine letzte warme Berührung. Kein letzter Kuss. Er hatte sich lediglich nach der OP in irgendeinem kargen Raum im Krankenhaus bei ihr verabschieden können. Diesen Anblick, wie sie tot unter dem Laken lag … Er würde ihn nie wieder loswerden. Und Panik stieg in ihm auf, wenn er daran dachte, dass er dies bald noch einmal durchmachen musste.

Seine Hände krallten sich fester um das Lenkrad. Er schüttelte kurz den Kopf, um diese grausamen Bilder loszuwerden.

Er wusste, dass es bei Ebha anders war. Bei ihr hatte er die Chance, sich zu verabschieden. Doch er fragte sich, wie er die Kraft dazu aufbringen sollte. Er konnte ihr nicht einfach beim Sterben zusehen. Er konnte nicht tatenlos neben ihr sitzen und warten, bis sie ihren letzten Atemzug tat. Vielleicht hätte er es noch vor ein paar Wochen gekonnt. Doch jetzt –

„Du hast die Abfahrt zu meinen Eltern verpasst", meinte Ebha leise.

Ref sah unbeirrt geradeaus. „Ich weiß."

Kurz war es still zwischen ihnen. Doch Ref merkte, dass Ebha noch etwas sagen wollte. Etwas, dass sie nach einem kurzen Zögern auch tat. „Du musst dich nicht verpflichtet fühlen ..."

„Das tue ich auch nicht", unterbrach er sie harscher, als es nötig gewesen wäre. Er schloss kurz seine Lider und atmete tief durch. „Deine

Eltern arbeiten sicher noch", fügte er mit etwas ruhigerem Ton an. „Du solltest jetzt nicht alleine sein."

Ebha erwiderte daraufhin nichts. Für den Rest der Fahrt blickte sie wie er einfach nur durch die Frontscheibe.

Es war noch früh am Morgen, als Ref aus einem unruhigen Schlaf schreckte. Er öffnete die Augen und sah Ebha direkt neben sich liegen. Sie schlief noch tief und fest. Ihre Gesichtszüge wirkten entspannt. Er glaubte sogar ein hauchdünnes Lächeln auf ihren Lippen zu erkennen. Vielleicht sah er das aber auch nur, weil er es sehen wollte.

Er richtete sich etwas auf und betrachtete sie eine Weile. Wenn er sie ansah, fühlte er diese Anziehungskraft, ähnlich wie bei Magneten. Er spürte die Wärme, die sich in seiner Magengegend ausbreitete. Aber er konnte ebenso die kalte Angst in seinem Nacken spüren. Die Angst, sie zu verlieren – noch bevor sie beide überhaupt die Möglichkeit hatten, sich richtig kennenzulernen.

Vorsichtig strich er ihr eine Strähne aus dem Gesicht. Sie atmete tief ein und ein verschlafenes

Geräusch entwich ihren Lippen, bevor sie sich in die Decke kuschelte und weiter schlief.

Unweigerlich musste Ref lächeln, sein Herz füllte sich mit Wärme. Er würde versuchen, diesen friedlichen Moment in Erinnerung zu behalten. Vielleicht würde der Gedanke daran ihm helfen. Irgendwann einmal.

Er erhob sich und schlich sich aus dem Schlafzimmer. Er blickte kurz zurück. Ein bitteres Gefühl stieg in ihm auf, als er Ebha noch einmal betrachtete, wie sie in seinem Bett lag. In demselben dunkelbraunen Bett, in dem er so viele Jahre lang neben Briana eingeschlafen und aufgewacht war.

Er wusste selbst, dass es nicht die beste Idee gewesen war, Ebha in seinem Bett schlafen zu lassen. Er hatte ihr Unbehagen darüber bemerkt. Doch die Situation hatte ihm keine Alternative gelassen. Er hatte Ebha nicht wegschicken wollen. Doch genauso wenig hatte er sie in ihrem Zustand auf der unbequemen Couch schlafen lassen können. Das Bett war die einzige Option gewesen.

Und jetzt, wo er in der Tür stand und Ebha betrachtete, merkte er zum ersten Mal, dass sich dieses Bild auf eine seltsame Art und Weise vertraut anfühlte. Es war so richtig, wie es falsch war. Es war verrückt. Und doch die logische Konsequenz aus den letzten Wochen.

Leise schloss er die Tür hinter sich, ging hinunter ins Bad und stellte sich unter die Dusche. Minutenlang ließ er warmes Wasser seinen Körper hinunter laufen. Er schloss die Augen und konzentrierte sich auf die angenehme Wärme, die der Strahl auf seiner Haut zurückließ.

Als er das Wasser abstellte, überlief ihn ein kühler Schauer. Er trocknete sich schnell ab und zog sich an. Dann ging er in die Küche, machte sich einen Kaffee und ein Brötchen vom Vortag. Er hatte nicht vor, sich mit einem ausgiebigen Frühstück aufzuhalten.

Mit der Tasse Kaffee machte er sich auf den Weg zu seiner Scheune. Er schaltete das Licht in dem aus Holzverschlägen zusammengezimmerten Lager ein und ging zu dem Fischkutter, der in der Mitte der Scheune stand.

Ref ging einmal um den gedrungenen Rumpf herum und begutachtete das Ergebnis der vergangenen Tage. Der Rumpf glänzte nun in einem Farbton, der irgendwo zwischen Weiß und Creme lag. Im gleichen Ton war auch die kleine Kajüte gehalten, in der das Steuerrad sowie eine Sitzbank für drei Personen Platz fanden. Sowohl das Dach der Kajüte als auch die Reling waren in einem kräftigen Dunkelrot gestrichen. Das hochwertige Holzdeck hatte er neu verlegt und in einem dunklen Braun lackiert. Ein Gefühl der Zufriedenheit stieg in Ref auf, als er den Kutter betrachtete. Mit seiner robusten Bauweise und dem stabilen Fahrverhalten war er perfekt für kleine Ausflüge auf rauer See.

Ebha hatte in den letzten Tagen immer wieder dabei geholfen, den Kutter seetauglich zu machen. Die Kajüte hatte sie fast alleine gestrichen, mit einer Sorgfalt und Konzentration, die er ihr nicht zugetraut hatte. Auch bei der Verlegung des Holzdecks hatte sie – soweit es ihre Kräfte zugelassen hatten – mit angepackt. Und er musste zugeben, dass sie sich gut geschlagen hatte.

Er war dankbar dafür, dass sie ihn mehr oder weniger dazu genötigt hatte, den alten Kutter zu restaurieren. Er hatte das Gefühl, sich von etwas befreit zu haben. Und gleichzeitig gefiel ihm der Gedanke, dass die Restauration auch in Brianas

Sinne war.

Ref verbrachte den Vormittag damit, etwas aufzuräumen und das Deck des Kutters zu wischen. Gegen Mittag stand er erneut vor dem Boot und betrachtete es. Es war so gut wie perfekt. Jetzt musste er nur noch den Namen nachzeichnen.

Ein leises Rascheln hinter ihm ließ ihn sich umdrehen. Er sah Ebha, die mit locker verschränkten Armen und einem Lächeln auf den Lippen gegen die Tür gelehnt stand. „Hey."

„Hey." Er sah sie weiterhin an und verdammte sich still und heimlich dafür, dass sein Herz bei ihrem Anblick einen Hüpfer machte. Er war doch kein Teenager mehr.

Schließlich stieß sie sich vom Türrahmen ab und kam langsam auf ihn zu.

„Du siehst besser aus." Ref konnte die Erleichterung, die er fühlte, nur schwer verbergen.

„Mir geht es auch deutlich besser als gestern." Sie lächelte dieses Lächeln, dass ihm durch und durch ging. Ein schüchternes, herzliches Lächeln. „Kann ich dir bei irgendetwas helfen?"

Ref schnaubte halb belustigt, halb empört auf.

„Du kannst dich auch keine zehn Minuten ausruhen, wie?"

Ebha zuckte mit den Schultern. „Ich habe seit gestern Nachmittag mehr oder weniger durchgeschlafen. Ich denke, das reicht."

„Du solltest dich schonen."

„Mir geht es gut." Sie sah ihn an. Der Blick in ihren Augen war noch immer leicht getrübt von den Schmerzen und den ganzen Medikamenten.

Er runzelte ein wenig die Stirn. „Ich meine es ernst, Ebha. Ich möchte das von gestern ungern wiederholen."

Er sah, wie sie den Blick auf ihre Hände richtete, deren Finger sie miteinander verschränkt hatte.

„Du musst nicht krampfhaft versuchen, stark zu sein." Ref blickte auf ihre zierliche Gestalt. Er spürte, wie seine eigenen Worte ihn zu verspotten schienen. Tat er nicht genau dasselbe? Er versuchte stark zu sein. Dabei fühlte er sich einfach nur ausgelaugt und hilflos.

Sie lächelte matt. „Wenn ich es nicht tun würde,

würde ich nahezu jeden Tag im Bett verbringen. Und wenn man dort erst einmal liegt, fangen die Gedanken zu kreisen an." Sie sah ihn an. „Meine körperliche Gesundheit ist nicht mehr zu retten. Aber die meines Verstandes schon."

Er sah sie stumm an und wusste nicht, was er dazu sagen sollte. Er verstand sie. Und doch wäre es ihm lieber gewesen, wenn sie sich ausgeruht hätte. Aber hier ging es nicht darum, was er wollte. „Wenn du magst, kannst du mir bei dem Schriftzug helfen."

Ebha sah ihn überrascht an. Dann wanderte ihr Blick zu dem Namen des Schiffes, den Ref auf der neuen Lackschicht bereits vorgezeichnet hatte: Briana.

Ebha schluckte, doch schließlich richtete sie ihren Blick auf Ref. „Das würde ich sehr gerne."

„Dann kannst du dir die Farbe schnappen und drauf los malen", meinte Ref mit einem Blick auf den Farbtopf, der auf einem kleinen Beistelltisch stand.

Ebha holte die Farbe und stellte den Topf neben sich auf den Boden. Sie tunkte den Pinsel in die dunkelrote Farbe und strich vorsichtig den überschüssigen Lack am Rand des Farbtopfes ab. Sie hob ihren Arm, doch dann zögerte sie.

Ref wartete einen Moment. Doch als Ebha weiterhin mit halb gehobenem Arm dastand, ging er zu ihr.

„Ich weiß nicht, ob ich die richtige Person dafür bin", flüsterte sie in die Stille hinein. Sie drehte ihren Kopf ein Stück zur Seite. „Es ist euer Boot."

Ihre Worte bohrten sich tief in seine Magengrube. Er verharrte einen Moment, doch dann erfasste er Ebhas rechte Hand, die noch immer den Pinsel hielt. Sanft führte er ihre Hand Richtung Rumpf. Er hörte, wie sie die Luft einzog, als die Pinselspitze auf den ersten Buchstaben traf.

Auch wenn sie, nüchtern betrachtet, lediglich einen Buchstaben ausmalten, hatte diese Situation etwas Knisterndes. Ref spürte Ebhas warmen Körper, der sich leicht gegen seinen lehnte. Er selbst hatte sich etwas nach unten gebeugt, sodass sein Gesicht neben ihrem ruhte. Ihr weiches Haar kitzelte ihn an der Wange und verströmte diesen angenehmen Geruch nach ihr.

Er merkte, wie Ebha innehielt und ihren Arm etwas zurückzog. Noch immer umklammerte sie den Pinsel, während sie ihr Gesicht zu ihm drehte. Ohne weiter nachzudenken, nahm Ref ihr den Pinsel aus der Hand, legte ihn neben sich auf den kleinen Beistelltisch und drehte Ebha zu sich herum.

Der Blick aus ihren Augen war neugierig. Sie schien abzuwarten. Er senkte seinen Kopf ein wenig, seine Lippen verharrten dicht vor ihren. Er konnte ihren Atem spüren, der sich mit seinem vermischte. Ihr lieblicher Duft umgab ihn nun so intensiv, dass er kaum noch klar denken konnte.

Er wusste, dass er das hier nicht tun sollte. Je mehr er sich auf sie einließ, desto schwerer würde es werden, loszulassen. Doch auch wenn sein Verstand ihn ermahnte, so sagte ihm sein Gefühl etwas ganz anderes. Er wollte –musste – sie küssen. Jetzt. Hier. Sofort. Innig. Wärmend.

Und er hätte es getan. Wenn nicht ein einziger Gedanke in seinen Kopf geschossen wäre. Einer der penetranten Sorte. „Ich werde mich testen lassen", flüsterte er gegen ihre Lippen – und beendete diesen intensiven Moment.

Augenblicklich rückte Ebha ein Stück von ihm ab, um ihn anzusehen. Der Blick aus ihren Augen war erschüttert.

„Vielleicht bin ich geeignet dafür, dir einen Teil meiner Leber zu spenden." Bisher hatte er nie viel mit dem Thema Organspende zu tun gehabt. Er besaß zwar einen Organspendeausweis. Aber diesen Umstand hatte er Briana zu verdanken, die ihn vor Jahren bei der Spenderdatenbank angemeldet hatte. Doch nun war er mehr oder weniger dazu gezwungen, sich intensiver damit zu beschäftigen. Er hatte es getan. Und das war das Resultat.

Ebha stand starr vor ihm. Sie sah ihn an. Auf eine solch intensive Weise, dass er gerne weggeschaut hätte. Er fragte sich, warum sie nichts sagte. Hatte er sie mit seinen Worten so geschockt?

Schließlich schüttelte sie sachte den Kopf. „Ich möchte das nicht."

Ref konnte mit ihrer Reaktion nichts anfangen. „Es ist eine Chance", erwiderte er so ruhig es ihm möglich war. „Eine Chance für dich. Für uns."

Wieder lächelte sie dieses tottraurige Lächeln.

Und es hätte ihn beinahe kapitulieren lassen. „Es rührt mich, dass du das in Betracht ziehst", sprach sie mit bemerkenswert beherrschter Stimme. „Aber das Risiko ist zu hoch."

Ref wusste, dass sie damit die Mortalitätsrate meinte. „Ich habe mich informiert." Der Ton in seiner Stimme war resolut. Er würde nicht einfach so aufgeben. Er würde sie nicht einfach so aufgeben. „Die Sterberate bei solch einem Eingriff liegt bei 0,2 bis 0,5 Prozent."

„Und doch hat es Briana getroffen." Ebha sah ihn intensiv an. „Und es kann dich ebenso treffen." Sie atmete tief ein und schloss für einen Moment die Augen. Sie strich sich über ihre Oberarme. Dann sprach sie weiter. „Selbst wenn du die OP überlebst, können noch so viele andere Komplikationen auftreten. Ich möchte nicht, dass du solch ein Risiko eingehst. Zumal mir eine Teilleberspende nicht weiterhelfen würde. Ich brauche eine ganze Leber. Nur das kann mich retten. Aber wir wissen beide, dass das mehr als unwahrscheinlich ist."

Stumm sah er Ebha an. Ein fester, schmerzender Knoten bildete sich in seinem Magen. Er schluckte trocken, konnte nichts sagen. Seine Zunge schien wie gelähmt. Er spürte, wie sie seine Hand erfasste und zart drückte. Es machte das alles nicht besser.

„Du würdest mir mit einer Teilspende genau wie Briana – wenn überhaupt – nur Zeit schenken. Ein paar weitere Monate – vielleicht nur Wochen –, in denen ich unter Schmerzen einschlafe und unter Schmerzen aufwache. Monate, in denen ich mich Tag für Tag frage, wann mein Ende kommt und wie schlimm es sein wird." Der Druck ihrer Hand um seine verstärkte sich. „Meine Zeit ist gekommen, Ref. So schwer das auch zu akzeptieren ist, aber wir können nichts daran ändern."

Ref senkte seinen Blick. Ihre Worte waren unerträglich. Er hätte schreien und weinen und kotzen können. Und er musste sich beherrschen, damit er nichts davon tat.

Einerseits verstand er sie. Er hatte erst gestern selbst erlebt, wie sehr diese Krankheit sie quälte. Andererseits wollte er Ebha anschreien, wie sie einfach so aufgeben konnte. Doch er schrie sie nicht an. Er machte einfach gar nichts. Selbst als er spürte, wie ihre Hand aus seiner glitt und sie sich zurückzog, tat er nichts, um sie davon abzuhalten.

KAPITEL 22

09. November 2016 – Ich bin durcheinander. Weil ich gleichzeitig so voller Angst und Hoffnung bin. Ich habe Ebha heute zu ihrem wöchentlichen Arzttermin begleitet. Die Schwestern in der Praxis sind sehr nett und fürsorglich. Und auch Dr. Seebeck ist sehr umgänglich und eine Koryphäe auf dem Gebiet der AIH. Dennoch gehe ich immer mit einer gewissen Angst dorthin. Ich weiß nie, was für Hiobsbotschaften dieses Mal auf uns warten.

Der letzte Besuch war vor allem eins: grausam. Dr. Seebeck hat uns mitgeteilt, dass wir mit einer medikamentösen Behandlung nicht mehr weiterkommen. Er sieht nur noch eine Chance: eine Organtransplantation. Das einzig Gute an der ganzen Sache ist, dass es bei der Leber die Möglichkeit gibt, einen Teil lebend zu spenden.

Mir war sofort klar, dass ich mich testen lassen werde. Vielleicht komme ich als Spenderin in Frage. Ich hoffe es so sehr. Auch Mama und Papa lassen sich testen. Nächste Woche haben wir einen Termin dafür.

Die Wochen, in denen wir auf die Ergebnisse warten müssen, werden zermürbend. Für uns alle. Dr. Seebeck meinte, dass Ebhas Lebenserwartung bei ihrem derzeitigen Zustand nicht mehr als ein Jahr betrage ...

Ich fühle mich bei diesem Gedanken wie erschlagen, ich zittere und mir ist schlecht. Ich will daran nicht denken. Ich versuche, die Hoffnung nicht aufzugeben. Die Hoffnung darauf, dass Ebhas Leidensweg bald ein Ende haben wird und sie endlich wieder ihr Leben leben kann.

*****

Sein Blick ruhte seit Minuten auf dem Stück Papier in seiner Hand. Er schluckte, seine Gedanken waren so klar wie durcheinander. Es war ein Schreiben vom Klinikum Hamburg. Kompatibel. Ebhas und seine Blutgruppen waren kompatibel.

Ref richtete den Blick in die Küche. Er lehnte sich rücklings gegen die Spüle. Schluckte. Er war als Spender geeignet. Wie sollte er mit dieser Information umgehen?

Er fühlte sich zerrissen. Da war dieses trügerische Fünkchen Hoffnung in ihm. Einerseits.

Andererseits hatte er das Gefühl, Ebha hintergangen zu haben. Sie hatte ihm deutlich zu verstehen gegeben, dass er sich nicht testen lassen sollte. Er hätte den Wunsch respektieren sollen. Er hatte es nicht gekonnt.

Da war diese Unruhe in ihm gewesen.

Dieser Drang, es wissen zu müssen. Wozu, war ihm schleierhaft. Wie so vieles in letzter Zeit. Er war nicht mehr er selbst. Er ließ sich viel zu sehr von seinen Gefühlen verleiten.

Ref schloss die Augen und senkte das Kinn.

Sein Verhalten war erbärmlich. Falsch.

Er steckte das Schreiben zurück in den Umschlag und legte es in ein Schubfach neben der Spüle. Er würde Ebha nichts davon sagen. Es half ihr nicht weiter. Sie wäre nur enttäuscht von ihm.

Und er? Er lebte nun mit dem Wissen, dass er ihr unter anderen Umständen hätte das Leben retten können. Wenn sie sich eher begegnet wären. Als ihre AIH noch nicht so weit vorangeschritten war.

Bitterkeit stieg in ihm auf. Sein Hals schnürte sich zusammen. Er verdrängte dieses Gefühl von

Hilflosigkeit. Dann verließ er die Küche.

Er war mit Ebha verabredet. Als Ref den schmalen Flur betrat, zog er das Handy aus der Tasche und suchte die Adresse, die Ebha ihm am Morgen geschickte hatte.

An den Dünen, nähe Hooksiel.

Das war die Anschrift vom Strandhaus ihrer Eltern.

Ref war noch nie dort gewesen, kannte dieses Anwesen nur aus Brianas Erzählungen. Er wusste nicht, was er dort sollte. Er wusste nicht, ob er da wirklich hinwollte. Er würde es herausfinden.

Es war mehrere Wochen her, seit Ebha ihren Zusammenbruch erlitten hatte. Mittlerweile ging es ihr ihrer Situation entsprechend wieder gut. Sie hatten in den letzten Tagen viel Zeit miteinander verbracht. Er genoss ihre Nähe. Und dennoch hatte er das Gefühl, dass sie sich die ganze Zeit wie zwei lauernde Raubkatzen umkreisten.

Keiner traute sich, etwas gegen diese Spannung zu unternehmen. Zu groß war die Hemmschwelle, zu unüberwindbar die Bedenken. Die Situation war nicht einfach zwischen ihnen. Dessen waren sich beide bewusst. Eigentlich war das, was mit ihnen passierte, der Todesstoß für jede Romanze. Doch bei Ebha und ihm war das anders. Da herrschte ein gewisses Verständnis zwischen ihnen. Ein Verständnis, dass es leichter machte, die Situation so zu akzeptieren, wie sie war.

Ein Blick auf die Uhr sagte Ref, dass es Zeit war, sich langsam auf den Weg zu machen. Er steckte sein Handy ein und schnappte sich den Autoschlüssel. Er öffnete die Tür, um zu gehen. Doch er zögerte. Kurz hielt er inne und richtete den Blick auf seine rechte Hand. An seinem Ringfinger glänzte sein Ehering golden im Schein des Lichtes, das von der Veranda hereinschien.

Mit einer fließenden Bewegung streifte er den Ring von seinem Finger. Kurz schloss sich seine Hand um das goldene Schmuckstück. Es fühlte sich seltsam an. So viele Jahre hatte er den Ring getragen. Jeden Tag. Er hatte ihn lediglich zum Duschen und Schlafen abgelegt. Doch er spürte, dass die Zeit gekommen war, langsam loszulassen.

Ref legte den Ring auf die Kommode, die neben der Tür stand. Stumm betrachtete er den Schmuck eine Weile. Er spürte ein bedrückendes Gefühl in der Magengegend. Aber gleichzeitig durchströmte ihn eine gewisse Leichtigkeit, die er nicht erklären konnte. Er schüttelte über seine eigenen Gefühle den Kopf. Dann wandte er sich um und ging.

Ref stoppte seinen Wagen am Ende der Straße mit dem bezeichnenden Namen *An den Dünen* in der Nähe von Hooksiel. Die schmale Sackgasse die eher einem Feldweg glich, endete scheinbar mitten in den Dünen. Ref war umgeben von einer hügeligen und mit hohen Grashalmen bewachsenen Sandlandschaft. Dahinter begann der Strand, der nach wenigen Metern in das graublaue Meer überging.

Auf einer kleinen Anhöhe gelegen und von einigen Erlen und Birken umgeben stand ein zweistöckiges Holzhaus. Die Planken der Außenwände waren in einem kräftigen Blau gestrichen, die Fenster und das Dach bestanden aus weißem Holz.

Ref trat an das Strandhaus heran, das ruhig und friedlich inmitten der friesischen Idylle lag. Er kannte dieses Domizil der Wals´ nur aus Brianas Erzählungen. Sie und Ebha hatten hier als Kinder viel Zeit verbracht.

Er ging auf der Suche nach dem Eingang um das Haus herum. An der zum Meer gerichteten Seite hatte das Gebäude einen großen verglasten

Wintergarten. Dünne weiße Streben zogen sich senkrecht und quer über die große Glasfläche und teilten das Fenster in viele kleine Rechtecke.

Als Ref um die Ecke bog, stand er vor einer weißen Holztür, an der ein Zettel klebte. Es ist offen, stand darauf. Ref drehte den Metallknauf und tatsächlich – es war nicht abgeschlossen. Er betrat das Haus und schloss die Tür leise hinter sich. Seine Augen brauchten einen Moment, um sich an die schlechten Lichtverhältnisse zu gewöhnen.

Er folgte dem Lichtschein, der aus einem Raum direkt vor ihm in den Korridor schien. Mit langsamen Schritten betrat er ein geräumiges Zimmer, von dem aus man in den Wintergarten gelangte.

Der Raum war mit einem weichen, hellgrauen Teppich ausgelegt. An den Wänden hing eine gestreifte Tapete, die den Grauton vom Teppich aufnahm. Mehrere Bilder mit maritimen Motiven zierten in weißen Holzrahmen die Wände.

Rechts am hinteren Ende des Raums hatte ein hellgraues Sofa seinen Platz gefunden. Es war so groß, dass man bequem darauf schlafen konnte.

Ref blickte aus dem Fenster. Durch die beigefarbenen Gardinen konnte er einen Blick auf die Landschaft werfen, die langsam von der Abenddämmerung verschluckt wurde. Eine kleine Lampe auf dem Fensterbrett verströmte warmes Licht.

Ref trat weiter in den Raum hinein, während er mit den Händen den Stoff seines Pullovers glatt strich. Er erkannte eine zweite Tür, die rechts vom Wohnraum abging. Er fragte sich, wo Ebha war. Die Tür öffnete sich, doch er konnte nichts erkennen. Erst als ihre zarte Silhouette in den sanften Lichtkegel trat, den die Lampe auf Wand und Boden warf, sah er sie. Ref sog scharf die Luft ein.

Ebha stand in einem dunkelblauen Kleid vor ihm. Eng lag es an ihrem Körper, umschmeichelte ihre Rundungen und endete kurz über ihren Knien. Keine Schuhe, keine Jacke, nichts weiter. Ihre Haare waren offen und umrahmten in sanften Wellen ihr Gesicht.

Ihre Hände waren vor ihrem Bauch fest miteinander verschränkt. Den Kopf hatte sie so weit angehoben, dass sie Ref ansehen konnte. Da war etwas in ihrem Blick, das Ref gefangen hielt.

So hatte sie ihn noch nie angesehen.

Es war Ebha, die den letzten Abstand zwischen ihnen überwand. Dicht trat sie an Ref heran.

Sie sagte nichts, sie legte lediglich ihre Hand auf seine Brust. Mit der anderen umschlang sie seinen Nacken. Refs Puls beschleunigte sich.

„Warum sind wir hier?“, flüsterte er. Ihr Mund war nur noch wenige Millimeter von seinem entfernt.

„Um zu fliehen.“

Zärtlich erfasste Ref ihr Gesicht mit seinen Händen und zog es zu sich, sodass ihre Lippen sich zart berührten. „Wovor?“

„Vor der Realität.“

Er schloss seine Augen. Ein bittersüßes Gefühl zog durch seinen Körper. Ja, fliehen vor der Realität. Das hörte sich verlockend an. Das hörte sich richtig an. Hier und jetzt war sie nicht die totkranke Schwester seiner verstorbenen Frau. Er war nicht der Witwer, der sich in den letzten Jahren selbst verloren hatte. Hier waren sie nur ein Mann und eine Frau, die sich nahe sein wollten.

„Dann lass uns das hier genießen." Mit diesen Worten verschloss er ihre Lippen mit seinen. Er atmete heftig, als er sie küsste. Etwas zuckte durch seinen Körper. Seine Knie gaben ein Stück nach. Der Kuss schmeckte süß und verlangte nach mehr. Und dennoch war er das Unschuldigste, das Ref je erlebt hatte.

Er spürte, wie Ebha ihn fester umschlang, wie eine Hand durch sein Haar glitt. Leise seufzte sie in den Kuss hinein, was Ref schier um seine Beherrschung brachte. In seinem Kopf begann sich alles zu drehen, seine Ohren rauschten.

Schwer atmend löste er sich von Ebha, blickte sie an. Er spürte, wie sie den Griff ihrer Arme um seinen Nacken löste. Sie trat einen Schritt zurück. Ohne ihren Blick von seinem zu nehmen, führte sie ihre Hand zu einem der dünnen Träger ihres Kleides. Langsam zog sie ihn von der Schulter. Immer weiter nach unten, bis er an ihrem Arm entlangglitt. Mit der anderen Hand entfernte sie den zweiten Träger langsam. Refs Mund wurde trocken, als die Träger das Kleid nicht mehr an Ebhas Körper hielten und der Stoff zu Boden glitt. Nur noch mit einem Slip bekleidet stand sie vor ihm.

Er öffnete leicht die Lippen, um Luft zu holen. Einen Augenblick lang stand er einfach so da, sah ihr tief in die Augen und war dennoch unsicher wegen dieser so intensiven Situation. Er fühlte sich unbeholfen. Es war eine Weile her, seitdem er mit einer Frau so etwas erlebt hatte – den überfallartigen Sex mit Ebha mal ausgenommen.

Das Verlangen, eine Frau zu berühren, ihr nahe zu sein, hatte Ref das letzte Mal bei Briana gespürt. Und ausgerechnet die kleine Schwester seiner Frau löste nun wieder solche Gefühle in ihm aus. Er ging den Schritt auf Ebha zu, mit dem sie sich wenige Minuten zuvor von ihm entfernt hatte. Mit einer Nervosität, die ihn sich wie ein Teenager fühlen ließ, strich er mit seiner Hand über Ebhas Schlüsselbein. Ihre Haut war weich und warm.

Sie blieb ruhig, sah ihn weiterhin nur konzentriert an. Ref wurde mutiger. Er begann sie überall zu streicheln. Schultern, Arme, Nacken. Es war ihm, als ob es das erste Mal war, dass er sie wirklich und echt berührte. Er dachte an die letzten Wochen. Auch wenn sie sich in dieser Zeit näher gekommen waren, konnte er sich an keinen Moment erinnern, der so intim und intensiv gewesen war wie dieser hier.

Seine Finger strichen zart über die Haut zwischen ihren Brüsten. Ihre Atmung ging etwas schneller. Er beugte sich zu ihr, platzierte hauchzarte Küsse auf ihrem Schlüsselbein, ihren Schultern. Er strich ihr Haar zurück und ließ seine Lippen über die linke Seite ihres Halses wandern. Ref spürte ihren rasenden Puls. Er hielt einen Moment inne, seine Hände ruhten auf ihrem Oberkörper, seine Augen auf ihrem Gesicht. Sie war wunderschön. Völlig überrumpelt von seinen eigenen Gefühlen drückte er seine Lippen auf ihre. Er küsste sie zärtlich und drängend zugleich. Er brauchte mehr von ihr. Alles.

Er ließ von ihrem Mund ab, streifte über ihr Kinn, ihren Hals und küsste sich in die Hocke gehend zu ihrem flachen Bauch hinunter. Er verharrte bei ihrem Bauchnabel, den er mit seiner Zungenspitze reizte.

Sachte strich er mit seinem Daumen über die Innenseite ihres Schenkels. Er konnte beobachten, wie sich die feinen Härchen aufstellten. Dass sie so intensiv auf ihn reagierte, war fast zu viel für ihn. Er blickte nach oben. Ein Lächeln hatte sich in ihre Augen geschlichen.

Ebha erfasste ihn bei den Händen und zog ihn zu sich hinauf. Sie strich über sein Gesicht, bevor sie ihn küsste. Langsam, genießend, erkundend. Ihre Finger begannen Ref von seiner Kleidung zu befreien. Er half ihr dabei. Stück für Stück glitt zu Boden. Auch ihr Slip.

Ihre Hand ergriff abermals seine. Ein letzter Blick, dann zog sie ihn mit sich Richtung Sofa. Sie ließen sich in die weichen Kissen sinken. Wie selbstverständlich schmiegten sich ihre Körper aneinander. Ref konnte in Ebhas Blick dasselbe Verlangen sehen, das auch in ihm tobte. Er schluckte schwer.

Er schob sich auf sie, stützte sich auf seine Ellenbogen und verschlang seine Hände mit ihren. Er küsste sie, während er sich Zentimeter für Zentimeter in sie schob. Er kniff die Augen zusammen, versuchte gleichmäßig weiter zu atmen. Dieses Gefühl, das ihn gerade mit ihr verband, war fast zu viel für ihn.

Er glaubte, alles von ihr zu spüren, als er begann sich in ihr zu bewegen. Langsam und leise war ihr Liebesspiel. Beinahe zurückhaltend. Nur ein verhaltenes Keuchen war zu vernehmen. Spielerisch ließ Ref seine Hände über Ebhas weiche Haut wandern. So lange, bis seine Hand die ihre gefunden hatte. Fest verschränkten sich ihre Finger miteinander. Hielten sich.

Er keuchte, als Ebha ihn sanft in die Unterlippe biss. Er hatte ihren Geschmack auf der Zunge und ihren Geruch in der Nase. Ein kribbelnder Schauer zog durch seinen Körper. Sein Magen schien Purzelbäume zu schlagen. Es war neu. Es war aufregend – und doch so vertraut.

Ref spürte es in sich brodeln. *Noch nicht*, war der einzige Gedanke, den sein Verstand fassen konnte. Fest schlang er einen Arm um ihre Hüften und machte so jede Bewegung unmöglich. Verharrend hielt er die Welle auf, die sich bereits in ihm erhoben hatte. Er sah Ebha an. Schwer atmend. Liebevoll. Sie lächelte, was ihn schlucken ließ. Er nahm die Bewegungen wieder auf, entlockte Ebha damit ein leises Stöhnen. Alles in ihm schien in Bewegung zu sein. Er wusste, dass nur eine einzige Bewegung reichte, um die Welle ins Rollen zu bringen.

Wieder verharrte Ref. Er legte eine Hand auf Ebhas Wange. Sie sah ihn an. Nochmals umfasste er mit einem Arm ihre Hüfte, seine andere Hand suchte Halt in ihrer. Er beugte sich zu ihr und küsste sie zärtlich, bevor er sie beide mit intensiven und langen Stößen zum Orgasmus brachte. Er fiel und schwebte zugleich. Blitze zuckten vor seinem inneren Auge.

Mit der Erlösung überschwemmte ihn ein Gefühl des Verlustes. Fest drückte er Ebha an sich, verbarg sein Gesicht in ihrer Halsbeuge. Er spürte, wie sich ihre Arme um ihn schlangen und ihre Lippen zart über seinen Hals strichen. Er schloss die Augen und lenkte all seine Konzentration auf das Fühlen. Er spürte sie. Nur sie.

*****

Träge öffnete er die Augen. Beinahe automatisch glitt seine Hand zu dem Platz neben ihm. Er war leer. Ref blinzelte, brauchte einige Momente, bis er sich an die hellen Lichtverhältnisse im Raum gewöhnt hatte. Durch die Fenster des Wintergartens schien die Sonne in das Zimmer.

Er setzte sich auf, blickte in den großen Wohnraum hinein. Doch auch dort konnte er Ebha nirgends finden. Er griff nach Shorts und T-Shirt und streifte sich beides über. Er fuhr sich durch das Haar, überlegte, wo er nach Ebha schauen konnte. Instinktiv näherte er sich der Tür, die zum angrenzenden Raum führte.

Ref betrat den Raum und fand sich in einer kleinen Küche wieder. Direkt unter dem Fenster erstreckte sich eine helle Arbeitsplatte. Und vor der Arbeitsplatte stand sie. Komplett angezogen. Nachdenklich.

Ref trat an Ebha heran. Er wusste nicht, ob sie ihn bemerkt hatte oder nicht. Er erkannte die Liste, die ausgebreitet vor ihr auf dem Tisch lag. Zahlreiche Punkte waren bereits abgehakt. Es waren nur noch wenige übrig.

Er blickte für einen Moment stumm auf die Liste. Ein bedrückendes Gefühl breitete sich in ihm aus. Er presste seine Kiefer fest aufeinander, verharrte so einen Moment. Er wusste, was sie fühlte. Jedes Mal, wenn sie diese Liste ansah, wurde sie an das erinnert, was passiert war. Ebenso wie an ihre Schuld, die sie Briana und ein Stück weit auch ihm gegenüber empfand.

„Ebha?“

Er hatte ihren Namen leise ausgesprochen.

Dennoch konnte er sehen, dass sie leicht zusammenzuckte.

Sie wandte sich zu ihm um, sah ihn mit ihren schönen Augen an. Ein leichtes Lächeln stahl sich auf ihre Lippen, als sie ihn einen Moment lang betrachtete.

Ref schluckte schwer. Er spürte sein galoppierendes Herz. Er spürte diesen gigantischen Hummelschwarm in seinem Bauch. Er spürte aber auch diese bedrückende Schwere, die an ihm zerrte wie ein Untier. „Warum tust du dir das immer wieder an?"

Ebha sah ihn fragend an. Er sah zu der Liste, sie folgte ihm mit ihren Augen. Als er seinen Blick wieder auf Ebha richtete, konnte er Unsicherheit in ihren Augen erkennen. „Du quälst dich damit doch nur selber", sprach er mit rauer Stimme weiter. Er war einen weiteren Schritt an sie herangetreten, seine Arme hingen an seinem Körper.

Ebha wich seinem Blick aus. Er konnte sie hart schlucken sehen. Mit einem weiteren Schritt war er bei ihr. Er umfasste mit seinen Händen zart ihr Gesicht und zwang sie mit sanftem Druck, ihn anzusehen.

Er fühlte diese beängstigende Anziehung zwischen

Ebha und sich. Er hatte so etwas in solch einer Intensität noch nicht gefühlt. Es war anders. Es war neu. Es war kaum zu beschreiben und noch schwerer zu akzeptieren. „Ich weiß, dass ... dass ich dir nicht nur einmal deutlich zu verstehen gegeben habe, dass du keine Absolution von mir erwarten kannst."

„Ref ... nicht." Ebha blickte ihn direkt an. Der Ausdruck in ihren Augen war gequält.

Er verstärkte den Griff um ihr Gesicht, zog es näher zu sich heran. Er sah ihr fest in die Augen, auch wenn es ihm alles an Kraft kostete. Er wollte etwas sagen, doch die Worte blieben ihm im Hals stecken. Ein bitterer Kloß bildete sich. Ref räusperte sich. Dann nahm er seine Hände von ihrem Gesicht, erfasste den Kugelschreiber, der neben der Liste lag, und fügte unter dem letzten Punkt einen weiteren hinzu:

Punkt 9: Ich wünsche mir, dass du dich nicht mehr schuldig fühlst für das, was passiert ist. Dafür gibt es keinen Grund. Schon lange nicht mehr.

Mit leicht zittriger Hand legte er den Kugelschreiber zurück auf die Anrichte. Dann richtete er sich auf und blickte zu Ebha. Sie verharrte neben ihm, den Blick starr auf seine geschriebenen Worte gerichtet. Erneut konnte er sie schlucken sehen. Und dieses Mal tat er es ihr gleich.

Momente verstrichen. Schließlich hob Ebha langsam den Blick und richtete ihn auf Ref. Er konnte so viele Gefühle in ihren Augen erkennen. Unsicherheit. Ergriffenheit. Erleichterung. Und er sah noch etwas. Sehnsucht. Nach ihm. Er sog scharf die Luft ein. Ein Schauer jagte durch seinen Körper. Und einmal mehr war er den Reaktionen seines Körpers hilflos ausgeliefert. Mit der letzten Nacht hatten sie sich so eng an den anderen gebunden, dass das, was sie angefangen hatten, nun nicht mehr zu beenden war.

Ebha lief eine Träne über die Wange. Langsam und träge. Ref konnte nicht weiter einfach so dastehen. Er beugte sich zu Ebha und zog sie zu sich. Sanft fing er ihre Lippen ein und küsste sie. Er schmeckte ihre salzigen Tränen, versuchte ihnen etwas entgegenzusetzen, indem er ihr die Wärme und Geborgenheit gab, der sich Ebha selbst so lange verwehrt hatte.

Er spürte ihre kleinen Hände, die sich in seine Haare schoben, die sein Gesicht noch näher gegen ihres drückten. Er hörte ihren schweren Atem, ihr süßlicher Duft stieg ihm in die Nase und ihre Zunge stieß immer wieder genießend gegen seine. Er keuchte, beendete den Kuss, obwohl er ihn gar nicht beenden wollte. Doch ihm gingen Puste und Beherrschung aus.

Stattdessen zog er Ebha in eine feste Umarmung. Seine Arme hielten sie fest umklammert. Ref vergrub sein Gesicht in ihren Haaren. Er spürte, wie Ebha ruhiger wurde. Er schloss seine Augen und versuchte, diesen Moment festzuhalten. Einen Moment voller Trost und Verbundenheit.

KAPITEL 23

Ein angenehm warmer Wind empfing sie, als Ebha und Ref den Hamburger Hauptbahnhof verließen. Sie hatten sich spontan dazu entschlossen, ein Wochenende in der Hafenstadt zu verbringen, um ein bisschen Zeit miteinander zu verbringen und den Kopf frei zu bekommen.

Ebha ließ ihren Blick über den Bahnhofsvorplatz schweifen, auf dem zahlreiche Taxen und Busse mit laufenden Motoren standen. Es roch nach Abgasen. Ein Lächeln erschien auf ihren Lippen, als sie den alten Toyota erkannte, der sich in die Reihe der anderen Taxen eingefädelt hatte und nun auf Kundschaft wartete.

„Ist es okay, wenn wir mit dem Taxi fahren?“ Ebha blickte zu Ref, der neben ihr stand.

„Gibt es dafür einen bestimmten Grund?“, fragte er ruhig.

„Schon möglich.“

Ref hob eine Augenbraue. Als er merkte, dass sich Ebha nicht weiter erklären würde, nickte er nur. Er wirkte gewohnt ernst. Aber an seinem Gesicht erkannte Ebha, dass er entspannt war. Seine Kiefer waren nicht so angespannt wie sonst. Seine Augen trugen einen milden Ausdruck.

Ebha ging voraus. Als sie den Toyota erreicht hatte, beugte sie sich ein wenig nach vorne, um durch die heruntergelassene Scheibe des Taxis schauen zu können. Ben saß in einem Kreuzworträtsel versunken hinter dem Lenkrad. „Wir bräuchten dringend einen Fahrer. Sind Sie frei?"

Als sie ihn ansprach, sah er auf. Augenblicklich erschien ein Lächeln auf seinem Gesicht. Er legte das Rätsel beiseite und stieg aus seinem Wagen.

„Ebha! Wie schön, Sie zu sehen." Er strich etwas unbeholfen über sein leicht geknittertes kariertes Hemd, dessen Ärmel er bis zu den Ellenbogen hochgekrempelt hatte. „Wie geht es Ihnen?"

„Mir geht es gut, danke. Und Ihnen?"

Ben winkte ab. „Sie wissen doch. Denen, die am meisten jammern, geht´s am besten." Sein Blick huschte zu Ref, der neben Ebha getreten war.

„Ben, das ist Ref Mattes." Sie wandte sich zu Ref und sah ihn an. „Ref, das ist Ben. Er war während des Jeronimo Balls mein persönlicher Chauffeur."

Ben blickte den großgewachsenen Mann mit einem seltsam wissenden Lächeln an. Doch schließlich schien er sich auf seine Manieren zu besinnen und reichte Ref die Hand. „Freut mich sehr."

Ref erwiderte den Gruß nickend und erfasste Bens Hand.

„Wenn ich mich recht erinnere, waren Sie auch auf der Spenden-Gala." Ben warf Ebha einen vielsagenden Blick zu.

„In der Tat. Ich habe mich zwar spät dazu entschieden, aber ich war anwesend." Ref betrachtete den kleinen rundlichen Mann mit der Glatze. Zu Ebhas Erstaunen schien Ref noch immer mehr als entspannt zu sein. Etwas, das nicht selbstverständlich war. Sie wusste mittlerweile, wie sehr er Konversation verabscheute – vor allem mit Personen, die er nicht kannte oder nicht mochte.

„Also gut." Ben klatschte in die Hände. „Wo darf es denn hingehen?"

„Wieder in das Alster Park Hotel, bitte."

„Alles klar.“ Ben nahm Ref den Trolli ab, den er neben sich abgestellt hatte und verstaute ihn im Kofferraum. Dann hielt er Ebha die hintere Tür auf, während Ref um den Wagen herumging und sich auf der anderen Seite der Rückbank niederließ. Leise pfeifend ließ sich Ben auf seinen Fahrersitz sinken. Er startete den Motor und fuhr langsam los.

„Sie haben das herrlichste Wetter hier an diesem Wochenende“, meinte Ben, während er abbog. „Da können Sie die Stadt von ihrer schönsten Seite genießen.“

„Wir scheinen Glück zu haben.“ Ebha richtete ihren Blick aus dem Fenster und betrachtete den hellblauen Himmel, an dem nur wenige weiße Schäfchenwolken vorbeizogen. „Es soll sogar richtig heiß werden.“

Ben lachte. „Im Radio haben sie Unwetterwarnungen ausgesprochen.“ Er schüttelte den Kopf. Aus dem Radio schallte gerade ein Schlager aus den 80ern. Ebha hatte den Song früher oft bei ihren Großeltern gehört und das Lied über die Jahre vergessen gehabt. Ein feines Lächeln zeichnete sich auf ihren Lippen ab.

„Angeblich mit wasserfallartigen Regengüssen, Stürmen und Gewittern. Übertreiben mal wieder maßlos. Es regnet kurz und das war´s dann." Ben drehte das Radio etwas lauter, seine Finger auf dem Lenkrad bewegten sich im Takt der Melodie mit. Der Schlager endete. Es folgte ein Stück, das folkloristisch klang. Ebha dachte an den irischen Tanzabend.

Unwillkürlich glitt ihr Blick zu Ref. Sie musste lächeln, als er sie mit gehobenen Augenbrauen ansah und offensichtlich denselben Gedanken hatte.

„Haben Sie etwas Besonderes geplant?" Ben schaute kurz in den Rückspiegel, bevor er sich wieder auf den Verkehr konzentrierte.

„Ich denke, wir werden einfach das schöne Wetter genießen und uns in ein Café setzen", erwiderte Ebha.

Ben machte einen Schulterblick, dann bog er nach links ab. „Ich kenne da ein Café, ´das Kleine Süße´. Dort gibt es die besten Creme-Törtchen und den besten Kakao der ganzen Stadt."

„Das hört sich gut an." Ebha gefiel der Gedanke,

entspannt in einem kleinen Café zu sitzen, sich ein leckeres Stück Torte zu gönnen und dabei den Blick über das Wasser schweifen zu lassen, das sich durch die Stadt schlängelte.

„Außerdem ist gerade eine sehr interessante Ausstellung über das Meer im Maritimen Museum.“ Ben legte einen anderen Gang ein und trat auf das Gaspedal, um noch bei gelb über die Ampel zu fahren.

Ebhas Blick huschte zu Ref. Der Ausdruck seiner Augen machte deutlich, dass er mit Bens Fahrkünsten nicht ganz einverstanden war. Sie musste lächeln.

„Ich war mit meiner Familie da und es hatte wirklich etwas Magisches“, erzählte Ben weiter. „Diese ganzen Mythen und Geschichten rund um das Meer. Die versunkenen Schiffe und verborgenen Schätze. Die haben das echt schön und sehr interaktiv dargestellt.“ Er blickte wieder kurz in den Rückspiegel. „Andererseits sollten Sie bei so einem Wetter nicht in einem Museum herumlaufen.“

Ebha hatte ihren Blick aus dem Fenster gerichtet, während sie Ben zugehört hatte. Sie fuhren gerade an einem großen Park vorbei, in dem sich viele Leute tummelten. Sie sah Mütter und Väter, die mit ihren Kindern spazieren gingen. Jogger, Radfahrer, Menschen, die ihren Hund Gassi führten.

Ben stoppte den Wagen vor dem Haupteingang des Alster Park Hotels. Als Ebha aus dem Wagen stieg, richtete sie ihren Blick auf das fünfstöckige Jugendstil-Gebäude mit dem großen verglasten Eingangsbereich. Ein Portier kam herbeigeeilt und nahm den Trolli an sich, den Ben aus dem Kofferraum geholt hatte.

Ebhas Blick glitt zu Ref. Er nickte ihr kurz zu, dann folgte er dem Portier und ließ sie zurück. Sie musste lächeln. Zum einen, weil er sich tatsächlich dazu hatte überreden lassen, mit ihr in solch ein schickes Hotel zu gehen. Zum anderen, weil er ihr ein paar Minuten mit Ben ließ.

„Da hat sich wohl einiges zwischen Ihnen geklärt, wie?" Ben sah sie mit einem neckischen Funkeln in den kleinen Augen an.

Ebha merkte, wie sie errötete.

„Ich habe damals schon gemerkt, dass da so eine

Spannung zwischen Ihnen ist. Das sieht man nicht oft, das können Sie mir glauben. Und ich habe in meinem Leben schon viele Männer und Frauen gesehen, die zusammen sein wollten oder auch nicht."

Ebha lachte und strich sich eine Strähne aus dem Gesicht. Sie dachte an den Abend des Balls zurück. Sie erinnerte sich an diese Spannung, von der Ben gesprochen hatte. Sie hatte sie auch gefühlt. So unangenehm intensiv. Es war prickelnd und verstörend zugleich gewesen. Sie hatte das damals nicht verstanden, was da mit ihr passierte.

„Meine Güte, Sie hat es aber richtig heftig erwischt." Ben lachte.

Sie sahen sich einen Moment an. Sagen mussten sie eigentlich nichts mehr.

„Ich freue mich, dass Sie trotz all der Widrigkeiten zusammen gefunden haben."

Ebha schloss für einen Moment die Augen. Widrigkeiten gab es allerdings eine Menge. Vielleicht sogar zu viele. Ein Gefühl aus Dankbarkeit und Wärme durchflutete sie. Aber es schwamm noch ein weiteres Gefühl mit: Wehmut.

Darüber, dass sie das alles bald zurücklassen musste.

„Ich wünsche Ihnen eine schöne Zeit in Hamburg."

Dankbar lächelte Ebha Ben an. „Die werden wir haben."

Hand in Hand schlenderten Ebha und Ref durch Hamburgs Altstadt. Der Tag war schnell vergangen. Schneller als es Ebha lieb war. Sie hatten sich ein wenig Hamburg zu Fuß angeschaut, um danach in dem kleinen Café zu versacken, das Ben ihnen empfohlen hatte. Das „Kleine Süße" war wirklich etwas Besonderes inmitten des großstädtischen Treibens. In einer Gasse mit charmanten alten Häusern, die sich an einem kleinen Kanal entlangschlängelten, hatte eine ältere Dame vor gut 20 Jahren dieses kleine Café eröffnet.

Es war nicht groß. Gerade einmal eine Handvoll Leute passte hinein. Und auch draußen auf der Terrasse, die einen wunderbaren Blick auf den Kanal erlaubte, standen nur wenige Tische. Ebha und Ref hatten Glück gehabt. Als sie gekommen waren, war gerade ein Tisch frei geworden.

Sie hatten sich Sahne-Nougat-Törtchen und Himbeer-Mascarpone-Baisers bestellt. Ben hatte nicht übertrieben gehabt: Das waren wirklich die köstlichsten Törtchen gewesen, die Ebha je gegessen hatte.

Ebha strich sich eine Strähne aus dem Gesicht. Der Wind frischte auf, was ganz angenehm war. Sie atmete die frische Luft tief ein. Entspannt spazierte sie mit Ref vorbei an kleinen handwerklichen Geschäften und teuren Boutiquen. Es war ein reges Treiben auf Hamburgs Straßen, trotz der immer dunkler werdenden Wolken, die sich am Himmel aufbauten.

„Möchtest du irgendwo etwas essen gehen?", fragte Ref, als sie an einem Restaurant vorbeikamen, über dessen Tür ein großer, silberfarbener Fisch prangte.

„Machst du Witze?" Ebha blickte mit gehobenen Augenbrauen zu Ref. „Ich bin von den ganzen Törtchen noch pappsatt."

„Selber Schuld, wenn du dir drei von den Dingern genehmigst."

Ebha zog eine Schnute. „Was kann ich dafür, wenn

die so lecker waren. Ben hat nicht zu viel versprochen."

„Dieser Ben scheint ja ziemlich viel zu wissen."

Ebha musste schmunzeln, als sie Refs argwöhnischen Blick sah.

„Wie kommst du darauf?"

Er schnaubte. So wie er es immer tat, wenn eine Sache doch wohl mehr als ersichtlich war. „Die Art, wie er dich und mich angesehen hat. Und dann dieses komische Funkeln in seinen Augen."

Ebhas Grinsen wurde noch etwas breiter. „Er hat schon bei der Spendengala bemerkt, dass da etwas zwischen uns ist."

Ref zog seine Augenbrauen in ungeahnte Höhen. „Sag bloß, du hast da schon auf mich gestanden."

Ebha gab einen unwilligen Laut von sich. „Es war kompliziert."

Ein Grinsen schlich sich auf Refs kantige Züge. „Du hast auf mich gestanden." Seine Stimme hatte diesen samtigen, rauen Ton angenommen, der ihr jedes Mal eine Gänsehaut bescherte.

„Wenn du es genau wissen willst. Irgendwie schon."

„Wie kann man denn irgendwie auf jemanden stehen?" Ref fand offensichtlich Gefallen daran, Ebha ein wenig zu sticheln.

Sie fühlte sich, als ob man sie bei etwas Frevelhaftem erwischt hätte. Mit spitzen Fingern zupfte sie ihr Kleid zurecht.

„Ich fand dich schon anziehend", gab sie leise zu, ohne Ref anzublicken. „Aber gleichzeitig hat mich deine Ich-bin-unnahbar-und-griesgrämig-Attitude auf Distanz gehalten."

„Das sollte sie auch."

„Dachte ich mir." Ebha strich sich lächelnd eine Haarsträhne hinter das Ohr, die der Wind ihr ins Gesicht gepustet hatte. Sie waren in eine schmale Gasse gebogen, in der sich zahlreiche Souvenir-Geschäfte und Kneipen befanden. „Leider ist sie dir irgendwann abhandengekommen."

Er schnaubte.

Ebha blieb stehen, was auch Ref dazu veranlasste innezuhalten. „Und was dann zum Vorschein gekommen ist, wirkte umso anziehender."

Er knurrte leise auf. Sie beugte sich leicht nach vorne. Ein Tropfen traf sie auf die Stirn. Erst waren es nur vereinzelte Tropfen. Dann wurden sie immer größer, bis sich innerhalb weniger Momente ein heftiger Platzregen über sie ergoss.

Die Leute liefen über die Straßen. Einige retteten sich in Geschäfte, andere liefen mit einem Schirm oder einer Aktentasche über den Kopf einfach weiter. Ebha sah sich um. Refs Hand legte sich um ihre und zog sie mit sich. Sie liefen die engen Gassen entlang, bis sie in einer Einfahrt, die zu einem kleinen Innenhof führte, einen Unterschlupf fanden. Völlig durchnässt verharrten sie im Trockenen und blickten auf den niederprasselnden Regen. Ebha beugte sich ein wenig vor, um einen Blick auf die Straßen zu werfen, auf denen sich kleine Rinnsale gebildet hatten.

Sie wurde am Arm erfasst und herumgerissen. Im nächsten Moment fand sie sich gegen die Wand gedrückt wieder, um von bestimmenden Lippen geküsst zu werden.

Sie schloss die Augen und schlang ihre Arme um

Refs Nacken. In ihrem Kopf begann es zu summen, so als ob ein ganzer Bienenschwarm in ihrem Gehirn wohnte. Sie zog sich fest zu ihm heran und vergrub ihre Finger in seinen Haaren. Sie spürte, wie seine Hände ihr Gesicht erfassten, um ihren Kopf in der Position zu halten, die es ihm ermöglichte, sie auf intensivste Weise zu küssen.

Wie zwei Süchtige hingen sie aneinander und versuchten, ihr Verlangen nacheinander zu stillen. Doch sie erreichten damit nur das Gegenteil. Völlig außer Atem lösten sie den Kuss. Ebha hörte, wie Ref mit tiefen Atemzügen wieder Luft in seine Lungen pumpte.

„Wow." Ebha hatte die Augen geschlossen und lehnte sich gegen die Betonwand. Sie spürte noch einen Moment dem Beben ihres galoppierenden Herzens nach. Dann richtete sie ihren Blick auf Ref.

Er stand dicht vor ihr, sodass sie seinen Körper leicht an ihrem spürte. Sie betrachteten sich stumm eine Weile, bis Ebha ihn leise lächelnd erneut zu sich zog und seine Lippen mit ihren versiegelte. Dieses Mal zärtlicher.

Ref ließ sich auf das verlockend langsame Spiel

ihrer Lippen ein. Und so standen sie dort. In irgendeiner Einfahrt in Hamburg. Sich küssend wie zwei verknallte Teenager. Sie merkten nicht einmal, wie die Sonne wieder durch die Wolkendecke brach und die Spuren des Sommerregens langsam zu einem nebligen Dunst werden ließ, der in Schwaden gen Himmel stieg.

KAPITEL 24

11. Dezember 2016 – Ich komme als Spender in Frage! Heute haben wir die Ergebnisse der Typisierungstests bekommen. Ich kann gar nicht in Worte fassen, wie glücklich und überwältigt ich mich fühle. Es scheint mit einem Mal alles so leicht und klar, so hoffnungsvoll. Endlich eine gute Nachricht. Endlich. Ebha hat so lange gekämpft und gelitten. Sie hat es verdient.

Wir hatten bereits ein Beratungsgespräch bei Dr. Seebeck. Ich bin jetzt noch ganz aufgeregt, schaffe es kaum, einen vernünftigen Satz zu schreiben. Ebha und ich werden zur gleichen Zeit operiert. Mir wird ein Stück meiner Leber entnommen und dieser Teil unmittelbar bei Ebha eingesetzt.

Dr. Seebeck hat uns mit dem Rat entlassen, uns das alles in Ruhe durch den Kopf gehen zu lassen. Ich weiß nicht, was es da noch groß zu überlegen gibt. Ich kann meiner kleinen Schwester helfen! Und das werde ich auch tun – Ebha, du wirst leben.

*****

Immer wieder betrat Ebha ihren begehbaren Kleiderschrank und zog ein Kleidungsstück nach dem anderen aus den Regalreihen, um alles in einen großen Karton zu legen.

Greta saß stumm auf Ebhas Bett und beobachtete, wie Hosen, Blusen und Kleider aus den schönsten Stoffen in dem Karton landeten. „Bist du dir wirklich sicher, dass du das tun willst?“

Ebha konnte deutlich Skepsis aus Gretas Stimme vernehmen.

„Mit diesen Sachen werden viele andere Frauen ihre Freude haben“, gab sie zurück und verschwand erneut in ihrem Schrank.

„Die Sachen kosten ein Vermögen“, meinte Greta erneut. „Du kannst sie doch nicht einfach verschenken.“

Ebha sah ihre Freundin an, als sie erneut einen Stapel an Pullovern im Karton verschwinden ließ. „Warum nicht?“

Greta schien ernsthaft darüber nachzudenken. Im Schneidersitz saß sie auf dem Bett, ihre Hände spielten dabei mit der lilafarbenen Strumpfhose, die sie unter dem rot-gelb karierten Rock trug.

„Mein Schrank ist noch immer voller Sachen. So viel kann ich gar nicht tragen." Ebha faltete eine schwarze Stoffhose über ihrem Arm zusammen, bevor auch diese im Karton verschwand. „Außerdem brauche ich das alles sowieso nicht mehr", fügte sie resolut hinzu und schloss den Karton, der bis oben hin vollgepackt war. Dann sah sie wieder zu Greta, die mit einem ungewohnt bedrückten Gesichtsausdruck vor ihr saß. Auch ihre Freundin war mittlerweile in Ebhas Gesundheitszustand eingeweiht. Und auch wenn Greta versuchte, stark zu bleiben und Frohsinn zu verbreiten, schien es ihr in manchen Momenten unglaublich schwer zu fallen, diese Zuversicht aufrechtzuerhalten.

Ebha seufzte leise und setzte sich zu ihrer Freundin auf das Bett. „Es ist allemal besser die Sachen zu spenden, als sie im Schrank verstauben zu lassen."

Greta wich ihrem Blick aus. Etwas, das sie sonst nie tat. „Irgendwann werden es Erinnerungen sein", entgegnete sie mit kratziger Stimme.

„Ach Greta." Ebha lehnte den Kopf gegen Gretas Schulter. „Die Erinnerungen an mich hast du doch in deinem Kopf. Oder glaubst du, diese Kleider lassen mich wieder lebendiger werden?"

Greta schnaubte leise. „Wie kannst du nur so darüber reden?"

Ebha richtete sich etwas auf. Diese Frage hatte sie schon öfters gehört. Und immer war ihre Antwort dieselbe. „Ich hatte Zeit. Viel Zeit, mich an diesen Gedanken zu gewöhnen." Und das entsprach der Wahrheit. Natürlich fiel es ihr nicht leicht, loszulassen. Und ja, sie hatte Angst vor dem, was in den nächsten Wochen auf sie zukommen würde. Dennoch war sie glücklich. So glücklich wie noch nie in ihrem Leben. Sie fand, dass dies ein sehr versöhnliches Ende war.

Was ihr hingegen deutlich mehr zu schaffen machte, war Ref. Sie spürte, wie sehr er darunter litt, dass er bald erneut jemanden gehen lassen musste, der ihm wichtig war. Sie hätte ihm das so gerne erspart. Traurigkeit stieg in ihr auf. Und die altbekannten Schuldgefühle nagten an ihrem Herzen. Ebha versuchte die Sorgen zurückzudrängen und wandte sich stattdessen wieder ihrer Freundin zu.

Greta sah sie durch ihre kreisrunde Brille an, als ob sie den Verstand verloren hätte. Dann schüttelte sie den Kopf. „Ich könnte mich nicht daran gewöhnen, wenn ich in deiner Situation wäre."

„Glaub mir", meinte Ebha schulterzuckend, „wenn du in meiner Situation wärst, könntest du das auch. Du hast gar keine andere Wahl. Entweder du verkriechst dich und wartest elendig auf dein Ende. Oder du genießt die Zeit, die dir noch bleibt."

Gretas Blick ruckte nach oben und traf auf Ebhas. Skeptisch zog sie die Stirn in Falten. „Sag mal, willst du mir irgendetwas sagen?"

Ebha musste unwillkürlich lächeln. „Ich weiß nicht, was du meinst."

„Tu nicht so unschuldig", stichelte Greta. „Seit Wochen rennst du grinsend wie ein Honigkuchenpferd durch die Gegend."

Ebha sah ihre Freundin peinlich berührt an. Sie hatte Greta noch nichts von Ref erzählt. Es hatte bisher nicht den passenden Moment dafür gegeben.

„Glaub nicht, dass mir das entgangen ist." Greta

setzte sich gerade hin und richtete ihre Brille, die ihr die Nase hinuntergerutscht war. „Erst habe ich gedacht, du versuchst irgendwas zu überspielen. Doch mittlerweile glaube ich, dass deine Fröhlichkeit nicht gespielt, sondern echt ist."

„Nun, vielleicht", antwortete Ebha vage und erhob sich vom Bett, um einen weiteren Karton zu holen.

„Sagst du mir jetzt, was los ist, oder muss ich weiterhin ins Blaue raten?" Streng sah Greta sie an.

Ebha zuckte abermals mit den Schultern. „Du kannst es dir doch bestimmt selbst denken."

Beide Frauen sahen sich an. Einen Moment lang. Dann weiteten sich Gretas Augen vor Erstaunen. „Ich hab´s gewusst!", rief sie aus und sprang vom Bett. „Und du sagst mir mitten ins Gesicht, dass da nichts läuft zwischen euch."

„Als du mich das gefragt hast, lief auch noch nichts. Nicht wirklich zumindest."

Greta bekam große Augen. Sie verschränkte die Arme vor der Brust, ein unartikulierter Laut kam ihr über die Lippen. „Also seid ihr zusammen? So richtig echt?"

Ebha musste über Gretas Wortwahl schmunzeln. „Ja, so richtig echt."

„Woho!" Greta hob begeistert die Hände. Doch schnell schien die Freude verflogen zu sein. „Ziemlich beschissenes Timing, wie?", nuschelte sie leise.

„Extrem beschissen." Ebhas Magen knotete sich zusammen.

Betreten stand Greta im Raum, während Ebha sich damit ablenkte, ein paar Sachen in den Karton zu räumen. Greta strich sich durch ihr kurzes hellblondes Haar, wirkte unschlüssig. „Und wie kommt er damit klar?"

Ebha hielt in ihrem Tun inne und sah ihre Freundin an. „Gar nicht", erwiderte sie und ein unangenehmer Kloß bildete sich in ihrem Hals. „Er versucht, sich nichts anmerken zu lassen." Sie senkte den Blick. „Aber ich sehe trotzdem, wie sehr er leidet. Und es tut mir leid, dass ich ihm das antue."

Greta schüttelte vehement den Kopf. „So darfst du nicht denken, hörst du?" Sie erfasste Ebha am Arm und sah sie eindringlich an. „Ref hatte die

Wahl. Er hätte mit dir keine Beziehung eingehen müssen. Aber er hat es getan. Und das ist auch gut so."

Ebha lächelte über die Worte ihrer Freundin.

„Was ist?"

„Du bist süß."

„Ich bin süß?" Gretas Augenbrauen verschwanden unter ihrem Pony. „Ich will nicht süß sein."

Ebha musste lachen. „Gefällt dir lässig besser?"

Kurz überlegte sie, obwohl Ebha genau wusste, dass sie da gar nicht überlegen musste. „Ich denke schon", kam es mit einem neckischen Zwinkern zurück.

Ebha seufzte leise und sah sich um. Sie würde lügen, wenn sie sagen würde, dass das alles kein wehmütiges Gefühl in ihr auslöste. Die letzten Wochen hatte sie wie in einer Seifenblase verbracht. Ref und sie hatten sich oft im Strandhaus ihrer Eltern getroffen. Das war ihr Rückzugsort. Ein Ort, von dem sie all ihre Sorgen und Ängste fernhielten – so gut es ging.

Dass sie so viel Zeit miteinander verbrachten,

hatte unweigerlich dazu geführt, dass sie sich immer näher gekommen waren. Sie spürte diese Verbundenheit zwischen ihnen. Dieses Vertrauen. Die Sicherheit. Und wieder spürte Ebha diese Schuld. Sie hatte des Öfteren das Gefühl, Briana zu hintergehen, ihr den Mann auszuspannen. Sie hatte es nicht gewollt. Sie hatte es nicht geplant. Und dennoch war es passiert. Trotz allem war Ebha dankbar dafür, diese Erfahrung noch machen zu dürfen. Auch wenn es ihr den Abschied nicht leichter machte.

Sie spürte selbst, wie ihre Kräfte immer mehr schwanden. Trotz der Medikamente gab es Tage, an denen sie vor Schwäche und Schmerzen kaum aus dem Bett kam. Meistens blieb Ref bei ihr und sie schauten sich einen Film an oder unterhielten sich einfach über Gott und die Welt. Es gab aber auch gute Tage. So wie der heutige. Ebha fühlte sich vergleichsweise fit. Sie hatte kaum Schmerzen und auch das Schwächegefühl beeinträchtigte sie wenig. An solchen Tagen war sie voller Tatendrang. Sie musste Dinge tun – so wie das Aussortieren ihrer Kleider. Und es fühlte sich gut an. Es fühlte sich richtig und in gewisser Weise befreiend an.

„Du träumst."

Ebha schreckte aus ihren Gedanken. Sie blinzelte in den Raum hinein und sah Greta an, die mit verschränkten Armen und einem besorgten Blick vor ihr stand.

„Entschuldige." Ebha strich sich eine Strähne aus dem Gesicht. Sie atmete tief durch und schob die schwermütigen Gedanken in eine hintere Ecke. „Was denkst du? Ist das angemessen oder *too much*?" Ein langärmeliges schwarzes Kleid mit Stickereien am Kragen und einer Troddel am Ausschnitt baumelte auf einem Bügel in Ebhas Hand.

Greta legte den Kopf schief und strich sich über die Stirn. „Wenn du mir jetzt noch verrätst, wovon du sprichst, kann ich dir eventuell sogar weiterhelfen."

„Ref und ich sind bei Hauke und seiner Frau zum Kaffee eingeladen."

„Wow, er meint es wirklich ernst, wenn er dich seinen Freunden vorstellt." Schief lächelte Greta sie an.

Nervosität stieg in Ebha auf. Sie wusste nicht

warum. Immerhin kannte sie Hauke bereits. Und seine Frau würde bestimmt ähnlich offen und zugänglich sein. Dennoch hatte dieser Besuch für Sie etwas Offizielles.

„Also? Was meinst du?“ Noch immer stand Ebha mit dem Kleid in der Hand vor ihrer Freundin.

„Ich find’s sehr schick.“ Greta betrachtete das Kleid, das bis kurz über die Knie reichte. „Aber in Anbetracht der recht frischen Temperaturen draußen würde ich noch eine Strumpfhose drunter ziehen.“

„Das krieg ich hin“, meinte Ebha und hängte das Kleid an die Badezimmertür.

KAPITEL 25

14. Dezember 2016 – Ich hatte gerade eine heftige Auseinandersetzung mit Ref. Er ist nicht glücklich darüber, dass ich mich als Lebendspenderin bereit erklärt habe. Ich habe ihm versucht zu erklären, dass Ebha ein wichtiger Bestandteil meines Lebens ist. Ich war bei ihr, als sie geboren wurde. Ich habe sie gewickelt, mit Brei gefüttert. Ich war ihr Spielkamerad und manchmal auch Muttterersatz. Aber vor allem war ich ihre Vertraute – und sie meine. Ich war so lange für sie da. Und trotz der Differenzen, die wir in den vergangenen Jahren hatten, wird diese besondere Verbindung zwischen uns immer bestehen bleiben. Kann er das nicht verstehen?

Ich verstehe seine Zweifel. Deswegen habe ich ihn geheiratet, weil er immer wie ein Löwe auf mich aufpasst. Weil er will, dass es mir gut geht und dass ich glücklich bin. Ich verstehe auch seine Enttäuschung, nach alldem, was zwischen Ref und meiner Familie vorgefallen ist.

Für ihn ist der Preis hoch, den wir für diese OP zahlen müssen. Vielleicht zu hoch. Wir haben erst vor kurzem den Entschluss gefasst, ein Baby zu bekommen. Ein Vorhaben, das jetzt erst mal auf Eis gelegt werden muss. Durch die Transplantation und die Zeit danach, in der sich mein Körper wieder regenerieren muss, darf ich nicht schwanger werden.

Es tut mir so unglaublich leid, ihm das abzuverlangen. Das bedeutet aber nicht, dass wir nie ein Baby bekommen werden. Wir sind noch jung. Wir haben Zeit. Und wenn es soweit ist, werde ich die glücklichste Ehefrau und die glücklichste Mama der Welt sein. Doch bis dahin zählt für mich nur eins: das Leben meiner kleinen Schwester.

Vielleicht versteht Ref mich besser, wenn ich ihm sage, dass seine Sorgen dieselben sind wie meine um Ebha. Ich habe auch Angst um sie. Ich habe Angst, sie zu verlieren. Und ich bin mir sicher, dass Ref das tief in seinem Inneren auch weiß. Er weiß, dass ich Ebha nicht im Stich lassen werde. Und er würde das von mir auch nie verlangen. Ich werde mein Bestes geben, ihm die Angst zu nehmen. Die Risiken sind gering. Es wird nichts schief gehen. Die Ärzte werden gute Arbeit leisten und auf Ebha und mich aufpassen.

*****

Ebha stieg aus Refs Mitsubishi und fand sich inmitten eines Wohngebietes im Osten von Jever wieder. Auf einem blauen Schild stand in weißer Schrift *Birkenallee* geschrieben, eine akkurat gepflasterte Straße, an der sich links und rechts Familienhäuser aufreihten. Am Ende der Straße stand eine kleine Kirche aus grauem Backstein, deren Glocke gerade dröhnend drei Uhr schlug.

Das Wohngebiet wirkte aufgeräumt, geradezu unnormal sauber. Auf den Gehwegen lag kein Müll herum. Nicht einmal ein Blatt der Bäume, die die Birkenallee säumten, war auf dem Pflaster zu finden.

Eine junge Frau, die einen Kinderwagen schob, lief an Ebha vorbei. Auf der anderen Straßenseite kam eine ältere Dame gerade vom Einkauf, den sie mithilfe eines Trollis in ihr Haus hievte.

Ein kühler Wind kam auf und zog durch die Straße. Das bereits verfärbte Laub an den Bäumen raschelte über Ebhas Kopf. Sie sah nach oben. Der Himmel war an diesem Nachmittag in einem seltsamen Ton gefärbt, der zwischen Grau und Lila changierte.

Tief sog Ebha die frische Luft ein, die nach dem

Salz des Meeres und dem kühlen Herbst roch. Diese rauchige Note von verbranntem Laub hing in der Luft. Es war ein seltsamer Geruch. Ein Geruch, den Ebha aus ihrer Kindheit kannte und der ein Gefühl der Behaglichkeit in ihr auslöste.

„Kommst du mit oder möchtest du hier draußen Wurzeln schlagen?“

Ebha richtete ihren Blick auf Ref. Er war bereits an einen weißen Holzzaun getreten, der zu einem zweistöckigen Haus mit einer leuchtend roten Tür gehörte. Direkt am Zaun stand ein Briefkasten in Form eines Vogelhauses. Unter dem Briefschlitz waren der Name Peters sowie die Hausnummer 45 eingeritzt.

„Ich hab mich nur kurz umgesehen“, erwiderte Ebha lächelnd.

„Und?“ Abwartend hob Ref die Augenbrauen.

„Nun, es ist …“

„Spießig.“

„Ich wollte eigentlich so etwas wie reizend oder bilderbuchtauglich sagen.“

„Ich sag doch: spießig.“

Ebha lachte und ging auf Ref zu. „Dass du dich in solch einer Siedlung nicht wohl fühlen würdest, ist mir klar."

Ref schnaubte, erwiderte aber nichts weiter.

Ebha richtete den Blick wieder auf das Haus der Familie Peters. Unwillkürlich musste sie bei dem Anblick des kleinen Idylls schlucken.

„Nervös?", hörte sie Ref neben sich fragen.

Ebha atmete tief durch. „Es fühlt sich so an, als ob du mich deinen Eltern vorstellst."

Ref lachte. Ein Geräusch, das man nicht oft zu hören bekam.

Halb amüsiert, halb erbost schaute Ebha den Mann neben sich an. „Was ist so lustig?"

„Du kannst froh sein, dass du meine Eltern nicht kennenlernen musst."

Ebha legte den Kopf schief.

„Meine Mutter war überdreht und zuweilen peinlich. Mein Vater war ein Eigenbrötler", erklärte Ref.

„Soso, ein Eigenbrötler also." Ebha reckte ihr Gesicht so weit nach oben, dass sie Ref in die Augen sehen konnte. „Das kommt mir irgendwie bekannt vor."

Mit ruhigem Ausdruck in den Augen sah er sie an. „Ich weiß nicht, wovon du redest."

Ihre Lippen strichen hauchzart über seine. Nur für den Bruchteil einer Sekunde berührten sie sich. „Wie schade", hauchte Ebha mit gespieltem Bedauern. Dann trat sie einen Schritt zurück und öffnete das Gartentor.

Sie hörte Ref etwas murmeln. Es klang verdächtig nach ‚kleines Biest'. Aber sie reagierte nicht weiter darauf.

Als Ref an der Eingangstür neben ihr auftauchte, schenkte er ihr ein kurzes Nicken. Dann presste er seinen Finger gegen den Klingelknopf.

Es dauerte nur wenige Augenblicke, bis ihnen geöffnet wurde. Hauke stand mit einem breiten Lächeln in der Tür. Er breitete seine Arme aus, als er Ebha und Ref sah. Er trug an diesem Tag eine helle Leinenhose und einen dunkelgrauen Pullover. Ebha erkannte sofort, dass der Pullover nicht billig gewesen war. Zudem lag er ziemlich eng an, was nicht nur den recht muskulösen Oberkörper von Hauke betonte, sondern auch den kleinen Bauchansatz.

„Schön, dass ihr da seid“, meinte Hauke und umarmte Ebha. Als sie die Umarmung gebührend erwidert hatte, trat sie durch die Haustür.

Ebha fand sich in einem engen Flur wieder, der vollgestellt war mit Kommoden und Schuhschränken. Zahlreiche Kinderschuhe lagen auf den rötlichen Fliesen verstreut. An einem Kleiderhaken, der neben einem Schuhschrank an der Wand befestigt war, hingen unzählige bunte Kinderjacken und Mützen.

„Legt eure Sachen einfach irgendwo ab“, meinte Hauke mit einer Handbewegung, die verdeutlichen sollte, dass es auf ein bisschen mehr Unordnung auch nicht mehr ankäme.

Dennoch war das leichter gesagt als getan, wie Ebha fand. Sie legte ihre Jacke über eine Kommode.

„Liebling, du kannst von unseren Gästen doch nicht verlangen, ihre Sachen in diesem Chaos zu versenken“, ertönte eine Frauenstimme.

Ebha blickte auf und sah eine hochschwangere Frau mit einem Kind auf dem Arm den engen Flur betreten. Sie lächelte ihre Gäste an. Es war ein ehrliches und souveränes Lächeln. Ihr Gesicht war länglich und wurde von roten lockigen Haaren umrahmt.

„Schön, dich endlich kennenzulernen, Ebha. Ich bin Marina.“ Die großgewachsene Frau umarmte Ebha kurz, aber herzlich. Ein Unterfangen, das gar nicht so einfach war, da sie zum einen auf dem linken Arm ihre Tochter trug und zum anderen ihr deutlich gewölbter Bauch im Weg war.

Auch Ref wurde von Marina umarmt, was er sogar anstandslos über sich ergehen ließ. Ebha wurde von dem kleinen Mädchen auf Marinas Arm beäugt. Es musste um die drei Jahre alt sein. Der gleiche blasse Teint wie seine Mutter, die gleichen rötlichen Haare, die es zu zwei Zöpfen trug.

Ebha lächelte das Mädchen an. Als Antwort bekam sie ein leicht beschämtes Lächeln, bevor es sein Gesicht in die Halsbeuge seiner Mutter drückte.

Marina und Hauke führten ihre Gäste in ein gemütliches Wohnzimmer. Auch hier regierte das Chaos, das sich nicht nur durch herumliegendes Spielzeug und Decken ausdrückte. Da stand ein sperriger Vitrinenschrank aus dunklem glänzenden Holz neben einer hellen Holzkommode, einem alten, abgesessenen Ledersessel sowie einer blau-weiß gestreiften Couch, auf der gut und gerne sechs Personen gleichzeitig Platz fanden.

An den weißen Wänden hingen bunte Bilderrahmen, die bestückt waren mit Fotos von den Kindern oder Zeichnungen ebendieser. Der große Kamin wurde von einem Holzgitter abgesperrt, über dem Sachen zum Trocknen hingen.

Ebha fand es unglaublich gemütlich hier, auch wenn es ziemlich chaotisch war. Dieser Raum hatte etwas Lebendiges. Er war nicht so aufgeräumt wie bei ihren Eltern. Das hier war das, was sich Ebha unter einem Zuhause vorstellte.

Im vorderen Teil des Wohnraumes hatte ein großer Esstisch Platz gefunden, der mit buntem Geschirr eingedeckt war. In der Mitte des Tisches dampfte eine Kanne Tee. Daneben standen ein Käsekuchen und ein Obstkuchen mit Pfirsichen und Weintrauben.

Plötzlich merkte Ebha, wie jemand am Saum ihres Kleides zog. Sie blickte nach unten und sah in die großen grünen Augen eines Mädchens, das um die fünf Jahre alt sein musste. Seine eine Hand spielte aufgeregt mit dem geflochtenen dunkelbraunen Zopf, während sich die andere Hand noch immer in Ebhas Kleid gekrallt hatte.

„Wie heißt du?", wollte das Mädchen wissen.

„Ich heiße Ebha." Ebha ging in die Hocke, damit sie mit dem Mädchen auf Augenhöhe war. „Und wer bist du?"

Das Mädchen zierte sich ein wenig. „Amelia."

„Das ist aber ein sehr schöner Name."

Amelia grinste in sich hinein und schenkte ihrer Mutter einen verstohlenen Blick, bevor sie sich wieder an Ebha wandte. „Auf Mamas Arm ist meine kleine Schwester Ava. Sie ist drei und manchmal echt nervig."

Ebha musste laut auflachen. „Soll ich dir was verraten, Amelia?"

Das kleine Mädchen nickte heftig.

„Aber das darf niemand hören. Das ist ein Geheimnis“, flüsterte Ebha.

Amelia trat einen Schritt an sie heran, sodass sie nun ganz dicht beieinander standen. „Wenn du mal wieder ganz doll genervt bist, egal von wem, dann schließ deine Augen und wünsch dir die Zuckerwatte-Fee herbei.“

„Die Zuckerwatte-Fee?“ Amelias Stimme klang beinahe ehrfürchtig.

Ebha nickte. „Die Zuckerwatte-Fee kommt immer dann, wenn du verärgert oder traurig bist. Sie streut magischen Zucker über dich, der alle schlechten und bösen Gefühle kaputt macht.“

„Boah.“ Amelias Augen weiteten sich vor Erstaunen. „Und ich muss nur ganz fest an sie denken?

Ebha lächelte.

Amelia legte sich einen ihrer kleinen Finger an den Mund und schien zu überlegen. „Aber ich weiß doch gar nicht, wie die Zuckerwatte-Fee aussieht.“

„Sie sieht so aus, wie du sie dir vorstellst. Sie kann ihre Gestalt bei jeder Person, die sie ruft, ändern.“

Wieder blickte Amelia mit großen kindlichen Augen zu Ebha. „Dann trägt sie ein türkisfarbenes Kleid mit ganz vielen Funkelsteinen. Und sie hat kleine glitzernde Flügel. Und rosafarbenes Haar, das aussieht wie Zuckerwatte."

„Das hört sich sehr gut an", meinte Ebha.

„Mama", sagte Amelia mit einem ernsthaften Ton in der Stimme, während sie sich zu Marina umwandte. „Ich muss malen. Sonst vergesse ich wieder, wie die Zuckerwatte-Fee aussieht."

Marina lächelte ihre Tochter liebevoll an. „Na wenn das so ist, solltest du ganz schnell in dein Zimmer flitzen und die Zuckerwatte-Fee malen."

„Jaaa", rief das Mädchen aus und war im nächsten Moment aus dem Zimmer gerannt.

Ebha erhob sich wieder und blickte zu Ref, der sie beeindruckt und überrascht zugleich ansah. Ein warmes Zucken durchzog ihren Magen. Dieser Mann hatte wahrscheinlich nicht mal den Hauch einer Ahnung davon, wie sehr ihr Körper auf ihn reagierte.

„Ich würde vorschlagen, wir setzen uns jetzt erst einmal", meinte Hauke und machte eine winkende

Handbewegung Richtung Tisch. Die Männer ließen sich an den bereits gedeckten Tisch nieder, während Marina die kleine Ava auf einen Kinderstuhl setzte und ihr einen Becher Milch hinstellte.

„Kann ich dir etwas helfen?“, fragte Ebha.

„Nein, nein“, erwiderte Marina leicht hektisch, während sie weiterhin ihre kleine Tochter versorgte. „Setz dich ruhig hin. Ich muss nur noch die Sahne steif schlagen. Dann ist alles fertig.“

Ein paar Minuten später saßen alle mit einem Stück Kuchen am Tisch. Nur Amelia kam nicht zum Kuchenessen. Sie wollte lieber malen.

„Ich habe Ref von Anfang an gesagt, dass das mit euch was wird“, warf Hauke in die Runde, als ihm das Thema Schwangerschaft offenbar zu viel wurde, das Marina zuvor intensiv bearbeitet hatte. Ebha sah, wie Ref seinem Kumpel einen warnenden Blick zuwarf. Aber das schien Hauke kalt zu lassen. Stattdessen richtete er sich nun direkt an Ebha. „Du hast den armen Ref seit deinem Auftauchen ganz schön durcheinandergebracht.“

Vorsichtig blickte Ebha zu Ref, der mit düsterer Miene neben ihr saß. Aber sie konnte erkennen, dass er es seinem Kumpel nicht wirklich übel nahm.

Ebha räusperte sich und legte die Kuchengabel zurück auf den Teller. „Nun, das war nicht meine Absicht."

„Jaja, das sagt ihr Frauen immer." Hauke fing sich einen leichten Knuff von seiner Frau ein. „Was?", fragte er unschuldig an Marina gewandt.

„Du könntest wenigstens heute dein vorlautes Wesen ein wenig zügeln und unsere Gäste in Ruhe lassen."

„Warum sollte ich?" Hauke schenkte seiner Frau ein Lächeln. Als Antwort bekam er nur ein Augenrollen.

„Du musst meinen Mann entschuldigen", meinte Marina an Ebha gewandt. „Er neigt dazu, immer das zu sagen, was ihm gerade so in den Sinn kommt."

„Deswegen hast du mich doch geheiratet", erwiderte Hauke keck und nahm einen Schluck aus seiner Kaffeetasse.

Marina lächelte nur. „Die Geschichte mit der Zuckerwatte-Fee war übrigens sehr süß", wechselte sie das Thema.

„Sie ist eine Erfindung von Briana."

Unwillkürlich musste Ebha an den Moment denken, wo Briana ihr eine aus Stoffresten gebastelte Puppe mit dem Namen Zuckerwatte-Fee geschenkt hatte. Es war nach einer Schulaufführung gewesen. Ebha hatte in der dritten Klasse das Dornröschen spielen dürfen – und war kläglich gescheitert. Sie hatte vor lauter Lampenfieber ihren gesamten Text vergessen gehabt. Noch heute hatte sie den entsetzten Blick ihrer Mutter vor Augen. Zum Trost hatte Briana ihr das Püppchen mit den langen Haaren aus lilafarbener Wolle, den schwarzen Knopfaugen und dem hellgelben Tüllkleid geschenkt. „Die Zuckerwatte-Fee hat auch mir als Kind oft geholfen", fügte Ebha an. Ihr Blick wanderte zu Ref. Er sah sie an. Doch sie konnte nicht erkennen, was er gerade dachte oder fühlte.

Nachdem alle fertig gegessen hatten, räumte Marina den Tisch ab. Ebha half ihr dabei, während Ref und Hauke mit Ava im Wohnzimmer blieben und über die Arbeit redeten.

Ebha stellte einen Stapel bunter Teller auf die Anrichte.

„Danke dir“, meinte Marina und räumte das Geschirr in den Geschirrspüler. Als sie die Maschine angeschaltet hatte, sah sie die junge Frau mit einem seltsamen Blick an.

Ebha lächelte. Sie kannte diesen Ausdruck von Greta. „Du kannst mich ruhig fragen.“

Marina schüttelte nur den Kopf. „Ich möchte dich gar nicht über deine Krankheit ausquetschen. Das hast du sicherlich schon zur Genüge erdulden müssen.“ Sie stoppte kurz und blickte durch die Tür ins Wohnzimmer, an dessen hinterem Ende Ref zu sehen war. „Mir tut es nur so unendlich leid für euch beide. Nach all dem, was ihr durchmachen musstet, ist euch noch immer kein Glück vergönnt.“ Sie strich sich das Haar zurück, das ihr über die Schultern gefallen war.

„Wir versuchen es“, meinte Ebha nur, nun ebenfalls ihren Blick ins Wohnzimmer gerichtet. Ref stand deutlich angespannt neben einem Bücherregal und lauschte den Worten Haukes. Er war den ganzen Tag schon sehr schweigsam und in sich gekehrt. Ebha hatte ihn nicht gefragt, was los war. Wozu auch? Sie wusste es doch bereits. Die Zeit war ihr Gegner. Ein übermächtiger Gegner, dem sie beide nichts entgegenzusetzen hatten. Ebha unterdrückte ein schweres Schlucken, ihre Hände verkrampften sich. Da war sie wieder. Die Schuld. Darüber, dass sie Ref das zumutete.

Ein leises Seufzen von Marina holte Ebha mental in die Küche zurück. „Wenn wir euch irgendwie unterstützen können – in welcher Form auch immer …“

Ebha schenkte Marina ein Lächeln. „Danke, aber ich denke, du hast mit bald drei Kindern bestimmt genug zu tun.“

Marina winkte ab. „Irgendwann hat man sich daran gewöhnt.“

Ebha mochte nicht so direkt daran glauben, dass drei Kinder so einfach zu handhaben waren. Immerhin war Marina die ganze Zeit mit den Kindern beschäftigt.

„Also“, nahm Marina das Wort wieder auf und strich sich dabei über ihren Babybauch, „das Angebot steht. Jederzeit.“

Ebha fühlte sich gerührt. Sie wusste nicht, wie sie auf dieses Hilfsangebot reagieren sollte. Ehe sie noch weiter darüber nachdenken konnte, kam Amelia freudestrahlend in die Küche gelaufen. In ihren Händen hielt sie ein Blatt Papier, mit dem sie aufgeregt hin und her wedelte.

Sie stoppte vor ihrer Mutter und wollte ihr das Bild zeigen. Doch als sie Ebha sah, änderte sie ihr Vorhaben. Sie hielt ihr mit einem enthusiastischen „Das ist meine Zuckerwatte-Fee“ das Blatt Papier entgegen.

Ebha nahm ihr vorsichtig das Bild ab und betrachtete die bunte Figur, die mit viel Fantasie wie eine Fee mit Flügeln und einem Zauberstab in der Hand aussah. „Das ist aber eine sehr schöne Zuckerwatte-Fee.“

Amelia nickte zustimmend und sichtlich zufrieden mit ihrer Arbeit. Sie nahm Ebha das Blatt ab und zeigte es ihrer Mutter. „Du kannst Ava sagen, dass sie mich ab jetzt nie wieder Ärgern kann, weil die Zuckerwatte-Fee auf mich aufpasst.“

Marina ging in die Hocke. „Warum sagst du das Ava nicht selber?“

Amelia scharte mit ihrem Fuß auf dem Boden, den Blick beschämt nach unten gerichtet. „Ich will nicht, dass sie böse auf mich ist", nuschelte sie.

„Wenn du ihr das ganz lieb sagst, dann wird sie auch nicht böse auf dich sein", meinte Marina beruhigend.

„Wirklich?"

„Wirklich."

Amelia schien zu überlegen. Dann drehte sie sich um und rannte in das Wohnzimmer.

Es war schon spät, als sich Ebha und Ref verabschiedeten und das kleine hellblaue Haus in der Birkenallee verließen. Sie stiegen schweigend in den alten Mitsubishi. Ref ließ den Motor an und bog von der Birkenallee auf die Hauptstraße, die sie zum Strandhaus von Ebhas Eltern bringen würde.

Ebha blickte zu Ref. Konzentriert saß er neben ihr. Doch sie konnte nicht erkennen, wie er sich wirklich fühlte. Was sie wusste, war, dass all die Sorgen und das Wissen um das, was noch auf sie zukam, ihm mehr zu schaffen machten, als er zugeben wollte. Es tat weh, ihn so zu sehen. Sie hätte gerne etwas für ihn getan. Irgendetwas.

Sie wandte den Blick von ihm ab und richtete ihn nachdenklich aus dem Fenster. Für einen Moment betrachtete sie den dunklen Nachthimmel.

„Du musst dir das nicht antun." Der Ton ihrer Stimme war ruhig. Sie wollte ihm kein schlechtes Gewissen machen. Sie wollte ihm nur aufzeigen, dass es noch eine andere Option gab. „Du bist nicht verpflichtet, mir bis zum Ende beizustehen."

Ref bremste so abrupt, dass Ebha ein wenig nach vorne kippte und sich ihr Gurt heftig in Schulter und Oberkörper schnitt.

„Glaubst du das wirklich?", fragte er ungehalten. Er klang verletzt. „Glaubst du, ich verbringe meine Zeit mit dir, weil ich mich dir oder sogar Briana gegenüber verpflichtet fühle? Glaubst du, ich stelle dich meinen Freunden vor, weil ich das Gefühl habe, es tun zu müssen? Glaubst du, ich schlafe mit dir, weil ich mich in irgendeiner Form dazu gezwungen fühle?"

Sein Blick war dunkel und eindringlich. Ebha schluckte und schüttelte ihren Kopf. „Nein, ich wollte ..."

„Du wolltest was?“, unterbrach er sie. „Mich von dieser Situation erlösen?“

Ebha sagte darauf nichts. Sie versuchte ruhig zu bleiben, doch alles in ihr war so schrecklich durcheinander.

„Meine Gefühle würden sich nicht einfach in Luft auflösen, nur weil du mich fortschickst.“

Ebha schluckte und sah beschämt zu Boden. „Es tut mir leid“, flüsterte sie. „Aber ... Du hast einfach etwas anderes verdient.“

Sie hörte ihn geräuschvoll ausatmen. „Ich will aber nichts anderes.“

Sie sah ihn an. Tief berührt und mit einem dicken Kloß im Hals.

„Mir ist durchaus bewusst, dass das nicht leicht ist“, sprach Ref nach einer kurzen Pause. „Aber dennoch würde mich nichts dazu bringen, das hier aufzugeben – dich aufzugeben.“

Noch immer sahen sie sich an. So eindringlich und vertraut. Ebha spürte, wie ihre Gefühlswelt in Aufruhr geriet. „Wir sind verrückt.“ Ein kaum wahrnehmbares Lächeln zeichnete sich auf ihren

Lippen ab. Ein Lächeln, das sich auch in Refs Augen widerspiegelte.

„Ich würde es eher als komplett unzurechnungsfähig bezeichnen“, sagte er trocken.

Ebha lachte auf. Und sie war Ref dankbar dafür.

Sie sahen sich noch einen stillen Moment an. Dann startete Ref wieder den Wagen, um weiterzufahren.

„Würdest du da vorne bitte abbiegen?“, fragte Ebha mit einem kurzen Blick zu Ref.

Er zögerte. Doch schließlich nickte er und tat, worum sie ihn gebeten hatte. Wenig später hielten sie auf einem Parkplatz vor einem eingezäunten Gelände. Hinter dem grünen Metallzaun war ein flaches langgezogenes Gebäude mit Holzverkleidung zu erkennen. Daneben standen mehrere kleine Hütten, wahrscheinlich Saunen. Es gab ein großes Außenbecken, eine kleine Wiese und ziemlich viel Grünzeug drum herum. Einzelne Dunstschwaden stiegen vom warmen Wasser in der kühlen Luft auf.

Ebha stieg aus und blickte zu Ref, der neben der Fahrertür stand. Eine tiefe Furche hatte sich in seine Stirn gegraben.

„Die Therme", sprach er rau in die Stille hinein. „Vielleicht verrätst du mir, was wir hier machen."

„Schwimmen gehen."

Seine Augenbrauen wanderten in ungeahnte Höhen. „Es ist nach neun. Die Therme hat schon zu."

„Ich weiß." Ein Lächeln zeichnete sich auf ihren Lippen ab. Und es wurde um einiges breiter, als Ref endlich verstand.

„Das ist hoffentlich nicht dein Ernst", mahnte er.

„Doch. Eigentlich schon."

„Wir können hier nicht einfach so reinspazieren. Das ist verboten."

Ebha grinste. „Das ist doch genau der Sinn, wenn man etwas total Verrücktes tun möchte."

Ref schnaubte und richtete seinen Blick auf den grünen Zaun, der ungefähr zwei Meter hoch war. „Diese verdammte Liste."

„Du kannst auch hier draußen warten“, schlug Ebha vor. Als Antwort erhielt sie einen tadelnden Blick.

„Und wie gedenkst du, da hineinzukommen?“ Er hatte die Arme vor der Brust verschränkt und sah auf sie hinab. Vor ein paar Monaten hätte sie diese Attitude noch gestört.

„Ich schlage vor, wir klettern.“

Erneut wanderte eine Augenbraue Richtung Haaransatz. „Klettern. Natürlich.“

Es war nahezu niedlich, dass Ref sich gegen dieses Vorhaben noch zu wehren versuchte. Aus einem Impuls heraus streckte sich Ebha zu ihm und drückte ihm einen kurzen Kuss auf die Lippen.

„War das ein Bestechungsversuch?“, fragte er lauernd.

„Das war noch nicht mal ansatzweise das, was ich als Bestechungsversuch bezeichnen würde.“

Ref knurrte als Erwiderung leise.

„Also?“ Sie piekte ihm mit dem Finger in die Brust. „Hilfst du mir, über diesen Zaun zu klettern?“

Ref löste mit einem Seufzen seine Arme. Ohne noch etwas zu sagen, fasste er sie an den Hüften und hob sie am Zaun hoch, sodass Ebha das obere Ende erfassen und sich darüber ziehen konnte.

Ihre Aktion war zugegebener Maßen etwas wacklig und sah alles andere als grazil aus. Doch das war ihr egal. Als sie wieder Boden unter den Füßen spürte, richtete sie den Blick zufrieden auf das Thermengelände, das vor ihr lag.

Mit einem dumpfen Geräusch landete Ref neben ihr. Auch er sah sich um. „Ziemlich dunkel hier“, murmelte er.

Dunkel war es in der Tat. Die Nachtbeleuchtung des Gebäudes am anderen Ende vom Gelände reichte gerade aus, damit man noch Umrisse erkannte und sah, wo man hinlief.

Ebha setzte sich langsam in Bewegung. Sie ging über das Gelände, das mit mehreren Bäumen, Büschen und einer Blumenrabatte bepflanzt war. Ein bisschen hatte sie das Gefühl, sich durch einen Wald zu kämpfen. Andauernd hing ihr ein Ast im Gesicht oder sie stolperte über eine Wurzel. Sie folgte den aufsteigenden Schwaden, trat schließlich aus dem Dickicht und stand vor einem großen rechteckigen Außenpool. Ruhig waberte das salzige Thermalwasser in dem Becken und spiegelte das fade Licht der Umgebung wider.

„Schön hier“, meinte sie nur ruhig.

Sie sah kurz zu Ref, der neben ihr stand. Dann zog sie sich ihr Kleid über den Kopf, streifte Strumpfhose, BH und Slip ab und ging zu der Treppe, die in den Pool führte. Sie hielt sich an dem Metallgeländer fest, während sie mit ihren Füßen in das angenehm warme Nass tauchte. Einen kurzen Moment verharrte sie mit geschlossenen Augen. Dann glitt sie gänzlich in das Wasser, das in feinen Nebelschwanden über dem Gelände aufstieg.

Sie sah, wie Ref sie eine Weile stumm beobachtete. Doch schließlich zog auch er seine Sachen aus und ließ sich über den Beckenrand ins Wasser gleiten. Als er bei ihr war, spritzte er ihr Wasser entgegen. Ebha drehte ihren Kopf ein wenig zur Seite, um den Wasserspritzern zu entgehen. Als sie sich wieder zu Ref wandte, sah er sie belustigt an. „Sag bloß, die gnädige Frau Wals bekommt einen Kreisch-Anfall, wenn ihre Haare nass werden.“

Ebha zog eine Schnute. „Quatsch“, murmelte sie wenig überzeugend.

„Nicht?“ Direkt vor ihr blieb er stehen. „Dann kann ich dich ja weiterhin ein wenig nass spritzen.“

Ebha quiekte auf, als ein Schwall Wasser sie mitten ins Gesicht traf. Sie versuchte, das brennende Salzwasser aus Nase und Augen zu bekommen. Wie ein begossener Pudel stand sie in dem Becken. Ihre Haare trieften. Mit zusammengekniffenen Augen sah sie Ref an. Mehrere Augenblicke lang. „Na warte“, meinte sie, warf sich auf Ref und tauchte ihn mit all ihrer Kraft unter Wasser.

Leider ging ihr Plan nicht ganz auf – Ref zog sie am Arm mit sich unter Wasser. Sie rangelten und kämpften sich zurück an die Wasseroberfläche. Kaum waren sie aufgetaucht, stützte sich Ebha erneut mit ihren Händen auf seinen Schultern ab und versuchte, ihn unter Wasser zu drücken. Doch dieses Mal war er vorbereitet. Er packte sie an den Hüften und warf sie hoch, sodass sie mit dem Kopf voraus und mit einem lauten Aufschrei in das Wasser stürzte.

„Das ist nicht fair“, beschwerte sie sich, als sie

wieder aufgetaucht war und sich das Wasser aus dem Gesicht gewischt hatte.

Er zuckte nur grinsend mit den Schultern. Ebha gab einen unwilligen Laut von sich und im nächsten Moment hing sie wie ein Klammeräffchen an seinem Rücken. Doch Ref ließ sich einfach nach hinten fallen und Ebha fand sich erneut unter der Wasseroberfläche wieder.

Da waren nur noch Arme und Beine und als sie zusammen mit Ref wieder auftauchte, hatten sich ihre Beine vorne um seine Hüften geschlungen und ihre Arme um seinen Nacken gelegt. Völlig außer Atem sah sie ihn an. Sie spürte, wie seine Arme sie hielten. Sie spürte seine nasse Haut gegen ihre gepresst.

Seine schulterlangen Haare klebten ihm im Gesicht. Sie schluckte schwer, erwiderte seinen Blick. Noch einen Moment. Dann zog sie sich an ihn und presste ihre Lippen auf seine. Sie hörte ihn leise knurren, als sie ihn küsste.

Sie spürte, wie Ref mit ihr durch das Wasser watete und erst stoppte, als sie eine kleine Anhöhe erreicht hatten, auf die man sich setzen konnte. Ebha erzitterte, als seine Hände über ihre nasse Haut glitten. Seine Arme umfassten ihre Hüften. Ebha spürte, wie das Wasser unablässig von Haaren, Wimpern, Nase und Lippen tropfte und einen salzigen Geschmack auf ihrer Zunge hinterließ.

Ref umfasste Ebhas Gesicht mit seinen Händen. Hielt es. Küsste es. Lippen. Nase, Augenlider. Jeden Zentimeter ihrer weichen Haut. Mal sanft und vorsichtig. Dann energischer.

Ebha genoss die Nähe, das Kribbeln. Sie ließ sich von Ref auf seinen Schoß ziehen. Tief atmend verschmolz ihr Körper mit seinem. Dieses vertraute und dennoch immer wieder aufs Neue überwältigende Gefühl ließ sie mit ihren Emotionen kämpfen. Sie hätte zugleich lachen und weinen können und fragte sich nicht zum ersten Mal, warum es nicht einfach für immer so bleiben konnte.

Ebha beugte sich nach vorne und presste ihre Lippen erneut auf seine. Da war so viel Feuer in dem, was sie taten, dass es nicht lange dauerte, bis Ebha zusammen mit Ref von der ersehnten Gefühlsexplosion in eine willkommene Tiefe gerissen wurde. Ebha ließ ihren Kopf nach hinten fallen und genoss mit geschlossenen Augen das

Kribbeln, das sich wellenartig durch ihren Körper bewegte.

Nur allmählich normalisierte sich das Tempo ihres rasenden Pulses wieder. Es war ein bittersüßes Gefühl, das sie durchflutete. Schwer atmend lehnte Ebha ihre Stirn gegen seine. Sie spürte, wie Ref seine Hände an ihre Wangen legte. Auch seine Atmung war unruhig.

„Ich liebe dich", flüsterte er so leise, dass sie es kaum hören konnte. „Und ich wünschte um unser beider willen, dass es nicht so wäre."

Ebha hatte das Gefühl, jedes ihrer Organe würde sich zusammenkrampfen. Sie merkte, wie ihr Tränen in die Augen stiegen. Es tat weh, diese Worte aus seinem Mund zu hören. Sie hatte nicht gewollt, dass sie sich verliebten. Verdammt, das stand nicht auf ihrer Liste! Das war nicht geplant, nicht einkalkuliert. Und jetzt? Jetzt saßen sie hier, zwei verlorene Seelen, die nicht wussten wohin mit all den Gefühlen.

KAPITEL 26

29. Januar 2017 – Ich bin nervös. In einer Stunde liegen Ebha und ich auf dem OP-Tisch. Es wird Zeit. Die letzten Wochen waren für die Nerven aller Beteiligten eine echte Zerreißprobe. Ich musste mich zahlreichen ärztlichen Untersuchungen unterziehen, um sicher zu gehen, dass ich die besten Voraussetzungen für solch einen Eingriff mitbringe. Die Ärzte hatten keine Einwände. Ebha schon.

Ref kann mein Vorhaben auch weiterhin nicht gutheißen. Aber das ist okay für mich. Er ist trotzdem für mich da und unterstützt mich. Und er wird bei mir sein, wenn ich nach der OP aus der Narkose erwache. Das ist alles, was zählt.

Am Morgen hatte ich ein kurzes Gespräch mit dem behandelnden Arzt, der die OP bei mir durchführen wird. Er meint, dass sie mir circa 50 Prozent meines rechten Leberlappens entfernen, da Ebhas Leber bereits so stark geschädigt ist. Er hat mich darüber aufgeklärt, dass die möglichen Komplikationen mit der Größe des transplantierten Leberteils steigen. Dennoch liegt die Sterblichkeitsrate statistisch gesehen bei maximal 0,5 Prozent. Mit möglichen Nebenwirkungen wie Schmerzen im Oberbauch kann ich leben.

Ich freue mich, wenn ich nach der OP erwache und man mir sagt, dass bei Ebha alles gut verlaufen ist. Sobald ich wieder fit genug bin, werde ich zu ihr gehen. Wir haben so viele Pläne. Sie hat mir versprochen, dass wir nach der OP gemeinsam die Liste abarbeiten. Ebha und ich hatten in den letzten Jahren nicht oft die Möglichkeit, viel Zeit miteinander zu verbringen.

Auch Ref und ich haben Pläne. Wir wollen im nächsten Frühjahr endlich den alten Fischkutter restaurieren. Zeit wird es, bevor der schöne Kahn komplett vermodert. Zudem wollen wir – sobald wir das Okay von den Ärzten bekommen – weiter an unserer Familienplanung basteln. Wer weiß. Vielleicht laufe ich im nächsten Jahr um diese Zeit bereits mit einer kleinen Babykugel durch die Gegend.

Doch jetzt steht erst einmal die OP an. Ich würde so gerne noch einmal zu Ebha. Ich weiß, dass sie das gut überstehen wird. In ein paar Stunden wird sie wieder aus der Narkose erwachen. Dann hat ihr neues Leben bereits begonnen.

*****

Ref erwachte in dem kleinen Strandhaus durch ein Rascheln neben sich. Er öffnete die Augen und erblickte Ebha, die ihn müde ansah.

„Guten Morgen“, flüsterte sie mit leicht kratziger Stimme.

„Guten Morgen.“ Er beugte sich zu ihr und küsste sie kurz, aber zärtlich auf den Mund.

„Hast du gut geschlafen?“ Sie lächelte. Doch er sah, dass es ihr an diesem Morgen nicht gut ging.

„Du siehst geschafft aus“, stellte er fest, ohne ihre Frage zu beantworten.

Sie legte eine Hand an seine Wange und strich sanft über seine Haut. „Ich habe nicht besonders viel geschlafen.“

„Die Schmerzen?“ Eigentlich musste er nicht fragen. Er wusste es auch so.

Sie nickte nur. Noch immer mit diesem Lächeln auf den Lippen, das ihn beruhigen sollte. Doch das tat es verdammt noch mal nicht!

Er öffnete den Mund, um etwas zu sagen.

„Es schneit draußen“, meinte sie plötzlich.

Ref setzte sich etwas auf, sodass er durch die Scheiben vom Wintergarten blicken konnte. Tatsächlich. Draußen fielen still und friedlich die ersten Schneeflocken des Jahres vom Himmel. Dabei war es gerade einmal der 21. November.

„Wir könnten im Wintergarten frühstücken“, schlug Ebha vor. „Zusehen, wie der Schnee ins Meer fällt.“ Sie lachte leise. „Ziemlich kitschig“, meinte sie mit einem entschuldigenden Lächeln.

„Bleib du noch ein bisschen liegen. Ich werde uns Frühstück machen.“ Ref erhob sich und zog sich Pullover und Hose über. Dann ging er in die angrenzende Küche. Er stützte sich mit beiden Armen auf der Arbeitsplatte ab und schloss die Augen. Er konnte nichts dagegen tun, dass ein heißer, brennender Strom aus Sorgen seinen Körper malträtierte. Er hatte Ebha in den letzten Wochen des Öfteren geschafft erlebt. Doch an diesem Morgen kam ihm ihr Zustand bedrohlich schlecht vor. Die blasse, fahle Haut, die dunklen Schatten unter ihren Augen, die von zu wenig Schlaf und zu vielen Schmerzen zeugten. Das mühsam aufrecht erhaltene Lächeln, das leichte Zittern ihrer Lippen.

Er dachte an die letzte Zeit. Der Tag, an dem sie Hauke und Marina besucht und danach in die Therme eingebrochen waren, war der letzte gewesen, an dem es ihr wirklich gut gegangen war. Zwar hatte es zwischendurch immer wieder Tage gegeben, an denen sie mit dem Kutter hinaus auf das Meer fahren konnten oder einen ausgedehnten Spaziergang am Strand machten. Doch die Leichtigkeit, die Ebha an jenem Sonntag vor fünf Wochen umgeben hatte, war seitdem unwiderruflich erloschen.

Ref wusste nicht, wie viele Stunden sie in der letzten Zeit bei Dr. Seebeck verbracht hatten. Trotzdem hatte sie sich jedes Mal gegen eine Behandlung vor Ort entschieden. Sie würde nicht in einem kargen Krankenzimmer verrotten, hatte sie einmal zu Ref gesagt. Ein Satz, der ihn tief erschüttert hatte. Ein Satz, der ihm gegenüber Ebha das stille Versprechen abgenommen hatte, alles in seiner Macht stehende zu tun, damit sie so lange wie möglich bei ihm bleiben konnte.

Es gab Tage, da war es nicht einfach, ihre Schwäche und ihre Schmerzen zu ertragen. Es gab Tage, an denen er sie zitternd über der Toilette hängend vorfand und nicht mehr tun konnte, als sie ins Bett zu tragen, damit sie sich ausruhen konnte. An solchen Tagen hätte er schreien können. Er hätte gerne irgendetwas zerstört. Alles, was er tun konnte, war ihr Leid zu ertragen.

Ref betrachtete die Palette von Medikamenten, die vor ihm auf der Anrichte stand. Es waren so viele Tabletten und Pillen, die Ebha tagtäglich schlucken musste. Und er hatte das Gefühl, dass einige von ihnen Ebhas Zustand nur verschlechterten, bei den ganzen Nebenwirkungen. Er stützte sich von der Arbeitsplatte ab und begann damit, alles für das Frühstück vorzubereiten. Eine Tätigkeit, die ablenkte. Zumindest ein bisschen.

Im Stuhl zurückgelehnt und ihre Hände um eine weiße Porzellantasse geschlungen, blickte Ebha nach draußen. Sie sah zufrieden aus. Trotz ihrer Schmerzen. Sie hatte kaum etwas gegessen. Ein halbes Brötchen mit Marmelade.

Ref hätte ihr gerne noch etwas angeboten. Doch er wusste, dass sie keinen Appetit hatte. Eine Nebenwirkung der starken Schmerztabletten, die sie nahm. Dabei hätte Essen ihr sicher gut getan.

Sie richtete den Blick auf ihn und sah ihn eine

Weile stumm an. „Ich werde nachher noch was essen", meinte sie. „Versprochen."

Er nickte nur. Er hasste es, wenn sie seine Gedanken las. Es gab ihm das Gefühl, nackt zu sein, vor ihr nichts mehr verbergen zu können. Andererseits wollte er das auch nicht – bis auf seine Angst um sie.

Ebha erhob sich und begann, das Geschirr abzuräumen.

„Ich mach das schon", meinte Ref und erntete einen gespielt genervten Blick.

„Du musst mich nicht mit Samthandschuhen anfassen."

Er presste die Lippen aufeinander.

„Ref." Der Ton in ihrer Stimme war sanft.

Er zwang sich, sie anzusehen. Sie lächelte abermals dieses zarte Lächeln, das ihm durch und durch ging.

„Ich weiß, was ich mir zumuten kann", meinte sie. „Und ich bin mir sicher, dass mein Körper mir noch erlaubt, den Frühstückstisch abzuräumen."

Doch für Ref klangen die Worte bitter.

Er hörte sie leise seufzen. Sie trat an ihn heran und legte eine Hand auf seine Brust. „Ein Vorschlag." Ihre Augen sahen ihn offen an. „Wir räumen das hier später weg und gehen stattdessen raus. Ein wenig frische Luft wird uns beiden gut tun."

Er hätte sie gerne gefragt, ob ihre Kräfte das zuließen. Doch er schluckte die Frage hinunter. Er wollte sie mit seinen Sorgen nicht erdrücken. Vielleicht war die Idee wirklich nicht so schlecht.

Sie zogen sich ihre dicken Mäntel an. Ebha setzte sich noch eine schwarze Strickmütze auf und wickelte sich einen Wollschal um den Hals. Dick verpackt gingen sie raus Richtung Meer.

Hand in Hand ließen sie sich treiben. Der gefrorene Sand knirschte unter jedem ihrer Schritte. Eine friedliche Stille herrschte hier an diesem Ort. Selbst das Meer schien sich an diesem Morgen zurückzuhalten – das Rauschen und Plätschern war kaum zu vernehmen.

Irgendwann hielten sie inne, die Blicke hinaus auf das Meer gerichtet. Ref sog tief die eisige Luft ein. Sie roch nach Schnee – so unverkennbar frisch und sauber. Er sah zu Ebha. Still stand sie neben ihm, das Gesicht gen Himmel gerichtet, die Augen geschlossen. Schneeflocken setzten sich auf ihre blasse Haut, um dort mit ihr zu verschmelzen.

Ref wusste, dass sich Ebha das gewünscht hatte. Noch einmal den Schnee spüren. Genau das tat sie jetzt. Und sie genoss es sichtlich. Bei Ref löste der Schnee ein Gefühl der Hilflosigkeit aus. Mit dem Einbruch in die Therme vor ein paar Wochen und dem Schnee an diesem Morgen waren zwei weitere Punkte auf der Liste abgehakt. Jetzt war nur noch einer übrig. Und ihm war bewusst, dass sich der letzte Punkt in diesem Leben nicht mehr erfüllen ließ. Die Freiheit würde ihr erst der Tod bringen.

Er wusste, dass es irrational war. Nur weil Ebha die Liste so gut wie erfüllt hatte, bedeutete das nicht, dass sie schneller starb. Und dennoch hinterließ es in ihm das Gefühl, dass das Ende unausweichlich vor ihnen lag. Automatisch schlang er einen Arm um Ebhas Körper und zog sie zu sich heran. Sie lehnte ihren Kopf an seine Schulter und atmete tief durch.

„Hast du Angst?“ Er ertrug den Gedanken nicht, dass sie genau das tat. Sich fürchten. Vor dem

Tod.

„Nein“, erwiderte sie ruhig. Es klang ehrlich. „Ich stelle mir den Tod als Schleier vor, der einen umhüllt und in eine Welt führt, in der man keine Schmerzen erleidet. In der es keine Ängste, keine Gewalt, keinen Argwohn und Missfallen gibt. Sondern einfach nur Frieden.“ Ebha sah ihn an. „Der Gedanke, dich zurückzulassen, ist viel unerträglicher.“

Ihre Worte schnürten ihm die Luft ab. Er sah, wie sie sich zu ihm wandte und ihm eine Hand an die Wange legte.

„Es tut mir leid, dass ich dir das antue.“ Sie senkte beschämt den Blick. „Vor allem, weil es nicht das erste Mal ist, dass du zurückgelassen wirst.“

Der Anblick, den Ebha bot, war neu für Ref. In den letzten Monaten hatte sie ihn immer mehr hinter ihre Fassade aus steinharter Kontrolle blicken lassen. Was er dort gefunden hatte, war eine zum Teil unsichere und dennoch kämpfende junge Frau. Eine Frau, die trotz allem den Lebensmut nicht verloren hatte. Doch in diesem Moment wurde Ref deutlich, dass sie mehr als das war. Ihre Krankheit hatte sie stark gemacht, während ihre

Gefühle für ihn sie schwach werden ließen. Und er wusste, dass er ihr dadurch den Abschied von dieser Welt nicht einfacher machte.

„Meinst du, auf der anderen Seite gibt es auch ein Meer?“, fragte sie leise, den Blick auf das graublaue Wasser gerichtet.

„Du kennst doch die Geschichte mit dem Fährmann“, erwiderte er, den Blick nachdenklich auf das Meer gerichtet.

Sie lächelte leise. „Wenn es danach ginge, dann würde es auch einen paradiesischen Garten oder ein nicht enden wollendes Feld mit mannshohen Ähren geben.“ Sie sah ihn an. „Ich meinte eher, wie *du* dir die andere Seite vorstellst.“

Er atmete tief ein. „Ich wusste nicht, dass du so gläubig bist.“

„Bin ich auch nicht.“ Sie zuckte mit ihren Schultern. „Aber wenn ich nach der Wissenschaft gehe, dann ist die Vorstellung, dass ich in einem dunklen Erdloch gedankenlos vermodere, um einiges unattraktiver als die Aussicht darauf, an irgendeinem netten Ort weiterzuleben.“ Sie lächelte ihn an, als ob sie sich gerade über ihren nächsten Urlaub austauschen würden.

Ref hatte sich über so etwas noch nie Gedanken gemacht. Irgendwie machte es für ihn keinen Unterschied, ob er an die Wissenschaft oder an die Religion glaubte. Briana war fort. Und genauso würde Ebha sterben. Sie würde nicht mehr bei ihm sein. Er würde sie nicht mehr in die Arme nehmen können. Er würde sie nicht mehr küssen können, nicht mehr ihr Lachen hören und ihre Haut schmecken können. Sie würde einfach weg sein. Was machte es da für einen Unterschied?

Der kalte November-Wind peitsche ihm ins Gesicht und wirbelte sein Haar in alle Richtungen. Er sah das graublaue Meer vor sich, den schneebehangenen Himmel. Die Farben waren monoton, aber sie standen im Einklang zueinander. Dazu das regelmäßige, melodiöse Plätschern der Wellen. Ein Geräusch, das er seit seiner Kindheit kannte. Er schloss die Augen und ließ die Melodie des Meeres durch seinen Körper fließen. Er entspannte. Und er erkannte. „Genauso." Tief atmete er die winterliche Luft ein. Freiheit, Geborgenheit, lange Strandspaziergänge, Tage auf rauer See. „Genauso stelle ich es mir vor."

Er richtete seinen Blick wieder auf Ebha. Lächelnd sah sie ihn an.

„Dieser Ort hat etwas Magisches“, sagte sie. „Es ist wie in meiner Erinnerung.“

Er hörte Ebha tief die Luft einziehen.

„Briana und ich waren Stunden hier draußen“, fuhr sie fort. „Und jedes Mal, wenn wir wieder in das Strandhaus kamen, knisterte ein warmes Feuer im Kamin. Auf dem kleinen runden Tisch im Wintergarten standen immer zwei Tassen mit heißer Schokolade für uns bereit und ein Teller Haferkekse.“ Sie seufzte leise. „Manchmal wünschte ich, ich könnte die Zeit zurückdrehen und wieder Kind sein. So unbeschwert und frei.“

Auch wenn er Ebha nicht ansah, wusste er, dass sie lächelte.

„Aber andererseits“, fügte sie ruhig hinzu, „möchte ich die Zeit mit dir am liebsten irgendwie konservieren.“ Sie löste sich aus seiner Umarmung und sah ihn an.

„Du könntest es mit Pökeln oder Räuchern versuchen.“ Er fand seine Worte selbst albern, aber er hielt diese Stimmung nicht länger aus.

Belustigt schüttelte sie den Kopf und sah ihn an. Auch wenn ihr Blick müde war, wirkte er zufrieden. „Musst du nicht eigentlich los? Du wolltest doch heute einen neuen Auftrag annehmen.“

Ref nickte. Er hatte den Auftrag nicht vergessen. Er sollte ein altes Segelboot wieder seetauglich machen. Doch es fiel ihm an diesem Morgen schwer, Ebha zurückzulassen. Mehr als sonst.

Ein liebevoller Ausdruck legte sich über ihre Augen. Sie erfasste sein Gesicht mit ihren kühlen Händen. „Du musst dir keine Sorgen machen“, meinte sie. „Ich wollte sowieso zu meinen Eltern fahren. Und bevor du fragst: Ja, ich fühle mich dazu in der Lage, die paar Kilometer mit dem Auto zurückzulegen.“

Er schnaubte, weil sie ihm mal wieder zuvorgekommen war.

„Also gut“, meinte er und küsste sie zum Abschied auf die Stirn. „Dann sehen wir uns heute Abend.“

Ebha nickte. Sie löste ihre Hände von seinem Gesicht, um ihn gehen zu lassen. Er setzte sich in Bewegung, doch ein Gefühl ließ ihn innehalten.

„Ebha?"

„Ja?"

Er ging zu ihr, zog sie zu sich heran und küsste sie. Zuerst zögernd – die Berührung ihrer Lippen war nur ein hauchzartes Streichen – dann lang und langsam und intensiv. Er schloss seine Augen und genoss diese Schwerelosigkeit und Wärme, die wie ein Gewittersturm durch seinen Körper peitschten. Als er sich von Ebha löste, verharrte er noch einen Moment dicht bei ihr. Dann riss er sich von ihr los und ging.

Er stieg in seinen Wagen, legte das Handy in die Ablage neben das Lenkrad und fuhr den holprigen Weg entlang, der auf die Hauptstraße führte.

Er war Ebha verfallen. Mit Haut und Haaren und auf eine solch intensive Weise, die er sich nach Brianas Tod nicht mehr hatte vorstellen können. Vielleicht sollte er den Termin mit seinem Kunden verschieben. Es gab im Moment Wichtigeres.

Sein Handy klingelte. Auf dem Display erschien Ebhas Nummer. Ref griff nach dem Handy. Mit dem rechten Daumen drückte er die Telefonhöher-Taste, um den Anruf anzunehmen.

Dabei rutschte ihm das Handy aus der Hand und fiel in den Fußraum des Beifahrersitzes. Ref konnte Ebhas Stimme hören. Doch er verstand nicht, was sie sagte. Was war, wenn sie Hilfe brauchte? Wenn es ihr plötzlich so schlecht ging, dass sie nicht alleine zu ihren Eltern fahren konnte. Oder noch Schlimmeres.

„Verdammt", murmelte Ref und versuchte mit seinem rechten Arm an das Handy zu gelangen. Seine Fingerkuppen streiften das Gehäuse nur leicht. Ref hörte, wie Ebha erneut etwas sagte. Ihre Stimme war so leise, so weit weg. Er wurde unruhig, seine Hände begannen zu schwitzen. Mit einem letzten Blick auf die Straße, die verlassen vor ihm lag, duckte er sich und hob sein Handy auf.

Ref setzte sich auf, das Telefon zum Ohr führend. Er richtete den Blick wieder auf die Straße. Für den Bruchteil einer Sekunde konnte sein Gehirn nicht glauben, was seine Augen ihn zu vermitteln versuchten. Er sah einen LKW, der mit hoher Geschwindigkeit direkt auf ihn zukam – in seiner Spur. Ref ließ das Handy fallen und riss das Lenkrad herum, während er mit einem Fuß die Bremse durchtrat.

Der LKW traf Refs Wagen frontal. Es gab einen lauten Knall. Ein ohrenbetäubendes Quietschen. Ein harter Schlag. Ein letzter Gedanke. Das Bild einer jungen Frau mit grünen Augen, einem charmanten Lächeln und schulterlangen welligen Haaren, die vom Wind zerzaust wurden. Es wurde totenstill. Und dann war da nur noch eine alles verschlingende Schwärze –

EPILOG

Ebha stand an der Reling des Fischkutters. Sanft wurde das Boot von den Wellen gewogen. Sie war ein paar Meilen auf die ruhige See hinausgefahren. Ihren Blick hatte sie in die weite Ferne gerichtet. Die raue Küste wirkte von hier aus betrachtet klein und unbedeutend.

Ebha zog ihren Wollmantel enger um ihren Körper. Es blies ein empfindlich kalter Wind, der die hellgrauen Wolken vor sich hertrieb und von Zeit zu Zeit den Himmel in seinem schönsten Blau offenbarte. Einige Sonnenstrahlen kämpften sich durch die Wolkendecke und erreichten das Meer. Die letzten Ausläufer des Winters hatten das Land noch fest im Griff.

Tief atmete Ebha die klare Luft ein, die sie umgab. Sie schloss die Augen und genoss diesen Moment der Ruhe. Hier gab es nichts außer ihr und dem Meer. Sie hörte nur das Klopfen der Wellen gegen den Rumpf des alten Kutters. Hin und wieder plätscherte es, wenn sich eine Welle überschlug und in sich zusammenfiel. Es war das erste Mal seit langem eine Stille, die Ebha ertragen konnte.

In den vergangenen Monaten hatte sie es kaum ausgehalten, allein zu sein. Sobald sie Zeit hatte, nachzudenken, stürzten Erinnerungen und Gefühle über sie ein, die sie nicht bewältigen konnte. Sie würde mit Refs Tod nie klar kommen. Aber vielleicht würde sie ihn irgendwann akzeptieren können.

Sie durfte weiterleben, weil er gestorben war. Sie war nicht darauf vorbereitet gewesen. Über Monate hinweg hatte sie sich immer mehr mit dem Gedanken arrangiert, zu sterben. Das war okay für sie. Es sollte so sein. Ihre Krankheit hat vorherbestimmt, dass ihr Leben früh enden soll. Aber bei Ref ...

Ebha fühlte Schmerz. Ein pulsierender und durchdringender Schmerz. Aber auch Hoffnung. Sie hatte Ref das stille Versprechen gegeben, weiterzuleben. Für ihn. Für sich. Für sie beide. Das machte seinen Tod weniger sinnlos. Die ersten Wochen nach der OP waren eine Tortur gewesen – sowohl körperlich als auch psychisch. Doch mit jedem Tag, der verstrichen war und mit dem sich ihr Körper von den Strapazen der OP erholt hatte, ging es auch mit ihrer psychischen Verfassung langsam bergauf.

Mittlerweile ging es ihr körperlich so gut wie lange nicht mehr. Sie konnte ein nahezu normales Leben führen. Im Frühjahr würde sie eine Ausbildung zur Schiffsrestauratorin beginnen. Sie hatte lange überlegt, ihr altes Studium wieder aufzunehmen. Doch letztendlich hatte sie gemerkt, dass ihr Herz an der handwerklichen Kunst hing. Die Zeit, die sie bei Ref in der Werkstatt verbracht hatte, hatte ihr eine Ruhe und Zufriedenheit beschert, der sie sich erst im Nachhinein bewusst geworden war. Sie hatte mit der Unterstützung ihrer Eltern Refs Grundstück erworben. Da es keinen Erben gab, hatte man sein Haus mitsamt der Halle und der alten Scheune zum Verkauf freigegeben. Ebha hatte den Gedanken nicht ertragen, dass dort wildfremde Menschen lebten. Und so hatte sie nicht lange gezögert. Eines Tages, wenn Sie ihre Ausbildung abgeschlossen und sie sich emotional gefestigt hatte, würde sie Refs Werkstadt wieder aufleben lassen. Das war ihr Plan. Und es war – wie sie fand – ein guter Plan.

Sie lächelte, als sie sich vorstellte, wie Ref darauf reagieren würde. Er hätte sie wahrscheinlich ungläubig angesehen. Vielleicht hätte er sie als verrückt bezeichnet. Doch er hätte sich auch gefreut, dass aus dem verwöhnten, reichen

Töchterchen eine vergleichsweise verantwortungsbewusste junge Frau geworden war, die wusste, wohin sie im Leben wollte.

Der Gedanke löste eine Leichtigkeit in ihr aus. Es waren Lichtblicke, dass Refs Verlust irgendwann erträglicher werden würde. Dazu gehörte auch die Tatsache, dass er seine letzte Ruhe neben Briana gefunden hatte. Ebha wusste, dass es ihm gut ging, da wo er nun war.

Sie atmete erneut die salzige Meeresluft ein. Sie ließ die linke Hand in die Manteltasche gleiten und zog ein abgegriffenes Stück Papier hervor. Ebha hatte die Liste lange nicht mehr betrachtet.

Sie entfaltete das Papier und blickte auf die einzelnen Punkte. Mit einem Lächeln erinnerte sie sich daran, wie sie vor über einem Jahr bei Ref aufgetaucht war. Ein wahnwitziges Vorhaben. Sie erinnerte sich daran, wie sie ihm ihren Brief überreicht hatte und wie wütend er daraufhin vor der Tür ihres Elternhauses gestanden hatte.

Sie erinnerte sich an den Jeronimo Ball und den Moment, als sie Ref am Ende ihres Vortrages im Saal erblickt hatte. Sie erinnerte sich an den Besuch im Friesischen mystischen Wunderland der

Märchen- und Fabelwesen noch genauso gut wie an den Mädels-Abend mit Greta, an dem sie zwei Packungen Bananeneis in sich reingestopft hatten und anschließend bei diesem albernen irischen Tanzabend waren. Sie erinnerte sich an den Kuss mit Ref, der ebenso ungeplant war wie die Tatsache, dass sie sich ineinander verliebt hatten.

Sie erinnerte sich an den Besuch an Brianas Grab, an den Einbruch in die Therme, den leidenschaftlichen Sex und an die Liebeserklärung, die Ref ihr gemacht hatte. Sie erinnerte sich an die letzten Stunden, die sie mit ihm verbracht hatte. Friedlich am Meer, während kühler Schnee auf sie niedergerieselt war. Sie erinnerte sich an all die Momente mit ihm. Und auch wenn die Erinnerungen daran schmerzten, so waren sie das, was sie glücklich machte. Und plötzlich verstand sie, dass sie den letzten Punkt auf Brianas Liste schon lange erfüllt hatte. Sie hatte es bisher nur nicht bemerkt.

Ebha nahm einen Stift aus ihrer Tasche und setzte ihn an. Einen kurzen Moment verharrte sie. Dann hakte sie den Punkt *Frei sein* ab. Etwas in ihr schien sich zu lösen. Sie war frei. Und sie würde es auch in Zukunft sein. Frei von Schmerzen, die ihr tagtäglich das Leben erschwerten. Frei von Schuldgefühlen und Orientierungslosigkeit. Sie wusste, dass sie diese Freiheit Ref zu verdanken hatte. Seiner Liebe und Unterstützung ebenso wie seiner Leberspende.

Ebha hob ihre Hand und ließ das Blatt Papier einen Moment im Wind wehen. „Leb wohl.“ Es war ein Flüstern. Ein Hauchen, das vom Wind davon getragen und von dem Rauschen des Meeres verschluckt wurde. Dann ließ sie das Blatt los.

Der erste Schnee des Jahres fiel vom kalten Himmel. Leise und friedlich segelten die vereisten Flocken zu Boden. Die Luft war eisig, roch nach dieser unverkennbaren Frische, die Schnee mit sich brachte. Es war ein seltsam ruhiger Tag – hier am Meer. Das Grau des Himmels spiegelte sich in der Wasseroberfläche, die hin und wieder von schäumenden Wellen durchbrochen wurde. Möwen zogen kreischend ihre Runden über die offene See. Es war der 21. November. Der Tag, an dem er starb und sie zu leben lernte.

Printed in Poland
by Amazon Fulfillment
Poland Sp. z o.o., Wrocław

59850642R00312